U0691853

不惑人生

胡适作品选编

胡 适 / 著

朱万英 / 编

中国文史出版社
CHINA CULTURAL AND HISTORICAL PRESS

图书在版编目（CIP）数据

不惑人生 : 胡适作品选编 / 胡适著 ; 朱万英编 .
— 北京 : 中国文史出版社，2023.1
ISBN 978-7-5205-3872-5

Ⅰ . ①不… 　Ⅱ . ①胡… 　②朱… 　Ⅲ . ①中国文学—现
代文学—作品综合集 　Ⅳ . ①I216.2

中国版本图书馆CIP数据核字（2022）第203538号

责任编辑：牛梦岳

出版发行：中国文史出版社
社　　址：北京市海淀区西八里庄路69号院 　邮编：100142
电　　话：010-81136606 　81136602 　81136603（发行部）
传　　真：010-81136655
印　　装：北京温林源印刷有限公司
经　　销：全国新华书店
开　　本：710mm×1010mm 　1/16
印　　张：23 　　字数：350千字
版　　次：2023年5月第1版
印　　次：2023年5月第1次印刷
定　　价：88.00元

文史版图书，版权所有，侵权必究。
文史版图书，印装错误可与发行部联系退换。

胡适（1891—1962）

1910 年秋，胡适（中排左一）在美国康奈尔大学

1917 年春，胡适（左二）与陶行知（右一）等在美国哥伦比亚大学

1917 年秋，初任北京大学教授的胡适

1917 年 12 月，胡适与夫人江东秀新婚留念

1920 年 3 月，胡适（右二）与蔡元培（左二）、蒋梦麟（左一）、李大钊（右一）同游北京西山卧佛寺

胡适（左二）与印度诗人泰戈尔（左三）等合影（1924 年）

1930 年 2 月，胡适（右一）与岑春煊、王人文、刘沛泉乘坐"沪蓉四号"（试飞）后留影

胡适与夫人江东秀、长子胡祖望（左一）、次子胡思杜（右一）（1936 年）

胡适任驻美大使期间，在美国
各地巡回演讲，争取美国各界
支援中国抗战

就任北京大学校长后的胡适

1947 年冬—1948 年春，胡适在反内战的学生集会上讲话

胡适与长子胡祖望、长媳曾淑昭、长孙胡复在一起（1960 年）

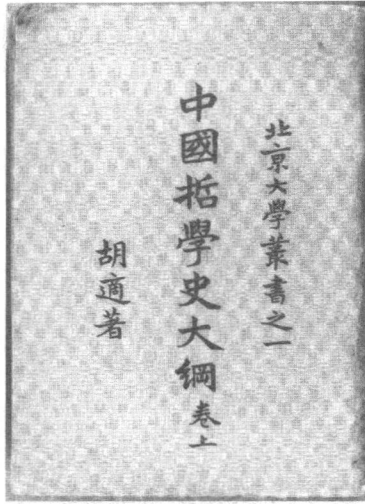

《中国哲学史大纲》卷上初版书影

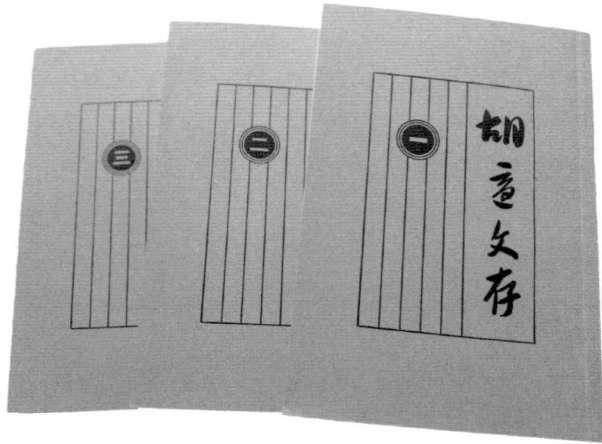

《胡适文存》书影

大胆的假设，

小心的求證。

适

有幾分證據，說幾

分话，有七分證據，不

能說八分话。

胡适

胡适手迹

不畏浮雲遮望眼，
自緣身在最高層。

王荆公诗

胡适

做學問要在不疑處有
疑。待人要在有疑處
不疑。

胡适

胡适手迹

序

　　胡适先生是中国20世纪学术思想界的一位杰出人物，他殚精竭虑毕其一生在学术、思想、文化、哲学、教育、政治、宗教道德等各个方面取得了丰硕的成果。这些思想成果反映了他一生所努力的方向，即志在把这个衰病的民族从昏睡中唤醒，实现中华民族的伟大复兴。这种精神启迪并振奋着一代又一代的后来者。

　　胡适不满四岁时，其父胡传便教他读"为人之道，在率其性。子臣弟友，循理之证；谨乎庸言，勉乎庸行；以学为人，以期作圣"的四言韵文，使其从小便树立了"以期作圣"的人生目标。

　　他13岁时便开始接受倡导科学、改革政治制度等维新变法思想。《明治维新三十年史》和严复翻译的《天演论》《群己权界论》及梁启超的《新民说》《新民丛报》等著作里的革命精神，震荡和感动了他那还处在懵懂中的心灵。在维新思想的启蒙下，他写成了一篇论说文——《原日本之所由强》。这是他自觉不自觉地对自己以后所要扮演的历史角色所做的长期准备工作的开始。

　　留学美国期间，他常常利用节假日到美国的公民议会旁听，以了解他国的政治、文化、经济等社会状态。美国的民主制度与先进的科学技术对他的认知产生了重要影响。从他的《留学日记》与《书信集》里便不难看出他在留美的几年中，确是在自觉地想"把自己这块材料铸造成器"，"为他日国人导师之预备"了。七年留美，精研国故，浚瀹新知，这是他一生思想和志向的定型时期。他在1915年5月28日的日记中写道：

吾骛外太甚，其失在于肤浅，今当以专一矫正之。

吾生平大过，在于求博而不务精。盖吾返观国势，每以为今日祖国事事需人，吾不可不周知博览，以为他日为国人导师之预备。不知此谬想也。吾读书十余年，乃犹不明分功易事之义乎？吾生精力有限，不能万知而万能。吾所贡献于社会者，唯在吾所择业耳。吾之天职，吾对于社会之责任，唯在竭吾所能，为吾所能为。吾所不能，人其舍诸？

自今以往，当屏绝万事，专治哲学，中西兼治，此吾所择业也。

胡适以天下为己任的思想抱负坚定而笃实。为实现这个崇高的目标，他在知识与意志方面作了长期的艰苦训练。他在1915年2月18日的日记"自课"中，引曾子"士不可以不弘毅，任重而道远"的话，表达了不可不早为之计的态度。他为自己制定了三条自律标准：第一，须有健全之身体；第二，须有不挠不屈之精神；第三，须有博大高深之学问。日月逝矣，三者一无所成，何以对日月？何以对吾身？

他在"进德"一项中说：表里一致——不自欺。言行一致——不欺人。对己与接物一致——恕。今昔一致——恒。

考据国故是胡适一生主要的治学方向，也是他学术思想的源泉。勤读不辍是其不竭的源头活水。在康奈尔大学，除完成必修功课外，他还坚持不懈地点读《左传》《荀子》《诗经》《王临川集》等国故典籍。有一次专门给母亲写信，要她将家中所藏的《楚辞集注》《墨子》寄给他。

胡适的爱国情怀一以贯之。他在整个留学期间，一直不断地通过写家信、查看国内报纸等方式关注国内政治、社会、思想各方面的变化。例如，1914年8月9日，他在给母亲的信中了解家乡辛亥革命以来各方面的变化："一、吾邑自共和成立后，邑人皆已剪去辫发否？有改易服制者否？二、吾乡现有学堂几所？学堂中如何教法？三、乡中有几人在外读书？四、目下共有几项税捐？五、邑中政治有变动否？县知事由何人拣派？几年一任，有新设之官否？有新裁撤之官否……"

胡适把"修己以安人""修己以治国、平天下"视为自己的历史使命。因为这个使命感，他对国家总是抱着无限的热忱。思考问题，也总是站在国家与民族的高度，深思远虑。1916年1月25日，他在寄给许怡荪的书中，再论造因：

不如打定主意，从根本下手，为祖国造不能亡之因，庶几犹有虽亡而终存之一日耳。……适以为今日造因之道，首在树人；树人之道，端赖教育。故适近来别无奢望，但求归国后能以一张苦口，一只秃笔从事于社会教育，以为百年树人之计：如是而已。

他又在答胡平书中写道：

今日祖国百事待举，须人人尽力始克有济，位不在卑，禄不在薄，须对得住良心，对得住祖国而已矣。幼时在里，观族人祭祀，习闻赞礼者唱曰："执事者各司其事。"此七字救国金丹也。

留美后期，他在一班同学中率先发起白话文运动，倡导文学革命。他反复强调，白话文是广大民众接受教育、传播知识的便捷工具，深奥晦涩的文言文非大众文化。其在《文学改良刍议》一文中指出：

吾以为今日而言文学改良，须从八事入手。八事者何？一曰，须言之有物。二曰，不模仿古人。三曰，须讲求文法。四曰，不作无病之呻吟。五曰，务去滥调套语。六曰，不用典。七曰，不讲对仗。八曰，不避俗字俗语。

这个倡议很快得到陈独秀的声援："文学革命之气运，酝酿已非一日；其首举义旗之急先锋，则为吾友胡适。余甘冒全国学究之敌，高张'文学革命军'大旗，以为吾友之声援。……"

1917年，胡适学成归国，受蔡元培校长之聘，出任北京大学教授。其时，中国社会思想陈腐，政治腐败，国势颓危。在陈独秀、李大钊创办的《新青年》《独立评论》的先导下，他与学生傅斯年、罗家伦等创办了《尝试》《努力》《每周评论》《新潮》等刊物，大肆针砭时弊，挞伐邪恶，宣传先进思想，探索强国强民之路。这些刊物成为五四新文化运动的行动纲领。

《文学改良刍议》所引发的文学革命，成为改变中国文化走向的五四新文化运动的强大动力，胡适也自然成为五四新文化运动的主将之一。这场为世人瞩目的新文化运动所取得的成就，历久弥新地影响感奋着无数的后来者，已成为中华民族文化史上的里程碑。五四运动的最初几年，也是胡适最受青年们崇信的时期。章士钊曾戏称一班青年朋友，视绩溪为上京，奉胡适为大帝。

胡适在北大授业期间，研究国故依然是他的治学主业。在这一领域，梁启超、王国维等一班国学耆硕最为他所尊崇，胡适常常就一些学术问题向他们请教、商榷。1921年4月3日，梁启超在回复胡适为其作的《〈墨经校释〉序》一文中说道：

> ……掸绎终篇，益感共学之乐，除随手签注若干条外，对于尊序所讨论者，更愿简单有所商榷。……有所见辄贡诸社会，自能引起讨论；不问所见当否，而于世于己皆有益。

"一位是曾经的'新民'领袖，一位是当今的'新青年'导师，两位年龄相差近二十岁的新老健将，你来我往地竞相发布着自己的学术新声"[1]，彼此共享着学术交流的快乐。

1922年3月4日，梁启超到北大哲学社作评胡适的《哲学史大纲》学术报告。梁在北大众多师生面前将《中国哲学史大纲》予以深度剖析，很是不留情面。而胡竟亲自做了讲演的主持人。其间，虽对梁的某些观点不认同，但为了学术思想的真谛，他始终表现着非凡雅量。报告结束时，胡适诚恳地感谢梁对《哲学史大纲》提出的批评，并赞赏梁在哲学史中的诸多贡献。这"在大众眼里却变成了一出合串的好戏"，已经成为中国学术史上的一段佳话。

作政府之诤友，言无隐而必诚。

1929年5月至11月间（时任中国公学校长），他撰写的《人权与约法》《知难，行亦不易》《我们什么时候才可有宪法》《新文化运动与国民党》等几篇文字，抨击国民党不是法治政府，并说今日国民政府所代表的国民党是反动的，并且直接点了蒋介石的名字。这几篇文章发表之后，竟有五六个省市党部要求政府

---

[1] 肖伊绯：《胡适的背影》，福建教育出版社2015年版，第84页。

将他撤职惩处，革掉他的校长之职，剥夺他的公权。国民党当局并以不予中国公学立案相要挟，迫使胡适辞职。胡适不愿意因他个人的思想言论影响到学校的立案问题，毅然辞去校长职务。

作为一个学者，对于维护个人自由及人类尊严，他是决不妥协的。他从未轻易放过事实与真理。

1934年9月，全国各地举行纪念九一八事变三周年活动，胡适在《独立评论》上撰文《整整三年了》，敬告全国同胞："这种浅薄空虚无意义的纪念是丝毫无用处的。……我们今日必须彻底地觉悟。……我们如果不能努力赶做我们必须做的工作，更大的'九一八'就要来到。"

胡适痛心疾首的呐喊未能唤醒不肯反省、不觉悟、不知耻的政府，三年之后，更大的"九一八"（七七事变）真的来了，遂使国家陷于长达八年的苦难之中，遭受了更大的耻辱。

抗战前期，胡适被公派至美国进行民间外交。抗战全面爆发后，蒋介石两次发电报给他，要其出任驻美大使。胡适一向是不肯做官的。他慎重考虑之后，才复电说："现在国家是战时，战时政府对我的征调，我不敢推辞。"1938年9月17日，国民政府任命胡适为中华民国驻美特命全权大使。

持节使美，不辱使命，宣正义于他邦。

"做了过河卒子，只有拼命向前。"（胡适自勉语）胡适履职伊始，即与陈光甫（中国银行家）通力合作，在一年多的时间内，成功地向美国借贷五千五百万美元。这对我国在抗战初期有如一剂维持生命的强心针，其意义之重大，不言而喻。

其在大使任内，充分施展他那无碍才辩，折冲樽俎于美国朝野，年复一年，一天到晚，四处奔波，不遗余力忙于演讲（场次数以百计），竭尽所能地运用一切方式和力量推动美日交恶。最终美国放弃"中立法"，卷入太平洋战争，使中国有了"翻身"的机会，迎来了抗战胜利的曙光。1941年12月8日，美国正式对日宣战。

胡适在1938年2月5日的日记里记录了在华盛顿州斯波肯市的一次演讲中详述中国的抗战情形时发生的感人一幕：

　　散后我走到楼梯边，有一个白衣的雇役招我说话，他拿着三块银圆给我，说要捐给中国救济。我接了他的银圆，热泪盈眼眶，谢谢他的好意。他说："I wish I could do more。"（我希望能多做一些）

一个餐馆的侍者，因为听了胡适的演讲，便捐了三个银圆，还"希望能多做一些"。窥一斑而知全豹，从这则日记中，不难看出他竭尽全力日复一日到处演讲所产生的影响与效果。

胡适的爱国情怀一以贯之，推己及人。他在《介绍我自己的思想》一文中谆谆告谕青年学生，要以国家与民族的前途命运为虑，严肃地和胜任地把自己准备好，每日进行思考和判断，把我们自己训练好。"人生如梦"，就算是一场梦吧，可是你只有这一次做梦的机会，岂可不振作一番，做一个痛痛快快轰轰烈烈的梦？

他还说："争你们个人的自由，便是为国家争自由！争你们自己的人格，便是为国家争人格！自由平等的国家，不是一群奴才能建造得起来的！"

"贤者不虚生。"一百年前他就预想：让"以太"给我们送信，使电气为人类赶车。九十年前即提出加收增值税和递进制税收，且大胆发声：放手放胆地去利用欧美资本与技术的合作来促进中国的现代化建设。这种提前了一个世纪，敢为天下先的设想，今天都一步一步地实现了。

胡适一生，都在不断地努力寻求真理。凡事问一个为什么，拿证据来，就会不惑于己，不惑于人。不把耳朵当眼睛，才能不被别人牵着鼻子走。胡适以此为律己、诚人的最高标准。他对朋友、对同事、对后辈的诚挚，使一切接近他的人都有如沐春风的感觉。他给世人树立了一个伟大的人格榜样。

"学而优则仕"是多数中国读书人的情怀。古往今来，多少士子皓首穷经，孜孜以求，概莫能外。而获得35顶博士帽子的胡适不以物喜，矢志不渝，以治学育才为职志，随时准备"替人民说说话，为政府办点事"。

胡适说："今天人类的现状是我们先人的智慧和愚昧所造成的。但是后人怎样来评判我们，那就要看我们尽了自己的本分之后，人类将会变成什么样子了。"他毫无疑问地已尽了他的最大本分，我们今天看到的中国学术与思想的现状，是和他一生的努力工作分不开的。"零落成泥碾作尘，只有香如故。"

朱万英记于 2022 年 7 月 27 日

目 录

第八辑　社会与时事

第一辑

新文学与新文化

文学革命

一九一六年三月间，我曾写信给梅觐庄，略说我的新见解，指出宋元的白话文学的重要价值。觐庄究竟是研究过西洋文学史的人，他回信居然很赞成我的意见。他说：

> 来书论宋元文学，甚启聋聩。文学革命自当从"民间文学"（Folklore, Popular poetry, Spoken language, etc.）入手。此无待言。惟非经一番大战争不可。骤言俚俗文学，必为旧派文家所讪笑攻击。但吾辈正欢迎其讪笑攻击耳。（三月十九日）

这封信真叫我高兴，梅觐庄也成了"我辈"了！

我在四月五日把我的见解写出来，作为两段很长的日记。第一段说：

> 文学革命，在吾国史上，非创见也。即以韵文而论：三百篇变而为骚，一大革命也。又变为五言七言之诗，二大革命也。赋之变为无韵之骈文，三大革命也。古诗之变为律诗，四大革命也。诗之变为词，五大革命也。词之变为曲，为剧本，六大革命也。何独于吾所持文学革命论而疑之！

第二段论散文的革命：

> 文亦几遭革命矣。孔子至于秦汉，中国文体始臻完备。……六朝之文亦有绝妙之作。然其时骈俪之体大盛，文以工巧雕琢见长，文法遂

衰。韩退之之"文起八代之衰"，其功在于恢复散文，讲求文法，此亦一革命也。唐代文学革命家，不仅韩氏一人；初唐小说家皆革命功臣也。"古文"一派，至今为散文正宗，然宋人谈哲理者，似悟古文之不适于用，于是语录体兴焉。语录体者，以俚语说理记事。……此亦一大革命也。……至元人之小说，此体始臻极盛。……总之，文学革命至元代而登峰造极。其时词也，曲也，剧本也，小说也，皆第一流之文学，而皆以俚语为之。其时吾国真可谓有一种"活文学"出世。倘此革命潮流（革命潮流即天演进化之迹。自其异者言之，谓之革命。自其循序渐进之迹言之，即谓之进化，可也）不遭明代八股之劫，不受诸文人复古之劫，则吾国之文学必已为俚语的文学，而吾国之语言早已成为言文一致之语言，可无疑也。但丁（Dante）之创意大利文，却叟（Chaucer）[①]之创英吉利文，马丁·路得（Martin Luther）之创德意志文，未足独有千古矣。惜乎，五百余年来，半死之古文，半死之诗词，复夺此"活文学"之地位，而"半死文学"遂苟延残喘以至于今日。今日之文学，独我佛山人、南亭亭长、洪都百炼生诸公之小说可称"活文学"耳。文学革命何可更缓耶？何可更缓耶？（四月五日夜记）

从此以后，我觉得我已从中国文学演变的历史上寻得了中国文学问题的解决方案，所以我更自信这条路是不错的。过了几天，我作了一首《沁园春》词，写我那时的情绪：

沁园春·誓诗

更不伤春，更不悲秋，以此誓诗。

任花开也好，花飞也好，月圆固好，日落何悲？

我闻之曰，"从天而颂，孰与制天而用之？"

更安用，为苍天歌哭，作彼奴为！

文学革命何疑！？且准备搴旗作健儿。

---

① 却叟（chaucer），现通译为乔叟，14世纪英国小说家、诗人。

要前空千古，下开百世，收他臭腐，还我神奇。

为大中华，造新文学，此业吾曹欲让谁？

诗材料，有簇新世界，供我驱驰。

（四月十三日）

这首词下半阕的口气是很狂的，我自己觉得有点不安，所以修改了好多次。到了第三次修改，我把"为大中华，造新文学，此业吾曹欲让谁"的狂言，全删掉了，下半阕就改成了这个样子：

……文章要有神思，

到琢句雕词意已卑。

定不师秦七，不师黄九，但求似我，何效人为！

语必由衷，言须有物，此意寻常当告谁！

从今后，倚傍人门户，不是男儿！

这次改本后，我自跋云：

吾国文学大病有三：一曰无病而呻，……二曰模仿古人，……三曰言之无物。……顷所作词，专攻此三弊，岂徒责人，亦以自誓耳。

（四月十七日）

前答觐庄书，我提出三事：言之有物，讲文法，不避"文之文字"；此跋提出的三弊，除"言之无物"与前第一事相同，余二事是添出的。后来我主张的文学改良的八件，此时已有了五件了。

——节选自《逼上梁山——文学革命的开始》

文学改良刍议

今之谈文学改良者众矣。记者末学不文，何足以言此？然年来颇于此事再四研思，辅以友朋辩论，其结果所得，颇不无讨论之价值，因综括所怀见解，列为八事，分别言之，以与当世之留意文学改良者一研究之。

吾以为今日而言文学改良，须从八事入手。八事者何？

一曰，须言之有物。

二曰，不模仿古人。

三曰，须讲求文法。

四曰，不作无病之呻吟。

五曰，务去滥调套语。

六曰，不用典。

七曰，不讲对仗。

八曰，不避俗字俗语。

一曰须言之有物

吾国近世文学之大病，在于言之无物。今人徒知"言之无文，行之不远"；而不知言之无物，又何用文为乎？吾所谓"物"，非古人所谓"文以载道"之说也。吾所谓"物"，约有二事：

（一）**情感** 《诗序》曰："情动于中而形诸言。言之不足，故嗟叹之。嗟叹之不足，故咏歌之。咏歌之不足，不如手之舞之，足之蹈之也。"此吾所谓情感也。情感者，文学之灵魂。文学而无情感，如人之无魂，木偶而已，行尸走肉而已。（今人所谓"美感"者，亦情感之一也。）

（二）**思想**　吾所谓"思想"，盖兼见地、识力、理想三者而言之。思想不必皆赖文学而传，而文学以有思想而益贵；思想亦以有文学的价值而益贵也：此庄周之文，渊明、老杜之诗，稼轩之词，施耐庵之小说，所以夐绝千古也。思想之在文学，犹脑筋之在人身。人不能思想，则虽面目姣好，虽能笑啼感觉，亦何足取哉？文学亦犹是耳。

　　文学无此二物，便如无灵魂无脑筋之美人，虽有秾丽富厚之外观，抑亦末矣。近世文人沾沾于声调字句之间，既无高远之思想，又无真挚之情感，文学之衰微，此其大因矣。此文胜之害，所谓言之无物者是也。欲救此弊，宜以质救之。质者何？情与思二者而已。

二曰不模仿古人

　　文学者，随时代而变迁者也。一时代有一时代之文学：周秦有周秦之文学，汉魏有汉魏之文学，唐、宋、元、明有唐、宋、元、明之文学。此非吾一人之私言，乃文明进化之公理也。即以文论，有《尚书》之文，有先秦诸子之文，有司马迁、班固之文，有韩、柳、欧、苏之文，有语录之文，有施耐庵、曹雪芹之文：此文之进化也。……此可见文学因时进化，不能自止。唐人不当作商周之诗，宋人不当作相如、子云之赋，——即令作之，亦必不工。逆天背时，违进化之迹，故不能工也。

　　既明文学进化之理，然后可言吾所谓"不模仿古人"之说。今日之中国，当造今日之文学，不必模仿唐宋，亦不必模仿周秦也。……

三曰须讲求文法

　　今之作文作诗者，每不讲求文法之结构。其例至繁，不便举之，尤以作骈文律诗者为尤甚。夫不讲文法，是谓"不通"。此理至明，无待详论。

四曰不作无病之呻吟

此殊未易言也。今之少年往往作悲观，其取别号则曰"寒灰""无生""死灰"；其作为诗文，则对落日而思暮年，对秋风而思零落，春来则唯恐其速去，花发又唯惧其早谢：此亡国之哀音也。老年人为之犹不可，况少年乎？其流弊所至，遂养成一种暮气，不思奋发有为，服劳报国，但知发牢骚之音，感喟之文；作者将以促其寿年，读者将亦短其志气：此吾所谓无病之呻吟也。……

五曰务去滥调套语

今之学者，胸中记得几个文学的套语，便称诗人。其所为诗文处处是陈言滥调。"蹉跎""身世""寥落""飘零""虫沙""寒窗""斜阳""芳草""春闺""愁魂""归梦""鹃啼""孤影""雁字""玉楼""锦字""残更"之类，累累不绝，最可憎厌。其流弊所至，遂令国中生出许多似是而非、貌似而实非之诗文。今试举吾友胡先骕先生一词以证之：

> 荧荧夜灯如豆，映幢幢孤影，凌乱无据。翡翠衾寒，鸳鸯瓦冷，禁得秋宵几度？　幺弦漫语，早丁字帘前，繁霜飞舞。袅袅余音，片时犹绕柱。

此词骤观之，觉字字句句皆词也，其实仅一大堆陈套语耳。"翡翠衾""鸳鸯瓦"，用之白香山《长恨歌》则可，以其所言乃帝王之衾之瓦也。"丁字帘""幺弦"，皆套语也。此词在美国所作，其夜灯决不"荧荧如豆"，其居室尤无"柱"可绕也。至于"繁霜飞舞"，则更不成话矣。谁曾见繁霜之"飞舞"耶？

吾所谓务去滥调套语者，别无他法，唯在人人以其耳目所亲见亲闻所亲身阅历之事物，一一自己铸词以形容描写之；但求其不失真，但求能达其状物写意之目的，即是功夫。其用滥调套语者，皆懒惰不肯自己铸词状物者也。

六曰不用典

吾所主张八事之中,唯此一条最受朋友攻击,盖以此条最易误会也。吾友江亢虎君来书曰:

> 所谓典者,亦有广狭二义。餖饤獺祭,古人早悬为厉禁;若并成语故事而屏之,则非惟文字之品格全失,即文字之作用亦亡。……文字最妙之意味,在用字简而涵义多。此断非用典不为功。不用典不特不可作诗,并不可写信,且不可演说。来函满纸"旧雨""虚怀""治头治脚""舍本逐末""洪水猛兽""发聋振聩""负弩先驱""心悦诚服""词坛""退避三舍""滔天""利器""铁证"……皆典也。试尽抉而去之,代以俚语俚字,将成何说话?其用字之繁简,犹其细焉。恐一易他词,虽加倍蓰而涵义仍终不能如是恰到好处,奈何?……

此论甚中肯要。今依江君之言,分典为广狭二义,分论之如下:

一、广义之典非吾所谓典也。广义之典约有五种:

(甲)古人所设譬喻,其取譬之事物,含有普通意义,不以时代而失其效用者,今人亦可用之。如古人言"以子之矛,攻子之盾",今人虽不读书者,亦知用"自相矛盾"之喻,然不可谓为用典也。上文所举例中之"治头治脚""洪水猛兽""发聋振聩"……皆此类也。盖设譬取喻,贵能切当;若能切当,固无古今之别也。若"负弩先驱""退避三舍"之类,在今日已非通行之事物,在文人相与之间,或可用之,然终以不用为上,如言"退避",千里亦可,百里亦可,不必定用"三舍"之典也。

(乙)成语。成语者,合字成辞,别为意义。其习见之句,通行已久,不妨用之。然今日若能另铸"成语",亦无不可也。"利器""虚怀""舍本逐末"……皆属此类。此非"典"也,乃日用之字耳。

(丙)引史事。引史事与今所论议之事相比较,不可谓为用典也。如老杜诗云,"未闻殷周衰,中自诛褒妲",此非用典也。近人诗云,"所以曹孟德,犹以汉相终",此亦非用典也。

（丁）引古人作比。此亦非用典也。杜诗云"清新庾开府，俊逸鲍参军"，此乃以古人比今人，非用典也。又云"伯仲之间见伊吕，指挥若定失萧曹"，此亦非用典也。

（戊）引古人之语。此亦非用典也。吾尝有句云"我闻古人言，艰难惟一死"。又云"尝试成功自古无，放翁此语未必是"。此乃引语，非用典也。

以上五种为广义之典，其实非吾所谓典也。若此者可用可不用。

二、狭义之典，吾所主张不用者也。吾所谓用"典"者，谓文人词客不能自己铸词造句以写眼前之景，胸中之意，故借用或不全切，或全不切之故事陈言以代之，以图含混过去：是谓"用典"。上所述广义之典，除戊条外，皆为取譬比方之辞。但以彼喻此，而非以彼代此也。狭义之用典，则全为以典代言，自己不能直言之，故用典以言之耳，此吾所谓用典与非用典之别也。狭义之典亦有工拙之别，其工者偶一用之，未为不可，其拙者则当痛绝之。

（子）用典之工者。此江君所谓用字简而涵义多者也。客中无书不能多举其例，但杂举一二，以实吾言：

（1）东坡所藏"仇池石"，王晋卿以诗借观，意在于夺。东坡不敢不借，先以诗寄之，有句云，"欲留嗟赵弱，宁许负秦曲。传观慎勿许，间道归应速。"此用蔺相如返璧之典，何其工切也！

（2）东坡又有"章质夫送酒六壶，书至而酒不达"。诗云："岂意青州六从事，化为乌有一先生。"此虽工已近于纤巧矣。

（3）吾十年前尝有《读〈十字军英雄记〉》一诗云："岂有鸩人羊叔子？焉知微服赵主父？十字军真儿戏耳，独此两人可千古。"以两典包尽全书，当时颇沾沾自喜，其实此种诗，尽可不作也。

（4）江亢虎代华侨诔陈英士文有"未悬太白，先坏长城。世无钮鹗，乃戕赵卿"四句，余极喜之。所用赵宣子一典，甚工切也。

（5）王国维咏史诗，有"虎狼在堂室，徙戎复何补？神州遂陆沉，百年委榛莽。寄语桓元子，莫罪王夷甫"。此亦可谓使事之工者矣。

上述诸例，皆以典代言，其妙处，终在不失设譬比方之原意；惟为文体所限，故譬喻变而为称代耳。用典之弊，在于使人失其所欲譬喻之原意。若反客为主，使读者迷于使事用典之繁，而转忘其所为设譬之事物，则为拙矣。古人虽作百韵长诗，其所用典不出一二事而已（《北征》与白香山《悟真寺诗》皆不用一典），今人作长律则非典不能下笔矣。尝见一诗八十四韵，而用典至百余事，宜其不能工也。

（丑）用典之拙者。用典之拙者，大抵皆懒惰之人，不知造词，故以此为躲懒藏拙之计。唯其不能造词，故亦不能用典也。总计拙典亦有数类：

（1）比例泛而不切，可作几种解释，无确定之根据。……

（2）僻典使人不解。夫文学所以达意抒情也。若必求人人能读五车书，然后能通其文，则此种文可不作矣。

（3）刻削古典成语，不合文法。"指兄弟以孔怀，称在位以曾是"（章太炎语），是其例也。今人言"为人作嫁"亦不通。

（4）用典而失其原意。如某君写山高与天接之状，而曰"西接杞天倾"是也。

（5）古事之实有所指，不可移用者，今往乱用作普通事实。如古人灞桥折柳，以送行者，本是一种特别土风。阳关、渭城亦皆实有所指。今之懒人不能状别离之情，于是虽身在滇越，亦言灞桥；虽不解阳关、渭城为何物，亦皆言"阳关三叠""渭城离歌"。又如，张翰因秋风起而思故乡之莼羹鲈脍，今则虽非吴人，不知莼鲈为何味者，亦皆自称有"莼鲈之思"。此则不仅懒不可救，直是自欺欺人耳！

凡此种种，皆文人之下下功夫，一受其毒，便不可救。此吾所以有"不用典"之说也。

七曰不讲对仗

排偶乃人类言语之一种特性，故虽古代文字，如老子、孔子之文，亦间有骈句。如："道可道，非常道；名可名，非常名。无名天地之始，有名万物之母。故常无，欲以观其妙；常有，欲以观其微。"此三排句也。"食无求饱，居无求安。""贫而无谄，富而无骄。""尔爱其羊，我爱其礼。"——此皆排句也。然此皆近于语言之自然，而无牵强刻削之迹；尤未有定其字之多寡，声之平仄，词之虚实者也。至于后世文学末流，言之无物，乃以文胜；文胜之极，而骈文律诗兴焉，而长律兴焉。骈文律诗之中非无佳作，然佳作终鲜。所以然者何？岂不以其束缚人之自由过甚之故耶？（长律之中，上下古今，无一首佳作可言也。）今日而言文学改良，当"先立乎其大者"，不当枉废有用之精力于微细纤巧之末：此吾所以有废骈废律之说也。即不能废此两者，亦但当视为文学末技而已，非讲求之急务也。

今人犹有鄙夷白话小说为文学小道者。不知施耐庵、曹雪芹、吴趼人皆文学正宗，而骈文律诗乃真小道耳。吾知必有闻此言而却走者矣。

八曰不避俗语俗字

吾唯以施耐庵、曹雪芹、吴趼人为文学正宗，故有"不避俗字俗语"之论也（参看上文第二条下）。盖吾国言文之背驰久矣。自佛书之输入，译者以文言不足以达意，故以浅近之文译之，其体已近白话。其后佛氏讲义语录尤多用白话为之者，是为语录体之原始。及宋人讲学以白话为语录，此体遂成讲学正体（明人因之）。当是时，白话已久入韵文，观唐宋人白话之诗词可见也。及至元时，中国北部已在异族之下，三百余年矣（辽、金、元）。此三百年中，中国乃发生一种通俗行远之文学。文则有《水浒》《西游》《三国》之类，戏曲则尤不可胜计（关汉卿诸人，人各著剧数十种之多。吾国文人著作之富，未有过于此时者也）。以今世眼光观之，则中国文学当以元代为最盛；可传世不朽之作，当以元代为最多：此可无疑也。当是时，中国之文学最近言文合一，白话几成文学的语言矣。使此趋势不受阻遏，则中国几有一"活文学出现"，而但丁、路德之伟业［欧洲中古时，各国皆有俚语，而以拉丁文为文言，凡著作书籍皆用之，以吾国之以文言著书也。其后意大利有但丁（Dante）诸文豪，始以其国俚语著作。诸国踵兴，国语亦代起。路德（Luther）创新教始以德文译《旧约》《新约》，遂开德文学之先。英、法诸国亦复如是。今世通用之英文《新旧约》乃1611年译本，距今才三百年耳。故今日欧洲诸国之文学，在当日皆为俚语。迨诸文豪兴，始以"活文学"代拉丁之死文学；有活文学而后有言文合一之国语也］，几发生于神州。不意此趋势骤为明代所阻，政府既以八股取士，而当时文人如何李七子之徒，又争以复古为高，于是此千年难遇言文合一之机会，遂中道夭折矣。然以今世历史进化的眼光观之，则白话文学之为中国文学之正宗，又为将来文学必用之利器，可断言也（此"断言"乃自作者言之，赞成此说者今日未必甚多也）。以此之故，吾主张今日作文作诗，宜采用俗语俗字。与其用三千年前之死字（如"于铄国会，遵晦时休"之类），不如用二十世纪之活字；与其作不能行远不能普及之秦、汉、六朝文字，不如作家喻户晓之《水浒》《西游》文字也。

结论

上述八事，乃吾年来研思此一大问题之结果。远在异国，既无读书之暇晷，又不得就国中先生长者质疑问难，其所主张容有矫枉过正之处。然此八事皆文学上根本问题，一一有研究之价值。故草成此论，以为海内外留心此问题者作一草案。谓之刍议，犹云未定草也。伏惟国人同志有以匡纠是正之。

民国六年一月

——节选自《文学改良刍议》

改良中国文学的讨论

《文学改良刍议》是1917年1月出版的，我在1917年4月9日还写了一封长信给陈独秀先生，信内说：

> 此事之是非，非一朝一夕所能定，亦非一二人所能定。甚愿国中人士能平心静气与吾辈同力研究此问题。讨论既熟，是非自明。吾辈已张革命之旗，虽不容退缩，然亦决不敢以吾辈所主张为必是，而不容他人之匡正也。……

独秀在《新青年》（第3卷3号）上答我道：

鄙意容纳异议，自由讨论，固为学术发达之原则，独至改良中国文学当以白话为正宗之说，其是非甚明，必不容反对者有讨论之余地；必以吾辈所主张者为绝对之是，而不容他人之匡正也。盖以吾国文化倘已至文言一致地步，则以国语为文，达意状物，岂非天经地义？尚有何种疑义必待讨论乎？其必欲摈弃国语文学，而悍然以古文为正宗者，犹之清初历家排斥西法，乾嘉畴人非难地球绕日之说，吾辈实无余闲与之作此无谓之讨论也。

这样武断的态度，真是一个老革命党的口气。我们一年多的文学讨论的结果，得着了这样一个坚强的革命家做宣传者，做推行者，不久就成为一个有力的大运动了。

——节选自《逼上梁山——文学革命的开始》

白话的"白"

吾曾做"白话解"，释白话之义，约有三端：

（一）白话的"白"，是戏台上"说白"的白，是俗语"土白"的白。故白话即是俗话。

（二）白话的"白"，是"清白"的白，是"明白"的白。白话但须要"明白如话"，不妨夹几个文言的字眼。

（三）白话的"白"，是"黑白"的白。白话便是干干净净没有堆砌涂饰的话，也不妨夹入几个明白易晓的文言字眼。

——节选自《答钱玄同书》

国语的文学，文学的国语

我的《文学改良刍议》发表以来，已有一年多了。这十几个月之中，这个问题居然引起了许多很有价值的讨论，居然受了许多很可使人乐观的影响。……

我现在做这篇文章的宗旨，在于贡献我对于建设新文学的意见。我且先把我从前所主张破坏的八事引来做参考的资料：

一、不作"言之无物"的文字。

二、不作"无病呻吟"的文字。

三、不用典。

四、不用套语滥调。

五、不重对偶——文须废骈，诗须废律。

六、不作不合文法的文字。

七、不模仿古人。

八、不避俗语俗字。

这是我的"八不主义"，是单从消极的、破坏的一方面着想的。

自从去年归国以后，我在各处演说文学革命，便把这"八不主义"都改作了肯定的口气，又总括作四条，如下：

一、要有话说，方才说话。这是"不作言之无物的文字"一条的变相。

二、有什么话，说什么话；话怎么说，就怎么说。这是二、三、四、五、六诸条的变相。

三、要说我自己的话，别说别人的话。这是"不模仿古人"一条的变相。

四、是什么时代的人，说什么时代的话。这是"不避俗话俗字"的变相。

这是一半消极，一半积极的主张。一笔表过，且说正文。

我的《建设新文学论》的唯一宗旨只有十个大字："国语的文学，文学的国语。"……国语没有文学，便没有生命，便没有价值，便不能成立，便不能发达。这是我这一篇文字的大旨。

我曾经仔细研究：中国这二千年何以没有真有价值真有生命的"文言的文学"？我自己回答道："这都因为这二千年的文人所做的文学都是死的，都是用已经死了的语言文字做的。死文字决不能产生活文学。所以中国这二千年只有些死文学，只有些没有价值的死文学。"

我们为什么爱读《木兰辞》和《孔雀东南飞》呢？因为这两首诗是用白话作的。为什么爱读陶渊明的诗和李后主的词呢？因为他们的诗词是用白话作的。为什么爱读杜甫的《石壕吏》《兵车行》诸诗呢？因为他们都是用白话作的。为什么不爱读韩愈的《南山》呢？因为他用的是死字死话。……简单说来，自从《三百篇》到于今，中国的文学凡是有一些价值有一些生命的，都是白话的，或是近于白话的。其余的都是没有生气的古董，都是博物院中的陈列品！

再看近世的文学：何以《水浒传》《西游记》《儒林外史》《红楼梦》可以称为"活文学"呢？因为他们都是用一种活文字作的。若是施耐庵、吴承恩、吴敬梓、曹雪芹都用了文言作书，他们的小说一定不会有这样生命，一定不会有这样价值。

读者不要误会，我并不曾说凡是用白话作的书都是有价值有生命的。我说的是：用死了的文言决不能作出有生命有价值的文学来。……若有人不信这话，可先读明朝古文大家宋濂的《王冕传》，再读《儒林外史》第一回的《王冕传》，便可知道死文学和活文学的分别了。

为什么死文字不能产生活文学呢？这都由于文学的性质。一切语言文字的作用在于达意表情；达意达得妙，表情表得好，便是文学。那些用死文言的人，有了意思，却须把这意思翻成几千年前的典故；有了感情，却须把这感情译为几千年前的文言。明明是客子思家，他们须说"王粲登楼""仲宣作赋"；明明是送别，他们却须说《阳关》三叠"一曲《渭城》"；明明是贺陈宝琛七十岁生日，他们却须说是贺伊尹、周公、傅说。更可笑的：明明是乡下老太婆说话，他们却要叫他打起唐宋八家的古文腔儿；明明是极下流的妓女说话，他们却要她打起胡天游、洪亮吉的骈文调子！……请问这样做文章如何能达意表情呢？既不能达意，既不能表情，哪里还有文学呢？即如那《儒林外史》里的王冕，是一个有感情、有血气，能生动、能谈笑的活人。这都因为作书的人能用活言语活文字来描写他的生活神情。那宋濂集子里的王冕，便成了一个没有生气、不能动人的死人。为什么呢？因为宋濂用了二千年前的死文字来写二千年后的活人，所以不能不把这个活人变作二千年前的木偶，才可合那古文家法。古文家法是合了，那王冕也真"作古"了！

因此我说，"死文言绝不能产出活文学"。中国若想有活文学，必须用白话，必须用国语，必须作国语的文学。

……

我常问我自己道："自从施耐庵以来，很有了些极风行的白话文学，何以中国至今还不曾有一种标准的国语呢？"我想来想去，只有一个答案。这一千年来，中国固然有了一些有价值的白话文学，但是没有一个人出来明目张胆地主张用白话为中国的"文学的国语"。有时陆放翁高兴了，便作一首白话诗；有时柳耆卿高兴了，便作一首白话词；有时朱晦庵高兴了，便写几封白话信，作几条白话札记；有时施耐庵、吴敬梓高兴了，便作一两部白话小说。这都是不知不觉的自然出产品，并非是有意的主张。因为没有"有意的主张"，所以作白话的只管作白话，作古文的只管作古文，作八股的只管作八股。因为没有"有意的主张"，所以白话文学从不曾和那些"死文学"争那"文学正宗"的位置。白话文学不成为文学正宗，故白话不曾成为标准国语。

我们今日提倡国语的文学，是有意的主张。要使国语成为"文学的国语"。有了文学的国语，方有标准的国语。

——节选自《建设的文学革命论》

老章又反叛了

章士钊君在民国十二年八月间发表了他的《评新文化运动》（上海《新闻报》八月二十一、二十二日）。那时我在烟霞洞养病。有一天，潘大道君上山来玩，对我说："行严说你许久没有作文章了，这回他给你出了题目，你总不能不作文章答他了。"我问他出了什么题目，潘君说是《评新文化运动》一文。当时我对潘君说：

"请你转告行严，这个题目我只好交白卷了，因为行严那篇文章不值得一驳。"潘君问："'不值一驳'，这四个字可以老实告诉他吗？"我说："请务必达到。"

但潘君终不曾把这四个字达到。后来我回到上海，有一个老朋友请章君和陈独秀君和我吃饭，我才把这句话当面告诉章君。

那一晚客散后，主人汪君说："行严真有点雅量；你那样说，他居然没有生气。"我对主人说："你只知其一，不知其二。行严只有小雅量，其实没有大雅量；他能装作不生气，而其实他的文章处处是悻悻然和我们生气。"汪君不明白我这句话；我解释道："行严是一个时代的落伍者；他却又虽落伍而不甘落魄，总想在落伍之后谋一个首领做做。……他在《评新文化运动》一文里，曾骂一般少年人'以适之为天帝，以绩溪为上京，一味于胡氏《文存》中求文章义法，于《尝试集》中求诗歌律令'。其实行严自己，却真是梦想人人'以秋桐为上帝，以长沙为上京，一味于《甲寅》杂志中求文章义法'！我们试翻开那篇文章看看，他骂我们做白话的人'如饮狂泉'，'智出伦敦小儿女之下'，'以鄙俗妄为之笔，窃高文美艺之名，以就下走圹之狂，隳载道行远之业……'这不都是悻悻然和我们生气吗？这岂是'雅量'的表现吗？"

汪君和章君是几十年的老朋友，他也说我这个判断不错。

我们观察章士钊君，不可不明白他的心理。他的心理就是，一个时代落伍者对于行伍中人的悻悻然不甘心的心理。他受过英国社会的一点影响，学得一点吴稚晖先生说的"Gentleman的臭架子"，所以我当面说他不值一驳，他能全不生气。但他学得不彻底，他不知道一个真正Gentleman必须有Sportsmanship，可译作豪爽。豪爽的一种表现，就是肯服输。一个人不肯服输，就使能隐忍于一时，终不免有悻悻诟骂的一天的。

我再述一件事，更可以形容章君的心理。今年二月里，我有一天在撷英饭馆席上遇着章君，他说他那一天约了一家照相馆饭后给他照相，他邀我和他同拍一张。饭后我们同去照了一张相。相片印成之后，他题了一首白话诗给我，全诗如下：

> 你姓胡我姓章，
> 你讲什么新文学，
> 我开口还是我的老腔。

你不攻来我不驳，

双双并座，各有各的心肠。

将来三五十年后，

这个相片好做文学纪念看。

哈，哈，

我写白话歪词送给你，

总算是老章投了降。

十四，二，五

这样豪爽的投降，几乎使我要信汪君说的"行严的雅量"了！他要我题一首文言诗答他，我就写了这样的四句：

但开风气不为师，龚生此言吾最喜。

同是曾开风气人，愿长相亲不相鄙。

十四，二，九

然而"行严的雅量"终是很有限的，他终不免露出他那悻悻然生气的本色来。他的投降原只是诈降，他现在又反叛了！

我手下这员降将虽然还不曾对我直下攻击，然而他在《甲寅》周刊里，早已屡次对于白话文学下攻击了。他的广告里就说：

文字须求雅驯，白话恕不刊布。

这真是悻悻然小丈夫的气度。……

我的"受降城"是永远四门大开的。但我现在改定我的受降条例了：凡自夸"摈白话弗读，读亦弗卒"的人，即使他牵羊担酒，衔璧舆榇，捧着"白话歪词"来投降，我决不收受了！

十四，八，二十七夜

——节选自《老章又反叛了》

林琴南不知其"所以然"

顷见林琴南先生新著《论古文之不当废》一文，喜而读之，以为定足供吾辈攻击古文者之研究，不意乃大失所望。林先生之言曰：

> 知腊丁①之不可废，则马、班、韩、柳亦自有其不宜废者。吾识其理，乃不能道其所以然，此则嗜古者之痼也。

"吾识其理，乃不能道其所以然"，此正是古文家之大病。古文家作文，全由熟读他人之文，得其声调口吻，读之烂熟，久之亦能仿效，却实不明其"所以然"。此如留声机器，何尝不能全像留声之人之口吻声调？然终是一副机器，终不能"道其所以然"也。今试举一例以证之。林先生曰：

> 呜呼！有清往矣！论文者独数方、姚，而攻掊之者麻起，而方、姚卒不之蹈。

此中，"而方、姚卒不之蹈"一句不合文法，可谓"不通"。所以者何？古文凡否定动词之止词，若系代名词，皆位于"不"字与动词之间。如"不我与""不吾知也""未之有也""未之前闻也"，皆是其例。然"蹈"字乃是内动词，其下不当有止词，故可言"而方、姚卒不蹈"，亦可言"方、姚卒不因之而蹈"，却不可言"方、姚卒不之蹈"也。林先生知"不之知""未之有"之文法，而不知"不之蹈"之不通，此则学古文而不知古文之"所以然"之弊也。

---

① 腊丁，现通译为拉丁。

林先生乃古文大家，而其论"古文之不当废"，"乃不能道其所以然"，则古文之当废也，不亦既明且显耶？

——节选自《寄陈独秀》

文学进化观念的四层意义

如今且说文学进化观念的意义。这个观念有四层意义，每一层含有一个重要的教训。

第一层总论文学的进化：文学乃是人类生活状态的一种记载，人类生活随时代变迁，故文学也随时代变迁，故一代有一代的文学。周秦有周秦的文学，汉魏有汉魏的文学，唐有唐的文学，宋有宋的文学，元有元的文学。《三百篇》的诗人作不出《元曲选》，《元曲选》的杂剧家也作不出《三百篇》。左丘明作不出《水浒传》，施耐庵也作不出《春秋左传》。这是文学进化观念的第一层教训，最容易明白，故不用详细引证了（古人如袁枚、焦循，多有能懂得此理的）。

文学进化观念的第二层意义是：每一类文学不是三年两载就可以发达完备的，须从极低微的起源，慢慢地、渐渐地，进化到完全发达的地位。有时候，这种进化刚到半路上，遇着阻力，就停住不进步了；有时候，因为这一类文学受种种束缚，不能自由发展，故这一类文学的进化史，全是摆脱这种束缚力争自由的历史；有时候，这种文学上的羁绊居然完全毁除，于是这一类文学便可以自由发达；有时候，这种文学革命只能有局部的成功，不能完全扫除一切枷锁镣铐，后来习惯成了自然，便如缠足的女子，不但不想反抗，竟以为非如此不美了！这是说各类文学进化变迁的大势。西洋的戏剧便是自由发展的变化；中国的戏剧便是只有局部自由的结果。……中国戏剧一千年来力求脱离乐曲一方面的种种束缚，但因守旧性太大，未能完全达到自由与自然的地位。中国戏剧的将来，全靠有人能知道文学进化的趋势，能用人力鼓吹，帮助中国戏剧早日脱离一切阻碍进化的恶习惯，使他渐渐自然，渐渐达到完全发达的地位。

文学进化的第三层意义是：一种文学的进化，每经过一个时代，往往带着前一个时代留下的许多无用的纪念品；这种纪念品在早先的幼稚时代本来是很有用的，后来渐渐的可以用不着他们了，但是因为人类守旧的惰性，故仍旧保存这些过去时代的纪念品。在社会学上，这种纪念品叫作"遗形物"（Vestiges or Rudiments）。如男子的乳房，形式虽存，作用已失，本可废去，总没废去，故叫作"遗形物"。……这种"遗形物"不扫除干净，中国戏剧永远没有完全革新的希望。不料现在的评剧家不懂得文学进化的道理，不知道这种过时的"遗形物"很可阻碍戏剧的进化，又不知道这些东西于戏剧的本身全不相关，不过是历史经过的一种遗迹；居然竟有人把这些"遗形物"——脸谱、嗓子、台步、武把子、唱工、锣鼓、马鞭子、跑龙套，等等——当作中国戏剧的精华！这真是缺乏文学进化观念的大害了。

文学进化观念的第四层意义是：一种文学有时进化到一个地位，便停住不进步了；直到他与别种文学相接触，有了比较，无形中受了影响，或是有意地吸收人的长处，方才再继续有进步。此种例在世界文学史上，真是举不胜举。如英国戏剧在伊丽莎白女王的时代本极发达，有蒋生①（Ben Jonson）、萧士比亚②等的名著；后来英国人崇拜萧士比亚太甚了，被他笼罩一切，故十九世纪的英国诗与小说虽有进步，于戏剧一方面实在没有出色的著作；直到最近三十年中，受了欧洲大陆上新剧的影响，方才有萧伯纳（Bernard Shaw）、高尔华胥（John Galsworthy）等人的名著。这便是一例。……现在中国戏剧有西洋的戏剧可作直接比较参考的材料，若能有人虚心研究，取人之长，补我之短，扫除旧日种种"遗形物"，采用西洋最近百年继续发达的新观念、新方法、新形式，如此方才可使中国戏剧有改良进步的希望。

——节选自《文学进化观念与戏剧改良》

---

① 蒋生（Ben Jonson），现通译为本·琼森，英国剧作家、诗人。
② 萧士比亚（William Shakespeare），现通译为莎士比亚，英国剧作家、诗人。

文学革命的五个时期

　　中国的古文在二千年前已经成了一种死文字。所以汉武帝时丞相公孙弘奏称"诏书律令下者，……文章尔雅，训辞深厚，恩施甚美；小吏浅闻，不能究宣，无以明布谕下"。那时代的小吏已不能了解文章尔雅的诏书律令了。但因为政治上的需要，政府不能不提倡这种已死的古文；所以他们想出一个法子来鼓励民间研究古文：凡能"通一艺以上"的，都有官做，"先用诵多者"。这个法子起于汉朝，后来逐渐修改，变成"科举"的制度。这个科举的制度延长了那已死的古文足足二千年的寿命。

　　但民间的白话文学是压不住的。这二千年之中，贵族的文学尽管得势，平民的文学也在那里不响地继续发展。汉魏六朝的"乐府"代表第一个时期的白话文学。乐府的真美是遮不住的，所以唐代的诗也很多白话的，大概是受了乐府的影响。中唐的元稹、白居易更是白话诗人了。晚唐的诗人差不多全是白话或近于白话的了。中唐晚唐的禅宗大师用白话讲学说法，白话散文因此成立。唐代的白话诗和禅宗的白话散文代表第二个时期的白话文学。但诗句的长短有定，那一律五字或一律七字的句子究竟不适宜于白话，所以诗一变而为词。词句长短不齐，更近说话的自然了。五代的白话词，北宋柳永、欧阳修、黄庭坚的白话词，南宋辛弃疾一派的白话词，代表第三时期的白话文学。诗到唐末，有李商隐一派的妖孽诗出现，北宋杨亿等接着，造为"西昆体"。北宋的大诗人极力倾向解放的方面，但终不能完全脱离这种恶影响。所以江西诗派，一方面有很近白话的诗，一方面又有很坏的古典诗。直到南宋杨万里、陆游、范成大三家出来，白话诗方才又兴盛起来。这些白话诗人也属于这第三时期的白话文学。南宋晚年，诗有严羽的复古派，词有吴文英的古典派，都是背时的反动。然后北方受了契丹、女真、蒙古三大征服的影响，古文学的权威减少了，民间的文学渐渐起来。金元时代的白话小曲——如《阳春白雪》和《太平乐府》两集选载的——和白话杂剧，代表这第四时期的白话文学。明朝的文学又是复古派战胜了：八股之外，诗词和散文都带着复古的色彩，戏剧也变成又长又酸的传奇了。但是白话小说可进步了。白话小说起于宋代，传至元代，还不曾脱离幼稚的时期。到了明朝，小说方才到了成人时期，《水浒传》《金瓶梅》《西游记》都出在这个时代。明末的金人瑞竟公然宣言"天下之文章无出《水浒传》右者"。清初的《水浒后传》、乾隆时代的《儒林外史》与《红楼梦》，都是很好的作品。直到这五十年中，小说的发展始终没有间断。明清五百年的白话小说，代表第五时期的白话文学。

这五个时期的白话文学之中，最重要的是这五百年中的白话小说。这五百年之中，流行最广、势力最大、影响最深的书，并不是四书五经，也不是性理的语录，乃是那几部"言之无文，行之最远"的《水浒》《三国》《西游》《红楼》。这些小说的流行便是白话的传播：多卖得一部小说，便添得一个白话教员。所以这几百年来，白话的知识和技术都传播得很远，超出平常所谓"官话疆域"之外。……

中国的国语早已写定了，又早已传播得很远了，又早已产生了许多第一流的活文学了，——然而国语还不曾得到全国的公认，国语的文学也还不曾得大家的公认，这是因为什么缘故呢？这里面有两个大的原因：一是科举没有废止，一是没有一种有意的国语主张。

……

一九一六年以来的文学革命运动，方才是有意的主张白话文学。这个运动有两个要点与那些白话报或字母的运动绝不相同。第一，这个运动没有"他们""我们"的区别。白话并不单是"开通民智"的工具，白话乃是创造中国文学的唯一工具。白话不是只配抛给狗吃的一块骨头，乃是我们全国人都该赏识的一件好宝贝。第二，这个运动老老实实地攻击古文的权威，认他做"死文学"。

从前那些白话报的运动和字母的运动，虽然承认古文难懂，但他们总觉得"我们上等社会的人是不怕难的：吃得苦中苦，方为人上人"。这些"人上人"大发慈悲心，哀念小百姓的无知无识，故降格做点通俗文章给他们看。但这些"人上人"自己仍旧应该努力模仿汉魏唐宋的文章。这个文学革命便不同了：他们说，古文死了二千年了，他的不孝子孙瞒住大家，不肯替他发丧举哀；现在我们来替他正式发讣文，报告天下"古文死了！死了两千年了！你们爱举哀的，请举哀罢！爱庆祝的，也请庆祝罢！"

——节选自《五十年来中国之文学》

古文应用的努力完全失败了

古文经过桐城派的廓清，变成通顺明白的文体，所以在那几十年中，古文家还能勉强挣扎，要想运用那种文体来供给一个骤变的时代的需要。但时代变得太快了，新的事物太多了，新的知识太复杂了，新的思想太广博了，那种简单的古文体，无论怎样变化，终不能应付这个新时代的要求，终于失败了。失败最大的是严复式的译书。严复自己在《群己权界论》的凡例里曾说：

> 海外读吾译者，往往以不可猝解，訾其艰深。不知原书之难且实过之。理本奥衍，与不佞文字固无涉也。

这是他的译书失败的铁证。今日还有学严复译书的人，如章士钊先生，他们的译书是不会有人读的了。

其次是林纾的翻译小说的失败。用古文写的小说，最流行的是蒲松龄的《聊斋志异》；《聊斋志异》有圈点详注本，故士大夫阶级多能阅读。古文到了桐城一派，叙事记言多不许用典，比《聊斋》时代的古文干净多了。所以林纾译的小说，没有注释典故的必要，然后用古文译书，不加圈点，读得懂的人就很少。林译小说都用圈断句，故能读者较多。但能读这类古文小说的人，实在是很少的。林纾的名声大了，他的小说每部平均能销几百本，在当时要算销行最广的了，但当时一切书籍（除小学教科书外）的销路都是绝可怜的小！后来周树人、周作人两先生合译《域外小说集》，他们都能直接从外国文字译书，他们的古文也比林纾更通畅细密，然而他们的书在十年之中只销了二十一册！这个故事可以使我们明白，用古文译小说，也是一样劳而无功的死路，因为能读古文小说的人实在太少了。至于古文不能翻译外国近代文学的复杂文句和细致描写，这是能读外国原书的人都知道的，更不用说了。

严格说来，谭嗣同、梁启超的议论文已不是桐城派所谓"古文"了，梁启超自己说他亡命到国外以后，做文章即：

> 自解放，务为平易畅达，时杂以俚语、韵语，及外国语法；纵笔所至不检束。学者竞效之，号新文体。老辈则痛恨，诋为野狐。然其文条理明晰，笔锋常带情感，对于读者，别有一种魔力焉。

这种"新文体"是古文的大解放。靠着圈点和分段的帮助，这种解放的文体居然能做长篇的议论文章了；每遇一个抽象的题目，往往列举譬喻，或列举事例，每一譬喻或事例各自成一段，其体势颇像分段写的八股文的长比，而不受骈四俪六的拘束，所以气势汪洋奔放，而条理浅显，容易使读者受感动。在一个感受绝大震荡的过渡社会里，这种解放的新文体曾有很伟大的魔力。但议论的文字不是完全走情感的一条路的。经过了相当时期的教育发展，这种奔放的情感文字渐渐地被逼迫而走上了理智的辩驳文字的路。梁启超中年的文章也渐渐从奔放回到细密，全不像他壮年的文章了。后起的政论家，更不能不注意逻辑的谨严、文法的细密、理论的根据。章士钊生于桐城古文大本营的湖南，他的文章很有桐城气息。他一面受了严复的古文译书的影响，一面又颇受了英国十九世纪政论文章的影响，所以他颇想做出一种严密的说理文章。同时的政论家也颇受他的影响，朝着这个方面做去。这种文章实在是和严复的译书很相像的：严复是用古文翻译外国书，章士钊是用古文说外国话。说的人非常费劲，读的人也得非常费劲，才读得懂。章士钊一班人的政论当然也和严复的译书同其命运，因为"不可猝解"。于是这第三个方面的古文应用也失败了。

在那二三十年中，古文家力求应用，想用古文来译学术书，译小说，想用古文来说理论政，然而都失败了。此外如章炳麟先生主张回到魏晋的文章，"将取千年朽蠹之余，反之正则"，更富有复古的意味，应用的程度更小了，失败更大了。他们的失败，总而言之，都在于难懂难学。文字的功用在于达意，而达意的范围以能达到最大多数人为最成功。在古代社会中，最大多数人是和文字没交涉的。做文章的人，高的只求绝少数的"知音"的欣赏，低的只求能"中试官"的口味。所以他们心目中从来没有"最大多数人"的观念。所以凡最大多数人都能欣赏的文学杰作，如《水浒传》，如《西游记》，都算不得文学！这一个根本的成见到了那个过渡的骤变的时代，还不曾打破，所以严复、林纾、梁启超、章炳麟、章士钊诸人都还不肯抛弃那种完全为绝少数人赏玩的文学工具，都还妄想用那种久已僵死的文字来做一个新时代达意表情说理的工具。他们都有革新国家社会的热心，都想把他们的话说给多数人听。可是他们都不懂得为什么多数人不能读他们的书，听他们的话！严复说得最妙：

> 理本奥衍，与不佞文字固无涉也。

在这十三个字里，我们听见了古文学的丧钟，听见了古文学家自己宣告死刑。他们仿佛很生气地对多数人说："我费尽气力做文章，说我的道理，你们不懂，是你们自己的罪过，与我的文章无干！"

在这样的心理之下，古文应用的努力完全失败了。

——节选自《中国新文学运动小史》

胡适之体

我借这个机会，要说明所谓"胡适之体"，如果真有这个东西，当然不仅仅是他采用的什么形式，因为他作的诗并不限于《飞行小赞》这一类用词调作架的小诗。"胡适之体"只是我自己尝试了二十年的一点点小玩意儿。在民国十三年，我作我的侄儿胡思永的遗诗序，曾说：

> 他的诗，第一是明白清楚，第二是注重意境，第三是能剪裁，第

四是有组织，有格式。如果新诗中真有胡适之派，这是胡适之的嫡派。

我在十多年之后，还觉得这几句话大致是不错的。至少我自己作了二十年的诗，时时总想用这几条规律来戒约我自己。平常所谓某人的诗体，依我看来，总是那个诗人自己长期戒约自己，训练自己的结果。所谓"胡适之体"，也只是我自己戒约自己的结果。我作诗的戒约至少有这几条：

第一，说话要明白清楚。古人有"言近而旨远"的话，旨远是意境的问题，言近是语言文字的技术问题。一首诗尽可以有寄托，但除了寄托之外，还须要成一首明白清楚的诗。意旨不嫌深远，而言语必须明白清楚。古人讥李义山的诗"苦恨无人作郑笺"，其实看不懂而必须注解的诗，都不是好诗，只是笨谜而已。我们今日用活的语言作诗，若还叫人看不懂，岂不应该责备我们自己的技术太笨吗？我并不是说，明白清楚就是好诗；我只要说，凡是好诗没有不是明白清楚的。至少"胡适之体"的第一条戒律是要人看得懂。

第二，用材料要有剪裁。消极地说，这就是要删除一切浮词凑句；积极地说，这就是要抓住最扼要最精彩的材料，用最简练的字句表现出来。十几年前，我曾写一首诗，初稿时三段十二行，后来改削成两段八行，后来又删成一段四行：

放也放不下，

忘也忘不了：

刚忘了昨儿的梦，

又分明看见梦里的一笑。

最后我把前两行删了，只留最后两行。我并不是说，人人都该作小诗。长诗自有长诗的用处。但长诗只是不得不长，并不是把浮词凑句硬堆上去叫它拉长。古人所谓"增之一分则太长，减之一分则太短"，才是剪裁的真意义。

第三，意境要平实。意境只是作者对于某种题材的看法。有什么看法，才有什么风格。古人所谓"诗品"，如司空图的《二十四诗品》，大概都是指诗的风格。其实风格都是从意境出来；见解是因，风格是果。"采菊东篱下，悠然见南山"，是一种意境。"朱门酒肉臭，路有冻死骨"是一种意境。"隔户杨柳弱袅袅，恰似十五女儿腰。谁谓朝来不作意，狂风挽断最长条"，又是一种意境。"人散庙门灯火尽，却寻残梦立多时"，又是一种意境。往往一个人在不同的时代可以有不同的意境：年龄、学问、经验，都可以影响他对于事物的看法。杜甫中年的诗和晚年的诗风格不同，是因为他的见解变了，意境变了，所以风格也变了。在诗的各种意境之中，我自己总觉得"平实""含蓄""淡远"的境界是最禁得起咀嚼欣赏的。"平实"只是说平平常常的老实话，"含蓄"只是说话留一点余味，"淡远"只是不说过火的话，不说"浓得化不开"的话，只疏疏淡淡地画几笔，这几种境界都不是多数少年人能欣赏的。但我早说过，我只做我自己的诗，不会迎合别人的脾胃。这几种境界都不是容易做到的，我决不敢说我近十多年来的诗都做到了这种境界。不过我颇希望我的诗不至于过分地违反我最喜欢的意境。例如徐志摩死后，我只写了这样一首诗：

狮子[①]

狮子蜷伏在我的背后，
软绵绵地他总不肯走。
我正要推他下去，
忽然想起了死去的朋友。
一只手拍着打呼的猫，
两滴眼泪湿了衣袖：
"狮子，你好好地睡罢。
你也失掉了一个好朋友！"

就在一种强烈的悲哀情感之中，我终觉得这种平淡的说法还是最适宜的。……

——节选自《谈谈"胡适之体"的诗》

---

① 狮子是胡适养的一只猫。

第二辑

读书与治学

为什么读书①

从前有一位大哲学家做了一篇《读书乐》，说到读书的好处，他说："书中自有千钟粟，书中自有黄金屋，书中自有颜如玉。"这意思就是说，读了书可以做大官，获厚禄，可以不至于住茅草房子，可以娶得年轻的漂亮太太。（台下哄笑）诸位听了笑起来，足见诸位对于这位哲学家所说的话不十分满意。现在我就讲所以要读书的别的原因。

为什么要读书？有三点可以讲：第一，因为书是过去已经知道的智识学问和经验的一种记录，我们读书便是要接受这人类的遗产；第二，为要读书而读书，读了书便可以多读书；第三，读书可以帮助我们解决困难，应付环境，并可获得思想材料的来源。……

第一，因为书是代表人类老祖宗传给我们的智识的遗产，我们接受了这遗产，以此为基础，可以继续发扬光大，更在这基础之上，建立更高深更伟大的智识。人类之所以与别的动物不同，就是因为人有语言文字，可以把智识传给别人，又传至后人，再加以印刷术的发明，许多书报便印了出来。人的脑很大，与猴不同，人能造出语言。后来更进一步而有文字，又能刻木刻字；所以人最大的贡献就是（留下）过去的智识和经验，使后人可以节省许多脑力。非洲野蛮人在山野中遇见鹿，他们就画了一个人和一只鹿以代信，给后面的人叫他们勿追。但是把智识和经验遗给儿孙有什么用处呢？这是有用处的，因为这是前人很好的教训。现在学校里各种教科书，如物理、化学、历史，等等，都是根据几千年来进步的智识编纂成书的，一年、两年，或者三年，教完一科。自小学、中学，而至大学毕业，这十六年中所受的教育，都是代表我们老祖宗几千年来得来的智识学问和经验。所谓进化，就是

———————————
① 此文为1930年11月下旬胡适在上海青年会的讲演词。

叫人节省劳力，蜜蜂虽能筑巢，能发明，但传下来就只有这一点智识，没有继续去改革改良，以应付环境，没有做格外进一步的工作。人呢，达不到目的，就再去求进步，而以前人的智识学问和经验作参考。如果每样东西，要个个人从头学起，而不去利用过去的智识，那不是太麻烦吗？所以人有了这智识的遗产，就可以自己去成家立业，就可以缩短工作，使有余力做别的事。

第二点稍复杂，就是为读书而读书。读书不是那么容易的一件事情，不读书不能读书，要能读书才能多读书。好比戴了眼镜，小的可以放大，糊涂的可以看得清楚，远的可以变为近。读书也要戴眼镜。眼镜越好，读书的了解力也越大。王安石对曾子固说："读经而已，则不足以知经。"所以他对于本草、内经、小说，无所不读，这样对于经才可以明白一些。王安石说："致其知而后读。"

请你们注意，他不说读书以致知，却说，先致知而后读书。读书固然可以扩充知识，但知识越扩充了，读书的能力也越大。这便是"为读书而读书"的意义。

试举《诗经》作一个例子。从前的学者把《诗经》看作"美""刺"的圣书，越讲越不通。现在的人应该多预备几副好眼镜，人类学的眼镜、考古学的眼镜、文法学的眼镜、文学的眼镜。眼镜越多越好，越精越好。例如"野有死麕，白茅包之。有女怀春，吉士诱之"，我们若知道比较民俗学，便可以知道打了野兽送到女子家去求婚，是平常的事。又如"钟鼓乐之，琴瑟友之"，也不必说什么文王太姒，只可看作少年男子在女子的门口或窗下奏乐唱和，这也是很平常的事。再从文法方面来观察，像《诗经》里"之子于归""黄鸟于飞""凤凰于飞"的"于"字；此外，《诗经》里又有几百个的"维"字，还有许多"助词""语词"，这些都是有作用而无意义的虚字，但以前的人却从未注意及此。这些字若不明白，《诗经》便不能懂。再说在《墨子》一书里，有点光学、力学，又有点经济学。但你要懂得光学，才能懂得墨子所说的光；你要懂得各种智识，才能懂得《墨子》里一些最难懂的文句。总之，读书是为了要读书，多读书更可以读书。最大的毛病就在怕读书，怕读难书。越难读的书我们越要征服它们，把它们作为我们的奴隶或向导，我们才能够打倒难书，这才是我们的"读书乐"。若是我们有了基本的科学知识，那么，我们在读书时便能左右逢源。我再说一遍，读书的目的在于读书，要读书越多才可以读书越多。

第三点，读书可以帮助解决困难，应付环境，供给思想材料。知识是思想材料的来源。思想可分作五步。思想的起源是大的疑问。吃饭拉屎不用想，但逢着三岔路口、十字街头那样的环境，就发生困难了。走东或走西，这样做或是那样做，有了困难，才有思想。第二步要把问题弄清，究竟困难在哪一点上。第三步才想到如何解决，这一步，俗话叫作出主意。但主意太多，都采用也不行，必须要挑选。但主意太少，或者竟全无主意，那就更没有办法了。第四步就是要选择一个假定的解决方法。要想到这一个方法能不能解决。若不能，那么，就换一个；若能，就行了。这好比开锁，这一个钥匙开不开，就换一个；假定是可以开的，那么，问题就解决了。第五步就是证实。凡是有条理的思想都要经过这步，或是逃不了这五个阶段。科学家要解决问题，侦探要侦探案件，多经过这五步。

这五步之中，第三步是最重要的关键。问题当前，全靠有主意（Ideas）。主意从哪儿来呢？从学问经验中来。没有智识的人，见了问题，两眼白瞪瞪，抓耳挠腮，一个主意都不来。学问丰富的人，见着困难问题，东一个主意，西一个主意，挤上来，涌上来，请求你录用。读书是过去智识学问经验的记录，而智识学问经验就是要用在这时候，所谓养军千日，用在一朝。否则，学问一些都没有，遇到困难就要糊涂起来。例如达尔文把生物变迁现象研究了几十年，却想不出一个原则去整统他的材料。后来无意中看到马尔萨斯的人口论，说人口是按照几何学级数一倍一倍的增加，粮食是按照数学级数增加，达尔文研究了这原则，忽然触机，就把这原则应用到生物学上去，创了物竞天择的学说。读了经济学的书，可以得着一个解决生物学上的困难问题，这便是读书的功用。古人说"开卷有益"，正是此意。读书不是单为文凭功名，只因为书中可以供给学问知识，可以帮助我们解决困难，可以帮助我们思想。又譬如从前的人以为地球是世界的中心，后来天文学家科白尼[①]却主张太阳是世界的中心，绕着地球而行。据罗素说，科白尼所以这样的解说，是因为希腊人已经讲过这句话；假使希腊没有这句话，恐怕更不容易有人敢说这句话吧。这也是读书的好处。有一家书店印了一部旧小说叫作《醒世姻缘》，要我作序，这部书是西周生所著的，印好后在我家藏了六年，我还不曾考出西周生是谁。这部小说讲到婚姻问题，其内容是这样：有个好老婆，不知何故，后来忽然变坏，作者没有提及解决方法，也没有想到可以离婚，只说是前世作孽，因为在前世男虐待

---

① 科白尼，现通译为哥白尼。

女，女就投生换样子，压迫者变为被压迫者。这种前世作孽，起先相爱，后来忽变的故事，我仿佛什么地方看见过。后来忽然想起《聊斋》一书中有一篇和这相类似的笔记，也是说到一个女子，起先怎样爱着她的丈夫，后来怎样变为凶太太，便想到这部小说大约是蒲留仙①或是蒲留仙的朋友做的。去年我看到一本杂记，也说是蒲留仙做的，不过没有多大证据。今年我在北京，才找到了证据。这一件事可以解释刚才我所说的第二点，就是读书可以帮助读书，同时也可以解释第三点，就是读书可以供给出主意的来源。当初若是没有主意，到了逢着困难时便要手足无措，所以读书可以解决问题，就是军事、政治、财政、思想等问题，也都可以解决，这就是读书的用处。

我有一位朋友，有一次傍着灯看小说，洋灯装有油，但是不亮，因为灯芯短了。于是他想到《伊索寓言》里有一篇故事，说是一只老鸦要喝瓶中的水，因为瓶太小，得不到水，它就衔石投瓶中，水乃上来。这位朋友是懂得化学的，于是加水于灯中，油乃碰到灯芯。这是看《伊索寓言》给他看小说的帮助。读书好像用兵，养兵求其能用，否则即使坐拥十万二十万的大兵也没有用处，难道只好等他们"兵变"吗？

至于"读什么书"，下次陈钟凡先生要讲演，今天我也附带地讲一讲。我从五岁起到了四十岁，读了三十五年的书。我可以很诚恳地说，中国旧籍是经不起读的。中国有五千年文化，"四部"的书已是汗牛充栋。究竟有几部书应该读，我也曾经想过。其中有条理有系统的精心结构之作，两千五百年以来恐怕只有半打。"集"是杂货店，"史"和"子"还是杂货店。至于"经"，也只是杂货店，讲到内容，可以说没有一些东西可以给我们改进道德增进智识的帮助的。中国书不够读，我们要另开生路，辟殖民地，这条生路，就是每一个少年人必须至少要精通一种外国文字。读外国语要读到有乐而无苦，能做到这地步，书中便有无穷乐趣。希望大家不要怕读书，起初的确要查阅字典，但假使能下一年苦功，继续不断做去，那么，在一二年中定可开辟一个乐园，还只怕求知的欲望太大，来不及读呢。我总算是老大哥，今天我就根据我过去三十五年读书的经验，给你们这一个临别的忠告。

——节选自《为什么读书》

---

① 蒲留仙，即蒲松龄（1640—1715），清代文学家，著有《聊斋志异》等。

读书要记笔记

我从自己经验里得到一个道理，曾用英文写出来：Expression is the most effective means of appropriating impressions。翻译成中国话就是：

> 要使你所得印象变成你自己的，最有效的法子是记录或表现成
> 文章。

试举一个例子。我们中国学生对于"儒教"大概都有一点认识。但这种认识往往是很空泛的，很模糊的。假使有一个美国团体请你去讲演"儒教是什么"，你得先想想这个讲演的大纲，你拿起笔来起草，你才感觉你的知识太模糊了，必须查书，必须引用材料，必须追溯儒教演变的历史。你自己必须把这题目研究清楚，然后能用自己的话把它发挥出来，成为一篇有条理的讲演。你经过这一番"表现"或"发挥"（expression）之后，那些空泛的印象变着实了，模糊的认识变清楚明白了，那些知识才可算是"你的"了。那时候你才可算是自己懂得"儒教是什么"了。

这种工作是求知识学问的一种帮助，也是思想的一种帮助。它的方式有多种：读书作提要、札记、写信、谈话、演说、作文，都有这种作用。札记是为自己的了解的；谈话、讨论、写信，是求一个朋友的了解的；演说，发表文章，是求一群人的了解的。这都是"发挥"，都有帮助自己了解的功用。

因为我相信札记有这种功用，所以我常用札记做自己思想的草稿。有时我和朋友谈论一个问题，或通信，或面谈，我往往把谈论的大概写在札记里，或把通信的大要摘抄在札记里。有时候，我自己想一个问题，我也把思想的材料、步骤、结论，都写出来，记在札记里。例如我自己研究《诗三百篇》里"言"字的文法，读

到《小雅·彤弓篇》的"受言藏之""受言櫜之"，始大悟"言"字用在两个动词之间，有"而"字的功用。又如，我研究古代鲁语的代名词"尔""汝""吾""我"等字，随笔记出研究的结果，后来就用札记的材料，写成我的《尔汝篇》和《吾我篇》。又如我的世界主义、非战主义、不抵抗主义、文学革命的见解，宗教信仰的演变，都随时记在札记里，这些札记就是我自己对于这些问题的思想的草稿。

我写这一大段话，是要我的读者明白我为什么在百忙的学生生活里那样起劲写札记。

——节选自《留学日记·自序》

谈话、演说、著作

吾近来所以不惮烦而琐琐记吾所持见解者，盖有故焉。吾人平日读书虽多，思想虽杂，而不能有系统的理想，不能有明白了当之理想。夫理想无统系，又不能透彻，则此理想未可为我所有也。有三道焉，可使一理想真成吾所自有：

一曰谈话　友朋问答辩论，可使吾向所模糊了解者，今皆成明澈之言论。盖谈话非明白透彻不为功也。

二曰演说　演说者，广义的谈话也。得一题，先集资料，次条理之，次融会贯通之，次以明白易晓之言抒达之：经此一番陶冶，此题真成吾所有矣。

三曰著作　作文与演说同功，但此更耐久耳。

即如吾所持"大同主义"（Cosmopolitanism or Internationalism），皆经十余次演说而来，始成一有系统的主义。今演说之日渐少，故有所触，辄记之此册（上所记甚零星细碎，然胜不记远矣），不独可以示他日之我，又可助此诸见解令真成我所自有之理想也。

——节选自《留学日记》，1914 年 11 月 4 日

人，不能万知而万能

吾骛外太甚，其失在于肤浅，今当以专一矫正之。

吾生平大过，在于求博而不务精。盖吾返观国势，每以为今日祖国事事需人，吾不可不周知博览，以为他日为国人导师之预备。不知此谬想也。吾读书十余年，乃犹不明分功易事之义乎？吾生精力有限，不能万知而万能。吾所贡献于社会者，唯在吾所择业耳。吾之天职，吾对于社会之责任，唯在竭吾所能，为吾所能为。吾所不能，人其舍诸？

自今以往，当屏绝万事，专治哲学，中西兼治，此吾所择业也。

——节选自《留学日记》，1915年5月28日

论训诂之学

考据之学，其能卓然有成者，皆其能用归纳之法，以小学为之根据者也。王氏父子之《经传释词》《读书杂记》，今人如章太炎，皆得力于此。吾治古籍，盲行十年，去国以后，始悟前此不得途径。辛亥年作《诗经言字解》，已倡"以经说经"之说，以为当广求同例，观其会通，然后定其古义。故吾名之曰"归纳的读书法"。其时尚未见《经传释词》也。后稍稍读王氏父子及段（玉裁）、孙（仲容）、章诸人之书，始知"以经说经"之法，虽已得途径，而不得小学之助，犹为无用也。两年以来，始力屏臆测之见，每立一说，必求其例证。例证之法约有数端：

（一）引据本书　如以《墨子》证《墨子》，以《诗》说《诗》。

（二）引据他书　如以《庄子》《荀子》证《墨子》。

（三）引据字书　如以《说文》《尔雅》证《墨子》。

——节选自《留学日记》，1916年12月26日

论校勘之学

校勘古籍，最非易事。盖校书者上对著者下对读者须负两重责任，岂可轻率从事耶？西方学者治此学最精。其学名 Textual Criticism。今撷其学之大要，作校书略论。

（一）求古本，愈古愈好。

（1）写本（印书发明之前之书）。

（2）印本（印书发明之后之书）。

若古本甚众而互有异同，当比较之而定其传授之次序，以定其何本为最古。其律曰：

凡读法相同者，大概为同源之本。……

（二）求旁证。

（1）丛抄之类。如马总《意林》，及《北堂书抄》《群书治要》《太平御览》之类。

（2）引语。如吾前据《淮南子》所引"美言可以市尊，美行可以加人"，以正王弼本《老子》"美言可以市，尊行可以加人"是也。

（3）译本。

（三）求致误之故。

（甲）外部之伤损：

（1）失页。

（2）错简。

（3）漶灭。

（4）虫蛀。

（5）残坏。

（乙）内部之错误：

（1）细误。

（a）形似而误。如《墨经》"恕"误"恕"，"宇"误"守"，"字"误"宇"，"冢"误"家"是也。

（b）损失笔画。如吾前见《敦煌录》中"昌"作"冐"，"害"作"宫"之类。

（c）损失偏旁。

（2）脱字。

（a）同字相重误脱一字。

（b）同字异行，因而致误。如两行皆有某字，写者因见下行之字而脱去两字之间诸文。

（c）他种脱文。

（3）重出。

（4）音似而误。

（5）义近而误。

（6）避讳。如《老子》之"邦"字皆改为"国"，遂多失韵。

（7）字倒。

（8）一字误写作两字。

（9）两字误写成一字。

（10）句读之误（文法解剖之误）。如《老子》"信不足，焉有不信"，"焉"作"乃"解。后人误读"信不足焉"为句，又加"焉"字于句末。（见王氏《读书志余》）

（11）衍文。（无意之中误羡）

（12）连类而误。写者因所读引起他文，因而致误。

（13）旁收而误。旁收者，误将旁注之字收作正文也。例如《老子》三十一章注与正文混合为一，今不知何者为注为正文矣。又如《孟子》"必有事焉而勿正心勿忘勿助长也"。或谓"勿正心"乃"勿忘"之误，此一字误作两字之例也。吾以为下"勿忘"两字，乃旁收之误。盖校者旁注"勿忘"二字，以示"勿正心"三字当如此读法。后之写者，遂并此抄入正文耳。

（14）章句误倒。此类之误，大概由于校书者注旧所挩误于旁。后之写者不明所注应入何处，遂颠倒耳。

（15）故意增损改窜。此类之误，皆有所为而为之。其所为不一：

（a）忌讳。如满清时代刻书恒去胡虏诸字。又如历代庙讳皆用代字。（上文6）

（b）取义。写者以意改窜，使本文可读而不知其更害之也。（上文10）

（c）有心作伪。

校书以得古本为上策。求旁证之范围甚小，收效甚少。若无古本可据，而唯以意推测之，则虽有时亦能巧中，而事倍功半矣。此下策也。百余年来之考据学，皆出此下策也。吾虽知其为下策，而今日尚无以易之。归国之后，当提倡求古本之法耳。

——节选自《留学日记》，1916年12月26日

中山先生终身不忘读书

青年学生如要想干预政治，应该注重学识的修养。听吴稚晖先生说，孙中山先生没有一天不读书。民国八年五月初，我去访中山先生，他的寓室内书架上装的都是那几年新出版的西洋书籍，他的朋友可以证明他的书籍不是摆架子的，是真读的，中山先生所以能至死保留他的领袖资格，正因为他终身不忘读书，到老不废修养。其余那许多革命伟人，享有盛名之后便丢了书本子，学识的修养就停止了，领袖的资格也放弃了。

——节选自《答唐山大学学生刘君信》

少说些空话，多读点好书！

差不多一百年前，清朝的大学者王念孙和他的儿子王引之两人合办了一种不朽的杂志，叫作《读书杂志》。这个杂志前后共出了七十六卷，这一百年来，也不知翻刻翻印了多少次了！我们想象那两位白发的学者——一位八十多岁，一位六十多岁——用不老的精神和科学的方法，校注那许多的古书来嘉惠我们，那一幅"白发校书图"还不够使我们少年人惭愧感奋吗？我是崇拜高邮王氏父子的一个人，现在发起这个新的《读书杂志》，希望各位爱读书的朋友们把读书研究的结果，借他发表出来。一来呢，各人的心得可以因此得着大家的批评。二来呢，我们也许能引起国人一点读书的兴趣，——大家少说些空话，多读点好书！

——原文题为《发起〈读书杂志〉的缘起》

论袁枚等诗作的真与通

床上读赵翼的诗，很多可取的。当日袁枚、蒋士铨、赵翼三家齐名，风行一时，也自有道理。宋以后，做诗的无论怎样多，究竟只有一个"通"字为第一场试验，一个"真"字为最后的试验。凡是大家，都是经过这两场试验来的。大凡从杜甫、白居易、陆游一派入门的，都容易通过"通"字的试验；正如从八家古文入手的，都容易通过文中的"通"字第一关。历史上所以不能不承认这两大支为诗文的正统者，其实只是一个"通"字的诀窍。"真"字稍难，第一要有内容，第二要能自然表现这内容，故非有学问与性情不能通过这第二关。

袁枚、赵翼都是绝顶的天才，性情都很真率，忍不住那矫揉的做作与法式的束缚，故都能成大家。蒋士铨的诗集，我未读过；但我读了他的《九种曲》——内中尤以《临川梦》为最佳——知道他是一个第一流文人，不愧他的盛名。

——节选自《胡适日记》，1922 年 7 月 15 日

译书的三重担子

我自己作文，一点钟平均可写八九百字，译书每点钟平均只能写四百多字。自己作文只求对自己负责任，对读者负责任，就够了。译书第一要对原作者负责任，求不失原意；第二要对读者负责任，求他们能懂；第三要对自己负责任，求不致自欺欺人。这三重担子好重呵！

——节选自《编辑余谈：译书》

古史讨论的读后感

《读书杂志》上顾颉刚、钱玄同、刘掞藜、胡堇人四位先生讨论古史的文章，已做了八万字，经过了九个月，至今还不曾结束。这一件事可算是中国学术界的一件极可喜的事，它在中国史学史上的重要一定不亚于丁在君先生们发起的科学与人生观的讨论在中国思想史上的重要。……

这一次讨论的目的是要明白古史的真相。双方都希望求得真相，并不是顾先生对古史有仇，刘先生对古史有恩。他们的目的既同，他们的方法也只有一条路：就是寻求证据。只有证据的充分与不充分是他们论战胜败的标准，也是我们信仰与怀疑的标准。

……这回的论争是一个真伪问题；去伪存真，决不会有害于人心。譬如猪八戒抱住了假唐僧的头颅痛哭，孙行者告诉他那是一块木头，不是人头，猪八戒只该欢喜，不该恼怒。又如穷人拾得一圆假银圆，心里高兴，我们难道因为他高兴就不该指出那是假银圆吗？上帝的观念固然可以给人们不少的安慰，但上帝若真是可疑的，我们不能因为人们的安慰就不肯怀疑上帝的存在了。上帝尚且如此，何况一个禹，何况黄帝尧舜？吴稚晖先生曾说起黄以周在南菁书院做山长时，他房间里的壁上有八个大字的座右铭：

实事求是，莫作调人。

我请用这八个字贡献给讨论古史的诸位先生。

——节选自《古史讨论的读后感》

读书的方法

我今天是要想根据个人所经验，同诸位谈谈读书的方法。我的第一句话是很平常的，就是说，读书有两个要素：第一要精，第二要博。

现在先说什么是"精"。

我们小的时候读书，差不多每个小孩都有一条书签，上面写十个字，这十个字最普遍的就是"读书三到：眼到，口到，心到"。现在这种书签虽不用，三到的读书法却依然存在。不过我以为读书三到是不够的，须有四到，是"眼到，口到，心到，手到"。我就拿它来说一说。

眼到是要个个字认得，不可随便放过。这句话起初看去似乎很容易，其实很不容易。读中国书时，每个字的一笔一画都不放过。近人费许多功夫在校勘学上，都因古人忽略一笔一画而已。读外国书要把A、B、C、D等字母弄得清清楚楚，所以说这是很难的。……眼到对于读书的关系很大，一时眼不到，贻害很大，并且眼到能养成好习惯，养成不苟且的人格。

口到是一句一句要念出来。前人说口到就是要念到烂熟背得出来。我们现在虽不提倡背书，但有几类的书，仍旧有熟读的必要，如心爱的诗歌，如精彩的文章，熟读多些，于自己的作品上也有良好的影响。读此外的书，虽不须念熟，也要一句一句念出来，中国书如此，外国书更要如此。念书的功用能使我们格外明了每一句的构造，句中各部分的关系。往往一遍念不通，要念两遍以上，方才能明白的。读好的小说尚且要如此，何况读关于思想学问的书呢？

心到是每章每句每字意义如何，何以如是？这样用心考究。但是用心不是叫人枯坐冥想，是要靠外面的设备及思想的方法的帮助。要做到这一点，须要有几个条件：

（一）字典、辞典、参考书等工具要完备。这几样工具虽不能办到，也当到图书馆去看。我个人的意见是奉劝大家，当衣服，卖田地，至少要置备一点好的工具。比如买一本《韦氏大字典》，胜于请几个先生。这种先生终身跟着你，终身享受不尽。

（二）要作文法上的分析。用文法的知识，作文法上的分析，要懂得文法构造，方才懂得它的意义。

（三）有时要比较参考，有时要融会贯通，方能了解。不可但看字面。一个字往往有许多意义，读者容易上当。……

总之，读书要会疑，忽略过去，不会有问题，便没有进益。

宋儒张载说："读书先要会疑。于不疑处有疑，方是进矣。"他又说："在可疑而不疑者，不曾学。学则须疑。"又说："学贵心悟，守旧无功。"宋儒程颐说："学原于思。"

这样看起来，读书要求心到；不要怕疑难，只怕没有疑难。工具要完备，思想要精密，就不怕疑难了。

现在要说手到。手到就是要劳动劳动你的贵手。读书单靠眼到、口到、心到，还不够的，必须还得自己动动手，才有所得。例如：

（一）标点分段，是要动手的。

（二）翻查字典及参考书，是要动手的。

（三）做读书札记，是要动手的，札记又可分四类：

（a）抄备忘录。

（b）做提要、节要。

（c）自己记录心得。张载说："心中苟有所开，即便札记。不思则还塞之矣。"

（d）参考诸书，融会贯通，作有系统的著作。

手到的功用。我常说：发表是吸收智识和思想的绝妙方法。吸收进来的智识思想，无论是看书来的，或是听讲来的，都只是模糊零碎，都算不得我们自己的东西。自己必须做一番手脚，或做提要，或做说明，或做讨论，自己重新组织过，申叙过，用自己的语言记述过，——那种智识思想方才可算是你自己的了。

……

第二要讲什么叫"博"。

什么书都要读，就是博。古人说"开卷有益"，我也主张这个意思，所以说读书第一要精，第二要博。我们主张"博"有两个意思：

（一）为预备参考资料计，不可不博。

（二）为做一个有用的人计，不可不博。

第一，为预备参考资料计。

在座的人，大多数是戴眼镜的。诸位为什么要戴眼镜？岂不是因为戴了眼镜，从前看不见的，现在看得见了；从前很小的，现在看得很大了；从前看不分明的，现在看得清楚分明了？王荆公说得最好：

> 世之不见全经久矣。读经而已，则不足以知经。故某自百家诸子之书，至于《难经》《素问》《本草》诸小说，无所不读；农夫女工，无所不问；然后于经为能知其大体而无疑。盖后世学者与先王之时异矣；不如是，不足以尽圣人故也。……致其知而后读，以有所去取，故异学不能乱也。唯其不能乱，故能有所去取者，所以明吾道而已。（《答曾子固》）

他说："致其知而后读。"又说："读经而已，则不足以知经。"即如《墨子》

一书在一百年前，清朝的学者懂得此书还不多。到了近来，有人知道光学、几何学、力学、工程学等，一看《墨子》，才知道其中有许多部分是必须用科学的知识方才能懂的。后来有人知道了论理学、心理学等，懂得《墨子》更多了。读别种书愈多，《墨子》愈懂得多。

所以我们也说，读一书而已则不足以知一书。多读书，然后可以专读一书。譬如读《诗经》，你若先读了北大出版的《歌谣周刊》，便觉得《诗经》好懂得多；你若先读过社会学、人类学，你懂得更多了；你若先读过文字学、古音韵学，你懂得更多了；你若读过考古学、比较宗教学等，你懂得的更多了。

你要想读佛家唯识宗的书吗？最好多读点论理学、心理学、比较宗教学、变态心理学。无论读什么书总要多配几副好眼镜。

……

所以要博学者，只是要加添参考的材料，要使我们读书时容易得"暗示"；遇着疑难时，东一个暗示，西一个暗示，就不至于呆读死书了。这叫作"致其知而后读"。

第二，为做人计。

专工一技一艺的人，只知一样，除此之外，一无所知。这一类的人，影响于社会很少。好有一比，比一根旗杆，只是一根孤拐，孤单可怜。

又有些人广泛博览，而一无所专长，虽可以到处受一班贱人的欢迎，其实也是一种废物。这一类人，也好有一比，比一张很大的薄纸，经不起风吹雨打。

在社会上，这两种人都是没有什么大影响，为个人计，也很少乐趣。

理想中的学者，既能博大，又能精深。精深的方面，是他的专门学问。博大的方面，是他旁搜博览。博大要几乎无所不知，精深要几乎唯他独尊，无人能及。他用他的专门学问做中心，次及于直接相关的各种学问，次及于间接相关的各种学问，次及于不很相关的各种学问，以次及毫不相关的各种泛览。这样的学者，也有一比，比埃及的金字三角塔。那金字塔（据最近《东方杂志》，第二十二卷第六号，页一四七）高四百八十英尺，底边各边长七百六十四英尺。塔的最高度代表最精深的专门学问；从此点以次递减，代表那旁收博览的各种相关或不相关的学问。塔底的面积代表博大的范围，精深的造诣，博大的同情心。这样的人，对社会是极有用的人才，对自己也能充分享受人生的趣味。宋儒程颢说得好：

须是大其心使开阔：譬如为九层之台，须大做脚始得。

博学正所以"大其心使开阔"。我曾把这番意思编成两句粗浅的口号，现在拿出来贡献给诸位朋友，作为读书的目标：

为学要如金字塔，要能广大要能高。

——节选自《读书》

治学的方法①

今天我想随便谈谈治学的方法。我个人的看法，无论什么科学——天文、地质、物理、化学，等等——分析起来，都只有一个治学方法，就是做研究的方法。什么是做研究呢？就是说，凡是要去研究一个问题，都是因为有困难问题发生，要等我们去解决它；所以做研究的时候，不是悬空的研究。所有的学问，研究的动机和目标是一样的。研究的动机，总是因为发生困难，有一个问题，从前没有看到，现在看到了；从前觉得没有解决的必要，现在觉得有解决的必要的。凡是做学问，做研究，真正的动机，都是求某种问题某种困难的解决，所以动机是困难，而目的是解决困难。这并不是我一个人的说法，凡是有做学问做研究经验的人，都承认这个说法。真正说起来，做学问就是研究，研究就是求得问题的解决。所有的学问，做研究的动机是一样的，目标是一样的，所以方法也是一样的。不但是现在如此；我们研究西方的科学思想，科学发展的历史，再看看中国二千五百年来凡是合于科学方法的种种思想家的历史，知道古今中外凡是在做学

---

① 《治学方法》是1952年12月1日胡适在台湾大学所做的演讲。该讲题分三个部分：一、引论；二、方法的自觉；三、方法与材料。

问做研究上有成绩的人，他的方法都是一样的。古今中外治学的方法是一样的。为什么是一样呢？就是因为做学问做研究的动机和目标是一样的。从一个动机到一个目标，从发现困难到解决困难，当中有一个过程，就是所谓方法。从发现困难那一天起，到解决困难为止，当中这一个过程，可能很长，也可能很短。有的时候要几十年、几百年才能够解决一个问题，有的时候只要一个钟头就可以解决一个问题。这个过程就是方法。

刚才我说方法是一样的，方法是什么呢？我曾经有许多时候，想用文字把方法做成一个公式、一个口号、一个标语，把方法扼要地说出来；但是从来没有一个满意的表现方式。现在我想起二三十年来关于方法的文章里面，有两句话也许可以算是讲治学方法的一种很简单扼要的话。

那两句话就是："大胆的假设，小心的求证。"要大胆地提出假设，但这种假设还得想法子证明。所以小心地求证，要想法子证实假设或者否证假设，比大胆的假设还更重要。这十个字是我二三十年来见之于文字，常常在嘴里向青年朋友们说的。有的时候在我自己的班上，我总希望我的学生能够了解。今天讲治学方法引论，可以说就是要说明什么叫作假设，什么叫作大胆的假设，怎么样证明或者否证假设。

——节选自《治学方法》

劝善歌

少花几个钱，多卖两亩田，千万买部好字典！它跟你到天边，只要你常常请教它，包管你可以少丢几次脸！

1925 年 4 月 25 日

校勘学方法论

　　校勘之学起于文件传写的不易避免错误。文件越古，传写的次数越多，错误的机会也越多。校勘学的任务是要改正这些传写的错误，恢复一个文件的本来面目，或使它和原本相差最微。校勘学的工作有三个主要的成分：一是发现错误，二是改正，三是证明所改不误。

　　发现错误有主观的，有客观的，我们读一个文件，到不可解之处，或可疑之处，因此认为文字有错误：这是主观的发现错误。因几种"本子"的异同，而发现某种本子有错误：这是客观的。主观的疑难往往可以引起"本子"的搜索与比较；但读者去作者的时代既远，偶然的不解也许是由于后人不能理会作者的原意，而未必真由于传本的错误。况且错误之处未必都可以引起疑难，若必待疑难而后发现错误，而后搜求善本，正误的机会就太少了。况且传写的本子，往往经"通人"整理过；若非重要经籍，往往经人凭己意增删改削，成为文从字顺的本子了。不学的写手的本子的错误是容易发现的，"通人"整理过的传本的错误是不容易发现的。试举一个例子为证。坊间石印《聊斋文集》附有张元所作《柳泉蒲先生墓表》，其中记蒲松龄"卒年八十六"。这是"卒年七十六"之误，有《国朝山左诗钞》所引墓表及原刻碑文可证。但我们若单读"卒年八十六"之文，而无善本可比较，决不能引起疑难，也决不能发现错误。又《山左诗钞》引这篇墓表，字句多被删节，如云：

　　（先生）少与同邑李希梅及余从父历友结郢中诗社。

　　此处无可引起疑难；但清末国学扶轮社铅印本《聊斋文集》载墓表全文，此句乃作：

> 与同邑李希梅及余从伯父历视友，旋结为郠中诗社。（甲本）

依此文，"历视"为从父之名，"友"为动词，"旋"为"结"之副词，文理也可通。石印本《聊斋文集》即从扶轮社本出来，但此本的编校者熟知《聊斋志异》的掌故，知道"张历友"是当时诗人，故石印本墓表此句改成下式：

> 与同邑李希梅及余从伯父历友亲，旋结为郠中诗社。（乙本）。

最近我得墓表的拓本，此句原文是：

> 与同邑李希梅及余从伯父历友视旋诸先生结为郠中诗社。（丙本）。

视旋是张履庆，为张历友（笃庆）之弟，其诗见《山左诗钞》卷四十四。他的诗名不大，人多不知道"视旋"是他的表字；而"视旋"二字出于《周易·履卦》"视履考祥，其旋元吉"，很少人用这样罕见的表字。甲本校者竟连张历友也不认得，就妄倒"友视"二字，而删"诸先生"三字，是为第一次的整理。乙本校者知识更高了，他认得"张历友"，而不认得"视旋"，所以他把"视友"二字倒回来，而妄改"视"为"亲"，用作动词，是为第二次整理。此两本文理都可通，虽少有疑难，都可用主观的论断来解决。倘我们终不得见此碑拓本，我们终不能发现甲乙两本的真错误。这个小例子可以说明校勘学的性质。校勘的需要起于发现错误，而错误的发现必须倚靠不同本子的比较。古人称此学为"校雠"，刘向《别录》说："一人读书，校其上下得谬误，为校；一人持本，一人读书，若怨家相对，为雠。"其实单读一个本子，"校其上下"，所得谬误是很有限的；必须用不同的本子对勘，"若怨家相对"，一字不放过，然后可以"得谬误"。

改正错误是最难的工作。主观的改定，无论如何工巧，终不能完全服人之心。《大学》开端"在亲民"，朱子改"亲"为"新"，七百年来，虽有政府功令的主持，终不能塞反对者之口。校勘学所许可的改正，必须是在几个不同的本子之中，选定一个最可靠或最有理的读法。这是审查评判的工作。我所谓"最可靠"的读法，当然是最古底本的读法。如上文所引张元的聊斋墓表，乙本出于甲本，而甲本又出于丙本，丙本为原刻碑文，刻于作文之年，故最可靠。我所谓"最有理"的读法，问题就不能这样简单了。原底本既不可得，或所得原底本仍有某种无心之误（如韩非说的郢人写书而多写了"举烛"二字，如今日报馆编辑室每日收到的草稿），或所得本子都有传写之误，或竟无别本可供校勘，——在这种情形之下，改正谬误没有万全的方法。约而言之，最好的方法是排比异同各本，考定其传写的先后，取其最古而又最近理的读法，标明各种异读，并揣测其所以致误的原因。其次是无异本可互勘，或有别本而无法定其传授的次第，不得已而假定一个校者认为最近理的读法，而标明原作某，一作某，今定作某是根据何种理由。如此校改，虽不能必定恢复原文，而保守传本的真相以待后人的论定，也可以无大过了。

改定一个文件的文字，无论如何有理，必须在可能的范围之内提出证实。凡未经证实的改读，都只是假定而已，臆测而已。证实之法，最可靠的是根据最初底本，其次是最古传本，其次是最古引用本文的书。万一这三项都不可得，而本书自有义例可寻，前后互证，往往也可以定其是非，这也可算是一种证实。此外，虽有巧妙可喜的改读，只是校者某人的改读，足备一说，而不足成为定论。例如上文所举张元墓表之两处误字的改正，有原刻碑文为证，这是第一等的证实。……

所以校勘之学无处不靠善本：必须有善本互校，方才可知谬误；必须依据善本，方才可以改正谬误；必须有古本的依据，方才可以证实所改的是非。凡没有古本的依据，而仅仅推测某字与某字"形似而误"，某字"涉上下文而误"的，都是不科学的校勘。以上三步功夫，是中国与西洋校勘学者共同遵守的方法，运用有精有疏，有巧有拙，校勘学的方法终不能跳出这三步工作的范围之外。

——节选自《校勘学方法论——序陈垣先生的〈元曲章校补释例〉》

敦煌的书卷

一　敦煌写本的略史

敦煌的千佛洞中，有一个洞里藏有古代写本书卷，大概是一个"僧寺图书馆"。这一个洞自从北宋仁宗时（约1035）就封闭了，埋没了，年代久远，竟无人过问。直到八百多年后，约当光绪庚子年（1900），此洞偶然被一个道士发现。人间始知道这洞里藏着二万多卷写本经卷。那时交通不便，这件事竟不曾引起中国人士的注意。1907年，英国斯坦因爵士（Sir Aurel Stein）到中亚细亚去探险，路过敦煌，知道此洞的发现。斯氏不懂汉文，带去的翻译也不是学者，不知道如何选择，便笼统购买了六千多卷，捆载回去。到了第二年（1908），法国伯希和氏（M. Paul Pelliot）也到此地，他是中国学的大家，从那剩余的书卷堆里挑了约有二千多卷子，带回法国。后来中国的学者知道了此事，于是北京的学部方才命甘肃的当局把剩余的经卷尽数送到北京保存。其时偷的偷，送人情的送人情，结果还存六七千卷，现在京师图书馆里。

这一洞藏书，全数约有二万多卷，现在除去私家收藏不可稽考之外，计有三大宗：

（A）伦敦　约6000卷

（B）巴黎　约2500卷

（C）北京　约7000卷

这二万卷里，除了几本最古印本（现在伦敦）之外，都是写本。有许多是有跋尾、有年代可考的。从这些有年代的卷子来看，这洞里的写本最古的有西历五世纪（406）写的，最晚的约在十世纪的末年（995—997）。这六个世纪的书卷，向来无从访求，现在忽然涌出二万卷的古书卷来，世间忽然添了二万卷的史料，这是近代中国学术史上的一件绝重要的事。

二　敦煌卷子的内容

北京的几千卷子，至今还没有完全的目录。伦敦的六千卷，已有五千多"目"编成，还有一千多"目"未成。北京大学《国学季刊》第一卷里有罗福苌先生的伦敦藏敦煌写本略目，可以参看。巴黎的二千多卷子已有目录；法文本在巴黎"国立图书馆"（Bibliothèque Nationale）；中文有罗福苌译本，载在《国学季刊》第一卷。

我们可以说，敦煌的写本的内容可分为七大类：

（甲）绝大多数为佛经写本，约占全数百分之九十几。其中绝大部分多是常见的经典，如《般若》《涅槃》《法华》《金刚》《金光明》之类，没有什么大用处，至多可以供校勘而已；但也可以考见中古时代何种经典最流行，这也是一种史料。其中有少数不曾收入"佛藏"的经典，并有一些"疑伪经"，是很值得研究的。日本的学者矢吹博士曾影印了不少，预备收入新编的《大正藏经》。

（乙）道教经典。中古的道教经典大多是伪造的，然而我们都不知道现行的《道藏》里哪些经是宋以前的作品。敦煌所藏的写本道经可以使我们考见一些最早的道教经典是什么。其中的写本《老子》《庄子》等，大可作校勘的材料。

（丙）宗教史料。以上两类都可算是宗教史料，但这里面最可宝贵的是一些佛经、道经之外的宗教史料。如禅宗的史料，如敦煌各寺的尼数，如僧寺的账目，如摩尼教（Manichaeism）的经卷的发现，……皆是很有价值的史料。

（丁）俗文学（平民文学）。我们向来不知道中古时代的民间文学。在敦煌的书洞里，有许多唐、五代、北宋的俗文学作品。从那些僧寺的"五更转""十二时"，我们可以知道"填词"的来源。从那些《维摩诘》唱文，我们可以知道弹词的来源。

（戊）古书写本。如《论语》《左传》《老子》《庄子》《孝经》等，皆偶有校勘之用。

（己）佚书。如《字宝碎金》、贾耽《劝善经》、《太公家教》、韦庄《秦妇吟》、王梵志《诗集》，等等，皆是。

（庚）其他史料。敦煌藏书中有许多零碎史料，可以补史书所不备。如沙州曹氏的历史，已经好几位学者（如罗振玉先生等）指出了。此外尚有无数公文、《社司转帖》、户口人数、账目、信札……皆有史料之用。

——节选自《海外读书杂记》

宁鸣而死，不默而生

几年前，有人问我，美国开国前期争自由的名言"不自由，毋宁死"［原文是 Patrick Henry 在 1755 年的"给我自由，否则给我死"（Give me liberty, or give me death）］，在中国有没有相似的话。我说，我记得是有的，但一时记不清是谁说的了。

我记得是在王应麟的《困学纪闻》里见过有这样一句话，但这几年我总没有机会去翻查《困学纪闻》。今年偶然买得一部影印元本的《困学纪闻》，昨天检得卷十七有这一条：

范文正《灵乌赋》曰："宁鸣而死，不默而生。"其言可以立懦。

"宁鸣而死，不默而生"，当时往往专指谏诤的自由，我们现在叫作言论自由。

范仲淹生在西历 989 年，死在 1052 年，他死了 903 年了。他作《灵乌赋》答梅圣俞的《灵乌赋》，大概是在景祐三年（1036）他同欧阳修、余靖、尹洙诸人因言事被贬谪的时期。这比亨利柏得烈的"不自由，毋宁死"的话要早七百四十年。这也可以特别记出，作为中国争自由史上的一段佳话。

梅圣俞名尧臣，生在西历 1003 年，死在 1061 年。他的集中有《灵乌赋》，原是寄给范仲淹的，大意是劝他的朋友们不要多说话。赋中有这句子：

凤不时而鸣，

乌哑哑兮招唾骂于里间。

乌兮，事将乖而献忠，

人反谓尔多凶。……

胡不若凤之时鸣，

人不怪兮不惊！……

乌兮，尔可，

吾今语汝，庶或我（原作汝，似误）听。

结尔舌兮钤尔喙，

尔饮啄兮尔自遂，

同翱翔兮八九子，

勿噪啼兮勿睥睨，

往来城头无尔累。

这篇赋的见解、文辞都不高明。（圣俞后来不知因何事很怨恨范文正，又有"灵乌后赋"，说他"憎鸿鹄之不亲，爱燕雀之来附。既不我德，又反我怒。……远己不称，昵己则誉"。集中又有《谕乌诗》，说，"乌时来佐凤，署置且非良，咸用所附己，欲同助翱翔。"此下有一长段丑诋的话，好像也是骂范文正的。这似是圣俞传记里一件疑案，前人似没有注意到。）

范仲淹作《灵乌赋》，有自序说：

梅君圣俞作是赋，曾不我鄙，而寄以为好。因勉而和之。庶几感物之意同归而殊途矣。

因为这篇赋是中国古代哲人争自由的重要文献，所以我多摘抄几句：

灵乌，灵乌

尔之为禽兮何不高飞而远藏？

何为号呼于人兮告吉凶而逢怒！

方将折尔翅而烹尔躯，

徒悔焉而亡路。

彼哑哑兮如诉，

请臆对而忍谕：

我有生兮累阴阳之含育，

我有质兮虑天地之覆露。

长慈母之危巢，

托主人之佳树。……

母之鞠兮孔艰，

主之仁兮则安。

度春风兮既成我以羽翰，

眷高柯兮欲去君而盘桓。

思报之意，厥声或异：

忧于未形，恐于未炽。

知我者谓吉之先，

不知我者谓凶之类。

故告之则反灾于身，

不告之则稔祸于人。

主恩或忘，我怀靡臧。

虽死而告，为凶之防。

亦由桑妖于庭，惧而修德，俾王之兴；

雉怪于鼎，惧而修德，俾王之盛。

天听甚迩，人言曷病！

彼希声之凤凰，

亦见讥于楚狂。

彼不世之麒麟，

亦见伤于鲁人。

凤岂以讥而不灵？

麟岂以伤而不仁？

故割而可卷，孰为神兵？

焚而可变，孰为英琼？

宁鸣而死，不默而生！

胡不学太仓之鼠兮，

何必仁为，丰食而肥？

仓苟竭兮，吾将安归！

又不学荒城之狐兮，

何必义为，深穴而威？

城苟圮兮，吾将畴依！

……

我乌也勤于母兮自天，

爱于主兮自天。

人有言兮是然。

人无言兮是然。

这是九百多年前一个中国政治家争取言论自由的宣言。

赋中"忧于未形，恐于未炽"两句，范公在十年后（1046），在他最后被贬谪之后一年，作《岳阳楼记》，充分发挥成他最有名的一段文字：

> 嗟夫，予尝求古仁人之心，……不以物喜，不以己悲，居庙堂之高则忧其民，处江湖之远则忧其君，是进亦忧，退亦忧。然则何时而乐耶？其必曰"先天下之忧而忧，后天下之乐而乐"乎？噫，微斯人，吾谁与归？

当前此三年（1043）他同韩琦、富弼同在政府的时期，宋仁宗有手诏，要他们"尽心为国家诸事建明，不得顾忌"。范仲淹有《答手诏条陈十事》，引论里说：

> 我国家革五代之乱，富有四海，垂八十年。纲纪制度，日削月侵，官壅于下，民困于外，夷狄骄盛，寇盗横炽，不可不更张以救之。……

这是他在那所谓"庆历盛世"的警告。那十事之中，有"精贡举"一事，他说：

> 国家乃专以辞赋取进士，以墨义取诸科，士皆舍大方而趋小道。虽济济盈庭，求有才有识者，十无一二。况天下危困，乏人如此，将何以救？在乎教以经济之才，庶可以救其不逮。或谓救弊之术无乃后时？臣谓四海尚完，朝谋而夕行，庶乎可济。安得晏然不救，坐俟其乱哉？……

这是在中原沦陷之前八十三年提出的警告。这就是范仲淹所说的"忧于未形，恐于未炽"；这就是他说的"先天下之忧而忧"。

从中国向来知识分子的最开明的传统看，言论的自由，谏诤的自由，是一种"自天"的责任，所以说，"宁鸣而死，不默而生"。

从国家与政府的立场看，言论的自由可以鼓励人人肯说"忧于未形，恐于未炽"的正论危言，来替代小人们天天歌功颂德、鼓吹升平的滥调。

——节选自《"宁鸣而死，不默而生"——九百年前范仲淹争自由的名言》

致梁启超①

任公先生有道：

秋初晤徐振飞先生，知拙著《墨家哲学》颇蒙先生嘉许。徐先生并言先生有"墨学"材料甚多，愿出以见示。适近作《墨辩新诂》，尚未脱稿，极思一见先生所集材料，惟彼时适先生有吐血之恙，故未敢通书左右。近闻贵恙已愈，又时于《国民公报》中奉读大著，知先生近来已复理文字旧业。适后日

---

① 1918年11月23日，胡适在天津初次访问梁启超，这是见面前的预约信。

（十一月二十二日）将来天津南开学校演说，拟留津一日，甚思假此机会趋谒先生，一以慰生平渴思之怀，一以便面承先生关于墨家之教诲，倘蒙赐观所集"墨学"材料，尤所感谢。适亦知先生近为欧战和议问题操心，或未必有余暇接见生客，故乞振飞先生为之介绍，拟于廿三日（星期六）上午十一时趋访先生，作二十分钟之谈话，不知先生能许之否？适到津后，当再以电话达尊宅，取进止。

胡适　七年十一月廿日

——《梁任公先生年谱长编》

诗贵有真

张子高（准）索观札记。阅后寄长书，颇多过誉之词；然亦有名语，如"足下'叶香清不厌'之句，非置身林壑，而又能体验物趣者，绝不能道出。诗贵有真，而真必由于体验。若埋首牖下，盗袭前人语句以为高，乌有当耶？坡公有句云：'长江绕廊知鱼美，修竹满园觉笋香。'浅人读之，必谓笋何必香，更何论乎足下所赏玩之叶香也耶？"秉农山（志）亦谓吾"叶香"一语甚真，浅人不觉耳。子高谓吾诗文足当"雅洁"二字，殊未必然。吾诗清顺达意而已，文则尤不能工。六七年不作着意文字矣，焉能求工？

——节选自《留学日记》，1915年2月11日

文学有两个大区别

是故，文学大别有二：（一）有所为而为之者；（二）无所为而为之者。

有所为而为之者，或以讽喻，或以规谏，或以感事，或以淑世，如杜之《北征》《兵车行》《石壕吏》诸篇，白之《秦中吟》《新乐府》皆是也。

无所为而为之者，"情动于中，而形于言"。其为情也，或感于一花一草之美，或震于上下古今之大；或叙幽欢，或伤别绪；或言情，或写恨。其情之所动，不能自已，若茹鲠然，不吐不快。其志之所在，在吐之而已，在发为文章而已，他无所为也。《诗》三百篇中，此类最多。……

更言之，则无所为而为之之文学，非真无所为也。其所为，文也，美感也。其有所为而为之者，美感之外，兼及济用。其专主济用而不足以兴起读者文美之感情者，如官样文章，律令契约之词，不足言文也。

……

作诗文者，能兼两美，上也。其情之所动，发而为言，或一笔一花之微，一吟一觞之细，苟不涉于粗鄙淫秽之道，皆不可谓非文学。孔子删《诗》，不削绮语，正以此故。其论文盖可谓有识。后世一孔腐儒，不知天下固有无所为之文学，以为孔子大圣，其取郑、卫之诗，必有深意，于是强为穿凿附会，以《关雎》为后妃之词，以《狡童》为刺郑忽之作，以《著》为刺不亲迎之诗，以《将仲子》为刺郑庄之辞，而诗之佳处尽失矣，而诗道苦矣。

——节选自《留学日记》，1915年8月18日

论《儒林外史》

《儒林外史》这部书所以能不朽，全靠他的见识高超，技术高明。这书的"楔子"一回，借王冕的口气，批评明朝科举用八股文的制度道："将来读书人既有此一条荣身之路，把那文行出处都看得轻了。"这是全书的宗旨。

书里马二先生说：

> 举业二字是从古及今，人人必要做的。就如孔子生在春秋时候，

那时用言扬行举做官；故孔子只讲得个"言寡尤，行寡悔，禄在其中"。这便是孔子的举业。……到唐朝用诗赋取士，他们若讲孔孟的话，就没有官做了。……到本朝用文章取士，就是夫子在而今也要念文章，做举业，断不讲那"言寡尤，行寡悔"的话。何也？就日日讲"言寡尤，行寡悔"，哪个给你官做？孔子的道，也就不行了。

这一段话句句是恭维举业，其实句句是痛骂举业。末卷表文所说"夫萃天下之人才而限制于资格，则得之者少，失之者多"，正是这个道理。国家天天挂着孔孟的招牌，其实不许人"说孔孟的话"，也不要人实行孔孟的教训，只要人念八股文，作试帖诗；其余的"文行出处"都可以不讲究，讲究了又"哪个给你官做？"不给你官做，便是专制君主困死人才的唯一妙法，要想抵制这种恶毒的牢笼，只有一个法子：就是提倡一种新社会心理，叫人知道举业的丑态，知道官的丑态；叫人觉得"人"比"官"格外可贵，学问比八股文格外可贵，人格比富贵格外可贵。社会上养成了这种心理，就不怕皇帝"不给你官做"的毒手段了。

——节选自《吴敬梓传》

词的历史有三个大时期

我以为词的历史有三个大时期：

第一时期：自晚唐到元初（850—1250），为词的自然演变时期。

第二时期：自元到明清之际（1250—1650），为曲子时期。

第三时期：自清初到今日（1650—1900），为模仿填词的时期。

第一个时期是词的"本身"的历史。第二个时期是词的"替身"的历史，也可说是他"投胎再世"的历史。第三个时期是词的"鬼"的历史。

词起于民间，流传于娼女歌伶之口，后来才渐渐被文人学士采用，体裁渐渐加多，内容渐渐变丰富。但这样一来，词的文学就渐渐和平民离远了。到了宋末的词，连文人都看不懂了，词的生气全没有了。词到了宋末，早已死了。但民间的娼女歌伶仍旧继续变化他们的歌曲，他们新翻的花样就是"曲子"。他们先有"小令"，次有"双调"，次有"套数"。套数一变就成了"杂剧"；"杂剧"又变为明代的剧曲。这时候，文人学士又来了；他们也做"曲子"，也做剧本；体裁又变复杂了，内容又变丰富了。然而他们带来的古典，搬来的书袋，传染来的酸腐气味又使这一类新文学渐渐和平民离远，渐渐失去生气，渐渐死下去了。

清朝的学者读书最博，离开平民也最远。清朝的文学，除了小说之外，都是朝着"复古"的方面走的。他们一面做骈文，一面做"词的中兴"的运动。陈其年、朱彝尊以后，二百多年之中很出了不少的词人。他们有学花间的，有学北宋的，有学南宋的；有学苏、辛的，有学白石、玉田的，有学清真的，有学梦窗的。他们很有用全力作词的人，他们也有许多很好的词，这是不可完全抹杀的。然而词的时代早过去了，过去了四百年了。天才与学力终归不能挽回过去的潮流。三百年的清词，终逃不出模仿宋词的境地。所以这个时代可说是词的鬼影的时代，潮流已去，不可复返，这不过是一点之回波，一点之浪花飞沫而已。

——节选自《〈词选〉自序》

元稹、白居易的文学主张

九世纪的初期——元和、长庆的时代——真是中国文学史上一个很光荣灿烂的时代。这时代的几个领袖文人，都受了杜甫的感动，都下了决心要创造一种新文学。中国文学史上的大变动向来都是自然演变出来的，向来没有有意的、自觉的改革。只有这一个时代可算是有意的、自觉的文学革新时代。这个文学革新运动的领袖是白居易与元稹，他们的同志有张籍、刘禹锡、李绅、李余、刘猛等。他们不但在韵文方面做革新的运动，在散文的方面，白居易与元稹也曾做一番有意的改革，与同时的韩愈、柳宗元都是散文改革的同志。

……

白居易与元稹都是有意作文学革新运动的人：他们的根本主张，翻成现代的术语，可说是为人生而作文学！文学是救济社会、改善人生的利器；最上要能"补察时政"，至少也须能"泄导人情"；凡不能这样的，都"不过嘲风雪，弄花草而已"。白居易在江州时，作长书与元稹论诗（《白氏长庆集》卷二十八，参看《旧唐书》本传所引），元稹在通州也有"叙诗"长书寄白居易（《元氏长庆集》卷三十）。这两篇文章在文学史上要算两篇最重要的宣言。……

元、白都受了杜甫的绝大影响。老杜的社会问题诗在当时确是别开生面，为中国诗史开一个新时代。他那种写实的艺术和大胆讽刺朝廷社会的精神，都能够鼓舞后来的诗人，引他们向这种问题诗的路上走。元稹受老杜的影响似比白居易更早。元稹的《叙诗寄乐天书》（《元氏长庆集》卷三十）中自述他早年作诗的政治社会的背景，最可以帮助我们了解当时一班诗人作"讽喻"诗的动机。……

元、白发愤要作一种有意的文学革命新运动，其原因不出于上述的两点：一面是他们不满意于当时的政治状况，一面是他们受了杜甫的绝大影响。老杜只是忍不住要说老实话，还没有什么文学主张。元、白不但忍不住要说老实话，还要提出他们所以要说老实话的理由，这便成了他们的文学主张了。白居易说：

> 仆常痛诗道崩坏，忽忽愤（《长庆集》作"愤"）发，或食辍哺，
> 夜辍寝（此依《长庆集》），不量才力，欲扶起之。

这便是有意要作文学改革。他又说：

> 自登朝来，年齿渐长，阅事渐多；每与人言，多询时务；每读书
> 史，多求理道（唐高宗名治，故唐人书讳"治"字，故改为"理"字，
> 此处之"理道"即"治道"；上文元氏《叙诗》书的"理务因人""理
> 乱萌渐"，皆与此同）。始知文章合为时而著，歌诗合为事而作。……
> （《与元九书》）

最末十四个字便是元、白的文学主张。这就是说，文学是为人生作的，不是无所为的，是为救人救世作的。……

这种文学主张的里面，其实含有一种政治理想。他们的政治理想是要使政府建立在民意之上，造成一种顺从民意的政府。……

——节选自《白话文学史·第十六章》

三百年中的女作家

这部《闺秀艺文》目录起于明末殉难忠臣祁彪佳的夫人商景兰，迄于现代生存的作者，其间不过三百年，而入录的女作家共有二千三百十人之多。钱夫人一个人的见闻无论如何广博，搜求无论如何勤劳，总不免有不少的遗漏。然后她一个人的记载已使我们知道这三百年之中至少有二千三百多个女作家，近三千种女子作品了。凡事物若不经细密的统计，若仅用泛泛的笼统数字，决不能叫人相信。钱夫人十年的功力便能使我们深信这三百年间有过二千三百多个女作家，这是文化史上的一大发现，我们不能不感谢她的。

……

这里面，江苏和浙江各占全国近三分之一。江浙两省加上安徽，便占了全国整整三分之二以上；再加上福建、湖南，便整整占了全国的四分之三。

这种比例，并不是偶然的。从前顾颉刚先生做了一部《清代著述考》，全书至今未完，但他曾依各人的籍贯，分省分县，做一个统计表。他的结果也是江苏、浙江、安徽三省的作家为最多。……

三百年之中，有二千三百多个女作家见于记载，这是很可以注意的事实。在一个向来轻视女子，不肯教育女子的国家里，这种统计是很可惊异的了。这种很可惊异的现象，我想起来可以有两种解释。第一，环境虽然恶劣，而天才终是压不住的，故有天才的女子往往不需要多大的栽培，自然有她们的成就。第二，在"书香"的人家，环境本不很坏，有天才的女子在她的父兄的文学环境之下受着一点教育，自然有相当的成就。

……

三百年中有二千三百多个女子作家，不可算少了。但仔细分析起来，学术的作品不上千分之五；而诗词之中，绝大多数都是不痛不痒的作品，很少是本身有文学价值的。这是多么可怜的事实！

我们因此可以知道"无心插柳"，有时也可以成荫，但种瓜得瓜，种豆得豆，终是不可逃的定理。不肯教育女子，女子终不能有大成就；不许女子有学问，女子自然没有学术上的成绩可说；不许女子说真话，写真情，女子的作品自然只为了不痛不痒的闺阁文艺而已。

——节选自《三百年中的女作家——〈清闺秀艺文略〉序》

文胜质则史

《论语》十五，有这一段话：

　　子曰：吾犹及史之阙文也，有马者借人乘之。今亡矣夫！

何晏《集解》引包氏曰：

　　古之史于书字有疑，则阙之，以待知者。有马不能调良，则借人使习之。孔子自谓及见其人如此，至今无有矣。言此者，以俗多穿凿也。（此据日本古卷子本）邢昺《正义》本"古之史"作"古之良史"，又"借人使习之"作"借人乘习之"。邢《疏》说："史是掌书之官也。文、字也。古之良史于书字有疑，则阙之，以待能者，不敢穿凿。孔子言我尚及见此古史阙疑之文。有马者借人乘之者，此举喻也。喻己有马不能调良，当借人使习之也。……"

又《论语》六，有这一段话：

子曰：质胜文则野，文胜质则史。文质彬彬，然后君子。

《集解》引包氏曰：

野如野人，言鄙略也。史者，文多而质少也。彬彬，文质相半之貌。（邢昺《疏》："……'文胜质则史'者，言文多，胜于质，则如史官也。……"）

文与质的讨论又见于《论语》十二：

棘子成曰："君子质而已矣，何以文为？"子贡曰："惜乎，夫子之说君子也，驷不及舌。文犹质也？质犹文也？虎豹之鞟，犹犬羊之鞟也？"（适按：末三"也"字作"耶"字读，就不用解说了，皇侃本、高丽本、日本古卷子本，都有最末"也"字）

《集解》引孔安国说：

皮去毛曰鞟。虎豹与犬羊别者，正以毛文异耳。今使文质同者，何以别虎豹与犬羊耶？

以上三条，可以互相发明。我以为"史之阙文"一句的"文"字，也应该作"文采""文饰"解。"吾犹及史之阙文也"，是说："我还看见过那没有文藻涂饰的史文。现在大概没有了吧？"这就是说，"现在流行的'史'，都是那华文多过于实事的故事小说了。"

当孔子的时代，东起齐、鲁，西至晋、秦，南至荆楚，中间包括宋、郑诸国，民间都流行许多新起的历史故事，都叫作"史"，其实是讲史的平话小说。最好的例子是晋国献公的几个儿子的大故事，——特别是太子申生的故事，公子重耳出亡十九年（僖公五年至二十四年）才归国重兴国家的故事。这个大故事在《国语》里占四大卷（《晋语》一至四），约有一万八千字；在《左传》里也有五六千字。（旧说《左传》出于《国语》，是不确的。试比较《国语》《左传》两书里的晋献公诸子的大故事，可知两个故事都从同一个来源出来，那个来源就是民间流行的史话，而选择稍有不同，《国语》详于重耳复国以前的故事，《左传》详于重耳复国以后的故事。）这个大故事，从晋献公"卜伐骊戎"起，到晋文公死了，还不曾完，文公的棺材还"有声如牛"，卜人预言明年的殽之战的大捷。这故事里，有美人，有妖魔，有大战，有孝子，有忠臣，有落难十九年的公子，有痛快满意的报恩报仇；凡是讲史平话最动人的条件，无一不有；凡是讲史平话的技术，如人物的描写，对话的有声有色，情节的细腻，也无一不有。这种"史话"就是孔子说的"文胜质则史"。

——节选自《说史》

传记的文学

传记是中国文学里最不发达的一门。这大概有三种原因。第一是没有崇拜伟大人物的风气，第二是多忌讳，第三是文字的障碍。

传记起于纪念伟大的英雄豪杰。故柏拉图与谢诺芳念念不忘他们那位身殉真理的先师，乃有梭格拉底①的传记和对话集。故布鲁塔奇追念古昔的大英雄，乃有他的《英雄传》。在中国文学史上所有的几篇稍稍可读的传记都含有崇拜英雄的意义，如司马迁的《项羽本纪》，便是一例。唐朝的和尚崇拜那十七年求经的玄奘，故《慈恩法师传》为中古最详细的传记。南宋的理学家崇拜那死在党禁之中的道学领袖朱熹，故朱子的《年谱》成为最早的详细年谱。

但崇拜英雄的风气在中国实在最不发达。我们对于死去的伟大人物，当他刚

---

①梭格拉底，现通译为苏格拉底。

死的时候，也许送一副挽联，也许诌一篇祭文。不久便都忘了！另有新贵人应该逢迎，另有新上司应该巴结，何必去替陈死人算烂账呢？所以无论多么伟大的人物，死后要求一篇传记碑志，只好出重价向那些专做谀墓文章的书生去购买！传记的文章不出于爱敬崇拜，而出于金钱的买卖，如何会有真切感人的作品呢？

传记的最重要条件是纪实传真，而我们中国的文人却最缺乏说老实话的习惯。对于政治有忌讳，对于时人有忌讳，对于死者本人也有忌讳。圣人作史，尚且有什么为尊者讳，为亲者讳，为贤者讳的谬例，何况后代的谀墓小儒呢！故《檀弓》记孔氏出妻，记孔子不知父墓，《论语》记孔子欲赴佛肸之召，这都还有直书事实的意味，而后人一定要想出话来替孔子洗刷。后来的碑传文章，忌讳更多，阿谀更甚，只有歌颂之辞，从无失德可记。偶有诽谤，又多出于仇敌之口，如宋儒诋诬王安石，甚至于伪作《辩奸论》，这种小人的行为，其弊等于隐恶而扬善。故几千年的传记文章，不失于谀颂，便失于诋诬，同为忌讳，同是不能纪实传信。

传记写所传的人最要能写出他的实在身份，实在神情，实在口吻，要使读者如见其人，要使读者感觉真可以尚友其人。但中国的死文字却不能担负这种传神写生的工作。我近年研究佛教史料，读了六朝唐人的无数和尚碑传，其中百分之九十八九都是满纸骈俪对偶，读了不知道说的是什么东西。直到李华、独孤及以下，始稍稍有可读的碑传。但后来的"古文"家又中了"义法"之说的遗毒，讲求字句之古，而不注重事实之真，往往宁可牺牲事实以求某句某字之似韩似欧！硬把活跳的人装进死板板的古文义法的烂套里去，于是只有烂古文，而决没有活传记了。

因为这几种原因，二千年来，几乎没有一篇可读的传记。因为没有一篇真能写生传神的传记，所以二千年中竟没有一个可以叫人爱敬崇拜感发兴起的大人物！并不是真没有可歌可泣的事业，只都被那些谀墓的死古文骈文埋没了。并不是真没有可以叫人爱敬崇拜感慨奋发的伟大人物，只都被那些滥调的文人生生地杀死了。

近代中国历史上有几个重要人物，很可以做新体传记的资料。远一点的如洪秀全、胡林翼、曾国藩、郭嵩焘、李鸿章、俞樾，近一点的如孙文、袁世凯、严复、张之洞、张謇、盛宣怀、康有为、梁启超，——这些人关系一国的生命，都应该有写生传神的大手笔来记载他们的生平，用绣花针的细密功夫来搜求考证他们的事实，用大刀阔斧的远大识见来评判他们在历史上的地位。许多大学的史学教授和学生为什么不来这里得点实地训练，做点实际的史学功夫呢？是畏难吗？是缺乏崇拜大人物的心理吗？还是缺乏史才呢？

张季直先生在近代中国史上是一个很伟大的失败的英雄，这是谁都不能否认的。他独立开辟了无数新路，做了三十年的开路先锋，养活了几百万人，造福于一方，而影响及于全国。终于因为他开辟的路子太多，担负的事业过于伟大，他不能不抱着许多未完的志愿而死。这样的一个人是值得一部以至于许多部详细传记的。

——节选自《南通〈张季直先生传记〉序》

《师门五年记》序

我的朋友罗尔纲先生曾在我家里住过几年，帮助我做了许多事，其中最繁重的一件工作是抄写整理我父亲铁花先生的遗著。他绝对不肯收受报酬，每年还从他家中寄钱来供给他零用。他是我的助手，又是孩子们的家庭教师，但他总觉得他是在我家里做"徒弟"，除吃饭、住房之外，不应该再受报酬了。

这是他的狷介。狷介就是在行为上不苟且，就是古人说的"非其义也，非其道也，一介不以与人，一介不以取诸人"。（古人说"一介"的介是"芥"字借用，我猜想"一介"也许是指古代曾作货币用的贝壳？）我很早就看重尔纲这种狷介的品行。我深信凡在行为上能够"一介不苟取，一介不苟与"的人在学问上也必定可以养成一丝一毫不草率、不苟且的工作习惯。所以我很早就对他说，他那种一点一画不肯苟且放过的习惯就是他最大的工作资本。这不是别人可以给他的，这是他自己带来的本钱。我在民国二十年秋天答他留别的信，曾说：

> 你那种"谨慎勤敏"的行为，就是我所谓"不苟且"。古人所谓"执事敬"，就是这个意思。你有美德，将来一定有成就。

第二年他在贵县中学教国文，寄了两条笔记给我看，一条考定李清照《金石录后序》的"王婶"是"王涯"之误；一条是考定袁枚《祭妹文》的"诺已"二字出于《公羊传》，应当连读，——我回他的信，也说：

你的两段笔记都很好。读书作文如此矜慎，最可有进步。你能继续这种精神——不苟且的精神，无论在什么地方，都可有大进步。古人所谓"子归而求之，有余师"，真可以转赠给你。

我引这两封信，要说明尔纲做学问的成绩是由于他早年养成的不苟且的美德，如果我有什么帮助他的地方，我不过随时唤醒他特别注意：这种不苟且的习惯是需要自觉的监督的。偶然一点不留意，偶然松懈一点，就会出漏洞，就会闹笑话。我要他知道，所谓科学方法，不过是不苟且的工作习惯，加上自觉的批评与督责。良师益友的用处也不过是随时指点出这种松懈的地方，帮助我们做点批评督责的工作。

尔纲对于我批评他的话，不但不怪我，还特别感谢我。我的批评，无论是口头，是书面，尔纲都记录下来。有些话是颇严厉的，他也很虚心地接受。有他那样一点一画不敢苟且的精神，加上虚心，加上他那无比的勤劳，无论在什么地方，他都会有良好的学术成绩。

他现在写了这本自传，专记载他跟我做"徒弟"的几年生活。我一口气读完了这本小书，很使我怀念那几年的朋友乐趣。我是提倡传记文学的，常常劝朋友写自传。尔纲这本自传，据我所知，好像是自传里没有见过的创体。从来没有人这样坦白详细地描写他做学问的经验，从来也没有人留下这样亲切的一幅师友切磋乐趣的图画。

胡适　三十七年八月三日在北平

第三辑

爱国与救国

致母亲

吾母：

前于上月廿七日发第十八号书（此书但有山水图片数张，无他言语），想已收到。儿现有小事，故十余日未作书矣。前书中曾乞吾母将儿书箱中之《楚辞集注》及《墨子》两书寄出，今此二书已由上海办到，可无庸寄矣。儿现所欲知者数事，望吾母下次写信告知。[①] 其事如下：

一、吾邑自共和成立后，邑人皆已剪去辫发否? 有改易服制者否?

二、吾乡现有学堂几所，学堂中如何教法?

三、乡中有几人在外读书（如在上海、汉口之类)?

四、目下共有几项税捐?

五、邑中政治有变动否（近仁、禹臣或能告我)? 县知事由何人拣派? 几年一任，有新设之官否，有新裁撤之官否，县中有小学几处?

现欧洲有大战事，世界强国唯美、日本、意大利及南美诸国未陷入此战云中。今交战之国如下：

德国、奥国（又名奥）为一组 ⎫
⎬ 两组交敌
英、法、俄、比、塞维亚为一组 ⎭

---

① 10月6日，胡近仁写长信回复信中问题。其中说："吾乡一带自民国成立后，剪去辫发者已有十之九，其僻处山陬……剪发者只有半数，间有蓄发梳髻似明以前之装饰者。""服制类多仍前清之旧，近则稍有服操衣者。""其有服外国大衣者，殊为难靓。乡中惟一二巨贾服此荣旋，以衔族党耳。"谈到邑中各小学说："其教法与蒙馆毫无分别，不过表面上有学堂之形式，每月每季多造数份表册而已。"又告辛亥以后税捐演变情形及县政府官制之变迁等情况。

此诸国除比及塞之外，皆世界第一等强国。今之战役亦不知何时可以了结，尤不知须死几百万生灵，损失几千万金钱，真可浩叹！

以大势观之，奥、德或致败衄，然亦未可知也。英、德在中国皆有土地财产（英之香港、威海卫；德之青岛、胶州湾），战祸或竟波及东亚亦意中事也。

此邦严守中立，又去战地远，故毫无危虞，望吾母放心也。

酷暑已去大半，早晚凉风送爽，居此甚可乐。有时夜出玩月散步，颇念少时在吾家门外坦场夜坐石磴上乘凉，仰看天河数流星，此种乐趣都如梦寐。曩时童稚之交，如近仁叔，如细花兄，如秌兄，今想皆儿女盈前作人父矣。凤娇姐、蕙蘋侄女今想皆已出嫁，人事卒卒，真可省昧！

适儿　八月九日

——1914年8月9日致母亲的信

救国的事业

我们观察这七年来的"学潮"，不能不算民国八年的五四事件与今年的五卅事件为最有价值。这两次都不是有什么作用，事前预备好了然后发动的；这两次都只是一般青年学生的爱国血诚，遇着国家的大耻辱，自然爆发；纯然是烂漫的天真，不顾利害地干将去，这种"无所为而为"的表示是真实的，可敬爱的。许多学生都是不愿意牺牲求学的时间的，只因为临时发生的问题太大了，刺激太强烈了，爱国的感情一时迸发，所以什么都顾不得了：功课也不顾了，秩序也不顾了，辛苦也不顾了。……

但群众的运动总是不能持久的。这并非中国人的"虎头蛇尾""五分钟的热度"。这是世界人类的通病。所谓"民气"，所谓"群众运动"，都只是一时的大问题刺激起来的一种感情上的反应。感情的冲动是没有持久性的；无组织又无领袖的群众行动是最容易松散的。我们不看见北京大街的墙上大书着"打倒英日""不要五分钟的热度"吗？其实写那些大字的人，写成之后，自云看着很满意，他的"热度"早已消除大半了；他回到家里，坐也坐得下了，睡也睡得着了。所谓"民气"，无论在中国，在欧美，都是这样：突然而来，悠然而去。几天一次的公民大会，几天一次的示威游行，虽然可以勉强多维持一会儿，然而那回天安门打架之后，国民大会也就不容易召集了。

我们要知道，凡关于外交的问题，民气可以督促政府，政府可以利用民气：民气与政府相为声援方才可以收效。没有一个像样的政府，虽有民气，终不能单独成功。因为外国政府决不能直接和我们的群众办交涉；民众运动的影响（无论是一时的示威或是较有组织的经济抵制）终是间接的。一个健全的政府可以利用民气作后盾，在外交上可以多得胜利，至少也可以少吃点亏。若没有一个能运用民气的政府，我们可以断定民众运动的牺牲的大部分是白白地糟蹋了的。

倘使外交部于6月24日同时送出沪案及修改条约两照会之后即行负责交涉，那时民气最盛，海员罢工的声势正大，沪案的交涉至少可以得一个比较满人意的结果。但这个政府太不像样了：外交部不敢自当交涉之冲，却要三个委员来代捐末梢；三个委员都是很聪明的人，也就乐得三揖三让，延搁下去。他们不但不能用民气，反惧怕民气了！况且某方面的官僚想借这风潮延长现政府的寿命，某方面的政客也想借这个问题展缓东北势力的侵逼。他们不运用民气来对付外人，只会利用民气来便利他们自己的私图！于是一误再误，至于今日，沪案及其他关联之各案丝毫不曾解决，而民气却早已成了强弩之末了！

上海的罢工本是对英日的，现在却是对邮政当局、商务印书馆、中华书局了。北京的学生运动一变而为对付杨荫榆，又变而为对付章士钊了。广州对英的事件全未了结，而广州城却早已成为共产和反共产的血战场了。三个月的"爱国运动"的变相竟致如此！

这时候有一件差强人意的事，就是全国学生总会议决秋季开学后各地学生应一律到校上课，上课后应努力于巩固学生会的组织，为民众运动的中心。北京学联会也决议北京各校同学于开学前务必到校，一面上课，一面仍继续进行。

这是很可喜的消息。全国学生总会的通告里并且有"五卅运动并非短时间所可解决"的话。我们要为全国学生下一转语：救国事业更非短时间所能解决：帝国主义不是赤手空拳打得倒的；"英日强盗"也不是几千万人的喊声咒得死的。救国是一件顶大的事业：排队游街，高喊着"打倒英日强盗"，算不得救国事业；

甚至于砍下手指写血书，甚至于蹈海投江，杀身殉国，都算不得救国的事业。救国的事业须要有各色各样的人才；真正的救国的预备在于把自己造成一个有用的人才。

——节选自《爱国运动与求学》

最重要之问题

是夜，澄衷同学竺君可桢宴余于红龙楼，同席者七人，张子高后至，畅谈极欢。昨夜之集已为难继，今夜倾谈尤快，余与郑君莱话最多，余人不如余二人之滔滔不休也。是夜，所谈最重要之问题如下：

一、设国立大学以救今日国中学者无求高等学问之地之失。此意余于所著《非留学篇》中论之极详（见《留美学生年报》第三年）。

二、立公共藏书楼博物院之类。

三、设立学会。

四、舆论家（"Journalist" or "Publicist"）之重要。吾与郑君各抒所谓"意中之舆论家"。吾二人意见相合之处甚多，大旨如下：

舆论家：

（一）须能文，须有能抒意又能动人之笔力。

（二）须深知吾国史事时势。

（三）须深知世界史事时势。至少须知何处可以得此种知识，须能用参考书。

（四）须具远识。

（五）须具公心，不以私见夺真理。

（六）须具决心毅力，不为利害所移。

——节选自《留学日记》，1915 年 1 月 27 日

知难，行亦不易

行易知难说的根本错误在于把"知""行"分得太分明。中山的本意只是教人尊重先知先觉，教人服从领袖者，但他的说话很多语病，不知不觉地把"知""行"分作两件事，分作两种人做的两类的事。这是很不幸的。因为绝大部分的知识是不能同"行"分离的，尤其是社会科学的知识。这绝大部分的知识都是从实际经验（行）上得来：知一点行一点；行一点，更知一点，——越行越知，越知越行，方才有这点子知识。……五权与九权的宪法，都不是学者的抽象理想，都只是某国某民族的实行的经验的结果。政治学者研究的对象只是历史、制度、事实，——都是"行"的成绩。行的成绩便是知，知的作用便是帮助行，指导行，改善行。政治家虽然重在实行，但一个制度或政策的施行，都应该服从专家的指示，根据实际的利弊，随时修正改革，这修正补救便是越行越知，越知越行，便是知行不能分开。

中山先生志在领导革命，故倡知难行易之说，自任知难，而勉人以行易。他不曾料到这样分别知行的结果有两大危险：

第一，许多青年同志便只认得行易，而不觉得知难。于是有打倒智识阶级的喊声，有轻视学问的风气。这是很自然的：既然行易，何必问知难呢？

第二，一班当权执政的人也就借"行易知难"的招牌，以为知识之事已有先总理担任做了，政治社会的精义已包罗在《三民主义》《建国方略》等书之中，中国人民只有服从，更无疑义，更无批评辩论的余地了。于是他们掮着"训政"的招牌，背着"共信"的名义，钳制一切言论出版的自由，不容有丝毫异己的议论。知难既有先总理任之，行易又有党国大同志任之，舆论自然可以取消了。

行易知难说是一时救弊之计，目的在于矫正"知之非艰，行之维艰"的旧说，故为"林林总总"之实行家说法，教人知道实行甚易。但老实说来，知固是难，行也不易。这便是行易知难说的第二个根本错误。

中山先生举了十项证据来证明行易知难。我们忍不住要问他："中山先生，你是学医的人，为什么你不举医学做证据呢？"中山先生做过医学的功夫，故不肯举医学做证据，因为医学最可以推翻行易知难的学说。医学是最难的事，人命所关，故西洋的医科大学毕业年限比别科都长二年以上。但读了许多生理学、解剖学、化学、微菌学、药学……还算不得医生。医学一面是学，一面又是术，一面是知，一面又是行。一切书本的学问都要能用在临床的经验上；只有从临床的经验上得来的学问与技术方才算是真正的知识。一个医生的造成，全靠知行的合一，即行即知，即知即行，越行越知，越知越行的工巧精妙。熟读了六七年的书，拿着羊皮纸的文凭，而不能诊断，不能施手术，不能疗治，才知道知固然难，行也大不易也！

岂但医生如此？做豆腐又何尝不如此？书画弹琴又何尝不如此？打球，游水，开汽车，又何尝不如此？建屋造船也何尝不如此？做文章，打算盘，也何尝不如此？一切技术，一切工艺，哪一件不如此？

治国是一件最复杂最繁难又最重要的技术，知与行都很重要，纸上的空谈算不得知，鲁莽糊涂也算不得行。虽有良法美意，而行之不得其法，也会祸民误国。行得不错，而朝令夕更，也不会得到好结果。政治的设施往往关系几千万人或几万万人的利害，兴一利可以造福于一县一省，生一弊可害无数人的生命财产。这是何等繁难的事！古人把"良医"和"良相"相提并论，其实一个庸医害人有限，而一个坏政策可以造孽无穷，医生以人命为重，故应该小心翼翼地开刀开方；政府以人民为重，故应该小心翼翼地治国。古人所以说"知之非艰，行之维艰"，正是为政治说的，不是叫人不行，只是叫人不要把"行"字看得太容易，叫人不可鲁莽糊涂地胡作胡为害人误国。

——节选自《知难，行亦不易——孙中山先生的"行易知难说"述评》

不欺暗室

　　一九二六年十一月十一日，我到英国康桥大学去演讲。那天是欧洲大战的"停战纪念"（Armistice day），学校并不停课。向来的纪念方式是上午十一点钟，一切工作全停止一分钟。在最热闹的街上，钟敲十一点时，教堂敲钟，一切汽车行人全停住，男人都脱下帽子，一切人都低下头来，静默一分钟。这是每年在参战各国处处看得见的庄严的纪念。

　　我在那一天看见了一件平常不容易看见的更庄严的停战纪念礼。我到了康桥，住在克赖斯特学院里，院长薛勃莱先生（Sir Arthur Shipley）把他的书房让给我预备我的讲稿。他说："我不来惊扰你。不幸这天花板上的油漆正在修理，有个匠人要上去油漆，他不会打扰你的工作。"我谢了他，他走出去了；我打开我的手提包，就在那个历史悠久的书房里修改我的稿子。那个工人在梯子上做他的工作。房子里一点声音都没有。到了十一点钟，我听得外面钟楼上打钟，抬起头来，只见那个老工人提了一桶油漆，正走上梯子去。他听了钟声，一只手扶住梯子，一只手提着漆桶，停在梯子中间，低下头来默祷。过了一分钟，钟楼上二次打钟，他才抬起头来，提着油漆桶上去，继续他的工作。

　　我看见那个穿着油污罩衣的老工人停住在梯子半中间低头默祷，我的鼻子一酸，眼睛里掉下两滴眼泪来。那个老工人也许是在纪念他的战死的儿子，也许是在哀悼他的战死的弟兄。但是他那"不欺暗室"的独自低头默祷，是那全欧洲同一天同一个时间的悲哀的象征，是一个教育普及的文明民族哀悼死者的最庄严的象征。五十万陆军的大检阅，欧洲最伟大的政治家的纪念演说，都比不上那个梯子半中间的那个白发工人的低头一刹那间的虔敬的庄严！

　　我每次在中国报纸上读到各种纪念日的仪式和演说，总想到薛勃莱院长书房里那个老工人。今天，在"九一八"的三周年纪念的前夕，我更想到他。我想到我们国内的一切纪念典礼的虚伪，一切纪念演说的空虚烂熟；我想到每年许多纪念假期的无意义与浪费；我更想到全国真能诚恳纪念国家的耻辱与危难的人数之少的可怕！

我用十分诚意敬告全国的同胞：这种浅薄空虚无意义的纪念是丝毫无用处的。我们在这一个绝大惨痛的纪念日，只有一个态度是正当的：那就是深刻的反省。

我们应该反省：为什么我们这样不中用？为什么我们事事不如人？为什么我们倒霉到这样地步？

我们应该反省：鸦片之战到如今九十四年了；安南之战到如今整整五十年了；中日之战到如今整整四十年了；日俄之战到如今整整三十年了。我们受的耻辱不算不大，刺激不算不深了。这几十年的长久时时间，究竟我们糟蹋在什么上面去了？

我们应该反省："九一八"之事到如今三个整年了，这一千多日之中，究竟我们可曾做什么忏悔的努力？可曾做什么补救的努力？可曾做什么有实效的改革？

我们应该反省：从今天起，我们应该从什么方向去准备我们自己，训练我们自己？我们应该怎样加速我们个人和国家民族的进步，才可以挽救眼前的危亡，才可以洗刷过去的耻辱？

古人说得最明白："不耻不若人，何若人有？"反省的第一义是自耻事事不如人。反省的第二义是自耻我们既不如人又还不知耻，白白把八九十年的光阴费在白昼做梦里。反省的第三义是要认清我们必须补救的缺陷，认清我们必须赶做的工作，努力做去，拼命做去。

我们必须彻底地觉悟：一个民族的兴盛，一个国家的强力，都不是偶然的，都是长期努力的必然结果。我们必须下种，方有收获；必须努力，才有长进。

我们今日必须彻底地觉悟："九一八"的国难，还不算最大的国难；东北四省的沦亡，还不够满足我们的敌人的大欲，还不够购买暂时的苟安！我们如果不能努力赶做我们必须做的工作，更大的"九一八"就要来到；全国沦亡的危机就在不远的将来！

但是我们也不必自馁，工作是不负人的，努力是不会白费的。努力一分，就有一分的效果；努力十分，就有十分的效果。只有努力做工是我们唯一可靠的生路。

从今以后，我们如果真要纪念"九一八"的国难，我们也应该学那个康桥工人，在一声不响的本分工作中间，想起了国家过去的奇耻和当前的危机，可以低下头来，静默一分钟，然后抬起头来，继续我们的工作——用更大的兴奋，继续我们的工作。

——节选自《整整三年了》

救国在"执事者各司其事"①

今日祖国百事待举，须人人尽力始克有济。位不在卑，禄不在薄，须对得住良心，对得住祖国而已矣。幼时在里，观族人祭祀，习闻赞礼者唱曰："执事者各司其事。"此七字救国金丹也。

——节选自《留学日记》，1915年2月22日

麻 将

前几年，麻将牌忽然行到海外，成为出口货的一宗。欧洲与美洲的社会里，很有许多人学打麻将的；后来日本也传染到了。有一个时期，麻将竟成了西洋社会里最时髦的一种游戏：俱乐部里差不多桌桌都是麻将，书店里出了许多种研究麻将的小册子，中国留学生没有钱的可以靠教麻将吃饭挣钱。欧美人竟发了麻将的狂热了。

谁也梦想不到东方文明征服西洋的先锋队却是那一百三十六个麻将军！

这回我从西伯利亚到欧洲，从欧洲到美洲，从美洲到日本，十个月之中，只

---

① 此文为民国四年二月二十一日答胡平书。

有一次在日本京都的一个俱乐部里看见有人打麻将牌。在欧美简直看不见麻将了。我曾问过欧洲和美国的朋友，他们说，"妇女俱乐部里，偶然还可以看见一桌两桌打麻将的，但那是很少的事了。"我在美国人家里，也常看见麻将牌盒子——雕刻装潢很精致的——陈列在室内，有时一家竟有两三副的。但从不见主人主妇谈起麻将；他们从不向我这位麻将国的代表请教此中的玄妙！麻将在西洋已成了架上的古玩了；麻将的狂热已退凉了。

我问一个美国朋友，为什么麻将的狂热过去得这样快？他说："女太太们喜欢麻将，男子们却很反对，终于是男子们战胜了。"

这是我们意想得到的。西洋的勤劳奋斗的民族决不会做麻将的信徒，决不会受麻将的征服。麻将只是我们这种好闲爱荡、不爱惜光阴的"精神文明"的中华民族的专利品。

当明朝晚年，民间盛行一种纸牌，名为"马吊"。马吊只有四十张牌，有一文至九文，一千至九千，一万至九万等，等于麻将牌的筒子、索子、万子。还有一张"零"，即是"白板"的祖宗。还有一张"千万"，即是徽州纸牌的"千万"。马吊牌上每张上画有《水浒传》的人物。徽州纸牌上的"王英"即是矮脚虎王英的遗迹。乾隆嘉庆间人汪师韩的全集里收有几种明人的马吊牌。（在《丛睦汪氏丛书》内）

马吊在当日风行一时，士大夫整日整夜地打马吊，把正事都荒废了。所以明亡之后，吴梅村作《绥寇纪略》说，明之亡是亡于马吊。

三百年来，四十张的马吊逐渐演变，变成每样五张的纸牌，近七八十年中又变为每样四张的麻将牌。（马吊三人对一人，故名"马吊脚"，省称"马吊"；"麻将"为"麻雀"的音变，"麻雀"为"马脚"的音变）。越变越繁复巧妙了，所以更能迷惑人心，使国中的男男女女，无论富贵贫贱，不分日夜寒暑，把精力和光阴葬送在这一百三十六张牌上。

英国的"国戏"是Cricket，美国的国戏是Baseball，日本的国戏是角抵。中国呢？中国的国戏是麻将。

麻将平均每四圈费时约两点钟。少说一点，全国每日只有一百万桌麻将，每桌只打八圈，就得费四百万点钟，就是损失十六万七千日的光阴，金钱的输赢，精力的消磨，都还在外。

我们走遍世界，可曾看见哪一个长进的民族，文明的国家肯这样荒时废业的吗？一个留学日本的朋友对我说："日本人的勤苦真不可及！到了晚上，登高一望，家家板屋里都是灯光；灯光之下，不是少年人跪着读书，便是老年人跪着翻书，或是老妇人跪着做活计。到了天明，满街上，满电车上都是上学去的儿童。单只这一点勤苦就可以征服我们了。"

其实何止日本？凡是长进的民族都是这样的。只有咱们这种不长进的民族以"闲"为幸福，以"消闲"为急务，男人以打麻将为消闲，女人以打麻将为家常，老太婆以打麻将为下半生的大事业！

从前的革新家说中国有三害：鸦片，八股，小脚。鸦片虽没有禁绝，总算是犯法的了。虽然还有做"洋八股"与更时髦的"党八股"的，但八股的四书文是过去的了。小脚也差不多没有了，只有这第四害，麻将，还是日兴月盛，没有一点衰歇的样子，没有人说它是可以亡国的大害。新近麻将先生居然大摇大摆地跑到西洋去招摇一次，几乎做了鸦片与杨梅疮的还敬礼物。但如今它仍旧缩回来了，仍旧回来做东方精神文明的国家的国粹，国戏！

——节选自《麻将——漫游的感想之六》

鹦鹉救火

周烁园《书影》里有一则很有意味的故事：

> 昔有鹦鹉飞集陀山。山中大火，鹦鹉遥见，入水濡羽，飞而洒之。天神言，"尔虽有志意，何足云也。"对曰："尝侨居是山，不忍见耳。"

今天正是大火的时候，我们骨头烧成灰终究是中国人，实在不忍袖手旁观。我们明知小小的翅膀上滴下的水点未必能救火，我们不过尽我们的一点微弱的力量，减少良心上的一点谴责而已。

——节选自《〈人权论集〉序》

给李石曾①的信

石曾先生：

在上海别后，至今未得继续畅谈，现在先生已来北平，倘有暇时，请示知，以便走访。

连日报纸宣传将有华北政务委员会的组织，并有人选名单的拟议，其中有我的名字。此事不知确否？如果这消息是正确的，千万请先生代为向政府方面声明我不愿加入此项政务委员会。

我所希望的，只是一点思想言论自由，使我们能够公开地替国家想想，替人民说说话。我对于政治的兴趣，不过如此而已。我从来不想参加实际的政治。这并非鄙薄实际政治，只是人各有能有不能。我自有我自己的工作，为己为人都比较有益，故不愿抛弃了我自己的工作来干实际的政治。此次华北政务委员会似是一种委员制的行政组织，我自信最不适宜，所以不愿加入。倘蒙先生代达此意，我真感激不尽。

匆匆，敬问起居

胡适敬上　廿，十二，十九

——节选自《致李煜瀛》

---

① 李石曾（1881—1973），著名教育家，故宫博物院创建人之一，国民党四大元老之一。

日本人应该醒醒了！

本期有尔和先生译出的一篇日本人的谈话，是三月号的东京《同仁》杂志上发表的。这里面开端就是这样的问答：

K　中日问题到底怎样才好？

L　目下没有法子。

K　这不是说没有法子就可以丢开的问题，到底有方法没有？

L　也不是没有，要之，日本人停止侵略中国就行。

这真是一针见血的话，我们中国人要对日本人说的话，也只有这一句话："中日问题不是没有法子，只要日本人停止侵略中国就行。"

这样的谈话居然可以在日本出版，居然能在这个军阀气焰最高涨的时候在东京出版，这不能不说是日本心理转变的一个起点。虽然在这篇谈话里，那位大概代表日本自由主义者（Liberals）的L氏说的话还只能很委婉地指出一个光明的方向，还不敢提出具体的主张，然而我们在这里已可以看出他们已公然提倡"披沥胸襟，互相研究"一种有"觉悟"的"国策"。

这种觉悟的表示，正因为是在那很可怕的恐怖主义之下发出来的微弱的喊声，是我们应该表示同情的敬意的。

这个时候——"九一八"事件发生后整整一年半了——日本的军队不但占据了整个的东三省，不但捏造了一个傀儡的伪政权，居然又侵略到热河的全省了。日本的炸弹和重炮的声音也许不久就可以在我们的编辑室里听得见了。——然而我们要问日本人：中国人屈服了没有？中日的问题的解决有了一丝一毫的进步没有？中日两国的国际关系有了一分一寸的接近没有？

没有！绝对的没有！

即令日本的暴力更推进一步乃至千万步，即令日本在半年一年之内侵略到整个的华北，即令推进到全海岸线，甚至于深入到长江流域的内地，——我们还可以断言：中国民族还是不会屈服的。中国民族排日仇日的心理只有一日深似一日，一天高似一天。中日问题的解决只有越离越远的。

即使到了最后的一日，中国的"十八九世纪之军队"真个全被日本的新式武器摧毁到不复能成军了，即使中国的政府被逼到无可奈何的时候真个接受了一种耻辱的城下之盟了，——我们还可以断言：那也只是中国人的血与肉的暂时屈服，那也决不能够减低一丝一毫中国人排日仇日的心理，也决不会使中日两国的关系有一分一寸的改善！因为中国的民族精神在这种血的洗礼之下我们的民族才会真正猛烈地变成日本的永久的敌人！

这都是常识与历史都能保证我们的事实。这都是日本的人民与政府不可不觉悟的事实。

是的，"这不是说没有法子就可以丢开的问题"！

是的，"法子不是没有。要之，日本人停止侵略中国就行"！

日本的真爱国者，日本的政治家，到了这个时候，真应该醒醒了！

萧伯纳先生（George Bernard Shaw）在二月二十四日对我说："日本人决不能征服中国的。除非日本人能准备一个警察对付每一个中国人，他们决不能征服中国的。"（这句话，他前几天在东京也一字不改地对日本的新闻访员说了。）

我那天对他说："是的，日本人决不能用暴力征服中国。日本只有一个法子可以征服中国，就是悬崖勒马，彻底地停止侵略中国，反过来征服中国民族的心。"

这句话不是有意学萧伯纳先生的腔调，这是我平生屡次很诚恳地对日本朋友的忠告。这是我在这个好像最不适宜的时候要重新提出忠告日本国民的话。

——节选自《日本人应该醒醒了》

信心与反省

这一期(《独立》一○三期)里有寿生先生的一篇文章,题为《我们要有信心》,在这文里,他提出一个大问题:中华民族真不行吗?他自己的答案是:我们是还有生存权的。

我很高兴我们的青年在这种恶劣空气里还能保持他们对于国家民族前途的绝大信心。这种信心是一个民族生存的基础,我们当然是完全同情的。

可是我们要补充一点:这种信心本身要建筑在稳固的基础之上,不可站在散沙之上。如果信仰的根据不稳固,一朝根基动摇了,信仰也就完了。

寿山先生不赞成那些旧人"拿什么五千年的古国哟,精神文明哟,地大物博哟,来遮丑"。这是不错的。然而他自己提出的民族信心的根据,依我看来,文字上虽然和他们不同,实质上还是和他们同样地站在散沙之上,同样的挡不住风吹雨打。例如他说:

> 我们今日之改进不如日本之速者,就是因为我们的固有文化太丰富了。富于创造性的人,个性必强,接受性就较缓。

这种思想在实质上和那五千年古国精神文明的迷梦是同样的无稽的夸大。第一,他的原则"富于创造性的人,个性必强,接受性就较缓",这个大前提就是完全无稽之谈,就是懒惰的士大夫捏造出来替自己遮丑的胡说。事实上恰是相反的:凡富于创造性的人必敏于模仿,凡不善模仿的人决不能创造。创造是一个最误人的名词,其实创造只是模仿到十足时的一点点新花样。古人说得最好:"太阳之下,没有新的东西。"一切所谓创造都从模仿出来。我们不要被新名词骗了。新名词的模仿就是旧名词的"学"字;"学之为言效也"是一句不磨的老话。例如学琴，必须先模仿琴师弹琴；学画，必须先模仿画师作画；就是画自然界的景物，也是模仿。模仿熟了，就是学会了，工具用得熟了，方法练得细密了，有天才的人自然会"熟能生巧"，这一点功夫到时的奇巧新花样就叫作创造。……一切进步都是如此：没有一件创造不是先从模仿下手的。孔子说得好：

> 三人行，必有我师焉：择其善者而从之，其不善者而改之。

　　这就是一个圣人的模仿。懒人不肯模仿，所以决不会创造。一个民族也和个人一样，最肯学人的时代就是那个民族最伟大的时代；等到他不肯学人的时候，他的盛世已过去了，他已走上衰老僵化的时期了，我们中国民族最伟大的时代，正是我们最肯模仿四邻的时代：从汉到唐宋，一切建筑、绘画、雕刻、音乐、宗教、思想、算学、天文、工艺，哪一件里没有模仿外国的重要成分？佛教和他带来的美术建筑，不用说了。从汉朝到今日，我们的历法改革，无一次不是采用外国的新法；最近三百年的历法是完全学西洋的，更不用说了。到了我们不肯学人家的好处的时候，我们的文化也就不进步了。我们到了民族中衰的时代，只有懒劲学印度人的吸食鸦片，却没有精力学满洲人的不缠脚，那就是我们自杀的法门了。

　　第二，我们不可轻视日本人的模仿。寿生先生也犯了一般人轻视日本的恶习惯，抹杀了日本人善于模仿的绝大长处。日本的成功，正可以证明我在上文说的"一切创造都从模仿出来"的原则。寿生说：

> 从唐以至日本明治维新，千数百年间，日本有一件事足为中国取镜者吗？中国的学术思想在她手里去发展改进过吗？我们实无法说有。

　　这又是无稽的诬告了。三百年前，朱舜水到日本，他居留久了，能了解那个岛国民族的优点，所以他写信给中国的朋友说，日本的政治虽不能上比唐、虞，可以说比得上三代盛世。这是一个中国大学者在长期寄居之后下的考语，是值得我们注意的。日本民族的长处全在他们肯一心一意地学别人的好处。他们学了中国的无数好处，但始终不曾学我们的小脚、八股文、鸦片烟。这不够"为中国取镜吗"？他们学别国的文化，无论在哪一方面，凡是学到家的，都能有创造的贡献。这是必然的道理。浅见的人都说日本的山水人物画是模仿中国的；其实日本画自有他的特点，在人物方面的成绩远胜过中国画，在山水方面也没有走上四王的笨路。在文学方面，他们也有很大的创造。……我们到了今日，若还要抹杀事实，笑人模仿，而自居于"富于创造性者"的不屑模仿，那真是盲目的夸大狂了。

第三，再看看"我们的固有文化"是不是真的"太丰富"了。寿生和其他夸大本国固有文化的人们，如果真肯平心想想，必然也会明白这句话也是无根的乱谈。……近代的科学文化、工业文化，我们可以撇开不谈，因为在那些方面，我们的贫乏未免太丢人了。我们且谈谈老远的过去时代罢。我们的周秦时代当然可以和希腊、罗马相提并论，然而我们如果平心研究希腊、罗马的文学、雕刻、科学、政治，单是这四项就不能不使我们感觉我们的文化的贫乏了。尤其是造型美术与算学的两方面，我们真不能不低头愧汗。我们试想想，《几何原本》的作者欧几里得（Euclid）正和孟子先后同时；在那么早的时代，在两千多年前，我们在科学上早已太落后了！（少年爱国的人何不试拿《墨子·经上篇》里的三五条几何学界说来比较《几何原本》？）从此以后，我们所有的，欧洲也都有；我们所没有的，人家所独有的，人家都比我们强。试举一个例子：欧洲有三个一千年的大学，有许多个五百年以上的大学，至今继续存在，继续发展：我们有没有？至于我们所独有的宝贝，骈文、律诗、八股、小脚、太监、姨太太、五世同居的大家庭、贞节牌坊、地狱活现的监狱、廷杖、板子夹棍的法庭……虽然"丰富"，虽然"在这世界无不足以单独成一系统"，究竟都是使我们抬不起头来的文物制度。即如寿生先生指出的"那更光辉万丈"的宋明理学，说起来也真正可怜！讲了七八百年的理学，没有一个理学圣贤起来指出裹小脚是不人道的野蛮行为。只见大家崇信"饿死事极小，失节事极大"的吃人礼教，请问那万丈光辉究竟照耀到哪里去了？

以上说的，都只是略略指出寿生先生代表的民族信心是建筑在散沙上面，禁不起风吹草动，就会倒塌下来的。信心是我们需要的，但无根据的信心是没有力量的。

可靠的民族信心，必须建筑在一个坚固的基础之上，祖宗的光荣自有祖宗之光荣，不能救我们的痛苦羞辱。何况祖宗所建的基业不全是光荣呢？我们要指出：我们的民族信心必须站在"反省"的唯一基础之上。反省就是要闭门思过，要诚心诚意地想，我们祖宗的罪孽深重，我们自己的罪孽深重；要认清了罪孽所在，然后我们可以用全副精力去消灾灭罪。寿生先生引了一句"中国不亡是无天理"的悲叹词句，他也许不知道这句伤心的话是我十三四年前在中央公园后面柏树下对孙伏园先生说的，第二天被他记在《晨报》上，就流传至今。我说出那句话的目的，不是要人消极，是要人反省；不是要人灰心，是要人起信心，发下大宏誓来忏悔，来替祖宗忏悔，替我们自己忏悔；要发愿造新因来代替旧日种下的恶因。

今日的大患在于全国人不知耻。所以不知耻者，只是因为不曾反省。一个国家兵力不如人，被人打败了，被人抢夺了一大块土地去，这不算是最大的耻辱。一个国家在今日还容许整个的省份遍种鸦片烟，一个政府在今日还要依靠鸦片烟的税收——公卖税、吸户税、烟苗税、过境税——来做政府的收入的一部分，这是最大的耻辱。一个现代民族在今日还容许他们的最高官吏公然提倡什么"时轮金刚法会""息灾利民法会"，这是最大的耻辱。一个国家有五千年的历史，而没有一个四十年的大学，甚至于没有一个真正完备的大学，这是最大的耻辱。一个国家能养三百万不能捍卫国家的兵，而至今不肯计划任何区域的国民义务教育，这是最大的耻辱。

真诚的反省自然发生真诚的愧耻。孟子说得好："不耻不若人，何若人有？"真诚的愧耻自然引起向上的努力，要发宏愿努力学人家的好处，划除自家的罪恶。经过这种反省与忏悔之后，然后可以起新的信心：要信仰我们自己正是拨乱反正的人，这个担子必须我们自己来挑起。三四十年的天足运动已经差不多完全划除了小脚的风气：从前大脚的女人要装小脚，现在小脚的女人要装大脚了。风气转移得这样快，这不够坚定我们的自信心吗？

历史的反省自然使我们明了今日的失败都因为过去的不努力，同时也可以使我们格外明了"种瓜得瓜，种豆得豆"的因果铁律。铲除过去的罪孽只是割断以往种下的果，我们要收新果，必须努力造新因。祖宗生在过去的时代，他们没有我们今日的新工具，也居然给我们留下了不少的遗产。我们今日有了祖宗不曾梦见的种种新工具，当然应该有比祖宗高明千百倍的成绩，才对得起这个新鲜的世界。日本一个小岛国，那么贫瘠的土地，那么少的人民，只因为伊藤博文、大久保利通、西乡隆盛等几十个人的努力，只因为他们肯拼命地学人家，肯拼命地用这个世界的新工具，居然在半个世纪之内一跃而为世界三五大强国之一。这不够鼓舞我们的信心吗？

——节选自《信心与反省》

新年的梦想

新年前的两日，我正在作长途的旅行。寂寞的旅途是我最欢迎的，因为平常某日有应做的事，有不能不见的客，很少有整天可以自由用来胡思乱想的；只有在火车和轮船上，如果熟人不多，大可以终日关在一间小房间里，靠在枕头上，让记忆和想象上天下地地自由活动，这在我们穷忙的人是最快乐的一件事。

这两天在火车上，因为要替《大公报》写新年的第一篇星期论文，虽然有机会胡思乱想，总想从跑野马的思路里寻出一个好题目来做这篇应节的文字，所以我一路上想的是"我盼望我们这个国家在这新开始的一年里可以做到的几件什么事？"我是向来说平实话的，所以跑野马的结果也还是"卑之无甚高论"。

我上了火车，就想起上次十月底我南行时在火车上遇着的一位奇特的朋友。这人就是国联派来的卫生专家史丹巴（Stamper）先生，他是犹哥斯拉夫国的一个伟人，他在他自己国内曾尽力做过长期的乡村运动，很受人民的敬爱。他在中国十二个月，走遍十六个省份，北到宁夏，南到云南，到处创设卫生机关。在中国的无数外国专家，很少（也许绝无）人有他那样勤苦尽力的。

在平浦的火车里，史丹巴先生和我谈了许多话，其中有一段话我最不能忘记。他说："先生，中国有一个最大的危险，有一件最不公道的罪恶，是全世界文明国家所绝不容许的。中国整个政府的负担，无论是中央或地方政府，全都负担在那绝大多数的贫苦农民的肩背上；而有资产的阶级差不多全没有纳税的负担。越有钱，越可以不纳税；越没钱，纳税越重。这是全世界没有的绝大不公平。这样的国家是时时刻刻可以崩溃的。"

史丹巴先生悲愤地指出的罪恶，是值得我们深刻地惭愧，诚恳地忏悔，勇猛地补救的。我们的赋税制度实在是太不公道了。抽税的轻重应该是依据纳税的能力的大小，而我们的赋税却是依据避税的本领的大小：有力抗税则无税，有法嫁税则无税，而无力抗税又无法嫁税的农民则赋税特别繁重。不但钱粮票附加到几倍或几十倍，小百姓挑一担菜进城，赶一头猪上市，甚至于装一船粪过河，都得纳重税。而社会上最有经济能力的阶级，除了轻微到不觉得的间接税之外，可以说是完全不用纳税。在许多地方，土豪劣绅不但不用纳税，还可以包庇别人不纳税，而他们抽分包底的利益。都市里有钱有势的人们，连房捐都可以不纳，收税机关也不敢过问。所得税办到今天，还只限于官吏和公立学校的教员；而都市商家、公司银行，每年公布巨大盈余，每年公然分俵红利，国家从不能抽他一个钱的所得税。国家财政所靠的三五项大宗收入，关税、盐税、田税、统税，其最大负担都压在那百分之九十几的贫苦农民身上。人民吃不起盐了，穷到刨削地土上的硝盐，又还要犯罪受罚！

这种情形真是一个文明国家不能容许的。所以我的第一个新年梦想是梦想在这个新年里可以看见中国赋税制度的转变，从间接税转变到注意直接税，从贫民负担转变到依纳税能力级进的公开原则。遗产税是应该举办的；所得税应该从速推进到一切有营利可以稽查的营业。

我这回在火车上遇着一位在上海做律师的朋友，他告诉我一个故事，也使我很感动。他说有一天，他同了一位俄国朋友到上海新开幕的"国际大饭店"去吃饭，那位俄国朋友参观了那个最新式的大饭店的种种设备，忍不住说了一句话："华丽和舒服都够得上第一等了，可惜不是中国今日顶需要的！"他接着说："中国今日还不能解决人民的吃饭问题，中国资本家不应该把他们的财力用到这种奢侈事业上去。"

我听了这个故事，很替我们的国家民族感觉惭愧。……我这样胡思乱想，就引起了我的第二个新年梦想了。我梦想的是：在这一年里，我们的政府能充分运用关税政策和交通政策来帮助解决民食的问题；单有粮食进口税是不够的，广东的先例可以借鉴；我们必须充分办到全国粮食的生产与需要的调剂，方才可以避免某一区域丰收成灾而某一区域嗷嗷待哺的怪现状。国家的交通机关必须要充分效率化，必须要节省浪费来补充必要的车辆与船只，必须把全国粮食的调剂列为国家运输政策的一个最重要部分。如果这一年外国粮食进口额能从两万万多元减少到一万万元以下，那才不枉负我们又痴长一岁了。

新年的梦想还多着呢！我当然梦想全国的真正统一，当然梦想全国的匪患肃清，当然梦想全国精诚一致地应付那逼人而来的绝大国际危机，当然梦想中国的学术界在这一年中有惊人的进步……但火车震动得太厉害了，太长的好梦容易惊破，所以只能把这两个小希望写出来，作为我给《大公报》的读者贺新年的祝辞。

——节选自《新年的梦想》

做国家的诤臣，诤友

希圣兄：

今天得手书，十分感动。十几天之中，我很感受刺激，头发白了许多，今天得来信，可说是近日的最大安慰。

民族抬头，我岂不想？来信所说的吾辈负的教育责任，我岂不明白？但我们教人信仰一个思想，必须自己确信仰它，然后说来有力，说来动听。若自己不能信仰，而但为教育手段计，不能不说违心之言，自弃其信仰而求人信仰他自己本来不信仰的东西，我不信这个方法是可以收效的。依古人的说法，修辞立其诚，未有不诚而能使人信从的。如来书说的，"自责"在学术界是应当的，但在教育上则又不应当"自责"，而应当自吹：这是一个两面标准（double standard），我不能认为是最妥当的办法。至少我的训练使我不能接受这样一个两面标准。

我不信这样违心的"教育"手段能使这个民族抬头。我们今日所以不能抬头，当然是因为祖宗罪孽深重。我深信救国之法在于深自谴责，深自忏悔，深自愧耻。自责的结果，也许有一个深自振拔而涤除旧污，创造新国的日子。朱子说的"知道如此是病，即便不如此是药"，真是我们今日应该深刻想想的。若妄自夸大，本无可夸而偏要违心地自夸，那岂不是讳疾而忌医的笨法子吗？结果只能使这个民族格外抬不起头来，也许永永抬不起头来。

一个民族的思想领袖者没有承认事实的勇气，而公然提倡他们自己良心上或"学术"上不信仰的假话，——即此一端，至少使我个人抬不起头来看世界。

"只有真理可以使你自由"（Only the truth can make you free），这是西洋人常说的话。我也可以说：只有真话可使这个民族独立自主。你试看看这三十五年的历史，是梁任公、胡适之的自责主义发生了社会改革的影响大呢，还是那些高谈国粹的人们发生的影响大呢？

我并不否认文化在过去确有"国界"。小脚、八股、骈文、律诗等，是全世界人类所无而为吾国所独有。"国界"之义不过如此，其余礼义廉耻云云，绝无"国界"可言，乃是文明人所共有，乃是一切宗教典籍所共有。而我们的礼义廉耻等所以特别不发达者，其原因也正是由于祖宗的罪孽太深重了。

请你注意我们提倡自责的人并非不爱国，也并非反民族主义者。我们只不是狭义的民族主义者而已。我们正因为爱国太深，故决心为她作净臣，作净友，而不敢也不忍为她讳疾忌医，作她的佞臣损友。

这个问题比思想方法的问题有同样的重要。这是一个思想家立身行己的人格问题：说真话乎？不说真话乎？

因你提出此双重标准，故我诚恳地写此长信。说话仍有过火之处，千万请你原谅。

匆匆问安

适之　二十四，六，十二夜

——节选自《致陶希圣》

为学生运动进一言

我在十五年前，曾提出一条历史的公式：

> 在变态的社会国家里，政治太腐败了，国民又没有正式的纠正机
> 关（如代表民意的国会之类），那时候，干预政治的运动一定是从青年
> 的学生界发生的。

这条公式是"古今中外"都可以适用的。从东汉北宋的太学生干涉政治，直
到近年的"公车上书"，留学生组织革命党，五四运动，民［国］十三［年］以
后的国民革命，共产党运动等，这都是"古今一例"的。从中国两千年的学生
干政，到欧洲各国最近三百年中的种种政治革命与社会革命，到眼前全世界的
各种学生干政运动（例如连日报纸所记埃及学生的排英运动），也都是"中外一
理"的。

这个道理是很明显的。中年老年的人，壮气早消磨了，世故深了，又往往有
身家之累，所以都容易采取明哲保身的态度，不肯轻易参加各种带有危险性的政
治活动。只有少年学生的感情是容易冲动的，胆子是大的；他们没有家室之累，
理智也不曾完全压倒情绪，所以他们一受了义愤的鼓动，往往能冒大险，做出大
牺牲，不肯瞻前顾后，也不能迟徊犹豫。古今中外，同是一样的。

懂得了这一条很浅近的历史公例，我们就应该明白，这几年中国国难之下青
年学生的沉寂只是一种变态，而不是常轨。这沉寂的原因，一部分固然是自身能
力脆薄的觉悟，一部分还是政治势力的压抑。绝大多数学生确然觉悟了这回国难
的空前严重性，觉悟了口号标语游行示威的绝对无力，所以他们决心向图书馆实
验室里去寻求他们将来报效国家的力量。然而这不是近年学生界沉寂的主因，因

为这一类学生本来是沉寂的，他们压根儿就不是闹政治运动的材料，凡是干政运动总是少数"好事""好动"的青年们鼓动起来的。而近年"特务机关"的密布，秘密告讦的盛行，往往使各地学校里的好事分子销声匿迹。此项政治活动的策动人物的被压抑，似是近年学生界沉寂的主要原因。

一个开明的政府应该努力做到使青年人心悦诚服地爱戴，而不应该滥用权力去摧残一切能纠正或监督政府的势力。在外患最严重压迫的关头，在一个汉奸遍地的时势，国家最需要的是不畏强御的舆论和不顾利害的民气。我们国家今日所缺少的，不是顺民，而是有力量的诤臣义士。因此，近年政府钳制独立舆论和压迫好动的青年的政策，我们都认为是国家不幸的事。

……

今年五六月间，华北受了压迫，报纸不登一条新闻，不发一句评论，全国青年睡在鼓里，无声无息的几乎丢了整个的华北！

独立的舆论、爱国的青年，都无声无息的时候，所谓"自治"运动却公然抬头露面了。这是必然的结果。偌大的地面早已成了"无人之境"，奸人们还不公然活动，更待何时！

所以十二月九日北平各校的学生大请愿游行，是多年沉寂的北方青年界的一件最可喜的事。我们中年人尚且忍不住了，何况这些血气方刚的男女青年！

那一天下午三点多钟，我从王府井大街往北去，正碰着学生游行的队伍从东安门大街往南来。人数不算多，队伍不算整齐，但我们望见他们，真不禁有"空谷足音"之感了。

那一天的学生反对"自治"大请愿，虽然平津各报都不许记载（《大公报》虽然登了，但因禁令还未解除，北平看不见），却是天下皆知的壮举。天下人从此可说，至少有几千中国青年学生是明白表示不承认那所谓"自治"的傀儡丑戏的。

但是九日以后，各校学生忽然陆续有罢课的举动，这是我们认为很不幸的。

罢课是最无益的举动。在十几年前，学生为爱国事件罢课可以引起全国的同情。但是五四以后，罢课久已成了滥用的武器，不但不能引起同情，还可以招致社会的轻视与厌恶。这是很浅显的事实，青年人岂可不知道？

罢课不但不能丝毫感动抗议的对象，并且决不能得着绝大多数好学的青年人的同情。所以这几天鼓动罢课的少数人全靠播弄一些无根的谣言来维持一种浮动的心理。城内各校传说清华大学死了一个女生；城外各校传说师范大学死了一个女生。其实都是毫无根据的谣言。这样的轻信，这样的盲动，是纯洁的青年学生界的耻辱。捏造这种谣言来维持他们的势力的人，是纯洁的青年运动的罪人。

我们爱护青年运动的人，不忍不向他们说几句忠告的话。

第一，青年学生应该认清他们的目标。在这样的变态政治之下，赤手空拳的学生运动只能有一个目标，就是用抗议的喊声来监督或纠正政府的措施。他们的喊声是舆论，是民意的一种表现。用在适当的时机，这种抗议是有力量的，可以使爱好的政府改过迁善，可以使不爱好的政府有所畏惧。认清了这一点，他们就可以明白一切超过这种抗议作用（舆论作用）的直接行动，都不是学生集团运动的目标。

第二，青年学生应该认清他们的力量。他们的力量在于组织，而组织必须建筑在法治精神的基础之上。法治精神只是明定规律而严守他。一切选举必须依法，一切讨论必须使人人能表现其意见，一切决议必须合法，必须如此，然后团体的各个分子可以心悦诚服，用自由意志来参加团体的生活。这样的组织才有力量。一切少数人的把持操纵，一切浅薄的煽惑，至多只能欺人于一时，终不能维持长久，终不能积厚力量。

第三，青年学生应该认清他们的方法。他们都在受教育的时代，所以一切学生活动都应该含有教育自己训练自己的功用。这不是附带的作用，这是学生运动的方法本身。凡自由地发表意见，虚心地研究问题，独立地评判是非，严格地遵守规则，勤苦地锻炼身体，牺牲地维护公众利益，这都是有教育价值与训练功用的。此外，凡盲从、轻信、武断、压迫少数、欺骗群众、假公济私、破坏法律，都不是受教育时代的青年人应该提倡的，所以都不是学生运动的方法。团体生活的单位究竟在于健全的个人人格。学生运动必须注意到培养能自由独立而又能奉公守法的个人人格。一群被人糊里糊涂牵着鼻子走的少年人，在学校时决不会有真力量，出了校门也只配做顺民、做奴隶而已。

第四，青年学生要认清他们的时代。我们今日所遭的国难是空前的大难，现在的处境已够困难了，来日的困难还要千百倍于今日。在这个大难里，一切耸听的口号标语固然都是空虚无补，就是在适当时机的一声抗议至多也不过临时补漏救弊而已。青年学生的基本责任到底还在平时努力发展自己的知识与能力。社会的进步是一点一滴的进步，国家的力量也靠这个那个人的力量。只有拼命培养个人的知识与能力才是报国的真正准备功夫。

——节选自《为学生运动进一言》

惨痛的回忆与反省

这一期（《独立评论》第十八期）本刊出版之日正是"九一八"的周年纪念。这一年的光阴，没有一天不在耻辱惨痛中过去的，纪念不必在这一天，这一天不过是给我们一个特别深刻的回忆的机会，叫我们回头算算这一年的旧账，究竟国家受了多大的损失和耻辱，究竟我们自己努力了几分，究竟我们失败的原因在哪里。并且这一天应该使我们向前途想想，究竟在这最近的将来应该如何努力，在那较远的将来应该如何努力。这才是纪念"九一八"的意义。

九一八的事件，不是孤立的，不是偶然的，不是意外的，它不过是五六十年的历史原因造成的一个危险局面的一个爆发点。这座火山的爆发已不止一次了。第一次的大爆发在三十八年前的中日战争，第二次在三十五年前的俄国占据旅顺、大连，第三次在庚子拳乱期间俄国进兵东三省，第四次在二十八年前的日俄战争，第五次在十七年前的二十一条交涉。去年九一八之役是第六次的大爆发。每一次爆发，总给我们一个绝大的刺激，所以第一、二次的爆发引起了戊戌维新运动和庚子的拳祸。日俄战争促进了中国的革命运动，满清皇室终于颠覆。二十一条的交涉对于后来国民革命的成功也有绝大的影响：袁世凯的帝制运动及其失败，安福党人的卖国借款，巴黎和约引起的学生运动，学生运动引起的中国共产党的组织与中国国民党的改组：此等事件都与国民革命的运动有直接或间接的关系。所以我们可以说民四的中日交涉产生了民［国］十五六年的国民革命。

反响是有的，然而每一次反响都不曾达到挽救危亡的目标，都不曾做到建设一个有力的统一国家的目标。况且每一次的前进，总不免同时引起了不少的反动势力：戊戌维新没有成功，反动的慈禧党早已起来了，就引起了庚子的国耻。辛亥革命刚推倒了一个枯朽的满清帝室，北洋军人与政客的反动大团结又早已起来了。民［国］十五六年的国民革命还没有完全胜利，腐化和恶化的趋势都已充分显露了。三十多年的民族自救运动，没有一次不是前进的新势力和反动势力同时出现，彼此互相打消，已得的进步往往远不够反动势力的破坏，所得虽不少而未能抵偿所失之多。结果竟成了进一步必得退一步，甚至于退两三步。到了今日，民族自救的运动还是一事无成！练新兵本是为了御外侮的，于今我们有了二百多万人的陆军，既不能御外侮，又不能维持地方的安宁，只给国家添了一个绝大的乱源！谋革命也是为了救危亡，图民族国家的复兴；然而三十年的革命事业，到今日还只到处听见"尚未成功"的一句痛语。办新教育也是为了兴国强种，然而三十多年的新教育，到今日不曾为国家添得一分富，一分强，只落得人人痛恨教育的破产。

……

我们的大病源，依我看来，是我们的老祖宗造孽太深了，祸延到我们今日。二三十年前人人都知道鸦片、小脚、八股，为"三大害"；前几年有人指出贫、病、愚昧、贪污、纷乱，为中国的"五鬼"；今年有人指出仪文主义、贯通主义、亲故主义为"三个亡国性的主义"（《独立》第十二号）。这些话，现在的青年人都看作老生常谈了，然而这些大病根的真实是绝对无可讳的。这些大毛病都不是一朝一夕发生的，都是千百年来老祖宗给我们留下的遗产。……这些老祖宗遗留下的孽障，是我们这个民族的根本病。在这个心身都病的民族遗传上，无论什么良法美意一到中国都成了"逾淮之橘"，都变成四不像了。

所谓民族自救运动，其实只是要救治这些根本病痛。这些病根不除掉，什么打倒帝国主义，什么民族复兴，都是废话。例如鸦片，现在帝国主义的国家并不用兵力来强逼我们销售了，然而各省的鸦片，勒种的是谁呢？抽税的是谁呢？包运包销的是谁呢？那无数自己情愿吸食的又是谁呢？

病根太深，是我们的根本困难。但是我们还有一层很重大的困难，使一切疗治的工作都无从下手。这个大困难就是我们的社会没有重心，就跟一个身体没有神经中枢，医头医脚好像都搔不着真正的痛痒。试看日本的维新所以能在六十年中收绝大的功效，其中关键就在日本的社会组织始终没有失掉他的重心：

这个重心先在幕府，其后幕府崩溃，重心散在各强藩，几乎成一个溃散的局面；然而幕府归政于天皇之后（1867），天皇成为全国的重心，一切政治的革新都有所寄托，有所依附，故幕府废后，即改藩侯为藩知事，又废藩置县，藩侯皆入居京师，由中央委任知事统治其地（1871），在四五年之中做到了铲除封建割据的大功。二十年后，宪政成立，国会的政治起来替代藩阀朝臣专政的政治（1890），宪政初期的纠纷也全靠有个天皇作重心，都不曾引起轨道外的冲突，从来不曾因政争而引起内战。自此以后，四十年中，日本不但解决了他的民族自救问题，还一跃而为世界三五个大强国之一，其中虽有几个很伟大的政治家的功绩不可磨灭，而其中最大原因是因为社会始终不曾失其重心，所以一切改革工作都不至于浪费。

我们中国这六七十年的历史所以一事无成，一切工作都成虚掷，都不能有永久性者，依我看来，都只因为我们把六七十年的光阴抛掷在寻求建立一个社会重心而终不可得。帝制时代的重心应该在帝室，而那时的满清皇族已到了一个很堕落的末路，经过太平天国的大乱，一切弱点都暴露出来，早已失去政治重心的资格了。所谓"中兴"将相，如曾国藩、李鸿章诸人，在十九世纪的后期，俨然成为一个新的重心。可惜他们不敢进一步推倒满清，建立一个汉族新国家；他们所依附的政治重心一天一天的崩溃，他们所建立的一点事业也就跟着那崩溃的重心一齐消灭了。戊戌的维新领袖也曾轰动一时，几乎有造成新重心的形势，但不久也就消散了。辛亥以后民党的领袖几乎成为社会新重心了，但旧势力不久卷土重来，而革命日子太浅，革命的领袖还不能得着全国的信仰，所以这个新重心不久也崩溃了。在革命领袖之中，孙中山先生最后死，奋斗的日子最久，资望也最深，所以民［国］十三［年］以后，他改造的中国国民党成为一个簇新的社会重心，民［国］十五六年之间，全国多数人心的倾向中国国民党，真是六七十年来所没有的新气象。不幸这个新重心因为缺乏活的领袖，缺乏远大的政治眼光与计划，能唱高调而不能做实事，能破坏而不能建设，能钳制人民而不能收拾人心，这四五年来，又渐渐失去做社会重心的资格了。六七十年的历史演变，仅仅得这一个可以勉强作社会重心的大结合，而终于不能保持其已得的重心资格，这是我们从历史上观察的人所最惋惜的。

这六七十年追求一个社会政治重心而终不可得的一段历史，我认为最值得我们的严重考虑。我以为中国的民族自救运动的失败，这是一个最主要的原因。我的朋友翁文灏先生说得好："进步是历次的工作相继续相积累而成的，尤其是重大的建设事业，非逐步前进不会成功。"（《独立》第五号，页十二）日本与中国的维新事业的成败不同，只是因为日本不曾失掉重心，故六七十年的工作是相继续的，相积累的，一点一滴的努力都积聚在一个有重心的政治组织之上。而我们始终没有重心，无论什么工作，做到了一点成绩，政局完全变了，机关改组了或取消了，领袖换了人了，一切都被推翻，都得从头做起；没有一项事业有长期计划的可能，没有一个计划有继续推行的把握，没有一件工作有长期持续的机会，没有一种制度有依据过去经验积渐改善的幸运。试举议会政治为例：四十二年前，日本第一次选举议会，有选举权者不过全国人口总数百分之一；但积四十年之经验，竟做到男子普遍选举了。我们的第一次国会比日本的议会不过迟二十一年，但是昙花一现之后，我们的聪明人就宣告议会政治是不值得再试的了。又如教育，日本改定学制在六十年前，六十年不断的努力就做到了强迫教育的普及，高等教育也达到了很可惊的成绩。我们的新学堂章程也是三十多年前就有了的，然而因为没有长期计划的可能，普及教育至今还没有影子，高等教育是年年跟着政局变换的，至今没有一个稳定的大学。我们拿北京大学、南洋公学的跟着政局变换的历史，来比较庆应大学和东京帝大的历史，真可以使我们惭愧不能自容了。

……

为什么六七十年的历史演变不曾变出一个社会重心来呢？这不是可以使我们深思的吗？我们的社会组织和日本和德国和英国都不相同。我们一则离开封建时代太远了，二则对于君主政体的信念已被那太不像样的满清末期完全毁坏了，三则科举盛行以后社会的阶级已太平等化了，四则人民太贫穷了没有一个有势力的资产阶级，五则教育太不普及又太幼稚了没有一个有势力的智识阶级：有这五个原因，我们可以说是没有一个天然候补的社会重心。既然没有天然的重心，所以只可以用人功创造一个出来。这个可以用人功建立的社会重心，依我看来，必须具有这些条件：

第一，必不是任何个人，而是一个大的团结。

第二，必不是一个阶级，而是拥有各种社会阶级的同情的团体。

第三，必须能吸收容纳国中的优秀人才。

第四，必须有一个能号召全国多数人民的感情与意志的大目标：他的目标必须是全国的福利。

第五，必须有事功上的成绩使人民信任。

第六，必须有制度化的组织使他可以有持续性。

我们环顾国内，还不曾发现有这样的一个团结。凡是自命为一个阶级谋特殊利益的，固然不够作社会的新重心；凡是把一党的私利放在国家的福利之上的，也不够资格。至于那些拥护私人作老板的利害结合，更不消说了。

我们此时应该自觉地讨论这种社会重心的需要，也许从这种自觉心里可以产生一两个候补的重心出来。这种说法似乎很迂缓。但是我曾说过，最迂缓的路也许倒是最快捷的路。

——节选自《惨痛的回忆与反省》

抗战必获胜利

中国之艰巨抗战工作，必能获得最高胜利。现有两大事实足以证明中国之必胜：一为中国人民能加紧团结，及坚决抗战到底。二为中国虽已抗战两年，仍能于四月间沿二千英里之战线实行出击，将日军继续进犯之企图打碎。令其不得不改取防卫政策，至于四月出击之目的，系在测验日军在各线之战斗力。经此一战后，日军之攻势，已告一段落。在四月中，共有战事五百零四次之多，经四五两月之战斗，日军之交通线及其他方面，均已发生困难。日军在广州方面作战七月，而迄无进展，在汉口方面亦陷入困境。实际上日军占领之土地，仅一小部分，中国当局现仍能在上海附近照常收税。中国之最大之危险时期，为广州武汉失陷之时，现危机已过，中国可长期抗战矣。

——1939年5月26日对合众社记者发表的谈话

追哭徐新六[①]

一九三八年八月二十四日上午，新六的飞机被日本驱逐机五架击落，被机关枪扫射，乘客十二人都死了。十日之后，我在瑞士收到他八月二十三日夜写给我的一封信，是他临死的前夜写的。

拆开信封不忍看，
信尾写着"八月二十三"！
密密的两页二十九行字，
我两次三次读不完。

"此时当一切一切以国家为前提"，
这是他信里的一句话。
可怜这封信的墨迹才干，
他的一切已献给了国家。

我失去了一个最好的朋友，
这人世丢了一个最可爱的人。
"有一日力，尽一日力"，——
我不敢忘记他的遗训。

二十七年（一九三八）九月八日在瑞士的鲁塞恩（Lucerne）

[①] 徐新六（1890—1938），浙江杭州人。1908年赴英国留学，1914年回国，曾任北京大学经济系教授、财政部秘书、中国银行北京分行协理等职。抗战爆发后，受财政部部长指派，负责维持上海租界内的金融事业。1938年8月，徐新六参加国民政府组织的代表团赴美国商谈借款事宜，途中所乘飞机被日机击落，不幸罹难。

青山就是我们的国家

雪艇、孟真、端升、咏霓、枚荪、子缨诸兄：

我出国五年，最远因起于我写给雪艇的三封长信（廿四年六月），尤其是第三封信（廿四，廿六，廿七）；次则廿六年八月尾蒋先生的敦促，雪艇的敦劝；但最后的原因是廿六年九月一夜在中英文化协会宿舍孟真的一哭。

孟真的一哭，我至今不曾忘记。五年中，负病工作，忍辱，任劳，都只是因为当日既已动一念头，决心要做到一点成绩，总要使这一万三千万人复认识我们这个国家是一个文明的国家，不但可与同患难，还可与同安乐。四年成绩，如斯而已。

当四年前我接受使命时，老妻冬秀曾写信来痛责我。我对他说：我们徽州有句古话"留得青山在，不怕没柴烧"。青山就是我们的国家，我们今日所以能抬头见世人者，正是因为我们背上还有一个独立的国家在。我们做工，只是对这个国家，这青山，出一点汗而已。

今日之事，或为山妻所笑。但山妻之笑，抵不得孟真的一哭。我要诸兄知此心理，知我决不懊悔动此一念头。

弟适之　卅一，九，十

——节选自《致王世杰、傅斯年、钱端升、翁文灏、周炳琳、张忠绂》

第四辑

教育问题

为祖国造不亡之因

……适近来劝人，不但勿以帝制撄心，即外患亡国亦不足顾虑。倘祖国有不能亡之资，则祖国决不致亡。倘其无之，则吾辈今日之纷纷，亦不能阻其不亡。不如打定主意，从根本下手，为祖国造不能亡之因，庶几犹有虽亡而终存之一日耳。

……适以为今日造因之道，首在树人；树人之道，端赖教育。故适近来别无奢望，但求归国后能以一张苦口，一支秃笔，从事于社会教育，以为百年树人之计：如是而已。

……明知树人乃最迂远之图。然近来洞见国事与天下事均非捷径所能为功。七年之病当求三年之艾。倘以三年之艾为迂远而不为，则终亦必亡而已矣。……

　　　　——原题为《再论造因，寄许怡荪书》，选自《留学日记》，1916年1月25日

教育的弊病

现今的人都说教育可以救种种的弊病。但是依我看来，中国的教育，不但不能救亡，简直可以亡国。我有十几年没到内地去了，这回回去，自然去看看那些学堂。学堂的课程表，看来何尝不完备？体操也有，图画也有，英文也有，那些国文、修身之类，更不用说了。但是学堂的弊病，却正在这课程完备上。例如我们家乡的小学堂，经费自然不充足了，却也要每年花六十块钱去请一个中学堂学生兼教英文唱歌。又花二十块钱买一架风琴。我心想，这六十块一年的英文教

习，能教什么英文？教的英文，在我们山里的小地方，又有什么用处？至于那音乐一科，更无道理了。请问那种学堂的音乐，还是可以增进"美感"呢？还是可以增进音乐知识呢？若果然要教音乐，为什么不去村乡里找一个会吹笛子的唱昆腔的人来教？为什么一定要用那实在不中听的二十块钱的风琴呢？那些穷人的子弟学了音乐回家，能买得起一架风琴来练习他所学的音乐知识吗？我真是莫名其妙了。所以我在内地常说："列位办学堂，尽不必问教育部规程是什么，须先问这块地方最需要的是什么。譬如我们这里最需要的是农家常识、蚕桑常识、商业常识、卫生常识，列位却把修身教科书去教他们做圣贤！又把二十块钱的风琴去教他们学音乐！又请一位六十块钱一年的教习教他们学英文！列位且自己想想看，这样的教育，造得出怎么样的人才？所以我奉劝列位办学堂，切莫注重课程的完备，须要注意课程的实用。尽不必去巴结视学员，且去巴结那些小百姓。视学员说这个学堂好，是没有用的，须要小百姓都肯把他们的子弟送来上学，那才是教育有成效了。"

以上说的是小学堂，至于那些中学堂的成绩，更可怕了。我遇见一位省立法政学堂的本科学生，谈了一会儿，他忽然问道："听说东文是和英文差不多的，这话可真吗？"我已经大诧异了。后来他听我说日本人总有些岛国的习气，忽然问道："原来日本也在海岛上吗？"……这个固然是一个极端的例，但是如今中学堂毕业的人才，高又高不得，低又低不得，竟成了一种无能的游民。这都由于学堂里所教的功课，和社会上的需要毫无关涉。所以学校只管多，教育只管兴，社会上的工人、伙计、账房、警察、兵士、农夫……还只是用没有受过教育的人。社会所需要的是做事的人才，学堂所造成的是不会做事又不肯做事的人才，这种教育不是亡国的教育吗？

我说我的"归国杂感"，提起笔来，便写了三四千字。说的都是些很可以悲观的话。但是我并不是悲观的人。我以为这二十年来中国并不是完全没有进步，不过惰性太大，向前三步又退回两步，所以到如今还是这个样子。我这回回家寻出一部叶德辉的《翼教丛编》，读了一遍，才知道这二十年的中国实在已经有了许多大进步。不到二十年前，那些老先生们，如叶德辉、王益吾之流，出了死力去驳康有为，所以这书叫作《翼教丛编》。我们今日也痛骂康有为。但二十年前的中国，骂康有为太新；二十年后的中国，却骂康有为太旧。如今康有为没有皇帝可保了，很可以做一部《翼教续编》来骂陈独秀了。这两部"翼教"的书的不同之处，便是中国二十年来的进步了。

——节选自《归国杂感》

书院制史略①

我为何讲这个题目？因为古时的书院与现今教育界所倡的"道尔顿制"精神大概相同。一千年以来，书院实在占教育上一个重要位置，国内的最高学府和思想的渊源，唯书院是赖。盖书院为我国古时最高的教育机关。所可惜的，就是光绪变政，把一千年来书院制完全推翻，而以形式一律的学堂代替教育。要知我国书院的程度，足可以比外国的大学研究院。譬如南菁书院，他所出版的书籍，等于外国博士所做的论文。书院之废，实在是吾中国一大不幸事。一千年来学者自动的研究精神，将不复现于今日了。所以我今日要讲这个书院的问题。本题计分两节：第一，书院的历史；第二，书院的精神。兹分别言之：

一、书院的历史

（一）精舍与书院。书院在顶古的时候，无史可考；因古代的学校，都是私家设立，不甚出名。周朝学制，亦无书院的名称。战国时候，讲学风起，私家学校渐为人所器重。汉时私家传授之盛，为古所未有。观汉朝的国子监太学生，多至数万人，即可见学风之盛。六朝时候，除官学外，复有精舍。此精舍系由少数的贵族或士大夫在郊外建屋数椽，以备他们春夏射御，秋冬读书的处所。唯此精舍，仍由私家学塾蝉蜕而来，其教授方法，与佛家讲经相同。佛家讲经只许和尚沉思默想，倘和尚不明经理而欲请教于大和尚，此时大和尚就以杖叩和尚之头，

---

① 本文为1923年12月10日在南京东南大学的演讲。

在问者虽受重击，毫无怨言，仍俯首思索如故。有时思索不得，竟不远千里朝拜名山，俾一旦触机觉悟，此法系启发学者思想。不借外界驱策而能自动学习；所以精舍也采取佛家方法。其后道家讲经，也和佛家相同。到唐明皇的时候，始有书院的名称。书院之有学校的价值，固自唐始，但至宋朝更进步了。

（二）宋代四大书院。书院名称，至宋朝时候才完全成立。当时最负盛名的书院，如石鼓、岳麓、应天、白鹿洞，世人称为四大书院。这些书院，都系私人集资建造，请一个学者来院主教，称他叫山长。书院大半在山水优秀的地方，院内广藏书籍，使学生自修时候，不致无参考书。此藏书之多，正所以引起学生自由研究的兴趣。此四大书院，不独藏书很多，并且请有学者在院内负责指导责任。来兹学者，如有困难疑惑之处，即可向指导者请教；犹如今日道尔顿制的研究室。所以宋朝的书院，就是为学者自修的地方。

（三）宋代书院制度。宋代书院制度，很可研究。每一个书院，有山长一人，系学识丰富的人充任。书院里藏书极多，有所谓三舍制，就如湖南潭州书院，分县学、书院、精舍三种。在州府县学里读书，都是普通之才；优者升入书院。当时书院的程度，犹如今日大学本科，倘在书院里考得成绩很好，就升入精舍。此时犹如今日入大学研究院了。又当时又有所谓太学三舍制，就是在宋仁宗的时候，大兴学校，令天下皆设官学，自己复于京师设立太学。考他的组织方法，也有三种阶级，在州县学读书，称曰外舍，等于大学预科；经一种考试升入内舍，等于今日大学本科；再经严格的考试，就升入精舍，等于今日大学研究院。这种制度，已在浙江书院实行了。

（四）宋代讲学之风与书院。宋代讲学之盛，古所未有。当时所谓州学、县学、官学，只有其名，而无其实。此等学校，吾无以名之，只得叫它曰抽象的学校，大概一位老师就是一个学校，老师之责任，就在讲经。当时入官学者甚少，国子监太学生都可花钱捐得。然而尊崇一派奉为名师，日趋听讲者亦甚多。听讲时大半笔记，不用书籍，如《朱子语录》，即学生所做的笔记。教法亦大半采佛家问答领悟之法，至于讲学之风，迨南宋时可谓登峰造极。当时学生所最崇拜的，只有二人，因此分为两派：一派当推朱子，而另一则为陆象山派。朱陆既殁，其徒散居各处，亦复以讲学为号召，所以私立的书院，就从此增多了。

（五）会讲式的书院。会讲式的书院，起自明朝，如无锡东林书院，每月订有开会时间。开会之先，由书院散发请帖，开会时由山长主讲一段，讲毕，令学生自由讨论，各抒意见，互相切磋，终以茶点散会。

（六）考课式的书院。考课式的书院，亦起自明朝。此式定每月三、六、九日或朔、望两日，由山长出题，凡合于应试资格的人，即可往书院应试。书院并订津贴寒士膏火办法，供寒士生活之用。此等书院，仅在考试时非常忙碌，平时无须开门，考课者亦不必在场内，只要各抒说论而已。

（七）清代的书院。清时学术思想，多不尊重理学一派，只孜孜研究考据实用的学问。学者贵能就性之所近，分门研究，研究所得，以笔记之。有时或做极长的卷折，以示造诣。所有书院，概系公立，山长由州府县官聘请富有学识者充之。山长薪水很大，书院经费，除山长薪水外，又有经临等费。学生除不收学费外，又有膏火津贴奖赏等。所以在学足供自给，安心读书，并可以膏火等费赡养家室，不致有家室之累。每一书院，藏书极多，学生可以自由搜求材料，并有学识丰富之山长，加以指导。其制度完备，为亘古所未有，而今则不复见了！

二、书院的精神

（一）代表时代精神。一时代的精神，只有一时代的祠祀，可以代表。因某时之所尊奉者，列为祠祀，即可觇某时代民意的趋向。古时书院常设神祠祀，带有宗教的色彩，其为一千年来民意之所寄托，所以能代表各时代的精神。如宋朝书院，多崇拜张载、周濂溪、邵康节、程颐、程颢诸人，至南宋时就崇拜朱子，明时学者又改崇阳明，清时偏重汉学。而书院之祠祀，不外供许慎、郑玄的神像。由此以观，一时代精神，即于一时代书院所崇祀者足以代表了。

（二）讲学与议政。书院既为讲学的地方，但有时亦为议政的机关。因为古时没有正式代表民意的机关；有之，仅有书院可以代行职权了。汉朝的太学生，宋朝朱子一派的学者，其干涉国家政治之气焰，盛极一时；以致在宋朝时候，政府立党籍碑，禁朱子一派者应试，并不准起复为官。明朝太监专政，乃有无锡东林书院学者出而干涉，鼓吹建议，声势极张。此派在京师亦设有书院，如国家政令有不合意者，彼辈虽赴汤蹈火，尚仗义执言，以致为宵小所忌，多方倾害，死者亦多，政府并名之曰东林党。然后前者死后者继，其制造舆论，干涉朝政，固不减于昔日。于此可知书院亦可代表古时候议政的精神，不仅为讲学之地了。

（三）自修与研究：书院之真正的精神唯自修与研究，书院里的学生，无一不有自由研究的态度，虽旧有山长，不过为学问上之顾问；至研究发明，仍视平日自修的程度如何。所以书院与今日教育界所倡道尔顿制的精神相同。在清朝时候，南菁、诂经、钟山、学海四书院的学者，往往不以题目甚小，即淡漠视之。所以限于一小题或一字义，竟终日孜孜，究其所以，参考书籍，不惮烦劳，其自修与研究的精神，实在令人佩服！

三、结论

本题拟举二例，作为结论：（一）譬如南菁书院，其山长黄梨洲先生，常以八字告诫学生，即"实事求是，莫作调人"。因为研究学问，遇困难处若以调人自居，则必不肯虚心研究，而近乎自暴自弃了。（二）又如上海龙门书院，其壁屏即大书"读书先要会疑，学者须于无疑中寻找疑处，方为有得"，即可知古时候学者的精神，唯在刻苦研究与自由思索了。其意以学问有成，在乎自修，不在乎外界压迫。这种精神，我恐今日学校中多轻视之。又当声明者，即书院并不拒绝科学，如清代书院的课程，亦有天文、算学、地理、历史、声、光、化、电等科学。尤以清代学者如戴震、王念孙等都精通算学为证。惜乎光绪变政，将一千年来的书院制度完全推翻，而以在德国已行一百余年之学校代替此制，诩为自新。使一千年来学者自动的研究精神，将不复现于今日。吾以今日教育界提倡道尔顿制，注重自动的研究，与书院制不谋而合，不得不讲这书院制度的略史了。

国家要有一流的大学

与英文教师亚丹先生（Prof.J.Q.Adams, Jr.）谈，先生问："中国有大学乎？"余无以对也。又问："京师大学何如？"余以所闻对。先生曰："如中国欲保全固有之文明而创造新文明，非有国家的大学不可。一国之大学，乃一国文学思想之中心，无之则所谓新文学新知识皆无所附丽。国之先务，莫大于是。……"余告以近来所主张国立大学之方针（见《非留学篇》）。先生亟许之，以为报国之义务莫急于此矣。先生又言，如中国真能有一完美之大学，则彼将以所藏英国古今剧本数千册相赠。先生以十五年之力收藏此集（集者，英文Collection），每年所费不下五百金。余许以尽力提倡，并预为吾梦想中之大学谢其高谊。先生又言："办大学最先在筹款，得款后乃可择师。能罗致世界最大学者，则大学可以数年之间闻于国中，传诸海外矣。康南耳之兴也，白博士（Andrew Dickson White）亲至英伦聘Goldwin Smith［戈德温·史密斯］，当日第一史家也；又聘James Lowell［詹姆斯·洛威尔］，当日文学泰斗也：得此数人，而学者来归矣。芝加哥大学之兴也，煤油大王洛氏捐巨金为助，于是增教师之脩金，正教师岁得七千五百金。七千五百金在当日为莫大脩脯，故能得国内外专门学者为教师。芝加哥之兴勃焉，职是故也。"先生此言与郑莱君所谈甚相合。

吾他日能生见中国有一国家的大学可比此邦之哈佛，英国之康桥、牛津，德之柏林，法之巴黎，吾死瞑目矣。嗟夫！世安可容无大学之四百万方里四万万人口之大国乎！世安可容无大学之国乎！

——节选自《留学日记》，1915年2月20日

功课要考最优等，品行要列最优等

祖望：

你这么小小年纪，就离开家庭，你妈和我都很难过。但我们为你想，离开家庭是最好办法。第一使你操练独立的生活；第二使你操练合群的生活；第三使你自己感觉用功的必要。

自己能照应自己，服侍自己，这是独立的生活。饮食要自己照管，冷暖要自己知道。最要紧的是做事要自己负责任。你功课做得好，是你自己的光荣；你做

错了事，学堂记你的过，惩罚你，是你自己的羞耻。做得好，是你自己负责任，做得不好，也是你自己负责任。这是你自己独立做人的第一天，你要凡事小心。

你现在要和几百人同学了，不能不想想怎么样才可以同别人合得来。人同人相处，这是合群的生活。你要做自己的事，但不可妨害别人的事。你要爱护自己，但不可妨害别人。能帮助别人，须要尽力帮助人。但不可帮助别人做坏事。如帮人作弊，帮人犯规则，都是帮人做坏事，千万不可做。

合群有一条基本规则，就是时时要替别人想想，时时要想想"假使我做了他，我应该怎样？""我受不了的，他受得了吗？""我不愿意的，他愿意吗？"你能这样想，便是好孩子。

你不是笨人，功课应该做得好。但你要知道世上比你聪明的人多得很，你若不用功，成绩一定落后。功课及格，那算什么？在一班要赶在一班的最高一排。在一校要赶在一校的最高一排。功课要考最优等，品行要列最优等，做人要做最上等的人，这才是有志气的孩子。但志气要放在心里，要放在功夫里，千万不可放在嘴上，千万不可摆在脸上。无论你志气怎样高，对人切不可骄傲。无论你的成绩怎么好，待人总要谦虚和气。你越谦虚和气，人家越敬你爱你。你越骄傲，人家越恨你，越瞧不起你。

儿子，你不在家中，我们时时想念你，你自己要保重身体。你是徽州人，要记得"徽州朝奉，自己保重"。

……

儿子，不要忘记我们，我们不会忘记你。努力做一个好孩子。

爸爸　十八年八月廿六夜

——节选自《致胡祖望》

论女子教育

吾自识吾友韦女士以来，生平对于女子之见解为之大变，对于男女交际之关系亦为之大变。女子教育，吾向所深信者也。惟昔所注意，乃在为国人造良妻贤母以为家庭教育之预备，今始知女子教育之最上目的乃在造成一种能自由能独立之女子。国有能自由独立之女子，然后可以增进其国人之道德，高尚其人格。盖女子有一种感化力，善用之可以振衰起懦，可以化民成俗，爱国者不可不知所以保存发扬之，不可不知所以因势利用之。

——节选自《留学日记》，1915年10月30日

要整顿法律教育

欧洲的大学，最古的有两个，都有一千年的历史：第一个是意大利的沙来诺（Salerno），是个医学院；第二是意大利的波罗匿耶（Bologna），是个法学院。医药是救护人的生命的，法律是保护人的权利的。我们中国人向来都轻视这两件最重要的东西，所以医学与法律向来都不列入学校的正式课程。先知的王荆公把律学列入太学，曾受那绝顶聪明的苏东坡的讥讽。今日法科教育之受人轻视，虽然也因为法科多办得不好，其实一半也是因为几千年来轻视法律刑名的心理习惯在那儿作怪。一班妄人颇嫌今日律师太多，其实中国今日正嫌法家太少。西洋国家政治，无论是地方或中央，至少百分之九十在学法律的人的手里，所以国家与社会的秩序都比较安定。今日的中国正应该尽力整顿法律教育，养成多数的大法学家与大法官。"读书万卷不读律，致君尧舜终无术"，这话在东坡当日是一种轻薄的讥讽，在我们今日实在是郑重的忠告。

——节选自《一四五号编辑后记》

改订新学制

民国十一年我国改订新学制，我是起草人之一。将小学七年制改为六年，中学四年制改为六年制（三三制），而把大学预科取消，大学本科仍为四年，毕业后再进研究院。当时预定的中等教育分为普通教育与职业教育两条路（师范教育包括在职业教育内），中等教育的普通教育提倡多设初中，高中每省只限一所。后来因为政治上的大变动，和设立职业学校需有设备，需要较多的经费的关系，未能收到"注重"的效果。且已设立的职业学校，因不能维持而日益减少，几等于零了。兼以当时的社会仍未脱离科举的思想，以进小学、中学、大学，比为中秀才、举人、进士，考普通中学的人多，设普通中学的也多；政府无严格限制的办法，复未予严格监督，于是凡中学几皆设高中，把中学水准都降低了，这是起草教育新学制时所始料不及的。

——节选自《选科与择业》

朋友朋友，说真的吧！

去年九月，我来到北平，借住在大羊宜宾胡同任叔永家中。十月八日，有一位白头老人来访，我不在寓，他留下了一大包文字，并写了一张短条子留给我。我看了他的字条才知道他是三十多年前的革新志士，官话字母的创始人，王小航①（照）先生。我久想见见这位老先生，想不到他先来看我了。第二天，我把他留下的文稿都读完了，才又知道这位七十二岁的老新党，在思想上，还是我的一个新同志。他在杂志上见着梁漱溟先生和我辩论的文字，他对我表示同情，所以特地来看我。我得着他的赞许，真是受宠若惊的了。

第三天，我到水东草堂去看王先生，畅谈了一次。我记得他很沉痛地说："中国之大，竟寻不出几个明白的人，可叹可叹！"我回来想想，下面没有普及教育，上面没有高等教育，明白的人难道能从半空里掉下来？然而平心说来，国中明白的人也并非完全没有。只因为他们都太聪明了，都把利害看得太明白了，所以他们都不肯出头来做傻子，说老实话。这个国家吃亏就在缺少一些敢说老实话的大傻子。

王小航先生就是一个肯说老实话的傻子。他在《贤者之责》一篇的末段有这八个字：

朋友朋友，说真的吧！

我去年十月读了这八个字，精神上受着很大的感动。这八个字可以代表王先生四十年来的精神，也可以代表王先生这四卷文存的精神。读这四卷文字的人尽可以不赞成王先生的思想，但总应该对他这点敢说真话的精神表示深重的敬礼。

"说真的吧"，这四个字看来很平常，其实最不容易，必须有古人说的"贫贱不能移，富贵不能淫，威武不能屈"的精神，方才敢说真话。在今日的社会，这三个条件之外，必须还要加上一个更重要的条件，就是要"时髦不能动"。多少聪明人，不辞贫贱，不慕富贵，不怕威权，只不能打破这一个关头，只怕人笑他们"落伍"！只此不甘落伍的一个念头，就可以叫他们努力学时髦而不肯说真话。王先生说得最好：

---

① 王小航（1859—1933），中国文字学家，直隶宁河（今属天津）人。1894年甲午科进士，授翰林院庶吉士。中日甲午战争爆发后，曾在芦台办乡团。后参加戊戌政变，事败后逃往日本，致力于汉语拼音字母研究，拟定的"官话字母"曾流行于北方诸省。

时髦但图耸听，鼓怒浪于平流。自信日深，认假语为真理。

其初不过是想博得台下几声拍掌，但久而久之，自己麻醉了自己，也就会认时髦为真理了。

王先生在戊戌六月——在拳匪之祸爆发之前两年——即已提倡"国人知能远逊彼族，议论浮伪万难图存"的反省议论。庚子乱后，他还是奉旨严拿的钦犯，他躲在天津，创作官话字母，想替中国造出一种普及教育的利器。他冒生命的危险，到处宣传他的拼音新字，后来他被捕入狱两月余，释放后仍继续宣传新字。到了民国元年，他在上海发表《救亡以教育为主脑论》，主张教育之要旨在于使人人有生活上必须之知识；主张教育是政治的主脑，而一切财政、外交、边防等等都只是所以维持国家而使这教育主义可以实现的工具。到了民国十九年，他作《实心救国不暇张大其词》一文，仍只是主张根本之计在于普及教育。这都像是老生常谈，都是时髦人不屑谈的话，但王先生问我们：

天下事哪有捷径？

我们试听他老人家讲一段故事：

戊戌年，余与老康（有为）讲论，即言"……我看只有尽力多立学堂，渐渐扩充，风气一天一天的改变，再行一切新政。"老康说："列强瓜分就在眼前，你这条道如何来得及？"迄今三十二年矣。来得及，来不及，是不贴题的话。

我盼望全国的爱国君子想想这几句很平凡的真话，想想这位"三十余年拙论不离普及教育一语"的老新党，再问问我们的政府诸公：究竟我们还得等候几十年才可有普及教育？

——节选自《〈王小航先生文存〉序》

学问便是铸器的工具 [①]

诸位毕业同学：

你们现在要离开母校了，我没有什么礼物送给你们，只好送你们一句话罢。

这一句话是："不要抛弃学问。"以前的功课也许有一大部分是为了这张毕业文凭，不得已而做的，从今以后，你们可以依自己的心愿去自由研究了。趁现在年富力强的时候，努力做一种专门学问。少年是一去不复返的，等到精力衰时，要做学问也来不及了。即为吃饭计，学问决不会辜负人的。吃饭而不求学问，三年五年之后，你们都要被后进少年淘汰掉的。到那时再想做点学问来补救，恐怕已太晚了。

有人说："出去做事之后，生活问题急需解决，哪有工夫去读书？即使要做学问，既没有图书馆，又没有实验室，哪能做学问？"

我要对你们说：凡是要等到有了图书馆方才读书的，有了图书馆也不肯读书。凡是要等到有了实验室方才做研究的，有了实验室也不肯做研究。你有了决心要研究一个问题，自然会搏衣节食去买书，自然会想出法子来设置仪器。

至于时间，更不成问题。达尔文一生多病，不能多做工，每天只能做一点钟的工作。你们看他的成绩！每天花一点钟看十页有用的书，每年可看三千六百多页书；三十年可读十一万页书。

诸位，十一万页书可以使你成一个学者了。可是，每天看三种小报也得费你一点钟的工夫；四圈麻将也得费你一点半钟的光阴。看小报呢？还是打麻将呢？还是努力做一个学者呢？全靠你们自己的选择！

易卜生说："你的最大责任是把你这块材料铸造成器。"

[①] 本文原题为《中国公学十八年级毕业赠言》，标题为本书编者加。

学问便是铸器的工具。抛弃了学问便是毁了你们自己。

再会了！你们的母校眼睁睁地要看你们十年之后成什么器。

十八，六，廿五

假文凭

......民国十八年我到北平，一个本家来同我商量，要叫我的侄儿去考清华大学。我很诧异地说："他今年刚从初中毕业，怎能考清华？"他说："可以，他有文凭。"我更诧异了，说："我们家的子弟怎么好用假文凭！"他说："是文凭，而且是教育局盖印的。"我说："哪里来的？"他说："一个朋友做中学校长，今年办毕业，多报了十来个名字，领了文凭来分送给朋友，我也托他替某人办了一张高中毕业文凭。"那张文凭我虽然不许我的侄儿用，可是这种文凭确是"真"的，无论怎样送到原学校或教育局去查问，都不能证明他的"假"。

——节选自《谁教青年学生造假文凭》

退还教育部令

梦麟部长先生：

十月四日的"该校长言论不合，奉令警告"的部令，已读过了。

这件事完全是我胡适个人的事，我做了三篇文字[①]，用的是我自己的姓名，与

[①] 三篇文字是胡适在1929年5月至7月间写的《人权与约法》《知难，行亦不易》《我们什么时候才可有宪法》。其内容都是抨击国民党不是法治政府，并且直接点了蒋介石的名字，遂使国民党当局恼羞成怒。1929年10月4日，教育部给中国公学一道训令。胡适时任中国公学校长，看了"部令"之后，给蒋梦麟去了一信，并将原令寄还给他。

中国公学何干？你为什么"令中国公学"？该令殊属不合，故将原件退还。

又该令文中引了六件公文，其中我的罪名殊不一致，我看了完全不懂得此令的用意所在？究竟我是为了言论"悖谬"应受警告呢？还是仅仅为了言论"不合"呢？还是为了"头脑之顽旧""思想没有进境"呢？还是为了"放言空论"呢？还是为了"语侵个人"呢？（既为"空论"，则不得为"语侵个人"；既为"语侵个人"，则不得为"空论"。）若云"误解党义"，则应指出误在哪一点；若云"语侵个人"，则应指出我的文字得罪了什么人。

贵部下次来文，千万明白指示。若下次来文仍是这样含糊笼统，则不得谓为"警告"，更不得谓为"纠正"，我只好依旧退还贵部。

又该令所引文件中有别字二处，又误称我为"国立学校之校长"一处，皆应校改。

胡适，八，十，七

我们今日还不配读经

傅孟真先生昨天在《大公报》上发表星期论文，讨论学校读经的问题，我们得了他的同意，转载在这一期（《独立》第一四六号）里。他这篇文章的一部分是提倡读经的诸公所能了解（虽然不能接受）的。但是其中最精确的一段，我们可以预料提倡读经的文武诸公决不会了解的。那一段是：

> 经过明末以来朴学之进步，我们今日应该充分感觉六经之难读。汉儒之师说既不可恃，宋儒的臆想又不可凭，在今日只有妄人才敢说诗书全能了解。有声音文字训诂学训练的人是深知"多闻阙疑""不知为不知"之重要性的。那么，今日学校读经，无异于拿些教师自己半懂半不懂的东西给学生。……六经虽在专门家手中也是半懂半不懂的东西，一旦拿来给儿童，教者不是混沌混过，便要自欺欺人。这样的效用，究

竟是有益于儿童的理智呢，或是他们的人格？

孟真先生这段话，无一字不是事实。只可惜这番话是很少人能懂的。今日提倡读经的人们，梦里也没有想到五经至今还只是一半懂得一半懂不得的东西。这也难怪。毛公、郑玄以下，说《诗》的人谁肯说《诗》三百篇有一半不可懂？王弼、韩康伯以下，说《易》的人谁肯说《周易》有一大半不可懂？郑玄、马融、王肃以下，说《书》的人谁肯说《尚书》有一半不可懂？古人且不谈，三百年中的经学家，陈奂、胡承珙、马瑞辰等人的《毛诗》学，王鸣盛、孙星衍、段玉裁、江声、皮锡瑞、王先谦诸人的《尚书》学，焦循、江藩、张惠言诸人的《易》学，又何尝肯老实承认这些古经他们只懂得一半？所以孟真先生说的"六经虽在专家手中也是半懂半不懂的东西"，这句话只是最近二三十年中的极少数专家的见解，只是那极少数的"有声音文字训诂学训练的人"的见解。这种见解，不但陈济棠、何键诸公不曾梦见，就是一般文人也未必肯相信。

所以我们在今日正应该教育一般提倡读经的人们，教他们明白这一点。这种见解可以说是最新的经学，最新的治经方法。始创新经学的大师是王国维先生，虽然高邮王氏父子在一百多年前早已走上这条新经学的路了。王国维先生说：

> 《诗》《书》为人人诵习之书，然于六艺中最难读。以弟之愚暗，于《书》所不能解者殆十之五；于《诗》，亦十之一二。此非独弟所不能解也，汉魏以来诸大师未尝不强为之说，然其说终不可通，以是知先儒亦不能解也。（《观堂集林》卷一，《与友人论诗书中成语书》）

这是新经学开宗明义的宣言，说话的人是近代一个学问最博而方法最缜密的大师，所以说的话最有分寸，最有斤两。科学的起点在于求知，而求知的动机必须出于诚恳地承认自己知识的缺乏。古经学所以不曾走上科学的路，完全由于汉魏以来诸大师都不肯承认古经的难懂，都要"强为之说"。南宋以后，人人认朱子、蔡沈的《集注》为集古今大成的定论，所以经学更荒芜了。顾炎武以下，少数学者走上了声音文字训诂的道路，稍稍能补救宋明经学的臆解的空疏。然而他们也还不肯公然承认他们只能懂得古经的一部分，他们往往不肯抛弃注释全经的野心。浅识的人，在一个过度迷信清代朴学的空气里，也就纷纷道听途说，以为经过了三百年清儒的整理，五经应该可以没有疑问了。谁料到了这三百年的末了，王国维先生忽然公开揭穿了这张黑幕，老实地承认，《诗经》他不懂的有十之一二，《尚书》他不懂的有十之五。王国维尚且如此说，我们不可以请今日妄谈读经的诸公细细想想吗？

何以古经这样难懂呢？王国维先生说：

> 其难解之故有三：讹阙，一也。（此以《尚书》为甚）古语与今语不同，二也。古人颇用成语，其成语之意义与其中单语分别之意义又不同，三也。

> 唐宋之成语，吾得由汉魏六朝人书解之；汉魏之成语，吾得由周秦人书解之。至于《诗》《书》，则书更无古于是者。其成语之数数见者，得比较之而求其相沿之意义。否则不能赞一辞。若但合其中之单语解之，未有不龃龉者（同上书）。

王国维说的三点，第一是底本，第二是训诂，第三还是训诂。其实古经的难懂，不仅是单字，不仅是成语，还有更重要的文法问题。前人说经，都不注意古文语法，单就字面作训诂，所以处处"强为之说"，而不能满人意。王念孙、王引之父子的《经传释词》，用比较归纳的方法，指出许多前人误认的字是"词"（虚字），这是一大进步。但他们没有文法学的术语可用，只能用"词""语词""助词""语已词"一类笼统的名词，所以他们的最大的努力还不能使读者明了那些做古文字的脉络条理的"词"在文法上的意义和作用。况且他们用的比较的材料绝大部分还是古书的文字，他们用的铜器文字是绝少的。这些缺陷，现代的学者刚刚开始弥补：文法学的知识，从《马氏文通》以来，因为有了别国文法作参考，当然大进步了；铜器文字的研究，在最近几十年中，已有了长足的进展；甲骨文字的认识又使古经的研究添出了不少的比较的材料。所以今日可说是新经学的开始时期。路子有了，方向也好像对了，方法好像更精细了，只是工作刚开始，成绩还说不上。离那了解古经的时期，还很远哩！

正因为今日的工具和方法都比前人稍进步了，我们今日对于古经的了解力的估计，也许比王国维先生的估计还要更小心一点，更谦卑一点。王先生说他对《诗经》不懂的有十之一二，对《尚书》有十之五。我们在今日，严格的估计，恐怕还不能有他那样的乐观。《尚书》在今日，我们恐怕还不敢说懂得了十之五。《诗经》的不懂部分，一定不止十之一二，恐怕要加到十之三四吧。这并不是因为我们比前人更笨，只是因为我们今日的标准更严格了。试举几个例来做说明。（1）《大诰》开篇就说：

　　　　王若曰，猷大诰尔多邦。

《微子之命》开篇也说：

　　　　王若曰，猷殷王元子。

《多方》开篇也说：

　　　　周公曰，王若曰，猷告尔四国多方。

这个"猷"字，古训作"道"，清代学者也无异说。但我们在今日就不能这样轻轻地放过他了。（2）又如"弗""不"两个字，古人多不曾注意到他们的异同，但中央研究院的丁声树先生却寻出了很多的证据，写了两万多字的长文，证明这两个否定词在文法上有很大的区别，"弗"字是"不之"两字的连合省文，在汉以前这两字是从不乱用的。（3）又如《诗》《书》里常用的"诞"字，古训作"大"，固是荒谬；世俗用作"诞生"解，固是更荒谬；然而王引之《经传释词》里解作"发语词"，也还不能叫人明白这个字的文法作用。燕京大学的吴世昌先生释"诞"为"当"，然后我们懂得"诞弥厥月"就是当怀胎足月之时；"诞寘之隘巷""诞寘之平林"就是当把他放在隘巷平林之时。这样说去，才可以算是认得这个字了。（4）又如《诗经》里常见的"于以"二字：

于以采蘋，南涧之滨。

于以采藻，于彼行潦。

于以采蘩，于沼于沚。

于以用之，公侯之事。

于以求之，于林之下。

"于以"二字，谁不认得？然而清华大学的杨树达先生指出这个"以"字应解作"何"字，就是"今王其如台"的"台"字。这样一来，我们只消在上半句加个疑问符号（？），如下例：

于以求之？于林之下。

于以采蘩？于沼于沚。

这样说经，才可算是"涣然冰释，怡然顺理"了。

我举的例子，都是新经学提出的小小问题，都是前人说经时所忽略的，所认为不需诂释的。至于近二三十年中新经学提出的大问题和他们的新解决，那都不是这篇短文里说得明白的，我们姑且不谈。

总而言之，古代的经典今日正在开始受科学的整理的时期，孟真先生说的"六经虽在专门家手中也是半懂半不懂的东西"，真是最确当的估计。《诗》《书》《易》《仪礼》，固然有十之五是不能懂的，《春秋三传》也都有从头整理研究的必要；就是《论语》《孟子》也至少有十之一二是必须经过新经学的整理的。最近一二十年中，学校废止了读经的功课，使得经书的讲授完全脱离了村学究的胡说，渐渐归到专门学者的手里，这是使经学走上科学的路的最重要的条件。二三十年后，新经学的成绩积聚的多了，也许可以稍稍减低那不可懂的部分，也许可以使几部重要的经典都翻译成人人可解的白话，充作一般成人的读物。

在今日妄谈读经，或提倡中小学读经，都是无知之谈，不值得通人的一笑。

二十四，四，八

领袖人才的来源

北京大学教授孟森先生前天寄了一篇文字来，题目是《论士大夫》（见《独立》第十二期）。他下的定义是：

> "士大夫"者，以自然人为国负责，行事有权，败事有罪，无神圣之保障，为诛殛所可加者也。

虽然孟先生说的"士大夫"，从狭义上说，好像是限于政治上负大责任的领袖，然而他又包括孟子说的"天民"一级不得位而有绝大影响的人物，所以我们可以说，若用现在的名词，孟先生文中所谓"士大夫"应该可以叫作"领袖人物"，省称为"领袖"。孟先生的文章是他和我的一席谈话引出来的，我读了忍不住想引申他的意思，讨论这个领袖人才的问题。

孟先生此文的言外之意是叹息近世居领袖地位的人缺乏真领袖的人格风度，既抛弃了古代"士大夫"的风范，又不知道外国的"士大夫"的流风遗韵，所以成了一种不足表率人群的领袖。他发愿要搜集中国古来的士大夫人格可以做后人模范的，做一部《士大夫集传》；他又希望有人搜集外国士大夫的精华，做一部《外国模范人物集传》。这都是很应该做的工作，也许是很有效用的教育材料。我们知道《新约》里的几种耶稣传记影响了无数人的人格；我们知道布鲁达克（Plutarch）的《英雄传》影响了后世许多的人物。欧洲的传记文学发达的最完备，历史上重要人物都有很详细的传记，往往有一篇传记长至几十万言的，也往往有一个人的传记多至几十种的。这种传记的翻译，尚使有审慎的选择和忠实明畅的译笔，应该可以使我们多知道一点西洋的领袖人物的嘉言懿行，间接的可以使我们对于西方民族的生活方式得一点具体的了解。

中国的传记文学太不发达了，所以中国的历史人物往往只靠一些干燥枯窘的碑版文字或史家列传流传下来；很少的传记材料是可信的，可读的已很少了；至于可歌可泣的传记，可说是绝对没有。我们对于古代大人物的认识，往往只全靠一些很零碎的轶事锁闻。然而我至今还记得我做小孩子时代读的朱子《小学》里面记载的几个可爱的人物，如汲黯、陶渊明之流。朱子记陶渊明，只记他做县令时送一个长工给他儿子，附去一封家信，说："此亦人子也，可善遇之。"这寥寥九个字的家书，印在脑子里，也颇有很深刻的效力，使我三十年来不敢轻用一句暴戾的辞气对待那帮我做事的人。这一个小小例子可以使我承认模范人物的传记，无论如何不详细，只需剪裁得得当，描写得生动，也未尝不可以做少年人的良好教育材料，也未尝不可介绍一点做人的风范。

但是传记文学的贫乏与忽略，都不够解释为什么近世中国的领袖人物这样稀少而又不高明。领袖的人才决不是光靠几本《士大夫集传》就能铸造成功的。"士大夫"的稀少，只是因为"士大夫"在古代社会里自成一个阶级，而这阶级久已不存在了。在南北朝的晚期，颜之推说：

> 吾观《礼经》，圣人之教，箕帚匕箸，咳唾唯诺，执烛沃盥，皆有节文，亦为至笑。但既残缺非复全书，其有所不载，及世事变改者，学达君子自为节度，相承行之。故世号"士大夫风操"。而家门颜有不同，所见互称长短。然其阡陌亦自可知。（《颜氏家训·风操》第六）

在那个时代，虽然经过了魏、晋旷达风气的解放，虽然经过了多少战祸的摧毁，"士大夫"的阶级还没有完全毁灭，一些名门望族都竭力维持他们的门阀。帝王的威权，外族的压迫，终不能完全消灭这门阀自卫的阶级观念。门阀的争存不全靠声势的煊赫，子孙的贵盛。他们所倚靠的是那"士大夫风操"，即是那个士大夫阶级所用来律己律人的生活典型。即如颜氏一家，遭遇亡国之祸，流徙异地，然而颜之推所最关心的还是"整齐门内，提撕子孙"，所以他著作《家训》，留作他子孙的典则。隋唐以后，门阀的自尊还能维持这"士大夫风操"至几百年之久。我们看唐朝柳氏和宋朝吕氏、司马氏的《家训》，还可以想见当日士大夫的风范的保存是全靠那种整齐严肃的士大夫阶级的教育的。

然而这士大夫阶级终于被科举制度和别种政治和经济的势力打破了。元明以后，三家村的小儿只消读几部刻板书，念几百篇科举时文，就可以有登科做官的机会；一朝得了科第，像《红鸾禧》戏文里的丐头女婿，自然有送钱投靠的人来拥戴他去走马上任。他从小学的是科举时文，从来没有梦见过什么古来门阀里的"士大夫风操"的教育与训练，我们如何能期望他居士大夫之位要维持士大夫的人品呢？

以上我说的话，并不是追悼那个士大夫阶级的崩坏，更不是希冀那种门阀训练的复活。我要指出的是一种历史事实。凡成为领袖人物的，固然必须有过人的天资做底子，可是他们的知识见地，做人的风度，总得靠他们的教育训练。一个时代有一个时代的"士大夫"，一个国家有一个国家的范型式的领袖人物。他们的高下优劣，总都逃不出他们所受的教育训练的势力。某种范型的训育自然产生某种范型的领袖。

这种领袖人物的训育的来源，在古代差不多全靠特殊阶级（如中国古代的士大夫门阀，如日本的贵族门阀，如欧洲的贵族阶级及教会）的特殊训练。在近代的欧洲则差不多全靠那些训练领袖人才的大学，欧洲之有今日的灿烂文化，差不多全是中古时代留下的几十所大学的功劳。近代文明有四个基本源头：一是文艺复兴，二是十六七世纪的新科学，三是宗教革新，四是工业革命。这四个大运动的领袖人物，没有一个不是大学的产儿。中古时代的大学诚然是幼稚得可怜，然而意大利有几个大学都有一千年的历史；巴黎、牛津、康桥都有八九百年的历史；欧洲的有名大学，多数是有几百年的历史的；最新的大学，如莫斯科大学也有一百八十多年了，柏林大学是一百二十岁了。有了这样长期的存在，才有积聚的图书设备，才有集中的人才，才有继长增高的学问，才有那使人依恋崇敬的"学风"。至于今日，西方国家的领袖人物，哪一个不是从大学出来的？即使偶有三五个例外，也没有一个不是直接间接受大学教育的深刻影响的。

在我们这个不幸的国家，一千年来，差不多没有一个训练领袖人才的机关。贵族门阀是崩坏了，又没有一个高等教育的书院是有持久性的，也没有一种教育是训练"有为有守"的人才的。五千年的古国，没有一个三十年的大学！八股试帖是不能造领袖人才的，做书院课卷是不能造领袖人才的，当日的最高教育——

理学与经学考据——也是不能造领袖人才的。现在这些东西都快成了历史陈迹了，然而这些新起的"大学"，东抄西袭的课程，朝三暮四的学制，七零八落的设备，四成五成的经费，朝秦暮楚的校长，东家宿而西家餐的教员，十日一雨五日一风的学潮，——也都还没有造就领袖人才的资格。

丁文江先生在《中国政治的出路》(《独立》第十一期)里曾指出"中国的军事教育比任何其他的教育都要落后"，所以多数的军人都"因为缺乏最低的近代知识和训练，不足以担任国家的艰巨"。其实他太恭维"任何其他的教育"了！茫茫的中国，何处是训练大政治家的所在？何处是养成执法不阿的伟大法官的所在？何处是训练财政经济专家学者的所在？何处是训练我们的思想大师或教育大师的所在？

领袖人物的资格在今日已不比古代的容易了。在古代还可以有刘邦、刘裕一流的枭雄出来平定天下，还可以像赵普那样的人妄想用"半部《论语》治天下"。在今日的中国，领袖人物必须具备充分的现代见识，必须有充分的现代训练，必须有足以引起多数人信仰的人格。这种资格的养成，在今日的社会，除了学校，别无他途。

我们到今日才感觉整顿教育的需要，真有点像"临渴掘井"了。然而治七年之病，终须努力求三年之艾。国家与民族的生命是千万年的。我们在今日如果真感觉到全国无领袖的苦痛，如果真感觉到"盲人骑瞎马"的危机，我们应当深刻地认清，只有咬定牙根来彻底整顿教育、稳定教育、提高教育的一条狭路可走。如果这条路上的荆棘不扫除，虎狼不驱逐，奠基不稳固；如果我们还想让这条路去长久埋没在淤泥水潦之中，——那么，我们这个国家也只好长久被一班无知识无操守的浑人领导到沉沦的无底地狱里去了。

第五辑

研究与考证

考而后信

崔述生于乾隆五年（1740），四年后（民国二十九年，1940），就是他的二百年纪念了。他的著作，因为站在时代的前面，所以在这一百多年中，只受了极少数人的欣赏，而不曾得着多数学人的承认。现在我们可以捧出这一部收罗最完备、校点最精细的"崔学全书"来准备做他二百年祭坛上的供品了。我们对于顾颉刚先生和他的同志洪业先生、赵贞信先生等，都应该表示最大的感谢，并且庆祝他们的成功。

我在十四年前曾说：

> 我深信中国新史学应该从崔述做起，用他的《考信录》做我们的出发点，然后逐渐谋更向上的进步。……我们读他的书，自然能渐渐相信他所疑的都是该疑，他认为伪书的都是不可深信的史料：这是中国新史学的最低限度的出发点。从这里进一步，我们就可问：他所信的是否可信？他扫空了一切传记谶纬之书，只留下了几部"经"。但他所信的这几部"经"，就完全无疑了吗？万一我们研究的结果竟把他保留下的几部"经"也全推翻了，或部分的推翻了，那么，我们新史学的古史料又应该从哪里去寻？等到这两个问题有了科学的解答，那才是中国新史学成立的日子到了。简单说来，新史学的成立须在超过崔述以后；然而我们要想超过崔述，先须要跟上崔述。（《科学的古史家崔述》页五～六）

这一段十四年前的预言，在今日看来，有中有不中，有验有不验。在古史研究的某些个方面，中国的新史学确然是已超过崔述了。崔述的材料只是几部"经"之中他认为可信的部分。近十几年的新古史学居然能够充分运用发掘出来的甲骨文字、金文和其他古器物了。试用崔述的《商考信录》来比较最近十年中出版的关于殷商史料的著作，我们就可以知道，古史料的来源不限于那几部"经"，"经"之外还有地下保藏着的许多古器物，其年代往往比"经"更古，其可靠性往往比"经"更高；他们不但是不曾经过汉以后的学者的改篡误解，并且是不曾经过先秦文士的洗刷点染。这样扩大的材料范围，是《考信录》的作者当日不曾梦见的。所以在这些方面，我们可以说今日的古史学是超过崔述的了。

我那一段预言里曾说："他所疑的都是该疑；他所信的是否可信？"但依这十几年的古史学来看，崔述所信的，未必无可疑的部分；他所疑的，也未必"都是该疑"。例如他做《洙泗考信录》，不信纬书，不信《家语》，不信《孔丛子》，不信《史记》的孔子家世，这都是大致不错的。但他不信《檀弓》，终不能使我们心服。《檀弓》一篇的语言完全是和《论语》同属于鲁国语的系统，决非"后儒"所能捏造。崔述不信"孔子少孤，不知其墓"，又不信孔子一家有再世出妻的事，就以为"《檀弓》之文本不足信"。这都是因为崔述处处用后世儒生理想中的"圣人"作标准，凡不合这标准的，都不足凭信。——这样的考证是不足服人之心的。

又如崔述最尊信《论语》，但他因为《论语》有"公山弗扰"和"佛肸"两章，都不合他理想中的"圣人"标准，所以他疑心《论语》"非孔门《论语》之原本，亦非汉初《论语》之旧本"。"乃张禹所更定。"我们当然不否认《论语》有被后人添改的可能，但我们也不能承认崔述的论证是充分的。最可注意的是崔述要证明佛肸不曾"召"孔子，于是引《韩诗外传》《新序》《列女传》三书作证，证明"佛肸之畔乃赵襄子时事，……襄子立于鲁哀公之二十年，孔子卒已五年，佛肸安得有召孔子事乎？"（《洙泗考信录》二，页三七）崔述最不信汉人记古事的传记，然而他在这里引证的三部书都是汉人的记载，岂不是自坏其例吗？何况《左传》哀公五年（孔子死之前九年）明明有"赵鞅围中牟"的记载呢？

这样，凡不合于理想中的"圣人"标准的，虽然《檀弓》《论语》所记，都不可信；凡可以助证这个标准的，虽是汉人的《韩诗外传》《新序》，也不妨引证。这岂不是很危险的去取标准吗？

总而言之，近十几年的古史研究，大体说来，都已超过崔述的时代。一方面，他所疑为"后儒"妄作妄加的材料，至少有一部分（例如《檀弓》）是可以重新被估定，或者竟要被承认作可靠的材料的了。另一方面，古史材料的范围是早已被古器物学者扩大到几部"经"之外去了。其实不但考古学的发掘与考证扩大了古史料的来源，社会学的观点也往往可以化腐朽为神奇，可以使旧日学者不敢信任的记载得着新鲜的意义。例如《檀弓》《左传》等书，前人所谓"诬""妄"的记载，若从社会学的眼光看去，往往都可以有历史材料的价值。即如《檀弓》所记孔子将死时"坐奠于两楹之间"的一个梦，崔述以为"殊与孔子平日之言不类"，然而在我们今日看来，却正是很有趣味的史料。

以上所说，只是要说明，今日的新史学确已有超过崔述的趋势，所以有人说"崔述时代已过去了"，这也并不是过分的话。

然而我这番话绝不是要指出崔述的古史学在今日已完全没有价值。崔述是一百多年前的史家，他当然要受那个时代的思想学术的限制，他的许多见不到的地方，都是很可以原谅宽恕的。他的永久价值并不在这一些随时有待于后人匡正的枝节问题。崔学的永久价值全在他的"考信"的态度，那是永久不会磨灭的。我在十四年前说的"先须要跟上崔述"，也正是要跟上他的"考信"的态度。

"考信"的态度只是要"考而后信"。崔述自己说的最好：

> 大抵文人学士多好议论古人得失，而不考其事之虚实。余独谓虚实明而后得失或可不爽，故今为《考信录》，专以辨其虚实为先务，而论得失者次之。（《提要》上，页三四）

虚实即是伪与真。"虚实明而后得失或可不爽"是一切史学的根本方法。"考信"的态度只是要人先考核某项材料的真伪虚实，然后决定应疑应信的态度。崔述著书的本意在此，故全书称为"考信录"，可惜他受传统的儒家思想的影响太大了，有时也不能"先考而后信"，有时竟成了"先信而后考"！例如上文说的几个例子，他先信孔子绝不会不知道他的父亲坟墓，绝不会出妻，绝不会受公山弗扰与佛肸之召，然后去考定《论语》《檀弓》的真伪，——这就不是"考信"的真义了，这成了先论其"得失"而后考其虚实真伪了。他自己也曾警告我们：

> 人之情好以己度人，以今度古，以不肖度圣贤。往往径庭悬隔，而

其人终不自知也。……以己度人，虽耳目之前而必失之。况欲以度古人，更欲以度古之圣贤，岂有当乎？……故《考信录》但取信于经，而不敢以战国、魏、晋以来度圣人者，遂据之为实也。（《提要》上，页六～八）

崔述自己不知道他自己也往往用宋、明以来"度圣人者"来做量度圣人的标准，先定了得失的标准，然后考其虚实，所以"径庭悬隔，而不自知也"。

这都是时代风气的限制，不足为崔述的罪状。他这一部大书之中，大体都是能遵守他的基本方法，先定材料的虚实，而后论其得失。他很大胆地定下一条辨别史料虚实的标准："凡其说出于战国以后者，必详为考其所本（考其所本即是寻出他的娘家），而不敢以见于汉人之书者遂真以为三代之事也。"这样一笔扫空了一切晚出的材料，就把古史建立在寥寥几部他认为最可信的史料之上。在那些他认为可信的材料之中，他又分出几种等级来，第一等为"经"的可信部分，第二等为"补"（源出于经，而今仅见于传记），第三等为"备览"，第四等为"存疑"。这都是辨其虚实真伪的态度，最可以作史家的模范。他的细目或有得失可以指摘，这种精神与方法是无可訾议的。

我们必须明白，崔述生于二百年前，不但时代的限制不易逃避，当时所有的古史材料实在是贫乏得可怜。我们现在读他的古史诸录，总不免觉得，古史经过他的大刀阔斧的删削之后，仅仅剩下几十条最枯燥的经文了！我们不要忘了他自己劝慰我们的话：

昔人有言曰："买菜乎？求益乎？"言固贵精不贵多也。……吾辈生古人之后，但因古人之旧，无负于古人可矣，不必求胜于古人也。（《提要》上，页二七）

他在那个时代，无法"求胜于古人"，只能做一番删除虚妄的消极工作。但我们深信，"考信"的精神必不会否认后来科学的史家用精密的方法搜寻出来的新材料。例如《商考信录》，固然只是薄薄的两卷枯燥材料，但今日学者实地发掘出来的甲骨、石刻、铜器、遗物等，其真实既已"考"定，当然是可"信"的。故"不必求胜于古人"只是崔述警告我们莫要滥收假古董来冒充真史料，而不是关闭了扩大古史料之门。王国维、罗振玉、李济、董作宾、梁思永诸先生寻出新史料来"求胜于古人",正是崔述当日所求之不得的,正是他最欢迎的。

最后,我要指出,崔述的"考信"态度是地道的科学精神,也正是地道的科学方法。他最痛恨"含糊轻信而不深问"的恶习惯。他一生做学问、做人、做官、听讼,都只是用一种精神,一种方法,——就是"细为推求",——就是"打破砂锅问到底"。他要我们凡事"问到底"(《提要》下,页一九),他要我们"争",要我们"讼",要我们遇事"论其曲直"(《无闻集》二,页一五~二一);他要我们"观理欲其无成见"(《考信附录》,页三四),遇事"细为推求","历历推求其是非真伪"(《提要》下,页二一)。这都是科学家求真理的态度。这个一贯的态度是崔述留给我们的最大的遗训。

——节选自《〈崔东壁遗书〉序》

考证的方法

《古史讨论》一篇,在我的《文存》里要算是最精彩的方法论。这里面讨论了两个基本方法:一个是用历史演变的眼光追求传说的演变,一个是用严格的考据方法来评判史料。

顾颉刚先生在他的《古史辨》的自序里曾说他从我的《〈水浒传〉考证》和《井田辨》等文字里得着历史方法的暗示。这个方法便是用历史演化的眼光来追求每一个传说演变的历程。我考证《水浒》的故事,包公的传说,狸猫换太子的故事,井田的制度,都用这个方法。顾先生用这方法来研究中国古史,曾有很好的成绩。顾先生说得最好:"我们看史迹的整理还轻,而看传说的经历却重。凡是一件史事,应看他最先是怎样,以后逐步逐步的变迁是怎样。"其实对于纸上的古史迹,追求其演变的步骤,便是整理他了。

在这篇文字里,我又略述考证的方法,我说:

> 我们对于"证据"的态度是:一切史料都是证据。但史家要问:

（一）这种证据在什么地方寻出的？

（二）什么时候寻出的？

（三）什么人寻出的？

（四）依地方和时候上看起来，这个人有做证人的资格吗？

（五）这个人虽有证人资格，而他说这句话时有作伪（无心的，或有意的）的可能吗？

——节选自《介绍我自己的思想——〈胡适文选〉自序》

考据学的责任与方法

历史的考据是用证据来考定过去的史实。史学家用证据考定事实的有无、真伪、是非，与侦探访案，法官断狱，责任的严重相同，方法的谨严也应该相同。这一点，古人也曾见到。朱子曾说："看文字须如法官深刻，方穷究得尽。"朱子少年举进士，曾做四年同安县主簿，他常常用判断狱讼的事来比喻读书穷理。例如他说：

> 向来熹在某处，有讼田者，契数十本，中间一段作伪，自崇宁、政和间，至今不决。将正契及公案藏匿，皆不可考。熹只索四畔众契，比验前后所断，情伪更不能逃者。穷理亦只是如此。

他又说：

> 学者观书，……大概病在执着，不肯放下。正如听讼，先有主张乙的意思，便只寻甲的不是；先有主张甲的意思，便只见乙的不是。不若姑置甲乙之说，徐徐观之，方能辨其曲直。

在朱子的时代，有一位有名的考据学者，同时也是有名的判断疑狱的好手，他就是《云谷杂记》的作者张淏，字清源。《云谷杂记》有杨楫的一篇跋，其中说：

> 嘉定庚午（1210，朱子死后十年），予假守龙舒，始识张君清源，……其于书传间辩正讹谬，旁证远引，博而且确。……会旁郡有讼析资者，几二十年不决。部使者下之郡，予因以属之。清源一阅文牍，曰："得之矣。"即呼二人叩之。甲曰："绍兴十三年，从兄尝鬻祖产，得银帛楮券若干，悉辇而商，且书约，期他日复置如初。兄后以其资买田于淮，不复归。今兄虽亡，元约固存，于法当析。"乙曰："父存而叔未尝及此，父死之后，忽称为约，实为不可。"清源呼甲至，谓之曰："按国史，绍兴三十年后方用楮币，不应十三年汝家已预有若干，汝约伪矣。"甲不能对，其讼遂决。

杨楫《跋》中又记张淏判决的另一案：

> 又有讼田者，余五十年，屡置对而不得其理。清源验其券，乃政和五年龙舒民与陶龙图者为市，因讯之曰："此呼龙图者为何人？"曰："祖父也。"清源曰："政和三年五甲登第，于法不过簿尉耳，不应越二年已呼龙图。此券绍兴间伪为以诬人，尚何言哉？"其人遂俯伏，众皆骇叹。

朱子的话和杨楫的《跋》都可以表示十二、十三世纪的中国学术界里颇有人把考证书传讹谬和判断疑难狱讼看作同一样的本领，同样的用证据来断定了一件过去的事实的是非真伪。

唐宋的进士登第后，大多数分发到各县去做主簿、县尉，使他们都可以得着判断狱讼的训练。程子、朱子都在登进士第后做主簿。聪明的人，心思细密的人，往往可以从这种簿书狱讼的经验里得着读书治学的方法，也往往可以用读书治学的经验来帮助听讼折狱。因为这两种工作都得用证据来判断事情。

读书穷理方法论是小程子建立的，是朱子极力提倡的。小程子虽然没有中进士，不曾有过听讼折狱的经验，然而他写他父亲程珦的《家传》，哥哥程颢的

《行状》和"家世旧事"，都特别记载他家两代判断疑狱的故事。他记大程子在鄠县主簿任内判决窖钱一案，方法与张淏判的楮币案相同；又记载大程子宰晋城时判决冒充父亲一案，方法与张淏判的陶龙图案相同。读书穷理的哲学出于善断疑狱的程氏家庭，似乎不是偶然的。

中国考证学的风气的发生，远在实验科学发达之前。我常推想，两汉以下文人出身做亲民之官，必须料理民间诉讼，这种听讼折狱的经验是养成考证方法的最好训练。试看考证学者常用的名词，如"证据""左证""左验""勘验""推勘""比勘""质证""断案""案验"，都是法官听讼常用的名词，都可以指示考证学与刑名讼狱的历史关系。所以我相信文人审判狱讼的经验大概是考证学的一个比较最重要的来源。

无论这般历史渊源是否正确，我相信考证学在今日还应该充分参考法庭判案的证据法。狱讼最关系人民的财产生命，故向来读书人都很着重这种责任。如朱子说的：

> 天下事最大而不可轻者，无过于兵、刑。……狱讼面前分晓事易看。其情伪难通，或旁无佐证，各执两说，系人性命处，须吃紧思量，或疑有误也。

我读完乾隆、嘉庆时期有名的法律家汪辉祖的《遗书》，看他一生办理诉讼，真能存十分敬慎的态度。他说："办案之法，不惟入罪宜慎，即出罪亦宜慎。"他一生做幕做官，都尽力做到这"慎"字。

但是文人做历史考据，往往没有这种谨慎的态度，往往不肯把是非真伪的考证看作朱子说的"系人性命处，须吃紧思量"。因为文人看轻考据的责任，所以他们往往不能严格地审查证据，也往往不能谨慎地运用证据。证据不经过严格的审查，则证据往往够不上作证据。证据不能谨慎地使用，则结论往往和证据不相干。这种考据，尽管堆上百十条所谓"证据"，只是全无价值的考据。

近百年中，号称考证学风气流行的时代，文人轻谈考据，不存谨慎的态度，往往轻用考证的工具，造成诬枉古人的流言。有人说，戴东原偷窃赵东潜（一清）的《〈水经注〉释》。又有人说，戴东原偷窃全谢山的校本。有人说，马国翰的《玉函山房辑佚书》是偷窃章宗源的原稿。又有人说，严可均《全上古三代秦汉三国两晋六朝文》是攘夺孙星衍的原稿。

说某人作贼，是一件很严重的刑事控诉。为什么这些文人会这样轻率地对于已死不能答辩的古人提出这样严重的控诉呢？我想来想去，只有一个答案：根本原因在于中国考证学还缺乏自觉的任务与自觉的方法。任务不自觉，所以考证学者不感觉他考订史实是一件最严重的任务，是为千秋百世考订历史是非真伪的大责任。方法不自觉，所以考证学者不能发觉自己的错误，也不能评判自己的错误。

做考证的人，至少要明白他的任务有法官断狱同样的严重，他的方法也必须有法官断狱同样的谨严，同样的审慎。

近代国家"证据法"的发达，大致都是由于允许两造辩护人各有权可以驳斥对方提出的证据。因为有对方的驳斥，故假证据与不相干的证据都不容易成立。

考证学者闭门做历史考据，没有一个对方辩护人站在面前驳斥他提出的证据，所以他往往不肯严格地审查他的证据是否可靠，也往往不肯谨慎地考问他的证据是否关切，是否相干。考证方法所以远不如法官判案的谨严，主要原因正在缺乏一个自觉的驳斥自己的标准。

所以我提议：凡做考证的人，必须建立两个驳问自己的标准：第一要问，我提出的证人证物本身可靠吗？这个证人有作证的资格吗？这件证物本身没有问题吗？第二要问，我提出这个证据的目的是要证明本题的哪一点？这个证据足够证明那一点吗？

第一个驳问是要审查某种证据的真实性，第二个驳问是要扣紧证据对本题的相干性。

我试举一例。这一百年来，控诉戴东原偷窃赵东潜《水经注》校本的许多考证学者，从张穆、魏源到我们平日敬爱的王国维、孟森，总爱提出戴东原"背师"的罪状，作为一个证据。例如魏源说：

> 戴为婺源江永门人，凡六书、三礼、九数之学，无一不受诸江氏。及戴名既盛，凡己书中称引师说，但称为同里老儒江慎修，而不称师说，亦不称先生。

又如王国维说：

> 其（东原）平生学说出于江慎修。……其于江氏亦未尝笃"在三"
> 之谊，但呼之曰婺源老儒江慎修而已。

我曾遍检现存的戴东原遗著（微波谢刻本与《安徽丛书》本），见他每次引江慎修的话，必称江先生。计有：

《经考》引江说五次，四次称江慎斋［修］先生，一次称江先生。

《经考》附录引一次，称江慎斋［修］先生。

《屈原赋注》引四次，称江先生。

《〈考工记〉图》引三次，称江先生。

《〈顾氏音论〉跋》引一次，称江先生。

《答段若膺论韵》称江慎修先生一次，称江先生凡八次。

总计东原引慎修，凡称"先生"二十二次。其中《经考》《〈考工记〉图》《屈原赋注》，都是少年之作；《答段若膺论韵》则是东原五十四岁之作，次年他就死了。故东原从少年到临死前一年，凡称引师说，必称先生。

至于"老儒江慎修"一句话，我也曾审查过。东原在两篇古韵分部的小史里——一篇是《声韵考》的《古音》一卷，一篇是《〈六书音均表〉序》——叙述郑庠以下三个人的大贡献，有这样说法：

> 郑庠分六部。
> 近［人］昆山顾炎武……列十部。
> 吾郡老儒江慎修永……列十又三部。

这两篇古音小史里，郑庠、顾炎武都直称姓名，而江永则特别称"吾郡老儒江慎修永"，这是表示敬重老师不敢称名之意，读者当然可以明了。

故魏源、王国维提出的证据，一经审查，都是无根据的谣言，都没有做证据的资格。既没有做证据的资格，我们当然不再问这件证据足够证明《水经注》疑案的那一点了。

我再举一个例子。杨守敬在他的《〈水经注疏〉要删》里，曾举出十几条戴氏袭赵氏的"确证"，其中有一条是这样的：朱谋玮的《水经注笺》卷七，《济水篇》注文引：

《穆天子传》曰甲辰天子浮于荥水。

赵氏《〈水经注〉释》的各本都把"甲辰"改作"甲寅"，刊误说：甲辰，一清按《穆天子传》是甲寅。

戴氏两种校本也都改作"甲寅"。

杨守敬提出这条作为戴袭赵之证，他说：

原书本是甲辰。赵氏所据何本误以为甲寅，戴氏竟据改之。（《要删》七，页九）

杨氏所谓"原书"是指《穆天子传》。天一阁本《汉魏丛书》本，与今日通行本《穆天子传》，此句都作甲辰。赵潜说他依据《穆天子传》作甲寅，是他偶然误记了来源。杨守敬说"原书本作甲辰"，是不错的。

但杨守敬用这条证据来证明赵氏先错了而戴氏跟着错，故是戴袭赵之证，那就是杨守敬不曾比勘《水经注》古本，闹出笑话来了。这两个字的版本沿革史，如下表：

残宋本作	甲寅
《永乐大典》作	甲寅
黄省曾本作	甲寅
吴琯本改作	甲辰
朱谋玮本作	甲辰
赵一清本改	甲寅
戴震本改	甲寅

古本都作甲寅，吴琯本始依《穆天子传》改作甲辰，朱本从吴本也作甲辰。赵氏又依古本（黄本或孙潜本）改回作甲寅。戴氏依《大典》本改回作甲寅。

杨守敬所见《水经注》的版本太少了，他没有看见朱谋㙔以前的各种古本，脑子里先存了"戴袭赵"的成见，正如朱子说的"先有主张乙的意思，便只寻甲的不是"。他完全不懂得《水经注》问题本来是个校勘学的问题，两个学者分头校勘同一部书，结果当然有百分之九十九以上相同。相同是最平常的事，本不成问题，更不成证据。

杨守敬在他的《凡例》里曾说：

> 若以赵氏所见之书，戴氏皆能读之，冥符合契，情理宜然。然谓事同道合，容有一二。岂有盈千累百，如出一口？

这句话最可以表示杨守敬完全不懂得校勘学的性质。校勘学是机械的工作。只有极少数问题没有古本书可供比勘，故须用推理。绝大多数的校勘总是依据古本与原书所引的古书。如果赵、戴两公校订一部三十多万字的《水经注》而没有"盈千累百"的相同，那才是最可惊异的怪事哩！

……

用证据考定一件过去的事情，是历史考证。用证据判断某人有罪无罪，是法家断狱。杨守敬号称考证学者，号称"妙悟若百诗，笃实若竹汀，博辨若大可"，却这样滥用考证学的方法，用全无根据的证据来诬枉古人做贼。考证学堕落到这地步，岂不可叹！

我们试看中国旧式法家汪辉祖自述他办理讼案是如何敬慎。他说：

> 罪从供定。犯供（犯人自己的供状）最关紧要。然五听之法，辞只一端。且录供之吏难保一无上下其手之弊。据供定罪，尚恐未真。余在幕中，凡犯应徒罪以上者，主人庭讯时，余必于堂后凝神细听。供稍勉强，即属主人复讯。常戒主人不得性急用刑。往往有讯至四五次及八九次者。疑必属讯，不顾主人畏难；每讯必听，余亦不敢惮烦也。（《续佐治药言》"草供未可全信"条）

被告自己的供状，尚且未可据供定罪，有疑必复讯，不敢惮烦。我们做历史考证的人，必须学这种敬慎不苟且的精神，才配担负为千秋百世考定史实的是非真伪的大责任。

——节选自《考据学的责任与方法》

大胆的假设，小心的求证

《〈红楼梦〉考证》诸篇只是考证方法的一个实例。我说：

> 我觉得我们做《红楼梦》的考证，只能在"著者"和"本子"两个问题上着手；只能运用我们力所能搜集的材料，参考互证，然后抽出一些比较的最近情理的结论。这是考证学的方法。我在这篇文章里，处处想撇开一切先入的成见，处处存一个搜求证据的目的，处处尊重证据，让证据做向导，引我到相当的结论上去。

这不过是赫胥黎、杜威的思想方法的实际应用。我的几十万字的小说考证，都只是用一些"深切而著明"的实例来教人怎样思想。

试举曹雪芹的年代一个问题作个实例。民国十年，我收到一些证据，得着这些结论：

> 我们可以断定曹雪芹死于乾隆三十年左右。（约西历1765）……
> 我们可以猜想雪芹大约生于康熙末叶（约1715—1720），当他死时，约五十岁左右。

民国十一年五月，我得着了《四松堂集》的原本，见敦诚挽曹雪芹的诗题下注"甲申"二字，又诗中有"四十年华"的话，故修正我的结论如下：

曹雪芹死在乾隆二十九年甲申（1764），……他死时只有"四十年华"，我们可以断定他的年纪不能在四十五岁以上。假定他死时年四十五岁，他的生时当康熙五十八年（1719）。

但到了民国十六年，我又得了脂砚斋评本《石头记》，其中有"壬午除夕，书未成，芹为泪尽而逝"的话。壬午为乾隆二十七年，除夕当西历1763年2月12日，和我七年前的断定（乾隆三十年左右，约西历1765）只差一年多。又假定他活了四十五岁，他的生年大概在康熙五十六年（1717），这也和我七年前的猜测正相符合。

考证两个年代，经过七年的时间，方才得着证实。证实是思想方法的最后又最重要的一步。不曾证实的理论，只可算是假设；证实之后，才是定论，才是真理。我在别处（《文存》三集，页二七三）说过：

我为什么要考证《红楼梦》？

在消极方面，我要教人怀疑王梦阮、徐柳泉一班人的谬说。

在积极方面，我要教人一个思想学问的方法。我要教人疑而后信，考而后信，有充分证据而后信。

我为什么要替《水浒传》作五万字的考证？我为什么要替庐山一个塔作四千字的考证？

我要教人知道学问是平等的，思想是一贯的。……肯疑问"佛陀耶舍究竟到过庐山没有"的人，方才肯疑问"夏禹是神是人"。有了不肯放过一个塔的真伪的思想习惯，方才敢疑上帝的有无。

少年的朋友们，莫把这些小说考证看作我教你们读小说的文字。这些都只是思想学问的方法的一些例子。在这些文字里，我要读者学得一点科学精神，一点科学态度，一点科学方法。科学精神在于寻求事实，寻求真理。科学态度在于撇开成见，搁起感情，只认得事实，只跟着证据走。科学方法只是"大胆的假设，小心的求证"十个字。没有证据，只可悬而不断；证据不够，只可假设，不可武断；必须等到证实之后，方才奉为定论。

少年的朋友们，用这方法来做学问，可以无大差失；用这种态度来做人处事，可以不至于被人蒙着眼睛牵着鼻子走。

从前禅宗和尚曾说："菩提达摩东来，只要寻一个不受人惑的人。"我这里千言万语，也只是要教人一个不受人惑的方法。被孔丘、朱熹牵着鼻子走，固然不算高明；被马克思、列宁、斯大林牵着鼻子走，也算不得好汉。我自己决不想牵着谁的鼻子走。我只希望尽我的微薄的能力，教我的少年朋友学一点防身的本领，努力做一个不受人惑的人。

——节选自《介绍我自己的思想——〈胡适文选〉自序》

谈谈《诗经》

我觉得用新的科学方法来研究古代的东西，确能得着很有趣味的效果。一字的古音，一字的古义，都应该拿正当的方法去研究的。在今日研究古书，方法最要紧；同样的方法可以收同样的效果。我今天讲《诗经》，也是贡献一点我个人研究古书的方法。在我未讲研究《诗经》的方法以前，先讲讲对于《诗经》的几个基本的概念。

（一）《诗经》不是一部经典。从前的人把这部《诗经》都看得非常神圣，说它是一部经典，我们现在要打破这个观念；假如这个观念不能打破，《诗经》简直可以不研究了。因为《诗经》并不是一部圣经，确实是一部古代歌谣的总集，可以做社会史的材料，可以做政治史的材料，可以做文化史的材料。万不可说它是一部神圣经典。

（二）孔子并没有删《诗》，"诗三百篇"本是一个成语。从前的人都说孔子删《诗》《书》，说孔子把《诗经》删去十分之九，只留下十分之一。照这样看起来，原有的诗应该是三千首。这个话是不对的。唐朝的孔颖达也说孔子的删《诗》是一件不可靠的事体。假如原有的三千首诗，真的删去了二千七百首，那在《左传》及其他的古书里面所引的诗应该有许多是三百篇以外的，但在古书里面所引的诗不是三百篇以内的虽说有几首，却少得非常。大概前人说孔子删《诗》的话是不可相信的了。

（三）《诗经》不是一个时代辑成的。《诗经》里面的诗是慢慢地收集起来，成现在这么样的一本集子。最古的是《周颂》，次古的是《大雅》，再迟一点的是《小雅》，最迟的就是《商颂》《鲁颂》《国风》了。《大雅》《小雅》里有一部分是当时的卿大夫做的，有几首并有作者的主名；《大雅》收集在前，《小雅》收集在后。《国风》是各地散传的歌谣，由古人收集起来的。这些歌谣产生的时候大概很古，但收集的时候却很晚了。我们研究《诗经》里面的文法和内容，可以说《诗经》里面包含的时期约在六七百年的上下。所以我们应该知道，《诗经》不是哪一个人辑的，也不是哪一个人做的。

（四）《诗经》的解释。《诗经》到了汉朝，真变成了一部经典。《诗经》里面描写的那些男女恋爱的事体，在那班道学先生看起来，似乎不大雅观，于是对于这些自然的有生命的文学不得不另加种种附会的解释。所以汉朝的齐、鲁、韩三家对于《诗经》都加上许多的附会，讲得非常的神秘。明是一首男女的恋歌，他们故意说是歌颂谁，讽刺谁的。《诗经》到了这个时代，简直变成一部神圣的经典了。这种事情，中外大概都是相同的，像那本《旧约全书》的里面，也含着许多的诗歌和男女恋爱的故事，但在欧洲中古时代也曾被教会的学者加上许多迂腐穿凿的解说，使他们不违背中古神学。后起的《毛诗》对于《诗经》的解释又把从前的都推翻了，另找了一些历史上的——《左传》里面的事情——证据，来做一种新的解释。《毛诗》研究《诗经》的见解比齐、鲁、韩三家确实是要高明一点，所以《毛诗》渐渐打倒了三家诗，成为独霸的权威。我们现在读的还是《毛诗》。到了东汉，郑康成读《诗》的见解比毛公又要高明。所以到了唐朝，大凡研究《诗经》的人都是拿《毛传》《郑笺》做底子。到了宋朝，除了郑樵和朱子，他们研究《诗经》，又打破毛公的附会，由他们自己作解释。他们这种态度，比唐朝又不同一点，另外成了一种宋代说《诗》的风气。清朝讲学的人都是崇拜汉学，反对宋学的，他们对于考据训诂是有特别的研究，但是没有什么特殊的见解。他们以为宋学是不及汉学的，因为汉在一千七八百年以前，宋只在七八百年以前。殊不知汉人的思想比宋人的确要迂腐的多呢！但在那个时候研究《诗经》的人，确实出了几个比汉、宋都要高明的，如著《诗经通论》的姚际恒，著《读风偶识》的崔述，著《诗经原始》的方玉润，他们都大胆地推翻汉、宋的腐旧的见解，研究《诗经》里面的字句和内容。照这样看起来，二千年来《诗经》的研究实是一代比一代进步的了。

《诗经》的研究，虽说是进步的，但是都不彻底，大半是推翻这部，附会那部；推翻那部，附会这部。我看对于《诗经》的研究想要彻底的改革，恐怕还在我们呢！我们应该拿起我们的新的眼光、好的方法、多的材料，去大胆地细心地研究；我相信我们研究的效果比前人又可圆满一点了。这是我们应取得的态度，也是我们应尽的责任。

上面把我对于《诗经》的概念说了一个大概，现在要谈到《诗经》具体的研究了。研究《诗经》大约不外下面这两条路：

第一，训诂。用小心的精密的科学的方法，来做一种新的训诂功夫，对于《诗经》的文字和文法上都重新下注解。

第二，解题。大胆地推翻二千年来积下来的附会的见解；完全用社会学的、历史的、文学的眼光重新给每一首诗下个解释。

所以我们研究《诗经》，关于一句一字，都要用小心的科学的方法去研究；关于一首诗的用意，要大胆地推翻前人的附会，自己有一种新的见解。

——节选自《谈谈〈诗经〉》

《孔雀东南飞》的年代

我以为《孔雀东南飞》的创作大概去那个故事本身的年代不远，大概在建安以后不远，约当三世纪的中叶。但我深信这篇故事诗流传在民间，经过三百多年之久（230—550）方才收在《玉台新咏》里，方才有最后的写定，其间自然经过了无数民众的减增修削，添上了不少的"本地风光"（如"青庐""龙子幡"之类），吸收了不少的无名诗人的天才与风格，终于变成了一篇不朽的杰作。

"孔雀东南飞，五里一徘徊。"——这自然是民歌的"起头"。当时大概有

"孔雀东南飞"的古乐曲调子。曹丕的《临高台》末段云：

> 鹄欲南游，雌不能随。
>
> 我欲躬衔汝，口噤不能开。
>
> 欲负之，毛衣摧颓。
>
> 五里一顾，六里徘徊。

　　这岂但是首句与末句的文字上的偶合吗？这里譬喻的是男子不能庇护他的心爱的妇人，欲言而口噤不能开，欲负他同逃而无力，只能哀鸣瞻顾而已。这大概就是当日民间的《孔雀东南飞》（或《黄鹄东南飞》？）曲词的本文的一部分。民间的歌者，因为感觉这首古歌辞的寓意恰合焦仲卿的故事的情节，故用他来做"起头"。久而久之，这段起头曲遂被缩短到十个字了。然而这十个字的"起头"却给我们留下了此诗创作时代的一点点暗示。

　　曹丕死于二二六年，他也是建安时代的一个大诗人，正当焦仲卿故事产生的时代。所以我们假定此诗之初作去此时大概不远。

　　若这故事产生于三世纪之初，而此诗作于五六世纪（如梁、陆诸先生所说），那么，当那个没有刻板印书的时代，当那个长期纷乱割据的时代，这个故事怎样传到二三百年后的诗人手里呢？所以我们直接假定故事发生之后不久民间就有《孔雀东南飞》的故事诗起来，一直流传演变，直到《玉台新咏》的写定。

　　自然，我这个说法也有大疑难。但梁先生与陆先生举出的几点都不是疑难。例如他们说：这一类的作品都起于六朝，前此却无有。依我们的研究，汉魏之间有蔡琰的《悲愤》，有左、傅的《秦女休》，故事诗已到了文人阶级了，哪能断定民间没有这一类的作品呢？至于陆先生说此诗"描写服饰及叙述谈话都非常详尽，为古代诗歌里所没有的"，此说也不成问题。描写服饰莫如《日出东南隅》与辛延年的《羽林郎》；叙述谈话莫如《日出东南隅》与《孤儿行》。这是谁也不能否认的。

　　我的大疑难是：如果《孔雀东南飞》作于三世纪，何以魏、晋、宋、齐的文学批评家——从曹丕的《典论》以至于刘勰的《文心雕龙》及钟嵘的《诗品》——都不提起这一篇杰作呢？这岂非此诗晚出的铁证吗？

其实这也不难解释，《孔雀东南飞》在当日实在是一篇白话的长篇民歌，质朴之中，夹着不少土气。至今还显出不少的鄙俚字句，因为太质朴了，不容易得当时文人的欣赏。魏晋以下，文人阶级的文学渐渐趋向形式的方面，字面要绮丽，声律要讲究，对偶要工整。汉魏民歌带来的一点新生命，渐渐又干枯了。文学又走上僵死的路上去了。到了齐梁之际，隶事（用典）之风盛行，声律之论更密，文人的心力转到"平头、上尾、蜂腰、鹤膝"种种把戏上去，正统文学的生气枯尽了。作文学批评的人受了时代的影响，故很少能赏识民间的俗歌的。钟嵘作《诗品》（嵘死于502年左右），评论百二十二人的诗，竟不提及乐府歌辞。他分诗人为三品：陆机、潘岳、谢灵运都在上品，而陶潜、鲍照都在中品，可以想见他的文学赏鉴力了。他们对于陶潜、鲍照还不能赏识，何况《孔雀东南飞》那样朴实俚俗的白话诗呢？东汉的乐府歌辞要等到建安时代方才得着曹氏父子的提倡。魏晋南北朝的乐府歌词要等到陈隋之际方才得着充分的赏识。故《孔雀东南飞》不见称于刘勰、钟嵘，不见收于《文选》，直到六世纪下半叶徐陵编《玉台新咏》始被采录，并不算是很可怪诧的事。

这一章印成之后，我又检得曹丕的"鹄欲南游，雌不能随……五里一顾，十里徘徊"一章，果然是删改民间歌辞的，本辞也载在《玉台新咏》里，其辞云：

> 飞来双百鹄，乃从西北来。十十将五五，罗列行不齐。忽然卒疲病，不能飞相随。五里一反顾，六里一徘徊。吾欲衔汝去，口噤不能开。吾将负汝去，羽毛日摧颓。乐哉新相知，忧来生别离。踟蹰顾群侣，泪落纵横垂。今日乐相乐，延年万岁期。

此诗又收在《乐府诗集》里，其辞颇有异同，我们也抄在这里：

> 飞来双白鹄，乃从西北来。十十五五，罗列行行。妻卒被病，行不能相随。五里一反顾，六里一徘徊。吾欲衔汝去，口噤不能开。吾欲负汝去，毛羽何摧颓！乐哉新相知，忧来生别离。踟蹰顾群侣，泪下不自知。念与君别离，气结不能言。各各重自爱，远道归还难。妾当守空房，闭门下重关。若生当相见，亡者会黄泉。今日乐相乐，延年万岁期。

这是汉朝乐府的瑟调歌，曹丕采取此歌的大意，改为长短句，作为新乐府《临高台》的一部分。而本辞仍旧流传在民间，"双白鹄"已讹成"孔雀"了，但"东南飞"仍保存"从西北来"的原意。曹丕原诗前段有"中有黄鹄往且翻"，"白鹄"也已变成了"黄鹄"。民间歌辞靠口唱相传，字句的讹错是免不了的，但"母题"（Motif）依旧保留不变。故从汉乐府到郭茂倩，这歌辞虽有许多改动，而"母题"始终不变。这个"母题"恰合焦仲卿夫妇的故事，故编《孔雀东南飞》的民间诗人遂用这一支歌作引子。最初的引子必不止这十个字，大概至少像这个样子：

孔雀东南飞，五里一徘徊。吾欲衔汝去，口噤不能开。吾欲负汝去，毛羽何摧颓！……

流传日久，这段开篇因为是当日人人知道的曲子，遂被缩短只剩开头两句了。又久而久之，这只古歌虽然还存在乐府里，而在民间却被那篇更伟大的长故事诗吞没了。故徐陵选《孔雀东南飞》全诗时，开篇的一段也只有这十个字。一千多年以来，这十个字遂成不可解的疑案。然而这十个字的保存竟给我们留下了一点时代的暗示，使我们知道焦仲卿妻的故事诗的创作大概在《双白鹄》的古歌还流传在民间但已讹成《孔雀东南飞》的时候；其时代自然在建安之后，但去焦仲卿故事发生之时必不很远。

——节选自《白话文学史·故事诗的起来》

秦始皇被骗

前三世纪的晚期，秦始皇征服了六国，而齐学征服了秦始皇。五德终始之说做了帝国新制度的基础理论；求神仙、求奇药、封禅祠祀、候星气，都成了新帝国的重大事业。这时候，一些热衷的人便都跑出去宣传"方仙道"，替秦始皇帝候星气，求神仙去了。一些冷淡的学者，亡国的遗民，如乐瑕公、乐巨公之流，他们不愿向新朝献媚求荣，便在高密、胶西一带闭户造假书，编造《黄帝》，注释《老子》。

过了不多年，时势又大变了。徐市入海去不回来了，韩终求仙去也没有消息，卢生、侯生又逃走了。秦始皇大怒之下，坑杀了儒生方士四百六十八人（前212）。况且李斯又提出了焚书的政策，焚毁了天下私藏的诗书百家语，只许留下一些医药、卜筮、种树的书；"以古非今"成了绝大的罪名（前213）。那些兴高采烈，献方术、求仙药、候星气的燕齐方士，到这个时候，不但抹了一鼻子的灰，并且有些人受了活埋的死刑，有些人亡命不敢出头，出头也不敢乱谈赤县、神州以外的九大州了。也无人乱谈"天地未生"以来的古史了。

——节选自《中国中古思想史长编·齐学与黄老之学》

整理国故与"打鬼"

浩徐先生，你且道，清醒白醒的胡适之却为什么要钻到烂纸堆里去"白费劲儿"？为什么他到了巴黎不去参观柏斯德研究所，却在那敦煌烂纸堆里混了十六天的工夫？

我披肝沥胆地奉告人们：只为了我十分相信"烂纸堆"里有无数无数的老鬼，能吃人，能迷人，害人的厉害胜过柏斯德（Pasteur）发现的种种病菌。只为了我自己自信，虽然不能杀菌，却颇能"捉妖""打鬼"。

这回到巴黎、伦敦跑了一趟，搜得不少"据款结案"的证据，可以把达摩、慧能，以至"西天二十八祖"的原形都给打出来，据款结案，即是"打鬼"。打出原形，即是"捉妖"。

这是整理国故的目的与功用。这是整理国故的好结果。

你说，"我们早知道在那方面做功夫是弄不出好结果来的"。那是你这聪明人的一时懵懂。这里面有绝好的结果。用精密的方法，考出古文化的真相；用明白晓畅的文字报告出来，叫有眼的都可以看见，有脑筋的都可以明白。这是化黑暗为光明，化神奇为臭腐，化玄妙为平常，化神圣为凡庸：这才是"重新估定一切价值"。他的功用可以解放人心，可以保护人们不受鬼怪迷惑。

——节选自《整理国故与"打鬼"——给浩徐先生的信》

驳冯友兰的"老子晚出论"

……你把《老子》归到战国时的作品，自有见地，然讲义中所举三项证据，则殊不足推翻旧说。

第一，"孔子以前，无私人著述之事。"此通则有何根据？当孔子生三岁时，叔孙豹已有三不朽之论，其中"立言"已为三不朽之一了。他并且明说"鲁有先大夫曰臧文仲，既没，其言立"。难道其时的立言者都是口说传授吗？孔子自己所引，如周任之类，难道都是口说而已？至于邓析之书，虽不是今之传本，岂非私人所作？故我以为这一说殊不足用作根据。

第二，"《老子》非问答体，故应在《论语》《孟子》后。"此说更不能成立。岂一切非问答体之书，皆应在《孟子》之后吗？《孟子》以前的《墨子》等书岂皆是后人假托的？况且"非问答体之书应在问答体书之后"一个通则又有什么根据？以我所知，则世界文学史上均无此通则。《老子》之书韵语居多，若依韵语出现于散文之前一个世界通则言之，则《老子》正应在《论语》之前。《论语》《檀弓》一类鲁国文学始开纯粹散文的风气，故可说纯散文起于鲁文学，可也；说其前不应有《老子》式的过渡文体，则不可也。

第三，"《老子》之文为简明之'经'体，可见其为战国时之作品。"此条更不可解。什么样子的文字才是简明之"经"体？是不是格言式的文体？孔子自己的话是不是往往如此？翻开《论语》一看，其问答之外，是否章章如此？"巧言，令色，鲜矣仁"；"道千乘之国，敬事而信，节用而爱人，使民以时"；"行夏之时，乘殷之辂，服周之冕"……这是不是"简明之'经'体"？

怀疑《老子》，我不敢反对，但你所举的三项，无一能使我心服，故不敢不为它一辩。推翻一个学术史上的重要人，似不是小事，不可不提出较有根据的理由。

任公先生所举证据，张怡荪兄曾有驳文，不复能记忆了。今就我自己所能见到之处，略说于此。任公共举六项：

（一）孔子十三代孙能同老子的八代孙同时。此一点任公自己对我说，他梁家便有此事，故他是大房，与最小房的人相差五六辈。我自己也是大房，我们族里的排行是"天德锡祯祥，洪恩育善良"十字。我是洪字辈，少时常同"天"字辈人同时；今日我的一支已有"善"字辈了，而别的一支还只到"祥"字辈。这是假定《史记》所记世系可信。何况此两个世系都大可疑呢？

（二）孔子何以不称道老子？我已指出《论语》"以德报怨"一章是批评老子。此外"无为而治"之说也似是老子的影响。

（三）《曾子问》记老子的话与《老子》五千言精神相反。这是绝不了解老子的话。老子主张不争，主张柔道，正是拘谨的人。

（四）《史记》的神话本可不论，我们本不根据《史记》。

（五）老子有许多话激烈了，不像春秋时人说的。试问邓析是不是春秋时人？做那《伐檀》《硕鼠》的诗人又是什么时代人？

（六）老子所用"侯王""王公""王侯""万乘之主""取天下"等字样，不是春秋时人所有。他不记得《易经》了吗？《蛊》上九有"不事王侯"。《坎》象辞有"王公设险"，《离》象辞有"离王公也"。孔子可以说"千乘之国"，而不许老子说"万乘之君"，岂不奇怪？至于"偏将军"等官名，也不足据。《汉书·郊祀志》不说"杜主，故周之右将军"吗？

以上所说，不过略举一二事，说明我此时还不曾看见有把《老子》挪后的充分理由。

至于你说，道家后起，故能采各家之长。此言甚是。但"道家"乃是秦以后的名词，司马谈所指乃是那集众家之长的道家。老子、庄子的时代并无人称他们为道家。故此言虽是，却不足推翻老子之早出。

——节选自《致冯友兰先生书》

古代倭鬼的切腹艺术

其一事为四月二十三日记游高野山、柳之间而附录丰臣秀次切腹事及秀次的姬妾被诛事，一日之记近七千字，可算是最长的日记。其中记秀次切腹事，最悲壮动人，最可令人想见大和民族的武士道。全文分六节：第一节记秀次闻切腹之命；第二节记和尚隆西堂自请从死；第三节记从死诸人分剑与题剑；第四节记最后之宴，及万作、山田、山本三人切腹，秀次亲为他们"介错"（切腹后，须断其首，名为介错）；第五节记秀次与隆西堂同时切腹，淡路为秀次介错，心悸目眩，进三刀方才断头；第六节记淡路切腹：

> 淡路语二使曰："技拙殊惶愧。今介错者为主公，目眩心悸，狼狈特甚。……余今奏技，请公等拭目；若覆前辙，斯狼狈也。"即切腹作十字形，出其脏腑于两股，置剑合掌。吉兵卫就而进刃焉。（卷四，页三六）

切腹是何等惨事，然而日本的武士却把此事看作一种艺术，要做得悲壮淋漓，要做得美；他们不惜死，却不愿让人笑他"技拙"，笑他死得不美。这真是日本文化的最大特色。凡观察一国的文化，须看这文化之下的人怎样生活，更须看这文化之下的人怎样死法。董先生一日发愤记七千字，只是要我们看看古日本武士怎样死法。

董先生有《柳之间吊秀次》诗四章。我也和他一首小诗，题他这一日的日记：

> 一死不足惜，技拙乃可耻。
> 要堂堂的生，莫狼狈的死。

——节选自《董康〈书舶庸谭〉序》

论读别字

关于读别字和写别字的问题，我主张我应该采用荀卿在两千多年前说的话："名无固宜，约定俗成谓之宜。"名即是语言文字里用的"字"。语言文字都是依据大家的一种相互了解的。这种相互了解即是荀卿说的"约"。大家都承认了，就是"约定"；成为习惯了，就是"俗成"。约定了，用惯了，就是"宜"，就是不错的。

先说"写别字"。最奇怪的别字是"这"字。字书上，"这"音彦，迎也，绝无"此个"之意。据钱玄同先生的推测，古时只有"者个"，有时写作"遮个"，抄写的人把"遮"字写成简笔的"这"，后人不知是"遮"字，就写作"这"字了。一千年来，约定俗成，这个别字就成了正字了。后世编字典的先生也就不能不承认这个"这"字了。

这一类的"别字"多极了，真实举不胜举。例如"他"字就是"它"的别字。"你"字就是"尔"的别字。例如说"他有一种很利害的毛病"，据章太炎先生说，毛病的"毛"字就是"瘝"的别字；又近年有人嫌"利害"不通，往往写成"厉害"。又如"账簿"的"账"，古人本作"帐"；但今人若写"帐目""帐簿"，也许有人要认作别字了。此等别字，既经约定俗成，都应该认为正字。

次说"读别字"。"这"字本音彦，然而大家都读为"者"，"者"字既约定俗成，就是正音了。又如"铅"字，字典音"延"，但我们现在都读"愆"音，这就是正音了。再举个极端的例，我常听见有人读"酗酒"作"凶酒"，这是读偏旁的错误，然而几十年后，也许大家都不认得这个"酗"字的"煦"音而都读"凶"音了，那也可以说是正音了。

对《红楼梦》的考证

从前汪原放先生标点《红楼梦》时，他用的是道光壬辰（1832）刻本。他不知道我藏有乾隆壬子（1792）的程伟元第二次排本。现在他决计用我的藏本做底本，重新标点排印。这件事在营业上是一件大牺牲，原放这种研究的精神是我很敬爱的，故我故意给他做这篇新序。

《红楼梦》最初只有抄本，没有刻本。抄本只有八十回。但不久就有人续作八十回以后的《红楼梦》了。俞平伯先生从戚本八十回的评注里看出当时有一部"后三十回的《红楼梦》"（《〈红楼梦〉辨》下卷，页一～三七），这便是续书的一种。高鹗续作的四十回，也不过是续书的一种。但到了乾隆五十六年至五十七年之间，高鹗和程伟元串通起来，把高鹗续作的四十回同曹雪芹的原本八十回合并起来，用活字排成一部，又加上一篇序，说是几年之中搜集起来的原书全稿。从此以后，这部百二十回的《红楼梦》遂成了定本，而高鹗的续本也就"附骥尾以传"了（看我的《〈红楼梦〉考证》，页五三～六七；俞平伯《〈红楼梦〉辨》上卷，页一～一六二）。

程伟元的活字本有两种，第一种我曾叫作"程甲本"，是乾隆五十六年（1791）排印，次年发行的。第二种我曾叫作"程乙本"，是乾隆五十七年改订的本子。

程甲本，我的朋友马幼渔教授藏有一部。此书最先出世，一出来就风行一时，故成为一切后来刻本的祖本。南方的各种刻本，如道光壬辰的王刻本等，都是依据这个程甲本的。

但这个本子发行之后，高鹗感觉不满意，故不久就有改定本出来。程乙本的"引言"说：

> ……因急欲公诸同好，故初印时不及细校，间有纰缪。今复聚集
> 各原本，详加校阅，改订无讹。惟阅者谅之。

马幼渔先生所藏的程甲本就是那"初印"本。现在印出的程乙本就是那"聚集各原本，详加校阅，改定无讹"的本子，可说是高鹗、程伟元合刻的定本。

这个改本有许多改订修正之处，胜于程甲本。但这个本子发行在后，程甲本已有人翻刻了；初本的一些矛盾错误依旧留在现行各本里，虽经各家批注里指出，终没有人敢改正。我试举一个最明显的例子为证。第二回冷子兴说贾家的历史，中有一段道：

> 第二胎生了一位小姐，生在大年初一，就奇了。不想次年又生了
> 一位公子，说来更奇，一落胞胎，嘴里便衔下一块五彩晶莹的玉来，还
> 有许多字迹。

后来评读此书的人，都觉得这里必有错误，因为后文第十八回贾妃省亲一段里明说"宝玉未入学之先，三四岁时，已得贾妃口传授教了几本书，识了数千字在腹中；虽为姊弟，有如母子"。这样一位长姊，何止大他一岁？所以戚本便改作：

> 第二胎生了一位小姐，生在大年初一日，就奇了。不想后来又生
> 了一位公子。

这是一种改法。程甲本也作"次年"。我的程乙本便大胆地改作了：

> 第二胎生了一位小姐，生在大年初一，就奇了。不想隔了十几年，
> 又生了一位公子。

这三种说法，究竟哪一种是原本呢？

前年我的朋友容庚先生在冷摊上买得一部旧抄本的《红楼梦》，是有百二十

回的。他不但认这本是在程本以前的抄本，竟大胆地断定百二十回本是曹雪芹的原本。他作了一篇《〈红楼梦〉的本子问题——质胡适之、俞平伯先生》（北京大学《国学周刊》第五、六期），举出他的抄本文字上与程甲本及亚东本不同的地方，要证明他的抄本是程本以前的曹氏原本。我去年夏间答他一信，曾指出他的抄本是全抄程乙本的，底本正是高鹗的二次改本，决不是程刻以前的原本。他举出的异文，都和程乙本完全相同。其中有一条异文就是第二回里宝玉的生年。他的抄本也作：

　　　　不想隔了十几年，又生了一位公子。

　　我对容先生说：凡作考据，有一个重要的原则，就是要注意可能性的大小。可能性（Probability）又叫作"几数"，又叫作"或然数"，就是事物在一定情境之下能变出的花样。把一个铜子掷在地上，或是龙头朝上，或是字朝上，可能性都是百分之五十，是均等的。把一个"不倒翁"掷在地上，他的头轻脚重，总是脚朝下的，故他有一百分的站立的可能性。试用此理来观察《红楼梦》里宝玉的生年，有二种可能：

　　（一）原本作"隔了十几年"，而后人改作了"次年"。

　　（二）原本作"次年"，而后人改为"隔了十几年"。

　　以常理推之，若原本既作"隔了十几年"，与第十八回所记正相照应，绝无反改为"次年"之理。程乙本与抄本之改作"十几年"，正是他晚出之铁证。高鹗细察全书，看出第二回与十八回有大相矛盾的地方，他认定那教授宝玉几千字和几本书的姊姊，既然"有如母子"，至少应该比宝玉大十几岁，故他就假托参校各原本的结果，大胆地改正了。

　　直到今年夏间，我买得了一部乾隆甲戌（1754）抄本《脂砚斋重评〈石头记〉》残本十六回，这是曹雪芹未死时的抄本，为世间最古的抄本。第二回记宝玉的生年，果然也是：

　　　　第二胎生了一位小姐，生在大年初一，这就奇了。不想次年又生了一位公子。

这就证实了我的假定了。我曾考清朝的后妃，深信康熙、雍正、乾隆三朝没有姓曹的妃子。大概贾元妃是虚构的人物，故曹雪芹先说她比宝玉大一岁，后来越造越不像了，就不知不觉地把元妃的年纪加长了。

我再举一条重要的异文。第二回冷字兴又说：

> 当日宁国公、荣国公是一母同胞弟兄两个。宁公居长，生了四个儿子。

程甲本、戚本都作"四个儿子"。我的程乙本却作了"两个儿子"。容庚先生的抄本也作"两个儿子"。这又是高鹗后来的改本，容先生的抄本又是抄高鹗改订本的。我的《脂砚斋石头记》残本也作"四个儿子"，可证"四个"是原文。但原文于宁国公的四个儿子，只说出长子是代化，其余三个儿子都不曾说出名字，故高鹗嫌"四个"太多，改为"两个"。但这一句话却没有改订的必要。《脂砚斋》残本有夹缝朱批云：

> 贾蔷、贾菌之祖，不言可知矣。

高鹗的修改虽不算错，却未免多事了。

我在《〈红楼梦〉考证》里曾说：

> 程伟元的序里说，《红楼梦》当日虽只有八十回，但原文却有一百二十卷的目录。这话可惜无从考证（戚本目录并无后四十回）。我从前想当时各种抄本中大概有些是有后四十回目录的，但我现在对于这一层很有点怀疑了。

俞平伯先生在《〈红楼梦〉辨》里，为了这个问题曾作一篇长文（卷上，页一一～二六），辨"原本回目只有八十"。他的理由很充足，我完全赞同。但容庚先生却引他的抄本第九十二回的异文作证据，很严厉地质问平伯道：

我们读第九十二回"评《女传》巧姐慕贤良，玩母珠贾政参聚散"，只觉得宝玉评《女传》，不觉得巧姐慕贤良的光景；贾政玩母珠，也不觉得参什么聚散的道理。这不是很大的漏洞吗？

使后四十回的回目系曹雪芹做的，高鹗补作，不大了解曹雪芹的原意，故此说不出来，尚可勉强说得过去。无奈俞先生想证明后四十回系高鹗补作，不能不把后四十回目一并推翻，反留下替高鹗辩护的余地。

现在把抄本关于这两段的抄下。后四十回既然是高鹗补的，干么他自己一次二次排印的书都没有这些的话？没有这些话是否可以讲得去？请俞先生有以语我来？（《国学周刊》第六期，页十七。）

容先生的抄本所有的两段异文，都是和这个程乙本完全一样的，也都是高鹗后来修改的。容先生没有看见我的程乙本，只看见了马幼渔先生的程甲本，他不该武断地说高鹗"自己一次二次排印的书都没有这些话"。我们现在知道高鹗的初稿（程甲本）与现行各本同没有这两段；但他第二次改本（程乙本）确有这两段。我们把这段分抄在这里：

（一）第一段"慕贤良"。

（程甲本与后来翻此本的各本）

宝玉道："那文王后妃，是不必说了，想来是知道的。那姜后脱簪待罪；齐国的无盐虽丑，能安邦定国：是后妃里头的贤能的。若说有才的，是曹大家、班婕好、蔡文姬、谢道韫诸人。孟光的荆钗布裙，鲍宣妻的提瓮出汲，陶侃母的截发留宾，还有画荻教子的：这是不厌贫的。那苦的里头有乐昌公主破镜重圆，苏蕙的回文感主。那孝的是更多了：木兰代父从军，曹娥投水寻父的尸首等类也多，我也说不得许多。那个曹氏的引刀割鼻，是魏国的故事。那守节的更多了，只好慢慢地讲。若是那些艳的，王嫱，西子，樊素，小蛮，绛仙等；妒的是，'秃妾发，怨洛神'。……等类。文君，红拂，是女中的豪侠。"

贾母听到这里，说："够了；不用说了。你讲的太多，他哪里还记得呢？"

程乙本（容抄本同）

宝玉便道："那文王后妃，不必说了。那姜后脱簪待罪，和齐国的无盐安邦定国，是后妃里头的贤能的。"巧姐听了，答应个"是"。宝玉又道："若说有才的，是曹大家、班婕妤、蔡文姬、谢道韫诸人。"巧姐问道："那贤德的呢？"宝玉道："孟光的荆钗布裙，鲍宣妻的提瓮出汲，陶侃母的截发留宾：这些不厌贫的，就是贤德的了。"巧姐欣然点头。宝玉道："还有苦的像那乐昌破镜，苏蕙回文。那孝的，木兰代父从军，曹娥投水寻尸等类，也难尽说。"巧姐听到这些，却默默如有所思。宝玉又讲那曹氏的引刀割鼻，及那些守节的，巧姐听着，更觉肃敬起来。宝玉恐他不自在，又说："那些艳的，如王嫱、西子、樊素、小蛮、绛仙、文君、红拂，都是女中的……"尚未说出，贾母见巧姐默然，便说："够了，不用说了。讲得太多，他哪里记得！"

（二）第二段"参聚散"。

（程甲本与后来翻此本的各本）

冯紫英道："人世的荣枯，仕途的得失，终属难定。"贾政道："像雨村算便宜的了。还有我们差不多的人家，就是甄家，从前一样的功勋，一样的世袭，一样的起居，我们也是时常来住。不多几年，他们进京来，差人到我这里请安，还很热闹。一会儿抄了原籍的家财，至今杳无音信。不知他近况若何，心下也着实惦记。看了这样，你想做官的怕不怕？"贾赦道："咱们家里再没有事的。"

程乙本（容抄本同）

冯紫英道："人世的荣枯，仕途的得失，终属难定。"贾政道："天下事都是一个样的理哟！比如方才那珠子：那颗大的就像有福气的人似的，那些小的都托赖着他的灵气护庇着。要是那大的没有了，那些小的也就没有收揽了。就像人家儿当头人有了事，骨肉也都分离了，亲戚也都零落了，就是好朋友也都散了，转瞬荣枯，真似春云秋叶一般。你想做官有什么趣儿呢？像雨村算便宜的了。还有我们差不多的人家儿，就是甄家；从前一样功勋，一样世袭，一样起居，我们也是时常来往。不多几年，他们进京来，差人到我这里请安，还很热闹。一会儿抄了原籍的家财，至今杳无音信。不知他近况若何，心下也着实惦记着。"贾赦道："什么珠子？"贾政同冯紫英又说了一遍给贾赦听。贾赦道："咱们家是再没有事的。"

容庚先生想用这两大段异文来证明，不但后四十回的回目是曹雪芹原稿有的，并且后四十回的全文也是曹雪芹的原文。他不知道这两大段异文便是高鹗续书的铁证，也是他伪作回目的铁证。

高鹗的"引言"里明明说：

（一）书中前八十回，抄本各家互异。今广集核勘，准情酌理，补遗订讹。其间或有增损数字处，意在便于批阅，非敢争胜前人也。

（二）书中后四十回系就历年所得，集腋成裘，更无他本可考。惟按其前后关照者，略为修辑，使其有应接而无矛盾。至其原文，未敢臆改。俟再得善本，更为厘定。且不欲尽掩其本来面目也。

前八十回有"抄本各家互异"，故他改动之处如上文举出第二回里的改本，还可以假托"广集核勘"的结果。但他既明明承认"后四十回更无他本可考"，又既明明宣言这四十回原文"未敢臆改"，何以又有第九十二回的大改动呢？岂不是因为他刻成初稿（程甲本）之后，自己感觉第九十二回的内容与回目不相照应，故偷偷地自己修改了，又声明"未敢臆改"以掩其作伪之迹吗？他料定读小说的人决不会费大工夫用各种本子细细校勘。他哪里料到一百三十多年后居然有一位容庚先生肯用校勘学的功夫去校勘《红楼梦》，居然会发现他作伪的铁证呢？

这个程乙本流传甚少；我所知的，只有我的一部原刻本和容庚先生的一部旧抄本。现在汪原放标点了这本子，排印行世，使大家知道高鹗整理前八十回与改订后四十回的最后定本是个什么样子，这是我们应该感谢他的。

——原题为《重印乾隆壬子本〈红楼梦〉序》

影印乾隆甲戌《脂砚斋重评石头记》的缘起

民国十六年夏天，我在上海买得大兴刘铨福旧藏的"脂砚斋甲戌抄阅再评"的《石头记》旧抄本四大册，共有十六回：第一到第八回，第十三到第十六回，第廿五到廿八回。甲戌是乾隆十九年，一七五四，这个抄本后来称为"甲戌本"。

民国十七年二月，我发表了一篇一万七八千字的报告，题作《考证〈红楼梦〉的新材料》。我指出这个甲戌本子是世间最古的《红楼梦》写本，前面有"凡例"四百字，有自题七言律诗，结句云"字字看来皆是血，十年辛苦不寻常"，都是流行的抄本刻本所没有的。此本每回有朱笔眉评、夹评，小字密书，其中有极重要的资料，可以考知曹雪芹的家事和他死的年月日，可以考知《红楼梦》最初稿本的状态，如第十三回作者原题"秦可卿淫丧天香楼"，后来"姑赦之"，才删去天香楼事，少却四五页。评语里还有不少资料，可以考知《红楼梦》后半部预定的结构，如云"琪官后回与袭人供奉玉兄宝卿，得同终始"（二十八回评），如云"红玉（小红）后有宝玉大得力处"（三十七回评），此可见高鹗续作后四十回，并没有雪芹残稿本作根据。

自从《考证〈红楼梦〉的新材料》发表之后，研究《红楼梦》的人才知道搜求《红楼梦》旧抄本的重要。

民国二十二年，王叔鲁先生替我借得他的亲戚徐星署先生藏的"庚辰（乾隆二十五年，1760）秋定本"脂砚斋评本《石头记》八十回抄本，其实只有七十七回有零：六十四与六十七回全缺，二十二回不全，有批语说，"此回未成而芹逝矣"。我又发表了一篇《跋乾隆庚辰本〈脂砚斋重评石头记〉抄本》。我提出了一个假设的结论："依甲戌本与庚辰本的款式看来，凡最初的抄本《红楼梦》必定都称为《脂砚斋重评石头记》。"

在这二十多年里，先后又出现了几部"脂砚斋评本"，我的假设大致已得到证实了。我现在把我们知道的各种《脂砚斋重评石头记》本子作一张总表，如下：

（一）乾隆甲戌（1754）脂砚斋抄阅再评本，即此本，凡十六回，目见上。

（二）乾隆己卯（1759）冬月脂砚斋四阅评本，凡三十八回：一至二十回，三十一至四十回，六十一至七十回，内缺六十四、六十七回，是抄配的。此本我未见。

（三）乾隆庚辰（1760）秋脂砚斋四阅评本，凡七十七回有零，目见上。

以上抄本的年代皆在雪芹生前，以下抄本，皆在雪芹死后。

（四）有正书局石印的戚蓼生序本，此本也是脂砚斋评本，重抄付石印，妄题"国初抄本"，底本年代不可知，戚蓼生是乾隆三十四年己丑（1769）的进士，暂定为己丑本，凡八十回。

（五）乾隆甲辰（1784）菊月梦觉主人序本，凡八十回。此本近年在山西出现，我未见。

直到今天为止，还没有出现一部抄本比甲戌本更古的，也还没有一部抄本上面评语有甲戌本那么多的。甲戌本虽只有十六回，而朱笔细评比其他任何本子多得多（庚辰本前十一回无一条评语），其中有雪芹死后十二年的"脂批"，使我们确知他死在"壬午除夕"，像这类可宝贵的资料多不见于其他各本。

所以到今天为止，这个甲戌本还是世间最古又最可宝贵的《红楼梦》写本。

三十年来，许多朋友劝我把这个本子影印流传。我也顾虑到这个人间孤本在我手里，我有保存流传的责任。民国三十七年我在北平，曾让两位青年学人兄弟合作，用朱墨两色影抄了一本。三十七年十二月十六日，中央政府派飞机到北平接我南下，我只带出了先父遗稿的清抄本和这个甲戌本《红楼梦》。民国四十年哥伦比亚大学为此本做了三套显微影片：一套存在哥大图书馆，一套我送给翻译《红楼梦》的王际真先生，一套我自己留着，后来送给正在研究《红楼梦》的林语堂先生了。

今天蒙中央印制厂总经理时寿彰先生与技正罗福林先生的热心赞助，这个朱墨两色写本在中央印制厂试验影印很成功，我才决定影印五百部，使世间爱好《红楼梦》与研究《红楼梦》的人都可以欣赏这个最古写本的真面目。

曹雪芹死在乾隆二十七年壬午除夕，即西历1763年2月12日。再过两年的今天，就是他死后二百年的纪念了。我把这部最近于他的最初稿本的甲戌本影印行世，作为他逝世二百年纪念的一件献礼。

1961年2月12日，在南港

曹操创立的"校事"制

曹操创立"校事"之官，最近于后世所谓"特务政治侦探"，故略考其制度。鱼豢《魏略》云：

> 抚军都尉，秩比二千石。本校事官。始太祖欲广耳目，使卢洪、赵达二人主刺举，多所陷入，故于时军中为之语曰：
>
> 不畏曹公，但畏卢洪。卢洪尚可，赵达杀我。

后达竟为人迫死。(《御览》二四一引《魏略》十四)

《魏志·高柔传》云：

> [柔] 复还为法曹掾。时置校事卢洪、赵达等，使察群下。柔谏曰："设官分职，各有所司。今置'校事'，既非居上信下之旨，又达等数以憎爱擅作威福，宜检治之。"
>
> 太祖曰："卿知达等恐不如吾也。要能刺举而办众事。使贤人君子为之，则不能也。昔叔孙通用群盗，良有以也。"
>
> 达等后奸利发，太祖杀之，以谢于柔。

但"校事"的制度还是继续存在的。《高柔传》又说：

文帝践祚，以柔为治书侍御史，赐爵关内侯，转加治书执法。……

校事刘慈等，自黄初初（220—222）数年之间，举吏民奸罪以万数。柔皆请惩［微？］虚实。其余小小挂法者，不过罚金。

同传又说：

明帝即位。（227）……时猎法甚峻。宜阳典农刘龟窃于禁内射兔，其功曹张京诣校事言之。帝匿京名，收龟付狱。柔表请告者名。帝大怒曰："……吾岂妄收龟耶？"柔曰："廷尉，天下之平也，安得以至尊喜怒而毁法乎？"重复为奏。……帝意寤，乃下京名。即还讯，各当其罪。

鱼豢《魏略》也说：

沐并，……丞相召署军谋掾。黄初中，为成皋令，校事刘肇出过县，遣人呼县吏，求索稿谷。是时蝗旱，官无有见；未办之间，肇人从入并之阁下，呴呼骂吏。并怒，因蹴履提刀而出，多从吏。并欲收肇。肇觉知驱走，具以状闻。有诏："肇为牧司爪牙吏，而并欲收缚，无所忌惮，自持清名邪？"遂收，欲杀之。（《魏志》二十三注引）

以上各条，可见文帝、明帝时"校事"官的存在，又可见他们的威风可怕。校事官直到曹氏的大势已崩溃的时候，直到司马懿杀了曹爽一班大臣之后，才因程晓的奏疏，决定废除。程晓（程昱的孙子）传中说：

晓，嘉平中（249—253）为黄门侍郎。时校事放横。晓上疏曰："……远览前志，近观秦汉，虽官名改易，职司不同，至于崇上抑下，显分明例，其致一也。初无校事之官干与庶政者也。昔武皇帝大业草创，众官未备，而军旅勤苦，民生不安，乃有小罪，不可不察。故置

'校事'，取其一切耳。然检御有方，不至纵恣也。此霸世之权宜，非帝王之正典。其后渐蒙见任，复为疾病，转相因仍，莫正其本，遂令上察宗庙，下摄众司。官无局业，职无分限，随意任情，唯心所适。法造于笔端，不依科诏；狱成于门下，不顾覆讯。其选官属，以谨慎为粗疏，以谄词为贤能。其治事，以刻暴为公严，以循理为怯弱。外则托天威以为声势，内则聚群奸以为腹心。大臣耻与分势，含忍而不言；小人畏其锋芒，郁结而无告。至使尹摸（此事不见《魏志》。参看《晋书·何曾传》。摸，《晋书》作模）公于目下肆其奸慝。罪恶之著，行路皆知。纤恶之过，积年不闻。……今外有公卿将校总统诸署，内有侍中尚书综理万机，司隶校尉督察京辇，御史中丞董摄宫殿：皆高选贤丁，以充其职；申明科诏，以督其违。若此诸贤犹不足任，校事小吏更益不足信。若此诸贤各思尽忠，校事区区亦复无益。若更高选国士，以为校事，则是中丞司隶重增一官耳。若如旧选，尹摸之奸今复发矣。进退推算，无所用之。……若使政治得失必感天地，臣恐水旱之灾未必非校事之由也。曹共公远君子，近小人，《国风》托以为刺。卫献公舍大臣，与小臣谋，定姜谓之有罪。纵令校事有益，以礼义言之，尚伤大臣之心。况奸回暴露而复不罢，是衮缺不补，迷而不返也。"

于是遂罢校事官。（《魏志》十四，《程昱传》附传）

总计"校事"官的存在约有五十年的历史。曹操、曹丕用这制度来侦察反动，剪除异己。但后来校事官虽然依旧存在，依旧"放横"，然而司马氏早已抓住大权了，早已得着人心了，曹氏的帝室大权早已倾移了。校事官废除之后，不过十年，魏朝就完全倒了。

三十二年六月二十二日

《资治通鉴》于吴国校事吕壹一案，记载颇详细（卷七十四）。但《通鉴》不提及魏国的校事制。

三十二年七月一日

《红楼梦》的最大不幸①

雪林女士、高阳先生：

你们把我在匆忙之中写的三封信送给《作品》发表，我有点感觉不安。我觉得你们和我都有点对不住曹雪芹，都对他有点不公允。

雪林说曹雪芹是最幸运的作家，我写给你们的两封信，本意正是要指出他是最不幸的作家。但我好像没有把这个意思说清楚，读者可能只看见我说《红楼梦》的见解比不及《儒林外史》，文学技术比不上《海上花列传》，他们可能不容易看出我指出他的贫与病，他的环境，他的背景，全部是要说明曹雪芹是一位最不幸的作家，很应该得到我们在三百年后的同情的惋惜与谅解。

曹雪芹有种种大不幸，他有天才而没有受到相当好的文学训练，是一个大不幸。他的文学朋友都不大高明，是二大不幸。他的贫与病使他不能从容写作，使他不能从容细细改削他的稿本，使他不得不把未完成的稿本抄去换银钱来买面买药，是三大不幸。他的小说的结构太大了，他病中的精力已不够写完成了，是四大不幸。这些都值得我们无限悲哀的同情。

我今天要补充一个意思，就是：《红楼梦》的最大不幸是这部残稿既没有经过作者自己的最后修改，又没有经过长时间的流传，就被高鹗、程伟元续补成百二十回，就被他们赶忙用活字排印流传出来了。那个第一次排印本（我叫作"程甲本"）是乾隆五十六年（1791）排印发行的。发行出去不久，高鹗就发现了"初印时不及细校，间有纰缪"，他又"详加校阅，改订无讹"。那个修改本（我叫作"程乙本"）是乾隆五十七年（1792）发行的。据汪原放的统计，"程乙本"共改了"程甲本"两万一千五百〇六字；其中单是前八十回就改了

---

① 此文原题为《致苏雪林、高阳》，标题为本书编者加。

一万五千五百三十七字！很不幸的是那个未经修改的第一排印本一到了南方，就被苏州书坊在乾隆五十七年（1792）的冬天雕刻翻印，流行更广了。那个修改了两万多字的"程乙本"就没有人翻刻翻印了。（直到民国十六年，才有亚东图书馆重排印的"程乙本"。到民国四十八年，台北远东图书公司又重排亚东的"程乙本"印行。）

所以在民国十六年以前的一百三十多年中，全国流行的《红楼梦》都是那部没有经过第一次修改的"程甲本"，这是《红楼梦》的最大不幸。

雪林依据那部赶忙抄写卖钱而绝未经校勘修改的"庚辰脂砚斋评本"，就下了许多严厉的批评，——我觉得都是最不幸的事。

我们试比勘《水浒传》的种种不同的本子，就可以明白《水浒传》在几百年中经过了许多戏曲家与无数无名的平话家（说书人）的自由改造，自由改削；又在明朝的一两百年中经过了好几位第一流文人——汪道昆（百回本）、李贽（百回本）、杨定见（百二十回本）的仔细修改，最后又得到十七世纪文学怪杰金圣叹的大删削与细修改，方可得到那部三百年人人爱赏的七十一回本《水浒传》。

我手头没有"百十五回""百二十回"的幼稚《水浒传》本子可以比较，也没有"百回"本可供比较。我这里只有万有文库收的杨定见百二十回本《水浒传》可以用来比勘金圣叹删定的"贯华堂"七十一回定本。杨定见百二十回本已是经过最后一百年的大文人仔细改削的绝好文字了。但金圣叹又大胆地删去了全书三分之一以上，削去了"征辽""田虎""王庆"的三大部分，真是有绝顶高明的文学见地的天才批评家的大本领，真使那部伟大的小说格外显出精彩！

《水浒传》经过了长期的大改造与仔细修改，是《水浒传》的最大幸运。《红楼梦》没有经过长时期的修改，也没有得到天才文人的仔细修改，是《红楼梦》的最大不幸。

我试举一个最有名的句子作例子。

百二十回《水浒传》第六十三回，石秀劫法场被捉，解到梁中书面前，石秀高声大骂："你这败坏国家害百姓的贼！"这一句话，在金圣叹删改定本里（第六十二回），就改成了这样了：

石秀高声大骂："你这与奴才做奴才的奴才！"

这真是"点铁成金"的大本领!《红楼梦》有过这样大幸运吗?

曹雪芹的残稿的坏抄本,是只可以供我们考据家作"本子"比勘的资料的,不是供我们用文学批评的眼光来批评诅骂的。我们看了这种残稿劣抄,只应该哀怜曹雪芹的大不幸,他的残稿里的无数小疵病都只应该引起素来富同情心的苏雪林的无限悲哀。雪林说我的话没说错吗?

胡适　一九六一年一月十七半夜后

学者之学

有三兄①:

……

学术的工作有"为人"与"为己"两方面,此人所共知。其实这个区别甚不可靠。凡学术的训练方面皆是"为己",至于把自己的心得公开告人,才可以说是"为人"。今人以为作索引,编辞典,计算长历,校勘文字,编纂统计或图表,……是"为人"的学问(如陈援庵先生常说他的工作是"为人"的工作)。这是错的。此种工作皆是训练自己的作工本事,皆是"为己"的功夫。王荆公有《杨墨》一篇说得最好:

> 为人,学者之末也,是以学者之事必先为己。其为己有余,而天下之势可以为人矣,则不可以不为人。故学者之学也,始不在于为人,而卒所以能为人也。

---

① 王重民(1903—1975),字有三,河北高阳县人。中国古文献学家、图书馆学教育家。1928年北京高等师范学校毕业。1939年受聘于美国国会图书馆,搜求流散于国外的珍贵文献,整理馆藏中国善本古籍。回国后,任职于北平图书馆,兼任北京大学中文系教授、系主任等。新中国成立后,兼任北京图书馆副馆长。

你信上说的"铢积寸累，由少成多，即是本分以内之成功"，即是我说的"为己"之学，是做学问的根本途径。这是治学的最可乐的部分。正因为此皆是训练自己，故事事求精，求完善，苟求无厌，终不自觉满意。等到你自己认为勉强满意了，把结果公开于世，使世人同享受我自己辛苦得来的一点成绩，使人人因我的辛苦而减少他人的辛苦，这就是"为人"。并不须"著为论说，以期有影响于当世"，才是"为人"。吾兄正不必太谦，更不可菲薄"铢积寸累"的"为己"功夫。

《三朝名臣言行录》（卷十二，页三〇五）记刘安世自述初登第时与两个同年去谒李若谷参政，三人同请教，李曰："若谷自守官以来，常持四字，曰'勤，谨，和，缓'。"我十几年前曾借用此四字来讲治学方法。勤即是来书说的"眼勤手勤"，此是治学成败的第一关头，凡能勤的，无论识大识小，都可有所成就。谨即是不苟且，一点一笔不放过，一丝一毫不潦草。举一例，立一证，下一结论，都不苟且，即谨，即是慎。"和"字，我讲作心平气和，即是"武断"的反面，亦即是"盛气凌人"的反面。进一步看，即是虚心体察，平心考查一切不中吾意的主张，一切反对我或不利于我的事实和证据。抛弃成见，服从证据，舍己从人，和之至也，刘安世原文说，"其间一后生应声曰：'勤谨和，既闻命矣。缓之一字，某所未闻！'"我说，"缓"字在治学方法上十分重要，其意义只是从容研究，莫匆遽下结论。凡证据不充分时，姑且凉凉去，姑且"悬而不断"。英文的Suspension of judgment，即是暂且悬而不断。此事似容易而实最难。科学史上最有名的故事是达尔文得了他的生物演变的通则之后，几十年中继续搜求材料，积聚证例，自以为不满意，不敢发表他的结论。又如治梅毒的药，名"六〇六"是试验六百零六次的结果；其名"九一四"者，是试验九百十四次的结果。此皆是"缓"的精神。凡不肯悬而不断的人，必是不能真做到勤谨和三个字的。

以上胡说，偶尔信笔谈谈，或可供吾兄的印证许可。

——节选自《致王重民》，1943年5月30日

取精而用弘，由博而反约[①]

健雄女士[②]：

昨夜在马宅相见，颇出意外，使我十分高兴。

今日下午船竟不开，晚间得消息，似此次罢工也许要延长扩大；同行旅客有赶往 Vancouver 改乘 Canadian 汽船回国的，我在九十二日劳顿之余，颇感疲乏，行李又有一部分已上胡佛船了，故决定留此等待两三天再说。

此次在海外见着你，知道抱着很大的求学决心，我很高兴。昨夜我们乱谈的话，其中实有经验之谈，值得留意。凡治学问，功力之外，还需要天才，龟兔之喻，是勉励中人以下之语，也是警惕天才之语，有兔子的天才，加上乌龟的功力，定可无敌于一世。仅有功力，可无大过，而未必有大成功。

你是很聪明的人，千万珍重自爱，将来成就未可限量。这还不是我要对你说的话。我要对你说的是希望你能利用你的海外住留期间，多留意此邦文物，多读文史的书，多读其他科学，使胸襟阔大，使见解高明。我不是要引诱你"改行"回到文史路上来；我是要你做一个博学的人，前几天，我在 Pasadena 见着 Dr.Robert A. Milhkan。他带我去参观各种研究室，他在 Geretics 研究室中指示室中各种工作，也"如数家珍"，使我心里赞叹。凡第一流的科学家，都是极渊博的人，取精而用弘，由博而反约，故能有大成功。

---

① 原标题为《致吴健雄》，标题为本书编者加。

② 吴健雄（1912—1997），著名核物理学家。1944 年，以未入籍的身份参加美国秘密制造原子弹的曼哈顿计划，1957 年，用 β 衰变实验证明了在弱相互作用中的宇称不守恒。1963 年，用实验证明了核 β 衰变在矢量流守恒定律。1958 年当选为美国科学院院士。1975 年获美国最高科学荣誉——国家科学勋章。1994 年当选为中国科学院首批外籍院士。1930 年，吴健雄在上海公学求学时是胡适的学生。

国内科学界的几个老的领袖，如丁在君、翁咏霓，都是博览的人，故他们的领袖地位不限于地质学一门。后起的科学家都往往不能有此渊博，恐只能守成规，而不能创业拓地。

以此相期许，你不笑我多管闲事吗？匆匆祝你平安。

胡适 一九三六，十，三十

纸上学问与自然科学

不但材料规定了学术的范围，材料并且可以大大地影响方法的本身。文字的材料是死的，故考证学只能跟着材料走，虽然不能不搜求材料，却不能捏造材料。从文字的校勘以至历史的考据，都只能尊重证据，却不能创造证据。

自然科学的材料便不限于搜求现成的材料，还可以创造新的证据。实验的方法便是创造证据的方法。平常的水不会分解成氢气和氧气；但我们用人功把水分解成氢气和氧气，以证实水是氢气和氧气合成的。这便是创造不常有的情境，这便是创造新证据。

纸上的材料只能产生考据的方法；考据的方法只是被动的运动材料。自然科学的材料却可以产生实验的方法；实验便不受现成材料的拘束，可以随意创造平常不可得见的情境，逼拶出新结果来。考证家若没有证据，便无从做考证；史家若没有史料，便没有历史。自然科学家便不然。肉眼看不见的，他可以用望远镜，可以用显微镜。生长在野外的，他可以叫他生长在花房里；生长在夏天的，他可以叫他生在冬天。原来在人身上的，他可以移种在兔身上，狗身上。毕生难遇的，他可以叫他天天出现在眼前；太大了的，他可以缩小；整个的，他可以细细分析；复杂的，他可以化为简单；太少了的，他可以用人工培植增加。

故材料的不同可以使方法本身发生很重要的变化。实验的方法也只是大胆的假设，小心的求证；然而因为材料的性质，实验的科学家便不用坐待证据的出现，也不仅仅寻求证据，他可以根据假设的理论，造出种种条件，把证据逼出来。故实验的方法只是可以自由产生材料的考证方法。

　　葛利略[①]二十多岁时，在本地的高塔上抛下几种重量不同的物件，看他们同时落地，证明了物体下坠的速率并不依重量为比例，打倒了几千年的谬说。这便是用实验的方法去求证据。他又做了一块板，长十二个爱儿（每个爱儿长约四英尺），板上挖一条阔一寸的槽。他把板的一头垫高，用一个铜球在槽里滚下去，他先记球滚到底的时间，次记球滚到全板四分之一的时间。他证明第一个四分之一的速度最慢，需要全板时间的一半。越滚下去，速度越大。距离的相比等于时间的平方的相比。葛利略这个试验总做了几百次，他试过种种不同的距离，种种不同的斜度，然后断定物体下坠的定律。这便是创造材料，创造证据。平常我们所见物体下坠，一瞬便过了，既没有测量的机会，更没有比较种种距离和种种斜度的机会。葛氏的试验便是用人力造出种种可以测量，可以比较的机会。这便是新力学的基础。

　　哈维研究血的循环，也是用实验的方法。哈维曾说：

　　　　我学解剖学同教授解剖学，都不是从书本子来的，是从实际解剖来的；不是从哲学家的学说上来的，是从自然界的条理上来的。（他的《血液运行》自序）

　　哈维用下等活动物来做实验，观察心房的跳动和血的流行。古人只解剖死动物的动脉，不知死动物的动脉管是空的。哈维试验活动物，故能发现古人所不见的真理。他死后四年（1661），马必吉（Malpighi）用显微镜看见血液运行的真状，哈维的学说遂无可疑了。

　　此外如佗里杰利的试验空气的压力，如牛顿的试验白光的七色，都是实验的方法。牛顿在暗室中放进一点日光，使他通过三棱镜，把光放射在墙上。那一圆点的白光忽然变成了五倍大的带子，白光变成了七色：红，橘红，黄，绿，蓝，靓青，紫。他再用一块三棱镜把第一块三棱镜的光收回去，便仍成圆点的白光。他试验了许多回，又想出一个法子，把七色的光射在一块板上，板上有小孔，只

_____

① 葛利略，现通译为伽利略。

许一种颜色的光通过。板后面再用三棱镜把每一色的光线通过，然后测量每一色光的曲折角度。他这样试验的结果始知白光是曲折力不同的七种光复合成的。他的实验遂发明了光的性质，建立了分光学的基础。

以上随手举的几条例子，都是顾炎武、阎若璩同时人的事，已可以表现材料同方法的关系了。考证的方法好有一比，比现今的法官判案，他坐在堂上静听两造的律师把证据都呈上来了，他提起笔来，宣判道：某一造的证据不充足，败诉了；某一造的证据充足，胜诉了。他的职务只在评判现成的证据，他不能跳出现成的证据之外。实验的方法也有一比，比那侦探小说里的福尔摩斯访案：他必须改装微行，出外探险，造出种种机会来，使罪人不能不呈献真凭实据。他可以不动笔，但他不能不动手动脚，去创造那逼出证据的境地与机会。

结果呢？我们的考证学的方法尽管精密，只因为始终不接近实物的材料，只因为始终不曾走上实验的大路上去，所以我们的三百年最高的成绩终不过几部古书的整理，于人生有何益处？于国家的治乱安危有何裨补？虽然做学问的人不应该用太狭义的实利主义来评判学术的价值，然而学问若完全抛弃了功用的标准，便会走上很荒谬的路上去，变成枉费精力的废物。这三百年的考证学固然有一部可算有价值的史料整理，但其中绝大的部分却完全是枉费心思。如讲《周易》而推翻王弼，回到汉人的"方士易"；讲《诗经》而推翻郑樵、朱熹，回到汉人的荒谬诗说；讲《春秋》而回到两汉陋儒的微言大义，——这都是开倒车的学术。

为什么三百年的第一流聪明才智专心致力的结果仍不过是枉费心思地开倒车呢？只因为纸上的材料不但有限，并且在那一个"古"字底下罩着许多浅陋幼稚愚妄的胡说。钻故纸的朋友自己没有学问眼力，却只想寻那"去古未远"的东西，日日"与古为邻"，却不知不觉地成了与鬼为邻，而不知其浅陋愚妄幼稚了！

那班崇拜两汉陋儒方士的汉学家固不足道。那班最有科学精神的大师——顾炎武、戴震、钱大昕、段玉裁、孔广森、王念孙、王引之等——他们的科学成绩也就有限得很。他们最精的是校勘、训诂两种学问，至于他们最用心的声韵之学简直是没有多大成绩可说。如他们费了无数心力去证明古时有"支""脂""之"三部的区别，但他们到如今不能告诉我们这三部究竟有怎样的分别。如顾炎武找了一百六十二条证据来证明"服"字古音"逼"，到底还不值得一个广东乡下人的一笑，因为顾炎武始终不知道"逼"字怎样读法。又如三百年的古音学不能决定古代究竟有无入声；段玉裁说古有入声而去声为后起，孔广森说入声是江左后起之音。二百年来，这个问题似乎没有定论。却不知这个问题不解决，则一切古韵的分部都是将错就错。况且依二百年来"对转""通转"之说，几乎古韵无一部不可通他部。如果部部本都可通，那还有什么韵部可说！

三百年的纸上功夫，成绩不过如此，岂不可叹！纸上的材料本只适宜于校勘训诂一类的纸上工作；稍稍逾越这个范围，便要闹笑话了。

西洋的学者先从自然界的实物下手，造成了科学文明，工业世界，然后用他们的余力，回来整理文字的材料。科学方法是用惯的了。实验的习惯也养成了。所以他们的余力便可以有惊人的成绩。在音韵学的方面，一个格林姆（Grimm）便抵得许多钱大昕、孔广森的成绩。他们研究音韵的转变，文字的材料之外，还要实地考察各国各地的方言，和人身发音的器官。由实地的考察，归纳成种种通则，故能成为有系统的科学。近年一位瑞典学者珂罗倔伦（Bemhard Karigren）费了几年的工夫研究《切韵》，把二百六部的古音弄得清清楚楚。林语堂先生说：

> 珂先生是《切韵》专家，对中国音韵学的贡献发明，比中外过去
> 的任何音韵学家还重要。(《语丝》第四卷第廿七期）

珂先生的成绩何以能这样大呢？他有西洋的音韵学原理作工具，又很充分地运用方言的材料，用广东方言作底子，用日本的汉音吴音作参证，所以他几年的成绩便可以推倒顾炎武以来三百年的中国学者的纸上功夫。

我们不可以从这里得一点教训吗？

纸上的学问也不是单靠纸上的材料去研究的。单有精密的方法是不够用的。材料可以限死方法，材料也可以帮助方法。三百年的古韵学抵不得一个外国学者运用活方言的实验。几千年的古史传说禁不起三两个学者的批评指摘。然而河南发现了一地的龟甲兽骨，便可以把古代殷商民族的历史建立在实物的基础之上。一个瑞典学者安特森（J.G.Anderson）发现了几处新石器，便可以把中国史前文化拉长几千年。一个法国教士桑德华（Père Licent）发现了一些旧石器，便又可以

把中国史前文化拉长几千年。北京地质调查所的学者在北京附近的周口店发现了一个人齿，经了一个解剖学专家步达生（Davidson Black）的考定，认为是远古的原人，这又可以把中国史前文化拉长几万年。向来学者所认为纸上的学问，如今都要跳在故纸堆外去研究了。

所以我们要希望一班有志做学问的青年人及早回头想想。单学得一个方法是不够的；最要紧的关头是你用什么材料。现在一班少年人跟着我们向故纸堆去乱钻，这是最可悲叹的现状。我们希望他们及早回头，多学一点自然科学的知识与技术：那条路是活路，这条故纸的路是死路。三百年的第一流的聪明才智消磨在这故纸里，还没有什么好成绩。我们应该换条路走走了。等你们在科学试验室里有了好成绩，然后拿出你们的余力，回来整理我们的国故，那时候，一拳打倒顾亭林，两脚踢翻钱竹汀，有何难哉！

——节选自《治学的方法与材料》

第六辑

科学与进步

实验是真理的唯一试金石

早起为北大作欢送杜威的演说。大意谓杜威不曾给我们什么关于特别问题的特别结论，——如公产、自由恋爱之类，——他只给了我们一个方法，使我们自己去解决一切特别问题。他的方法分两步：

一、历史的方法——"祖孙的方法"。他从来不把一个制度或学说看作一个孤立的东西，总把他看作一个中段：一头是他所以发生的原因，一头是他自己发生的效果；上头有他的祖父，下面有他的子孙。捉住了这两头，他再也逃不出去了！这个方法的应用，一方面是很忠厚宽恕的，因为他处处指出一个制度或学说所以发生的原因，指出他的历史的背景，故能了解他在历史上占的地位与价值，故不致有过分的苛责。一方面，这个方法又是最严厉的，最带有革命性质的，因为他处处拿一个学说或制度所发生的结果来评判他本身的价值，故最公平，又最厉害。这种方法是一切带有评判（critical）精神的运动的一个重要武器。

二、实验的方法——实验的方法至少注重三件事：（一）从具体的事实与境地下手；（二）一切学说理想，一切知识，都只是待证的假设，并非天经地义；（三）一切学说与理想都须用实行来试验过；实验是真理的唯一试金石。第一件——注意具体的境地——使我们免去许多无谓的假问题，省去许多无意义的争论。第二件——一切学理都看作假设——可以解放许多"古人的奴隶"。第三件——实验——可以稍稍限制那上天下地的妄想冥思。实验主义只承认那一点一滴做到的进步——步步有智慧的指导，步步有自动的实验——才是真进化。

特别的主张的应用是有限的，方法的应用是无穷的。杜威先生虽去，而他的方法的影响永永存在，将来效果之大，恐怕我们最大胆的梦想也还推测不完呢！

——节选自《胡适日记》，1921年6月30日

不说一句言不由衷的话

杜威先生今天走了。车站上送别的人甚多。我带了祖儿去送他们,我心里很有惜别的情感。杜威先生这个人的人格真可做我们的模范!他生平不说一句不由衷的话,不说一句没有思索过的话。只此一端,我生平未见第二人可比他。

——节选自《胡适日记》,1921 年 7 月 11 日

科学的人生观

总而言之,我们以后的作战计划是宣传我们的新信仰,是宣传我们的新人生观。(我所谓"人生观",依唐擘黄先生的界说,包括吴稚晖先生所谓"宇宙观"。)这个新人生观的大旨,吴稚晖先生已宣布过了。我们总括他的大意,加上一点扩充和补充,在这里再提出这个新人生观的轮廓:

一、根据于天文学和物理学的知识,叫人知道空间的无穷之大。

二、根据于地质学及古生物学的知识,叫人知道时间的无穷之长。

三、根据于一切科学,叫人知道宇宙及其中万物的运行变迁皆是自然的,自己如此的,——正用不着什么超自然的主宰或造物者。

四、根据于生物的科学的知识,叫人知道生物界的生存竞争的浪费与惨酷,——因此,叫人更可以明白那"有好生之德"的主宰的假设是不能成立的。

五、根据于生物学、生理学、心理学的知识,叫人知道人不过是动物的一种,他和别种动物只有程度的差异,并无种类的区别。

六、根据于生物的科学及人类学、人种学、社会学的知识，叫人知道生物及人类社会演进的历史和演进的原因。

七、根据于生物的及心理的科学，叫人知道一切心理的现象都是有因的。

八、根据于生物学及社会学的知识，叫人知道道德礼教是变迁的，而变迁的原因都是可以用科学方法寻求出来的。

九、根据于新的物理化学的知识，叫人知道物质不是死的，是活的；不是静的，是动的。

十、根据于生物学及社会学的知识，叫人知道个人——"小我"——是要死灭的；而人类——"大我"——是不死的，不朽的；叫人知道"为全种万世而生活"就是宗教，就是最高的宗教；而那些替个人谋死后的"天堂""净土"的宗教，乃是自私自利的宗教。

这种新人生观是建筑在二三百年的科学常识之上的一个大假设，我们也许可以给他加上"科学的人生观"的尊号。但为避免无谓的争论起见，我主张叫他作"自然主义的人生观"。

在那个自然主义的宇宙里，在那无穷之大的空间里，在那无穷之长的时间里，这个平均高五尺六寸，上寿不过百年的两手动物——人——真是一个貌乎其小的微生物了。在那个自然主义的宇宙里，天行是有常度的，物变是有自然法则的，因果的大法支配着他——人——的一切生活，生存竞争的惨剧鞭策着他的一切行为，——这个两手动物的自由真是很有限的了。然而那个自然主义的宇宙里的这个渺小的两手动物却也有他的相当的地位和相当的价值。他用的两手和一个大脑，居然能做出许多器具，想出许多方法，造成一点文化。他不但驯服了许多禽兽，他还能考究宇宙间的自然法则，利用这些法则来驾驭天行，到现在居然能叫电气给他赶车，以太给他送信了。他的智慧的长进就是他的能力的增加；然而智慧的长进却又使他的胸襟扩大，想象力提高。他也曾拜物拜畜生，也曾怕神怕鬼，但他现在渐渐脱离了这种种幼稚的时期，他现在渐渐明白：空间之大只增加他对于宇宙的美感；时间之长只使他格外明了祖宗创业之艰难；天行之有常只增加他制裁自然界的能力。甚至于因果律的笼罩一切，也并不见得束缚他的自由，因为因果律的作用一方面使他可以由因求果，由果推因，解释过去，预测未来；一方面又使他可以运用他的智慧，创造新因以求新果。甚至于生存竞争的观念也并不见得就使他成为一个冷酷无情的畜生，也许还可以格外增加他对于同类的同情心，格外使他深信互助的重要，格外使他注重人为的努力以减免天然竞争的惨酷与浪费。——总而言之，这个自然主义的人生观里，未尝没有美，未尝没有诗意，未尝没有道德的责任，未尝没有充分运用"创造的智慧"的机会。

——节选自《〈科学与人生观〉序》

摩托车的文明

今年三月里我到费城（Philadelphia）演讲，一个朋友请我到乡间 Haverford 去住一天。我和他同车往乡间去，到了一处，只见那边停着一二百辆摩托车。我说："这里开汽车赛会吗？"他用手指道："那边不在造房子吗？这些都是木匠泥水匠坐来做工的汽车。"

这真是一个摩托车的国家，木匠泥水匠坐了汽车去做工，大学教员自己开着汽车去上课，乡间儿童上学都有公共汽车接送，农家出的鸡蛋、牛乳每天都自己用汽车送上火车或直送进城。十字街头，向来总有一两家酒店的；近年酒禁实行了，十字街头往往建着汽油的小站。车多了，停车的空场遂成为都市建筑的一个大问题。此外还发生了许多连带的问题，很能使都市因此改观。例如我到丹佛城（Denver），看见墙上都没有街道的名字，我很诧异。后来才看见街名都用白漆写在马路两边的"行道"（Pavement or Side Walk）的底下，为的是要使夜间汽车灯光容易照着。这一件事便可以看出摩托车在都市经营上的影响了。

摩托车的文明的好处真是一言难尽。汽车公司近年通行"分月付款"的法子，使普通人家都可以购买汽车。据最近统计，去年一年之中美国人买的汽车有三分之二是分月付钱的。这种人家向来是不肯出远门的。如今有了汽车，旅行便利了，所以每日工作完毕之后，回家带了家中妻儿，自己开着汽车，到郊外去游玩；每星期日，可以全家到远地旅行游览。例如旧金山的"金门公园"，远在海滨，可以纵观太平洋上的水光岛色；每到星期日，四方男女来游的真是人山人海！这都是摩托车的恩赐。这种远游的便利可以增进健康，开阔眼界，增加智识，——这都是我们在轿子文明和人力车文明底下想象不到的幸福。

最大的功效还在人的官能的训练。人的四肢五官都是要训练的；不练就不灵巧了，久不练就迟钝麻木了。中国乡间的老百姓，看见汽车来了，往往手足失措，不知道怎样回避；你尽着呜呜地压着号筒，他们只听不见；连街上的狗与鸡也只是懒洋洋地踱来摆去，不知避开。但是你若把这班老百姓请到上海来，请他们从先施公司走到永安公司去，他们便不能用耳目手足了。走过大马路的人，真如《封神传》上黄天化说的"须要眼观四处，耳听八方"。你若眼不明，耳不聪，手足不灵动，必难免危险。这便是摩托车文明的训练。

美国的汽车大概都是各人自己驾驶的。往往一家中，父母子女都会开车。人工贵了，只有顶富的人家可以雇人开车。这种开车的训练真是"胜读十年书"！你看着汽车，两手各有职务，两脚也各有职务，眼要观四处，耳要听八方，还要手足眼耳一时并用，同力合作。你不但要会开车，还要会修车；随你是什么大学教授，诗人诗哲，到了半路车坏的时候，也不能不卷起袖管，替机器医病。什么书呆子、书踱头、傻瓜，若受了这种训练，都不会四体不勤、五官不灵了。你们不常听见人说大学教授"心不在焉"的笑话吗？我这回新到美国，有些大学教授如孟禄博士等请我坐他们自己开的车，我总觉得有点栗栗危惧，怕他们开到半路上忽然想起什么哲学问题或天文学问题来，那才危险呢！但是我经过几回之后，才觉得这些大学教授已受了摩托车文明的洗礼，把从前的"心不在焉"的呆气都赶跑了，坐在轮子前便一心在轮子上，手足也灵活了，耳目也聪明了！猗欤休哉！摩托车的教育！

——节选自《漫游的感想》

拟中国科学社的社歌

我们不崇拜自然，

他是个刁钻古怪。

我们要捶他煮他，
　　要使他听我们指派。

我们叫电气推车，
　　我们叫以太送信，——
把自然的秘密揭开。
好叫他来服侍我们人。

我们唱天行有常，
　　我们唱致知穷理。
不怕他真理无穷，
　　进一寸有一寸的欢喜。

十八年一月作　赵元任作曲谱
十九年北平社友会庆祝本社十五周年纪念会第一次试唱

《人与医学》的中译本序

　　这部书不仅是一部通俗的医学史，也是一部最有趣味的医学常识教科书。他是一部用历史眼光写的医学通论。他的范围包括医学的全部，——从解剖学说到显微解剖学、人体组织学、胚胎学、比较解剖学、部位解剖学；从生理学说到生物化学、生物物理学、神经系统生理学；从心理学说到佛洛特[①]（Freud）一派的心理分析，更说到著者最期望发达的"医学的人类学"；从疾病说到病理学的各个部分，说到病因学，说到解剖学、病原学，说到细菌学与免疫性，说到疾病的分

---

① 佛洛特，现通译为弗洛伊德。

类；从各种的治疗说到各种预防，从内科说到外科手术，从预防说到公共卫生；最后说到医生，从上古医生的地位说到现代医生应有的道德理想。

这正是一部医学通论的范围。他的总结构是这样的：先说人，次说病人，次说病的征象，次说病理，次说病因，次说病的治疗与预防，最后说医生。每一个大纲，每一个小节目，都是历史的叙述，都是先叙述人们最早时期的错误见解与方法，或不完全正确的见解与方法，然后叙述后来科学证实的新见解与新方法如何产生，如何证实，如何推行。所以我们可以说这是一部用历史叙述法写的医学通论。每一章叙述是一段历史，是一个故事，是一个很有趣味的历史故事。

这部书原来是为初级医学生写的，但这书出版之后，竟成了一部普通人爱读的书。医学生人人应该读此书，那是毫无问题的，因为从这样一部书里，他不但可以窥见他那一门科学的门户之大、范围之广、内容之美、开创之艰难、先烈之伟大，他还可以明白他将来的职业在历史上占如何光荣的地位，在社会上负如何崇高的使命。只有这种历史的透视能够扩大我们的胸襟，使我们感觉我们不光是一个靠职业吃饭的人，乃是一个要继承历史上无数伟大先辈的光荣遗风的人：我们不可玷污了那遗风。

我们这些不学医的"凡人"，也应该读这样的一部书，医学关系我们的生命，关系我们敬爱的人的生命。古人说，为人子者不可不知医。其实是，凡是人不可不知道医学的常识。尤其是我们中国人，更应该读这样的一部书。为什么呢？因为我们实在太缺乏新医学的常识了。我们至今还保留着的许多传统的信仰和习惯，平时往往使我们不爱护身体，不讲求卫生，有病时往往使我们胡乱投医吃药，甚至于使我们信任那些不曾脱离巫术的方法，甚至于使我们反对科学的医学。到了危急的时候，我们也许勉强去进一个新式医院；然而我们的愚昧往往使我们不了解医生，不了解看护，不了解医院的规矩。老实说，多数的中国人至今还不配做病人！不配生病的人，一旦有了病，可就危险了。

所以我郑重地介绍这部《人与医学》给一般的中国读者。这部书的好处全在他的历史叙述法。我们看他说的古代人们对于医学某一方面的错误思想，我们也可以明白我们自己在那个方面的祖传思想的错误。我们看他叙述的西洋医学的每一方面的演变过程，我们也可以明白我们现在尊为"国医"的知识与技术究竟可比人家第几世纪的进步。我们看他叙述的新医学的病理学、诊断方法、治疗方法、预防方法，我们可以明白为什么新式的医生要用那么麻烦的手续来诊断，为什么诊断往往需要那么多的时间，为什么医生往往不能明白断定我们害的什么病，为什么好医生往往不肯给我们药吃，为什么好的医院的规矩要那么严，为什么医院不许我自己的亲人来看护我，为什么看护病人必须受专门的训练，为什么我们不可随便求医吃药。总而言之，我们因为要学得如何做病人，所以不可不读这部有趣味又有用的书。

——节选自《〈人与医学〉的中译本序》

范缜与"神灭论"①

　　大约在公元510年，也就是佛教征服的高潮时期，一位经学家范缜开始攻击这一新的宗教，而坦白否认灵魂的存在，他撰写了一篇《神灭论》，内中指称："神即形也，形即是神也，是以形存则神存，形谢则神灭也。"下面则是他最精辟的一段辩论：

　　形者神之质，神者形之用……神之于质，犹利之于刀……舍利无刀，舍刀无利，未闻刀没而利存，岂容形亡而神在。（译者按：见《梁书》卷四十二《范缜传》）

　　范缜论文包括三十一项问题和解答。他在文末指出，文旨在从虚伪自私的佛教的统治下解放出可悯的中国。

　　范缜论文的发表大大地触怒了虔信佛教的梁武帝（502—549），和尚和尼姑都骚动起来。皇帝发布了一项驳斥范缜论文的命令，提醒他们举凡三大宗教——儒教、道教、佛教——都一致主张灵魂的不灭性，而且不学无术心胸狭隘的范缜至少应该晓然儒家的经典对于这一课题是如何解说的。这项皇帝的敕命曾被一位

---

① 1945年4月10日，胡适受邀在哈佛大学神学院演讲，同年刊于《哈佛大学神学院院刊》（Bulletin of Divinity School, Harvard University），题为 The Concept of immortality in Chinese Thought。1963年12月由杨君实译注，这是第六节中的一部分。

伟大的佛教方丈热忱地加以翻印，并分送给六十二位王族朝廷大臣、当时有名的学者以资征询意见。这六十二位名士在复函里都由衷地赞颂皇帝的驳斥。

但是史家告诉我们，虽然整个朝廷和全国因范缜的理论而骚动，没有一个人在反驳他的辩论上获得成功。

范文所称灵魂只是身体功能的表现，并不能在身体死后独存的论见对于后世中国思想有重大的影响。如哲学家兼史学家的司马光（1019—1086）在驳斥流行的天堂地狱信仰时就抱持类似的理论。他说："甚至假如有地狱和凿焚捣研等刑法，当尸体已经腐烂，灵魂也已分散时，还遗留有什么东西来承受这些酷刑？"这真是范缜理论的一项注解了。

——节选自《中国人思想中的不朽观念》

器具与文化

我是一个中国人，所以就从孔子讲起。依照孔子观象制器的理论，一切文化之起源是精神的，是从意象而生的。"见乃谓之象，形乃谓之器，制而用之谓之法，利用出入，民咸用之，谓之神。"孔子举出许多事实，证明这个理论。我们看见木头在水上浮，就发明了船；看见另一种木头可以沉入水内，就发明棺材坟墓以保存父母的遗体；看见雨水落在地下，就发明文字以记载事实，因为恐怕它们也像雨水一样落下不见了。

柏拉图与亚里士多德也有这种理论。人类的器具与制度都起源于意象，即亚里士多德所谓"法因"（formal causes），孔子、柏拉图、亚里士多德等都生于上古时代，那时并无所谓物质与精神的二元论，所以他们能够认清一切物体的后面都是有思想的。

实际上，没有任何文化纯粹是物质的。一切文化的工具，都是利用天然的质与力，加以理智的剖解，然后创造成功，以满足人的欲望、美感、好奇心等。我们不能说一把泥壶比较一首情诗要物质些，也不能说圣保罗礼拜堂比较武尔威斯洋房要精神些。最初钻木取火的时候，都以为这是一件属于精神的事，所以大家都以为是一个伟大的神所发明的。中国太古神话时代的皇帝都是发明家，并不是宗教的领袖。譬如燧人氏发明火，有巢氏发明房屋，神农氏发明耕种与医药。

我们的祖先将一切器具归功于神是很对的。人是一种制造器具的动物，所以器具就构成了文化。火的发明是人类文化史中第一个新纪元，农业的发明是第二个，文字是第三个，印刷是第四个。中古时代世界各大宗教，从中国东海横行到英国，将世界的文化都淹没了。直到后来发明了望远镜、汽机、电气、无线电等，世界文化才到今日的地步。如果中古时代那些祭司们可称为"圣"，那么，伽利略（Galileo）、瓦特、斯蒂芬孙、模司（Morse）、柏尔（Bell）、爱迪生（Edison）、福特等，就可称为神，而与普罗米修斯（Prometheus）、卡德马斯（Caddmus）居于同等的地位了。他们可以代表人群中之最神圣者，因为他们能够利用智力，创造器具，促进文化。

一个民族的文化，可说是他们适应环境胜利的总和。适应环境之成败，要看他们发明器具的智力如何。文化之进步，就基于器具之进步。所谓石器时代、铜器时代、钢铁时代、机电时代等，都是说明文化发展之各时期。各文化之地域的发展也与历史的发展差不多。东西文化之区别，就在于所用的器具不同。近二百年来西方之进步远胜于东方，其原因就是西方能发明新的工具，增加工作的能力，以战胜自然。至于东方虽然在古代发明了一些东西，然而没有继续努力，以故仍在落后的手工业时代，而西方老早就利用机械与电气了。

这才是东西文明真正的区别了。东方文明是建筑在人力上面的，而西方文明是建筑在机械力上面的。有一个美国朋友向我说："美国每个男女老幼有二十五个以至三十个机械的奴仆替他当差，但是每个中国人只有四分之三的机械奴仆替他服务。"还有一个美国工程师说："美国每人有三十五个看不见的奴仆替他做事。美国的工人，并不是工资的奴隶，而是许多工人的头目。"这就是东西文化不同之处。它们原来不过是进步之程度不同，后来时日久远，就变为两种根本不同的文化了。

——节选自《东西文化之比较》，收入《人类的前程》

世界文化的趋向

今天我要讲的题目，发表出来的是《眼前文化的趋向》，后来我想了想恐怕要把题目修改几个字，这题目叫作"眼前世界文化的趋向"。"眼前世界文化的趋向"，有他的自然的趋向，也有他理想的方向。依着自然趋向，世界文化，在我们看起来，渐渐朝混合统一的方向，但是这统一混合自然的趋向当中，也可以看出共同理想的目标。现在我先谈谈自然的统一趋向：

自从轮船与火车出来之后，世界上的距离一天天缩短，地球一天天缩小，人类一天天接近。七十年前，有一部小说叫作《八十天环游全世界》，这还是一种理想。诸位还记得，今年六月里，十九位美国报界领袖，坐了一只新造飞机，六月十七日从纽约起飞，绕了全球一周，六月三十日飞回纽约，在路共计十三天，飞了两万一千四百二十四英里，而在飞行的时间不过一百点钟，等于四天零几点钟。更重要的，是传播消息，传播新闻，传播语言文字传统思想工具。电报的发明是第一步，海底电线的成功是第二步，电话的发明是第三步，无线电报与无线电话的成功是第四步。

有了无线电报无线电话，高山也挡不住消息，大海也隔不断新闻，战争炮火也截不断消息的流通。我们从前看过《封神榜》小说，诸位总记得"千里眼，顺风耳"的故事。现在北平可以和南京通电话，上海可以同纽约通电话。人同人可以隔着太平洋谈话谈天，可以和六大洲通电报，人类的交通已远超过小说里面的"千里眼，顺风耳"的神话世界了！人类进步到了这个地步，文化的接触，文化的交换，文化的打通混合，就更有机会了，就更有可能了。

所以我们说，一百四十年的轮船，一百二十年的火车，一百年的电报，五十年的汽车，四十年的飞机，三十年的无线电报，——这些重要的交通工具，在区区一百年之内，把地面更缩小，把种种自然的阻隔物都打破了，使各地的货物可以流通，使东西南北的人可以往来交通，使各色各样的风俗习惯、信仰思想，都可以彼此接触，彼此了解，彼此交换。这一百多年，民族交通，文化交流的结果，已经渐渐的造成了一种混同的世界文化。

以我们中国来说，无论在都市，在乡村，都免不了这个世界文化的影响。电灯、电话、自来水、公路上的汽车、铁路上的火车、电报、无线电广播、电影、空中飞来飞去的飞机，这都是世界文化的一部分。不用说了。纸烟卷里的烟草，机器织的布，机器织的毛巾，计算时间的钟表，也都是世界文化的一部分。甚至于我们人人家里自己园地的大豆、老玉米，也都是世界文化的一部分。大豆是中国的土产，现在已成为世界上最有用的一种植物了。老玉米是美洲的土产，在四五百年当中，传遍了全世界，久已成为全世界公用品，很少人知道他是从北美来的。

反过来看，在世界别的角落里，在欧洲、美洲的都市与乡村里，我们也可以随地看见许多中国的东西变成了世界文化的一部分。中国的瓷器、中国的铜器、中国画、中国雕刻、中国蚕丝、中国刺绣，是随地可以看见的。人人喝的茶叶是中国去的，橘子、菊花是中国去的，桐油是全世界工业必不可少的。中国春天最早开的迎春花，现在已成为西方都市与乡村最常见的花了。西方女人最喜欢的白茶花、栀子花，都是中国去的。西方家园里，公园里，我们常看见的藤萝花、芍药花、丁香花、玉兰花，也都是中国去的。

文化的交流，文化的交通，都是自由挑选的，这里面有一个大原则，就是"以其所有，易其所无，交易而退，各得其所"。翻成白话是"我要什么，我挑什么来，他要什么，他挑什么去"。老玉米现在传遍世界，难道是洋枪大炮逼我们种的么？桐油、茶叶，传遍了世界，也不是洋枪大炮来抢去的。小的小到一朵花一个豆，大的大到经济政治学术思想都逃不了这个文化自由选择、自由流通的大趋向。三四百年的世界交通，使各色各样的文化有个互相接近的机会。互相接近了，才可以互相认识，互相了解，才可以自由挑选，自由采用。

今日的世界文化就是这样自然的形成的，这是我说的第一句话。

我要说的第二句话是"眼前的世界文化"，在刚才说过的自由挑选的自然趋向之下，还可以看出几个共同的大趋向，有几个共同的理想目标，这几个理想的目标是世界上许多圣人提倡的，鼓吹的。几个改造世界的大方向，经过了几百年的努力，几百年的宣传，现在差不多成了文明国家共同努力的目标了。到现在是有哪些世界文化共同的理想目标呢？总括起来共有三个：

第一，用科学的成绩解除人类的痛苦，增进人生的幸福。

第二，用社会化的经济制度来提高人类的生活，提高人类的生活程度。

第三，用民主的政治制度来解放人类的思想，发展人类的才能，造成自由的独立的人格。

先说第一个理想用科学的成果来增进人生的幸福减除人生的痛苦。

这个世界文化的最重要成分是三四百年的科学成绩。有些悲观的人，看了两次世界大战，尤其是看了最近几年的第二次世界大战，他们常常说，科学是杀人的利器，是毁灭世界文化的大魔王。他们看了两个原子弹毁灭了日本两个大城市，杀了几十万人，他们就想象将来的世界大战一定要把整个世界文明都毁灭完了，所以他们害怕科学，咒骂科学。这种议论是错误的。在一个大战争的时期，为了国家的生存，为了保存人类文明，为了缩短战争，科学不能不尽他的最大努力，发明有力量的武器，如第二次大战争里双方发明的种种可怕武器。但这种战时工作，不是科学的经常工作，更不是科学的本意。科学的正常使命是充分运用人的聪明才智来求真理，求自然界的定律，要使人类能够利用这种真理这种定律来管理自然界种种事物力量，譬如叫电气给我们赶车，叫电波给我们送信，这才是科学的本分，这才是利用科学的成果来增进人生的幸福。

这几百年来的科学成绩，却是朝着这个方向做去的，无数聪明才智的人，抱着求真理的大决心，终身埋头在科学实验室里，一点一滴的研究，一步一步的进步，几百年继续不断的努力，发明了无数新事业、新理论、新定律，造成了人类历史上空前的一个科学新世界。在这个新世界里，人类的病痛减少了，人类的传染病在文明国家里差不多没有了，平均寿命延长了几十年。科学的成果应用到工业技术上造出了种种替代人工的机器，使人们可以减轻工作的劳力，增加工作的效能，使人们可以享受无数机械的奴隶服侍。总而言之：科学文明的结果使人类痛苦减除，寿命延长，增加生产，提高生活。

因为科学可以减除人类的痛苦，提高人生的幸福，所以现代世界文化的第一个理想目标是充分发展科学，充分利用科学，充分利用科学的成果来改善人们的生活。近世科学虽然是欧洲产生的，但在最近三十年中，科学的领导地位，已渐渐地从欧洲转到美国了。科学是没有国界的，科学是世界公有的，只要有人努力，总可以有成绩，所以新起来的国家如日本，如苏联，如印度，如中国，有一分的努力就可以有一分的科学成绩，我希望我们在世界文化上有这种成分。……

——节选自《眼前世界文化的趋向》

第七辑

感悟与人生

天伦之乐

　　友人罗宾生（Fred Robinson）之妻兄金君（F. King）邀余餐其家。金君有子女各三人，两女老而不字，其已婚之子女皆居附近村中，时时归省父母。今日星期，两老女皆在，其一子率其妻及两孙女归省，罗君及其妻亦在，天伦之乐益然，令人生妒。余谓吾国子妇与父母同居以养父母，与西方子妇婚后远出另起家庭，不复问父母，两者皆极端也，过犹不及也。吾国之弊，在于姑妇姒娌之不能相安，又在于养成倚赖性；西方之弊（美国尤甚），在于疏弃父母：皆非也。执中之法，在于子妇婚后，即与父母析居而不远去，时相往来，如金君之家，是其例也。如是则家庭之龃龉不易生，而子妇与父母皆保存其自立之性，且亲子之间亦不致疏弃矣。

　　古人夫妇相敬如宾，传为美谈。夫妇之间，尚以相敬为难为美；一家之中，父母之于子，舅姑之于妇，及姑嫂姒娌之间，皆宜以"相敬如宾"为尚，明矣。家人妇子同居一家，"敬"字最难；不敬，则口角是非生焉矣。析居析产，所以重个人之人格也，俾不得以太亲近而生狎慢之心焉。而不远去，又不欲其过疏也，俾时得定省父母，以慰其迟暮之怀，有疾病死亡，又可相助也。

——节选自《留学日记》，1914年8月16日

再论无后

前记倍根①论"无后"语，因忆《左传》叔孙豹答范宣子语，记之：

（襄公二十四年）穆叔如晋，范宣子逆之，问焉，曰："古人有言曰，'死而不朽'，何谓也？"穆叔未对。宣子曰："昔匄之祖，自虞以上为陶唐氏，在夏为御龙氏，在商为豕韦氏，在周为唐杜氏，晋主夏盟为范氏，其是之谓乎？"穆叔曰："以豹所闻，此之谓世禄，非不朽也。鲁有先大夫曰臧文仲，既没，其言立，其是之谓乎？豹闻之，太上有立德，其次有立功，其次有立言，虽久不废，此之谓三不朽。若夫保姓受命，以守宗祊，世不绝祀，无国无之，禄之大者，不可谓不朽。"

立德，立功，立言，皆所谓无后之后也。释迦、孔子、老子、耶稣皆不赖子孙传后。华盛顿无子，而美人尊为国父，则举国皆其子孙也。李白、杜甫、裴伦、邓耐生，其著作皆足传后。有后无后，何所损益乎？

——节选自《留学日记》，1914年9月14日

———————————
① 现通译为培根。

东西人士迎拒新思想之不同

偶语韦女士吾国士夫不拒新思想，因举《天演论》为证。达尔文《物种由来》之出世也，西方之守旧者争驳击之，历半世纪而未衰。及其东来，乃风靡吾国，无有拒力。廿年来，"天择""竞存"诸名词乃成口头常语。女士曰："此亦未必为中国士夫之长处。西方人士不肯人云亦云，而必经几许试验证据辩难，而后成为定论。东方人士习于崇奉宗匠之言，苟其动听，便成圭臬。西方之不轻受新思想也，未必是其短处；东方之轻受之也，未必是其长处也。"此甚中肯。今之昌言"物竞天择"者，有几人能真知进化论之科学的根据耶？

——节选自《留学日记》，1915 年 5 月 8 日

实事求是，莫作调人

我同吴先生[①]见面时很少。有一次——三十多年前——他在唐山路矿学校教书，邀我去讲演，那一天我住在教员宿舍里，同他联床，谈了好几个钟头。那是我同吴先生单独谈话最久的一次。后来在科学与玄学论战的后期（民国十二年，西历1923年），我有一次到上海，吴先生到旅馆里来看我，我们谈到他的"一个新信仰的宇宙观及人生观"，他忽然发了一点"自叙"的兴趣，谈起他少年时，第一天进江阴的南菁书院，去拜见书院山长定海黄以周先生（1828—1899），看

---

① 吴先生，指吴稚晖。

见黄先生的墙壁上有他自己写的"实事求是，莫作调人"八个字。吴先生说，他初次看见这八个字，使他吃一惊。因为"实事求是"四个字是《汉书》河间献王传里的话，读书的人都知道，都记得，但"实事求是"底下加上"莫作调人"四个字，这是黄以周先生最精警的话，古人从没有这样说过，所以使吴先生吃一惊。吴先生说，他一生忘不了这八个字。

吴先生那一天对我讲这个故事，他的意思好像是说，他写那篇七万字的《一个新信仰的宇宙观及人生观》，"开除了上帝的名额，放逐了精神元素的灵魂"，把"人生"看作"那两手两脚戴着大脑的动物在宇宙的舞台上演他的戏"——千言万语，还只是他第一天进南菁书院看见的"实事求是，莫作调人"八个字的精神。

他老人家是南菁书院（当时全国最有名的学府）的高才生，是黄以周、林颐山诸先生的学生。他后来很沉痛地同他的朋友陈颂平先生"私把线装书投入茅厕里去"，又很公开地警告我们："这'国故'的臭东西，……非把他丢在茅厕里三十年不可。现在鼓吹一个干燥无味的物质文明，人家用机关枪打来，我也用机关枪对打，把中国站住了，再整理什么国故，毫不嫌迟！"他苦口婆心地说这番话，也只是那"实事求是，莫作调人"八个字的精神。

——节选自《追念吴稚晖先生》

最便宜的事

……梦旦①邀我到消闲别墅（福建馆）吃饭，饭时大谈。他谈起我的婚事，他说许多旧人都恭维我不背旧婚约，是一件最可佩服的事！他说，他的敬重我，这也是一个条件。我问他，这一件事有什么难能可贵之处？他说，这是一件大牺牲。我说，我生平做的事，没有一件比这件事更讨便宜的了，有什么大牺牲？他

---

① 梦旦，指高梦旦。

问我何以最讨便宜。我说，当初我并不曾准备什么牺牲，我不过心里不忍伤几个人的心罢了。假如我那时忍心毁约，使这几个人终身痛苦，我的良心上的责备，必然比什么痛苦都难受。其实我家庭里并没有什么太过不去的地方。这已是占便宜了。最占便宜的，是社会上对于此事的过分赞许；这种精神上的反应，真是意外的便宜。我是不怕人骂的，我也不曾求人赞许，我不过行吾心之所安罢了，而竟得这种意外的过分报酬，岂不是最便宜的事吗？若此事可算牺牲，谁不肯牺牲呢？

他终不信此事是容易做得到的。我因告诉他，我对于我的旧婚约，始终没有存毁约的念头，但有一次确是"危机一发"。我回国之后，回到家中，说明年假时结婚，但我只要求一见冬秀，为最低限度的条件。这一个要求，各方面都赞成了。我亲自到江村，他家请我吃酒，席散后，我要求一见冬秀。她的哥哥耘圃陪我到他卧房外，她先进房去说，我坐在房外翻书等着。我觉得楼上楼下暗中都挤满了人，都是要"看戏"的！耘圃出来，面上很为难。叫七都的姑婆去劝冬秀，姑婆（吾母之姑，冬秀之舅母）出来，招我进房去。我进房去，冬秀躲入床上，床帐都下；姑婆要去强拉开帐子，我摇手阻住她，便退了出来。耘圃招呼我坐，我仍翻书与他乱谈，稍坐一会儿，我便起身与他出来。这时候，我若招呼打轿走了，或搬出到客店去歇，那时便僵了，我那时一想，此必非冬秀之过，乃旧家庭与旧习惯之过。我又何必争此一点最低限度的面子？我若闹起来，他们固然可强迫她见我，但我的面子有了，人家的面子何在？我因此回到子隽叔家，绝口不再提此事。子隽婶与姑婆都来陪我谈，谈到夜分，我就睡了。第二天早起，我借纸笔写了一封信给冬秀，说我本不应该来强迫她见我，是我一时错了。她的不见我，是我意中的事。我劝她千万不可因为她不见我之故心里不安，我决不介意，她也不可把此事放在心上。我叫耘圃拿去给她，并请他读给她听，吃了早饭，我就走了。姑婆要我再去见她，我说不必了。回到家里，人家问我新人如何，我只说，见过了，很好。我告诉我母亲，母亲大生气，我反劝她不要错怪冬秀。但轿夫都知道此事，传说出去，人家来问我，我也只一笑不答。后来冬秀于秋间来看我母亲，诉说此事，果然是旧家庭作梗。她家长辈一面答应我，一面并不告诉她，直到我到她家，他们方才告诉她，并且表示不大赞成之意，冬秀自然不肯见我了。她没有父母，故此种事无人主持。那天晚上，我若一任性，必至闹翻。我至今回想，那时确是危机一发之时。我这十几年的婚姻旧约，只有这几点钟是我自己有意矜持的。我自信那一晚与第二天早上的行为也不过是一个gentleman①应该做的。我受了半世的教育，若不能应付这样一点小境地，我就该惭愧终身了。

梦旦听了，也说这事办得不错。②

——节选自《胡适日记》，1921年8月30日

把你自己铸造成器

娜拉抛弃了家庭丈夫儿女，飘然而去，只因为她觉悟了她自己也是一个人，只因为她感觉到她"无论如何，务必努力做一个人"。这便是易卜生主义，易卜生说：

> 我所最期望于你的是一种真实纯粹的为我主义，要使你有时候觉得天下只有关于你的事最要紧，其余的都算不得什么。……你要想有益于社会，最好的法子莫如把你自己这块材料铸造成器。……有的时候我真觉得全世界都像海上撞沉了船，最要紧的还是救出自己。

这便是最健全的个人主义。救出自己的唯一法子便是把你自己这块材料铸造成器。

把自己铸造成器，方才可以希望有益于社会。真实的为我，便是最有益的为人。把自己铸造成了自由独立的人格，你自然会不知足，不满意于现状，敢说老实话，敢攻击社会上的腐败情形，做一个"贫贱不能移，富贵不能淫，威武不能

---

① 英文，意为绅士。
② 胡适眉注："最可怪的，人家竟传说独秀曾力劝我离婚，甚至拍桌骂我，而我终不肯。此真厚诬陈独秀而过誉胡适之了！大概人情爱抑彼扬此，他们欲骂独秀，故不知不觉地造此大谎。"

屈"的斯铎曼医生。斯铎曼医生为了说老实话，为了揭穿本地社会的黑幕，遂被全社会的人喊作"国民公敌"。但他不肯避"国民公敌"的恶名，他还要说老实话。他大胆地宣言：

> 世上最强有力的人就是那最孤立的人！

这也是健全的个人主义的真精神。

这个个人主义的人生观一面教我们学娜拉，要努力把自己铸造成一个人；一面教我们学斯铎曼医生，要特立独行，敢说老实话，敢向恶势力作战。少年的朋友们，不要笑这是十九世纪维多利亚时代的陈腐思想！我们去维多利亚时代还老远哩。欧洲有了十八九世纪的个人主义，造出无数爱自由过于面包，爱真理过于生命的特立独行之士，方才有今日的文明世界。

现在有人对你们说："牺牲你们个人的自由，去求国家的自由！"我对你们说："争你们个人的自由，便是为国家争自由！争你们自己的人格，便是为国家争人格！自由平等的国家不是一群奴才建造得起来的！"

——节选自《介绍我自己的思想——〈胡适文选〉自序》

在大家不做事的时候做事

路上遇见许肇南[①]，同到寓中小谈。他说，他现在想辞去河海工程学校校长的事，去办一个矿。我也赞成此事。肇南初回国时，颇有野心，想做事。后来他颇有懒病，故成就甚少。我劝他戒懒，他也说我的话不错。我告诉他，我初到上海时，索克思有一天问我："黄炎培究竟做了什么事而得这样盛名？"我竟回答不

[①] 许肇南（1886—1960），字先甲，号石栶，贵州省贵阳市人，中国水电工程先驱，早期加入中国同盟会，是贵州第一个赴美国留学的学生。

出，想了一想，才说："他在大家不做事的时候，做了一件事，故享盛名。"后来我细想，这话很可普遍适用；凡是享一点名誉的人，都是在大家不做事的时候做了一件事的。我们不可不努力。

——节选自《胡适日记》，1921 年 9 月 5 日

差不多先生传

你知道中国最有名的人是谁？

提起此人，人人皆晓，处处闻名。他姓差，名不多，是各省各县各村人氏。你一定见过他，一定听过别人谈起他。差不多先生的名字天天挂在大家的口头，因为他是中国全国人的代表。

差不多先生的相貌和你和我都差不多。他有一双眼睛，但看得不很清楚；有两只耳朵，但听得不很分明；有鼻子和嘴，但他对于气味和口味都不很讲究。他的脑子也不小，但他的记性却不很精明，他的思想也不很细密。

他常常说："凡事只要差不多，就好了。何必太精明呢？"

他小的时候，他妈叫他去买红糖，他买了白糖回来。他妈骂他，他摇摇头说："红糖白糖不是差不多吗？"

他在学堂的时候，先生问他："直隶省的西边是哪一省？"他说是陕西。先生说："错了。是山西，不是陕西。"他说："陕西同山西，不是差不多吗？"

后来他在一个钱铺里做伙计；他也会写，也会算，只是总不会精细。十字常常写成千字，千字常常写成十字。掌柜的生气了，常常骂他。他只是笑嘻嘻地赔小心道："千字比十字只多一小撇，不是差不多吗？"

有一天，他为了一件要紧的事，要搭火车到上海去。他从从容容地走到火车站，迟了两分钟，火车已开走了。他白瞪着眼，望着远远的火车上的煤烟，摇摇头道："只好明天再走了，今天走同明天走，也还差不多。可是火车公司未免太认真了。八点三十分开，同八点三十二分开，不是差不多吗？"他一面说，一面

慢慢地走回家，心里总不明白为什么火车不肯等他两分钟。

有一天，他忽然得了急病，赶快叫家人去请东街的汪医生。那家人急急忙忙地跑去，一时寻不着东街的汪大夫，却把西街牛医王大夫请来了。差不多先生病在床上，知道寻错了人；但病急了，身上痛苦，心里焦急，等不得了，心里想道："好在王大夫同汪大夫也差不多，让他试试看吧。"于是这位牛医王大夫走近床前，用医牛的法子给差不多先生治病。不上一点钟，差不多先生就一命呜呼了。

差不多先生差不多要死的时候，一口气断断续续地说道："活人同死人也差……差……差不多，……凡事只要……差……差……不多……就……好了，……何……何……必……太……太认真呢？"他说完了这句格言，方才绝气了。

他死后，大家都很称赞差不多先生样样事情看得破，想得通；大家都说他一生不肯认真，不肯算账，不肯计较，真是一位有德行的人。于是大家给他取个死后的法号，叫他作圆通大师。

他的名誉越传越远，越久越大。无数无数的人都学他的榜样。于是人人都成了一个差不多先生。——然而中国从此就成为一个懒人国了。

做一个轰轰烈烈的梦

……今日的世界便是我们的祖宗积的德，造的孽。未来的世界全看我们自己积什么德或造什么孽。世界的关键全在我们手里，真如古人说的"任重而道远"，我们岂能错过这绝好的机会，放下这绝重大的担子？

有人对你说，"人生如梦"。就算是一场梦罢，可是你只有这一个做梦的机会，岂可不振作一番，做一个痛痛快快轰轰烈烈的梦？

有人对你说，"人生如戏"。就说是做戏罢，可是，吴稚晖先生说得好，"这唱的是义务戏，自己要好看才唱的；谁便无端地自己扮作跑龙套，辛苦地出台，只算做没有呢？"

其实人生不是梦，也不是戏，是一件最严重的事实。你种谷子，便有人充饥；你种树，便有人砍柴，便有人乘凉；你拆烂污，便有人遭瘟；你放野火，便有人烧死。你种瓜便得瓜，种豆便得豆，种荆棘便得荆棘。少年的朋友们，你爱种什么？你能种什么？

——节选自《介绍我自己的思想——〈胡适文选〉自序》

给大学毕业生的赠言[①]

这一两个星期里，各地的大学都有毕业的班次，都有很多的毕业生离开学校去开始他们的成人事业。学生的生活是一种享有特殊优待的生活，不妨幼稚一点，不妨吵吵闹闹，社会都能纵容他们，不肯严格的要他们负行为的责任。现在他们要撑起自己的肩膀来挑他们自己的担子了。在这个国难最紧急的年头，他们的担子真不轻！我们祝他们的成功，同时也不忍不依据自己的经验，赠他们几句送行的赠言，——虽未必是救命毫毛，也许做个防身的锦囊罢。

你们毕业之后，可走的路不出这几条：绝少数的人还可以在国内或国外的研究院继续做学术研究；少数的人可以寻着相当的职业；此外还有做官、办党、革命三条路；再有就是在家享福或者失业闲居了。第一条继续求学之路，我们可以不讨论。走其余几条路的人，都不能没有堕落的危险。堕落的方式很多，总括起来，约有这两大类：

第一是容易抛弃学生时代求知识的欲望。你们到了实际社会里，往往所用非所学，往往所学全无用处，往往可以完全用不着学问，而一样可以胡乱混饭吃，混官做。在这种环境里，即使向来抱有求知识学问的决心的人，也不免心灰

---

① 此文为1932年6月27日为全国应届毕业生而写的毕业赠言，原题为《赠与今年的大学毕业生》。

意懒，把求知的欲望渐渐冷淡下去。况且学问是要有相当的设备的：书籍，试验室，师友的切磋指导，闲暇的工夫，都不是一个平常要糊口养家的人能容易办到的。没有做学问的环境，又谁能怪我们抛弃学问呢？

第二是容易抛弃学生时代的理想的人生的追求。少年人初次与冷酷的社会接触，容易感觉理想与事实相去太远，容易发生悲观和失望。多年怀抱的人生理想，改造的热诚，奋斗的勇气，到此时候，好像全不是那么一回事。渺小的个人在那强烈的社会炉火里，往往经不起长期的烤炼就熔化了，一点高尚的理想不久就幻灭了。抱着改造社会的梦想而来，往往是弃甲曳兵而走，或者做了恶势力的俘虏。你在那俘虏牢狱里，回想那少年气壮时代的种种理想主义，好像都成了自误误人的迷梦！从此以后，你就甘心放弃理想人生的追求，甘心做现成社会的顺民了。

要防御这两方面的堕落，一面要保持我们求知识的欲望，一面要保持我们对于理想人生的追求。有什么好法子呢？依我个人的观察和经验，有三种防身的药方是值得一试的。

第一个方子只有一句话："总得时时寻一两个值得研究的问题！"问题是知识学问的老祖宗：古往今来一切知识的产生与积聚，都是因为要解答问题——要解答实用上的困难和理论上的疑难。所谓"为知识而求知识"，其实也只是一种好奇心追求某种问题的解答，不过因为那种问题的性质不必是直接应用的，人们就觉得这是"无所为"的求知识了。

我们出学校之后，离开了做学问的环境，如果没有一两个值得解答的疑难问题在脑子里盘旋，就很难继续保持追求学问的热心。可是，如果你有了一个真有趣的问题天天逗你去想它，天天引诱你去解决它，天天对你挑衅笑你无可奈何它，——这时候，你就会同恋爱一个女子发了疯一样，坐也坐不下，睡也睡不安，没工夫也得偷出工夫去陪她，没钱也得搏衣节食去巴结她。没有书，你自会变卖家私去买书；没有仪器，你自会典押衣服去置办仪器；没有师友，你自会不远千里去寻师访友。你只要能时时有疑难问题来逼你用脑子，你自然会保持发展你对学问的兴趣，即使在最贫乏的智识环境中，你也会慢慢地聚起一个小图书馆来，或者设置起一所小试验室来。所以我说，第一要寻问题，脑子里没有问题之日，就是你智识生活寿终正寝之时！古人说，"待文王而兴者，凡民也。若夫豪杰之士，虽无文王犹兴"。试想伽利略和牛顿有多少藏书？有多少仪器？他们不过是有问题而已。有了问题而后，他们自会造出仪器来解答他们的问题。没有问题的人们，关在图书馆里也不会用书，锁在试验室里也不会有什么发现。

第二个方子也只有一句话："总得多发展一点非职业的兴趣。"离开学校之后，大家总得寻个吃饭的职业。可是你寻得的职业未必就是你所学的，或者未必是你所心喜的，或者是你所学的而实在和你性情不相近的。在这种情况之下，工作就往往成了苦工，就不感觉兴趣了。为糊口而作那种非"性之所近而力之所能勉"的工作，就很难保持求知的兴趣和生活的理想主义。最好的救济方法只有多多发展职业以外的正当兴趣与活动。

一个人应该有他的职业，也应该有他的非职业的玩意儿，可以叫作业余活动。凡一个人用他的闲暇来做的事业，都是他的业余活动。往往他的业余活动比他的职业还更重要，因为一个人的前程往往全靠他怎样用他的闲暇时间。他用他的闲暇来打麻将，他就成了个赌徒；你用你的闲暇来做社会服务，你也许成个社会改革者；或者你用你的闲暇去研究历史，你也许成个史学家。你的闲暇往往定你的终身。英国十九世纪的两个哲人，弥儿（J.S.Mill）终身做东印度公司的秘书，然而他的业余工作使他在哲学上、经济学上、政治思想史上都占一个很高的位置；斯宾塞（Spencer）是一个测量工程师，然而他的业余工作使他成为前世纪晚期世界思想界的一个重镇。古来成大学问的人，几乎没有一个不善用他的闲暇时间的。特别在这个组织不健全的中国社会，职业不容易适合我们的性情，我们要想生活不苦痛或不堕落，只有多方发展业余的兴趣，使我们的精神有所寄托，使我们的剩余精力有所施展。

有了这种心爱的玩意儿，你就做六个钟头的抹桌子工作也不会感觉烦闷了。因为你知道，抹了六点钟的桌子之后，你可以回家去做你的化学研究，或画完你的大幅山水，或写你的小说戏曲，或继续你的历史考据，或做你的社会改革事业。你有了这种称心如意的活动，生活就不枯寂了，精神也就不会烦闷了。

第三个方子也只有一句话："你总得有一点信心。"我们生当这个不幸的时代，眼中所见，耳中所闻，无非是叫我们悲观失望的。特别是在这个年头毕业的你们，眼见自己的国家民族沉沦到这步田地，眼看世界只是强权的世界，望极天边好像看不见一线的光明，——在这个年头不发狂自杀，已算是万幸了，怎么还能够保持一点内心的镇定和理想的信心呢？我要对你们说：这时候正是我们要培养我们的信心的时候！只要我们有信心，我们还有救。

古人说："信心可以移山。"又说："只要功夫深，生铁磨成绣花针。"你不信吗？当拿破仑的军队征服普鲁士占据柏林的时候，有一位穷教授叫作费希特（Fichte）的，天天在讲堂上劝他的国人要有信心，要信仰他们的民族是有世界的特殊使命的，是必定要复兴的。费希特死的时候（1814），谁也不能预料德意志统一帝国何时可以实现，然而不满五十年，新的统一的德意志帝国居然实现了。

一个国家的强弱盛衰，都不是偶然的，都不能逃出因果的铁律。我们今日所受的苦痛和耻辱，都只是过去种种恶因种下的恶果。我们要收将来的善果，必须努力种现在新因。一粒一粒地种，必有满仓满屋的收，这是我们今日应有的信心。

我们要深信：今日的失败，都由于过去的不努力。

我们要深信：今日的努力，必定有将来的大收成。

佛典里有一句话："福不唐捐！"唐捐就是白白地丢了。我们也应该说："功不唐捐！"没有一点努力是会白白丢了的。在我们看不见想不到的时候，在我们看不见想不到的方向，你瞧！你下的种子早已生根发叶开花结果了！

你不信吗？法国被普鲁士打败之后，割了两省地，赔了五十万万法郎的赔款。这时候有一位刻苦的科学家巴斯德（Pasteur）终日埋头在他的试验室里做他的化学试验和微菌学研究。他是一个最爱国的人，然而他深信只有科学可以救国。他用一生的精力证明了三个科学问题：（1）每一种发酵作用都是由于一种微菌的发展；（2）每一种传染病都是由于一种微菌在生物体内的发展；（3）传染病的微菌，在特殊的培养之下，可以减轻毒力，使它从病菌变成防病的药苗。

这三个问题在表面上似乎都和救国大事业没有多大的关系。然而从第一个问题的证明，巴斯德定出做醋酿酒的新法，使全国的酒醋业每年减除极大的损失。从第二个问题的证明，巴斯德教全国的蚕丝业怎样选种防病，教全国的畜牧农家怎样防止牛羊瘟疫，又教全世界怎样注重消毒以减少外科手术的死亡率。从第三个问题的证明，巴斯德发明了牲畜的脾热瘟的疗治药苗，每年替法国农家减除了两千万法郎的大损失；又发明了疯狗咬毒的治疗法，救济了无数的生命。所以英国的科学家赫胥黎（Huxley）在皇家学会里称颂巴斯德的功绩道："法国给了德国五十万万法郎的赔款，巴斯德先生一个人研究科学的成就足够还清这一笔赔款了。"巴斯德对于科学有绝大的信心，所以他在国家蒙奇辱大难的时候，终不肯抛弃他的显微镜与试验室。他绝不想他在显微镜底下能偿还五十万万法郎的赔款，然而在他看不见想不到的时候，他已收获了科学救国的奇迹。

朋友们，在你最悲观失望的时候，那正是你必须鼓起坚强的信心的时候。你要深信：天下没有白费的努力。成功不必在我，而功力必不唐捐。

二十一，六，二十七夜

自己的努力最靠得住

我记得两年前，我发表了那篇文字之后，就有一个大学毕业生写信来说："胡先生，你错了。我们毕业之后，就失业了！吃饭的问题不能解决，哪能谈到研究的问题？职业找不到，哪能谈到业余？求了十几年的学，到头来不能糊自己一张嘴，如何能有信心？所以你的三个药方都没有用处！"

对于这样失望的毕业生，我要贡献第四个方子："你得先自己反省：不可专责别人，更不必责备社会。"你应该想想：为什么同样一张文凭，别人拿了有效，你拿了就无效呢？还是仅仅因为别人有门路有援助而你没有呢？还是因为别人学到了本事而你没学到呢？为什么同叫作"大学"，他校的文凭有价值，而你母校的文凭不值钱呢？还是仅仅因为社会只问虚名而不问实际呢？还是因为你的学校本来不够格呢？还是因为你的母校的名誉被你和你的同学闹得毁坏了，所以社会厌恶轻视你的学堂呢？——我们平心观察，不能不说今日中国的社会事业已有逐渐上轨道的趋势，公私机关的用人已渐渐变严格了。凡功课太松，管理太宽，教员不高明，学风不良的学校，每年尽管送出整百的毕业生，他们在社会上休想得着很好的位置。偶然有了位置，他们也不会长久保持的。反过来看那些认真办理而确能给学生一种良好训练的大学——尤其是新兴的清华大学与南开大学——他们的毕业生很少寻不着好位置的。我知道一两个月之前，几家大银行早就有人来北方物色经济学系的毕业人才了。前天我在清华大学，听说清华今年工科毕业的四十多人早已全被各种工业预聘去了。

现在国内有许多机关的主办人真肯留心选用各大学的人才。两三年前，社会调查所的陶孟和先生对我说："近年北大的经济系毕业生远不如清华毕业的，所以这两年我们没有用一个北大经济系毕业生。"刚巧那时我在火车上借得两本杂志，读了一篇研究，引起了我的注意；后来我偶然发现那篇文字的作者是一个北大未毕业的经济系学生，我叫他把他做的几篇研究送给陶孟和先生看看。陶先生看了大高兴，叫他去谈，后来那个学生毕业后就在社会调查所工作到如今，总算替他的母校在陶孟和先生的心目中恢复了一点已失的信用。这一件事应该使我们明白，社会上已渐渐有了严格的用人标准了：在一个北大老教员主持的学术机关里，若没有一点可靠的成绩，北大的老招牌也不能帮谁寻着工作。在蔡元培先生主持的中央研究院里，去年我看见傅斯年先生在暑假前几个月就聘定了一个北大国文系将毕业的高才生，今年我又看见他在暑假前几个月就要和清华大学抢一个清华史学系将毕业的高才生。这些事都应该使我们明白，今日的中国社会已不是一张大学文凭就能骗得饭吃的了。拿了文凭而找不着工作的人们，应该要自己反省：社会需要的是人才，是本事，是学问，而我自己究竟是不是人才，有没有本领？从前在学校挑容易的功课，拥护敷衍的教员，打倒严格的教员，旷课、闹考，带夹带，种种躲懒取巧的手段到此全失了作用。躲懒取巧混来的文凭，在这新兴的严格用人的标准之下，原来只是一张废纸。即使这张文凭能够暂时混得一只饭碗，分得几个钟点，终究是靠不住保不牢的，终究要被后起的优秀人才挤掉的。打不破"铁饭碗"不是父兄的势力，不是阔校长的荐书，也不是同学党派的援引，只是真实的学问与训练。能够如此想，才是反省。能够如此反省，方才有救援自己的希望。

"毕了业就失业"的人们怎样可以救援自己呢？没有别的法子，只有格外努力，自己多学一点可靠的本事。二十几岁的青年，若能自己勉力，没有不能长进的。这个社会是最缺乏人才又最需要人才的；一点点的努力往往就有十倍百倍的奖励，一分的成绩往往可以得着十分百分的虚声。社会上的奖掖只有超过我们所应得的，决没有努力而不能得着社会的承认的。没有工作机会的人，只有格外努力训练自己可以希望得着工作，有工作机会的人而嫌待遇太薄地位太低的人，也只有格外努力工作可以靠成绩来抬高他的地位。只有责己是生路，因为只有自己的努力最靠得住。

——节选自《赠与今年的大学毕业生》，1934 年 6 月 24 日

一分天才九分努力

……今日青年人的大毛病是误信"天才""灵感"等最荒谬的观念，而不知天才没有功力只能蹉跎自误，一无所成。世界大发明家爱迪生说得最好："天才（Genius）是一分神来，九十九分汗下。"他所谓"神来"（Inspiration）即是玄学鬼所谓"灵感"。用血汗苦功到九十九分时，也许有一分的灵巧新花样出来，那就是创作了。颓废懒惰的人，痴待"灵感"之来，是终无所成的。寿生先生引孔子的话："吾尝终日不食，终夜不寝，以思，无益，不如学也。"这一位最富于常识的圣人的话是值得我们大家想想的。

——节选自《三论信心与反省》

智识的准备①

在这个值得纪念的仪式完毕之后，你们就被列入少数特权分子之列——大学毕业生。今天并不是标示着人生一段时期的结束或完毕，而是一个新生活的开始，一个真正生活和真正充满责任的开端。

人家对你们作为大学毕业生的，总期望会与平常人有所不同，和大多数没有

---

① 本文为 1941 年 6 月 17 日在美国普渡大学毕业典礼上的演讲，郭博信翻译。

念过大学的人有所不同。他们预料你们言行会有怪异之处。

你们有些人或许不喜欢人家把你们目为与众不同、言行怪异的人。你们或许想要和群众混在一起，不分彼此。

让我们向你们保证，要回到群众中间，使人不分彼此，是一件容易做到的事。假如你们有这个愿望，你们随时都可以做到，你们随时都可以成为一个"好同伴"，一个"易于相处的人"，——而人们，包括你们自己，马上就会忘记你们曾经念过大学这回事。

虽然大学教育当然不该把我们造成"势利之徒"和"古怪的人"，可是我们大学毕业生一直保留一点儿与众不同的标志，却也不是一件坏事。这一点儿与众不同的标志，我相信，是任何学术机构的教育家所最希望造成的。

大学男女学生与众不同的这个标志是什么呢？多数教育家都很可能会同意地说，那是一个多少受过训练的脑筋——一个多少有规律的思想方式——这会使得，也应当使得，受大学教育的人显出有些与众不同的地方。

一个头脑受过训练的人在看一件事是用批判和客观的态度，而且也用适当的智识学问为凭依。他不容许偏见和个人的利益来影响他的判断，和左右他的观点。他一直都是好奇的，但是他绝对不会轻易相信人。他并不仓促地下结论，也不轻易地附和他人的意见，他宁愿耽搁一段时间，一直等到他有充分的时间来查考事实和证据后，才下结论。

总而言之，一个受过训练的头脑，就是对于易陷入于偏见、武断和盲目接受传统与权威的陷阱，存在戒心和疑惧。同时，一个受过训练的脑筋绝不是消极或是毁灭性的。他怀疑人并不是喜欢怀疑的缘故，也并不是认为"所有的话都有可疑之处，所有的判断都有虚假之处"。他之所以怀疑是为了想确切相信一件事。为了要根据更坚固的证据和更健全的推理为基础，来建立或重新建立信仰。

你们四年的研究和实验工作一定教过你们独立思考、客观判断、有系统地推理，和根据证据来相信某一件事的习惯。这些就是，也应当是，标示一个人是大学生的标志。就是这些特征才使你们显得"与众不同"和"怪异"，而这些特征可能会使你们不孚众望和不受欢迎，甚至为你们社会里大多数人所畏避和摒弃。

可是，这些有点令人烦恼的特点却是你们母校于你们居留在此时间中，所教导你们而为此最感觉自豪的事。这些求知习惯的训练，如果我没有判断错误的话，也就是你们在大学里有责任予以培养起来的，回家时从这个校园里所带走的，并且在你们整个一生和在你们一切各种活动中，所继续不断地实行和发展的。

伟大的英国科学家，同时也是哲学家的赫胥黎（Thomas H.Huxley）曾说过："一个人一生中最神圣的行为就是口里讲，内心深感觉到这句话：'我相信某件事是实在的。'紧附在那个行为上的是人生存在世上一切最大的报酬和一切最严重的惩罚。"要成功地完成这一个"最神圣的行为"，那应用在判断、思考和信仰上的思想训练和规律是必要的。

所以在这一个值得纪念的日子，你们必须问自己的第一个问题就是：我是否获得所期望于为一个受大学教育的我所该有的充分智识训练吗？我的头脑是否有充分的装备和准备来做赫胥黎所说的"一个人一生中最神圣的行为"？

我们必须要体会到"一个人一生中最神圣的行为"也同时是我们日常所需做的行为。另一个英国哲学家弥尔（Jhon Stuart Mill）曾说过："各个人每天每时每刻都需要确切证实他所没有直接观察过的事情……法官、军事指挥官、航海人员、医师、农场经营者（我们还可以加上一般的公民和选民）的事，也不过是将证据加以判断，并按照判断采取行动……就根据他们做法（思考和推论）的优劣，就可决定他们是否尽其分内的职责。这是头脑所不停从事的职责。"

由于人人每日每时都需要思考，所以人在思考时，极容易流于疏忽，漠不关心，和习惯性的态度。大学教育毕竟难以教给我们一整套精通与永久适用的求知习惯，原因是其所需的时间远超过大学的四年。大学毕业生离开了他的实验室和图书馆，往往感觉到他已经工作得太劳累，思考得太辛苦，毕业后应当享受到一种可以不必求知识的假期。他可能太忙或者太懒，而无法把他在大学里刚学到而还没有精通的知识训练继续下去。他可能不喜欢标榜自己为受过大学教育"好炫耀博学的人"。他可能发现讲幼稚的话与随和大众的反应是一种调剂，甚至是一种愉快的事。无论如何，大学毕业生离开大学之后，最普遍的危险就是溜回到怠惰和懒散方式的思考和信仰。

所以大学生离开学校后，最困难的问题就是如何继续培养精稔实验室研究的思考态度和技术，以便将这种思考的态度和技术扩展到他日常思想、生活和各种活动上去。

天下没有一个普遍适用以提防这种懒病复发的公式。但是我们仍然想献给列位一个简单的妙计，这个妙计对我自己和对我的学生和朋友都很实用。

我所想要建议的是各个大学毕业生都应当有一个或两个或更多足以引起兴趣和好奇心的疑难问题，借以激起他的注意、研究、探讨，或实验的心思。你们大家都知道的，一切科学的成就都是由于一个疑难的问题碰巧激起某一个观察者的好奇心和想象力所促成的。有人说没有装备良好的图书馆和实验室是无法延续求知的兴趣。这句话是不确实的。请问阿基米德、伽利略、牛顿、法拉第，或者甚至达尔文或巴斯德究竟有什么实验室或图书馆的装备呢？一个大学毕业生所需要的仅是一些会激起他的好奇心，引起他的求知欲和挑激他的想法求解决的有趣的难题。那种挑激引发的性质就足够引致他搜集资料、触类旁通、设计工具，和建立简单而适用的试验和实验室。一个人对于一些引人好奇的难题不发生兴趣的话，就是处在设备良好的实验室和博物馆中，智识上也不会有任何发展。

四年的大学教育所给予我们的，毕业只不过是已经研究出来和尚未研究出来的学问浩瀚范围的一瞥而已。不管我们主修的是哪一个科目，我们都不应当有自满的感觉，以为在我们专门科目范围内，已经没有不解决的问题存在。凡是离开母校大门而没有带一两个智识上的难题回家去，和一两个在他清醒时一直缠绕着他的问题，这个人的智识生活可以说是已经寿终正寝了。

这是我给你们的劝告：在这一个值得纪念的日子里，你们该花费几分钟，为你们自己列了一个智识的清单，假如没有一两个值得你们下决心解决的智识难题，就不轻易步入这个大世界。你们不能带走你们的教授，也不能带走学校的图书馆和实验室。可是你们带走几个难题，这些难题时刻都会使你们智识上的自满和怠惰下来的心受到困扰。除非你们向这些难题进攻，并加以解决，否则你们就一直不得安宁。那时候，你们看吧，在处理和解决这些小难题的时候，你们不但使你们思考和研究的技术逐渐纯熟和精稔，而且同时开拓出智识的新地平线并达到科学的新高峰。

这种一直有一些激起好奇心和兴趣疑难问题来刺激你们的小妙计有许多功用。这个妙计可使你们一生中对研究学问的兴趣永存不灭，可开展你们新嗜好的兴趣，把你们日常生活提高到超过惯性和苦闷的水准之上。常常在沉静的夜里，你们突然成功地解决了一个讨厌的难题而很希望叫醒你们的家人，对他们叫喊着说："我找到了，我找到了！"那时候给你们的是智识上的狂喜和很大的乐趣。

——节选自《智识的准备》

勤劳的人生观①

亦云②夫人：

承您许我先读《回忆》的《自序》，又得读《塘沽协议》诸章的原文，十分荣幸，十分感谢！这半个月以来，我天天想写信给您，总没有安定的心情；直到今天，勉强写这信，一定不能表达我想说的话。

我要首先向您道贺：贺《回忆》的写成，贺您这一件心事的完成。我在这三四十年里，到处劝朋友写自传，人人都愿意，但很少人有这闲暇，有这文学修养，更少人能保存这许多难得的"第一手"史料，所以很少人能够写出像您这样有历史价值的回忆录。所以您的稿本的写成是真值得庆贺的。自序写得很好，我读了很感动。第一段叙述乱离时保存材料的困难，使我想起李清照的《〈金石录〉后序》。您说："我岂可以此不急之物分人逃生之地？"这是很感人的一句话。

自序写"属稿时"的心理与方法，也说得很动人。您批评中国新史家好像有心"回避"现代史的题目，并且指出"教科书中所见，……对国难尤多责人之言。……我们自己岂无一点责任？"正因为有许多人至今还不肯负"一点"国难的责任，所以现代史的材料至今还没有出现，所以现代史至今还是被"回避"的题目。我盼望您的《回忆》的出世可以引起别人的仿效，把他们长久收藏的史料发表出来，把他们的追忆或回忆也写出来。

史料的保存与发表都是第一重要事。我看了您几卷稿本之后，我的感想是：亦云夫人这部《回忆》的第一贡献在于显示保存史料的重要，第二贡献在于建立

---

① 原题为《致沈亦云》，标题为编者加。

② 沈亦云，浙江嘉兴人，1894年生。1906年考取北洋女师范学堂。1911年辛亥革命爆发后，她和葛敬诚等人在上海组织女子北伐敢死队。其间，认识了沪军都督府参谋长黄郛，结为伉俪。后来，沈亦云离开大陆，定居美国。晚年作《亦云回忆》。

一种有勇气来发表真实的现代史料的精神。保存了真实史料而没有机会发表，或没有勇气发表，那岂不是辜负了史料？岂不是埋没了原来保存史料的一番苦心？

日本军人在沈阳发难，到今天已是二十九年了。"七七"与"八一三"到今天已是二十三年了。我们到今天还没有一部中国史家著作的《中日八年战史》，也没有一部中国史家著作的"抗战前的六年中日关系史"。这都是很可耻的事。为什么我们的史家到今天还没有写出《中日战史》（从一九三一年到一九四五年，实在是"十四年中日战争"）这一类的著作呢？一个原因是这些年来国家继续在空前的大患难之中，史料不容易保存，不容易得人整理。还有一个更大的原因就是您说过的："史家似乎在回避此一题目。"这就是说："社会里还有太多的忌讳，史家就没有勇气去整理发表那些随时随地可以得罪人或触犯忌讳的资料了！"

您说："我所记者，偏于我一家的事，……区区之心，向现代史家交卷，拥护研究现代史的风气。"我很热诚地欢迎您的"交卷"，很热诚地佩服您发表这许多现代史料的勇气。这样的"交卷"才是"拥护研究现代史的风气"。这就是替中国现代史树立一个很好的榜样了。傅沅叔[1]先生遗札影本四件奉还。其卅二年一月六日一札的影本，承你许我留存，我十分感谢。沅叔先生父子待我最厚，他家藏书常许我借校。民国卅七年十二月中我最后飞出北平的前夕，我还在料理托人送还他家的书，那时他老人家已病困多年了。我最爱他这封长信中的一段：

> ……朋友相关，时加劝谕，谓衰龄晚岁，宜事幽闲，何必自苦如此？愚意不然。凡人处境，宜事勤劳，慎勿长闲耽逸，虚度此生。盖闲者体易惰，精神或至衰颓；逸则心易放，志意无所专注，最为人之大病。常人且然，有聪明才智之士，尤不闲逸自甘。《易》曰："天行健。"古训云：民生在勤。一息尚存，此志不容稍懈。鄙人居恒以此自励，愿夫人亦共勉之。人生此世，固有应尽之责，则待治之事正多。苟抚心自

---

[1] 傅增湘（1872—1949），字沅叔，四川省江安县人，中国近代藏书家。光绪二十四年（1898）进士，选入翰林院为庶吉士，1917年12月至五四运动前，曾入内阁任教育总长。傅氏一生藏宋金刻本一百五十种，四千六百余卷；元刻本善本数十种，三千七百余卷；明清精刻本、抄本、校本更多，总数达二十万卷以上，是晚清以来继陆心源皕宋楼、丁丙八千卷楼、杨氏海源阁、瞿氏铁琴铜剑楼之后的又一大家。

省，奋志勉图，且有来日苦短之虑，此生又安有闲逸之日乎？

我读此信，始知沅叔先生在学术上的成就，原来都建筑在"勤劳"的人生观之上。这又可以显示保存师友信札的重要了。

我很高兴您已把割去的一章恢复了。

昨夜我听您说，您还有不少的文件没有采用到《回忆》里。我昨夜曾建议：最好请哥伦比亚大学主持 Oral History（口述的历史）的先生们给您的文件做一套 microfilm，这样就不怕遗失或毁坏了。倘您对这件事有兴趣，可以和何淬廉先生接洽。昨天江季平说：哥伦比亚大学主持 Oral History 的人会托游建文先生转询您是不是愿意口述膺白先生和您的自传，让他们记录（record）下来？我想，您已写成了《回忆》三十多章，似不必口述了。但我还盼望您让他们把《回忆》全稿（包括文件）制成一套 microfilm，由大学保存 negative 原本，而您可以请他们复制一两套——这是最便于保存的方法，值得您考虑考虑！

最后，我重申庆贺您写成《回忆》全稿的大喜！并祝您和熙治、同同平安快乐。

胡适敬上　一九六〇，十，九夜

第八辑

社 会 与 时 事

城市生活

现在中国的情形很像有从乡村生活变到城市生活的趋势了。上海、广州、汉口、天津等处的人口的骤增，各处商埠的渐渐发达，都是朝着这个方向走的。我们这个民族自从有历史以来，不曾有过这样人口繁多、生活复杂的大城市。大城市逼人而来了！我们怎么办呢？我们有没有治理城市的能力呢？

在过去的历史上看来，我们可以说，我们这个民族实在很少组织大城市的能力。远的我们且不说，就拿北京作个例罢。北京的市政全在官厅的手里。有能力的官僚，如朱启钤之流，确然也曾留下一点很好的成绩。但官僚的市政没有相当的监督是容易腐败的。果然十年以来的北京市政一天坏似一天。道路的失修，公共卫生的不讲究，是人人都知道的。……

北京如此。其余的大城市的市政大都是受了租借的影响而产生的。上海闸北与南市的市政历史便是明例。我们固然不满意于租借的市政，但那些毗连租借的区域的市政实在更使我们惭愧。几十年的模仿何以竟不能使我们的城市有较好的道路，较完备的公共卫生，较完备的交通机关呢？

过去的成绩如此。我个人常想，我们的大城市的市政上的失败有一个根本的原因，就是我们虽住在城市里，至今还不曾脱离农村生活的习惯。农村生活的习惯是自由的、放任的、散漫的、消极的；城市生活所需要的新习惯是干涉的政治、严肃的纪律、系统的组织、积极的做事。我们若不能放弃乡间生活的习惯，就不配住城市，就不配做城市的市民，更不配办市政。……

慰慈在这书里说：

> 近来［美国］政治观念的改变大概是向那条所谓"工具主义"的
> 路上跑；这就是利用城市政府的组织，想达到个人幸福和社会安宁的目

的；例如要求城市为人民设备种种方法，使他们能利用种种机会，得到最高度的幸福，满足他们美术上的需要。最完备的公共卫生设备，最清洁的自来水，最贱价的和最完备的交通设备等，变成城市人民所应得的权利。

我们离这种"工具主义的市政观念"还远得很咧！我希望慰慈这部书能引起一部分国民的注意，能打破他们的乡间生活的习惯，能使他们根本了解现代的城市生活的意义与性质。我们若不彻底明白乡间生活的习惯是不适宜于现代的城市生活的，我们若不能彻底抛弃乡下人与乡村绅士的习惯，中国绝不会有良好的市政。

——节选自《〈市政制度〉序》

五四运动

民国八年五月四日到今年整整二十八年了，许多人都不记得"五四"是怎么一回事了。所以我要简单地说说那一天的情形。

在那年五月一日至二日之间，从巴黎和会传来的秘密消息说：日本代表团在和会提出的关于山东问题的几种强横要求全都胜利了，威尔逊总统让步了，德国在山东的各种权利都要交给日本接管了。

这个消息传出之后，北京的十几个学校的几千学生就在那个星期日（五月四日）在天安门开了一个大会，人人手里拿着一面白旗，写着"还我青岛""还我山东""诛卖国贼曹汝霖、陆宗舆、章宗祥"等字样。他们在大会上决定整队游行。

他们整队出中华门，沿途散了许多传单，其中一张《北京学界全体宣言》有这些话：

现在日本在万国和会要求并吞青岛，管理山东一切权利，就要成功了！他们的外交大胜利了！我们的外交大失败了！……所以我们学界今天排队到各国公使馆去要求各国出来维持公理。务望全国工商各界一律起来设法开国民大会，外争主权，内除国贼！

他们到美、英、法、意四国使馆递了说帖之后，学生大队经过户部街、东长安街、东单牌楼、石大人胡同，一直走到赵家楼的曹汝霖住宅。曹家的大门紧闭了。有几个学生爬上别人的肩头，爬上墙，跳进去，把大门打开，大队学生就拥进去了。他们寻不着曹汝霖，只碰到了驻日公使章宗祥，打了他一顿，打得皮破血流。这时候，不知怎样屋子里有一处起了火，火势大了，学生才跑出去。警察总监吴炳湘带队赶到，大家已散去了，警察只捉去了在路上落后的三十三个人。

这是"五四"那天的经过。

北京政府最初采用压迫的手段，拘捕学生，封禁《益世报》，监视《晨报》与《国民公报》，下令褒奖曹陆章三人的功绩。学生更愤怒了，他们组织了许多露天讲演队，劝国人买国货，宣传对日本的经济抵制。全国各地的学生也纷纷响应，各地都组织了宣传抵制日货的讲演团。日本政府来了几次抗议之后，北京政府决心作大规模的压迫。六月三日，警察开始捉拿街上讲演的学生，一日之中捉了一千多人，都被拘禁在北京大学法科。六月四日，街上演讲的学生更多了，警察又捉了一千多人，北大法科容不下了，于是北大理科也成了临时拘禁所。北河沿一带，有陆军第九师步兵一营和第十五团驻扎围守。从东华门直到北大第三院，全是兵士帐篷！

六月四日上海、天津得着北京拘捕几千学生的消息，学生当日全罢课了。上海的商人一致宣布罢市三天，南京、杭州、武汉、九江、天津、济南、安徽、厦门各地的商人也都起来响应上海，宣布罢市，要求释放学生，并要求罢免曹汝霖、陆宗舆、章宗祥三个亲日的领袖。上海罢市消息传来，北京政府才惊慌了。六月五日的下午，北河沿的军队悄悄地撤退了。学生都出来了，又上街演讲了。

六月十日，政府罢免交通总长曹汝霖、驻日本公使章宗祥、币制局总裁陆宗舆三人之职。

自从五月四日以后，全国各地与海外的学生会与公共团体都纷纷发电报，警告巴黎和会的中国代表团，不许他们在对德国的和约上签字。在欧洲的中国学生组织了纠察队，日夜监守中国代表的住宅，不许他们去签字。

对德的和约本决定在六月二十八日下午三时在凡尔赛故宫签字的。那天下午，中国代表团没有到场，并通告和会主席，声明中国拒绝签字。

"五四"事件在当时的结果，第一，使北京政府罢免曹、陆、章三人；第二，使巴黎和会的中国代表拒绝凡尔赛和约的签字。这个青年学生爱国运动，后来大家都叫作"五四运动"。

五四不是一件孤立的事。五四之前，有蔡元培校长领导之下的北京大学教授与学生出版的《新青年》《新潮》《每周评论》所提倡的文学革命、思想自由、政治民主的运动。五四之后，有全国知识青年热烈参与的新文艺运动和各种新的政治活动。

——节选自《"五四"的第二十八周年》

爱情与痛苦

《每周评论》第二十五号里，我的朋友陈独秀引我的话："爱情的代价是痛苦，爱情的方法是要忍得住痛苦。"他又加上一句评语道："我看不但爱情如此，爱国爱公理也都如此。"这几句话出版后的第三日，他就被北京军警捉去了，现在已有半个多月，他还在警察厅里。我们对他要说的话是："爱国爱公理的报酬是痛苦，爱国爱公理的条件是要忍得住痛苦。"

丧礼问题

简单说来，我对于丧礼问题的意见是：

一、现在的丧礼比古礼简单多了，这是自然的趋势，不能说是退化。将来社会的生活更复杂，丧礼应该变得更简单。

二、现在丧礼的坏处，并不在不行古礼，乃在不曾把古代遗留下来的许多虚伪仪式删除干净。例如不行"寝苫枕块"的礼，并不是坏处；但自称"苫块昏迷"，便是虚伪的坏处。又如古礼，儿子居丧，用种种自己刻苦的仪式，"水浆不入于口者三日，杖而后能起"，所以必须用杖。现在的人不行这种野蛮的风俗，本是一大进步，并不是一种坏处；但做"孝子"的仍旧拿着哭丧棒，这便是作伪了。

三、现在的丧礼还有一种大坏处，就是一方面虽然废去古代的繁重礼节，一方面又添上了许多迷信的、虚伪的野蛮风俗。例如地狱天堂、轮回果报等迷信，在丧礼上便发生了和尚念经超度亡人，棺材头点"随身灯"，做法事"破地狱""破血盆湖"等迷信的风俗。

四、现在我们讲改良丧礼，当从两方面下手。一方面应该把古丧礼遗下的种种虚伪仪式删除干净，一方面应该把后世加入的种种野蛮迷信的仪式删除干净。这两方面破坏功夫做到了，方才可以有一种近于人情、适合于现代生活状况的丧礼。

五、我们若要实行这两层破坏的功夫，应该用什么做去取的标准呢？我仔细想来，没有绝对的标准，只有一个活动的标准，就是"为什么"三个字。我们每做一件事，每行一种礼，总得问自己：我为什么要做这件事？为什么要行那种礼？（例如我上面所举"点主"一件事）能够每事要寻一个"为什么"，自然不肯行那些说不出为什么要行的种种陋俗了。凡事不问为什么要这样做，便是无意识的习惯行为。那是下等动物的行为，是可耻的行为！

——节选自《我对于丧礼的改革》

公开荐举议

考试院举行了两次考试大典，费了国家一百多万元的经费，先后共考试了二百零八人。这二百零八人，听说至今还有不曾得着位置的。国家官十多万人，都不由考试而来；独有这两百人由正途出身，分部则各部会没有余缺，外放则各省或者不用，所以考试制度至今没有得着国人的信仰。

因此我想起亡友赵文锐先生，他从美国留学回来，不顾朋辈的非笑，决心去应北京政府的高等文官考试。他考的名次很高，分在某一部里学习，月薪不过五六十元。学习了好几年，他始终没得着相当的位置，每年还得靠教书维持他的生活。后来政局变了，他到南方去，不久就在国民政府之下做到了杭州关监督。考试正途只能给他一个分部学习，而同学的提携倒可以给他一个关监督。在这种状况之下，考试任官的制度哪能有成立和推行的希望呢？

因此我又想到几年前北方某省的县长考试。考取的县长，省政府总怕他们经验不够，必须在行政人员讲习所讲习半年，又须到各处去考察半年，然后有候选补缺的资格。然而那些不由考试出身的县长，只军人的一张条子，或政客的一封介绍信都可以走马上任，又都不愁"经验不够"了，在这种情形之下，除了极少数忠厚安分毫无"奥援"的人，谁还肯走那条考试正途呢？

总之，今日任官的方法全由于推荐介绍，而考试制度至今只能有万分之一的补救。所以今日任官流弊的中心在于荐举，而匡正官邪的关键也在改革荐举方法，而不在考试制度。

今日的官吏都由于推引介绍，而推引介绍的方式都是私荐而不是公开的荐举，都是徇情面而不是负责任的荐举。老实说，今日的荐举，无论贤不肖，都用汲引私人的方式，而不是用为国家推荐人才的方式。其流弊最大者约有几点：

（一）荐条私相授受，无公开的举状，谁也不知某人是谁荐举的，是以何种资格何种理由荐举的；（二）荐举者不必负责担保，故可以滥荐滥保，往往重要官吏发表之后，社会上皆不知其来历，甚至于税收官吏亏卷公款巨万而逃，也从没有人追问原来保荐的人是谁；（三）荐举只是个人的，而不是制度的，所以全无限制，又全无裁制。近年每一部换一个部长，部中人员往往全部更换。朝野名流往往滥发荐书，每年有写荐信至七八百函的：一位交通部长曾对我说，他因为收到荐书太多，竟不能不添两个书记专做回达荐信的事！

欲纠正这种流弊，我主张三个原则：

（一）凡荐举必须用公开的荐举状，用政府规定的格式（由政府印卖）填写，由铨叙部登记后，可以在政府公报上发表。凡私递的荐书荐条，皆由政府立法严格禁止。

（二）凡出具荐举状者为"举主"，举主在荐举状里须将被举人的学历经验详慎开载，并须声明愿负完全责任；如不称职，愿受误举的惩戒处分；如犯赃罪，情甘同坐。

（三）凡在职官吏荐举人才，皆须有法定的限制。不得超过限制。例如特任某级官得举荐几人；简任某级官得举荐几人。荐状上应声明有权可荐几员，现今所举为第几员，并未超过限制。凡在野的人，无论曾任何官，不得荐举官吏。

这都不是外国搬来的新法，都只是我们老祖宗早已行过的古法。试看古人的荐状，都是公开的"明保"，都得声明负完全责任，又都得声明依法可荐举几人。试举张淏《云谷杂记》附录的南宋举状四篇中的一篇作例：

萧逵举张淏状

（具官）臣萧逵，准格节文（按此指"庆元令格节文"），职自观文殿大学士至待制，每岁许于十科内举三人。臣伏睹迪功郎监漳州永丰仓张淏，性姿恬静，学问该深，博考群书，多所是正。……臣今保举堪充"学问该博，可备顾问科"。如蒙朝廷擢用后，犯正入己赃，臣甘伏朝典。……臣照得嘉定十年分，合于十科内举三人，已举过一员外，今来举张淏系第二员合举之数。……嘉定十年十二月十四日奏状。

此种文例，各家文集中皆可寻得。试再看南宋宰相周必大文集中所保存的荐状，其举吴概等堪任监司郡守，状尾云：

> 右臣所举吴概等，并系保任终身。或不如所举，甘坐谬举之罚。

（《奏议》卷一）

其荐尤袤石垫堪任监司郡守，状尾云：

> 两人如蒙擢用，后犯入己赃，臣甘当同坐。（《奏议》卷六）

周必大又有《乞申严荐举连坐之法》一疏云：

> ……法令中明有连坐之文，而其奏牍亦云"甘当同罪"。然旷岁逾时，未尝有所惩治也。今莫若此严申制，务在必行。其制既严，其选必慎。纵未能尽得俊杰之士，比之乏然而取，则有间矣。若治平间英宗方倚枢密直学士李彦知泰州，会所举人坐赃，特命夺官。夫以守边之臣宣劳于国，犹且不废纠罚，况余人乎？此亦救弊之要道也。（《奏议》卷七）

这种线装书里的议论和例子，可算是"汉家制度"，总比"棘闱锁院赋诗"一类的故事更值得我们的考虑罢？

民众雇一个老妈子，还得问荐头；店家用一个伙计，还须有铺保；旅馆雇一个茶房，还须有押柜。国家的官吏岂不更重要，岂可不要公开的负责的荐举吗？

——节选自《公开荐举议——从古代荐举制度想到今日官邪的救正》

贞操问题

总而言之，我对于中国人的贞操问题，有三层意见。

第一，这个问题，从前的人都看作"天经地义"，一味盲从，全不研究"贞操"两字究竟有何意义。我们生在今日，无论提倡何种道德，总该想想那种道德的真意义是什么。《墨子》说得好：

> 子墨子问于儒者曰："何故为乐？"曰"乐以为乐也"。子墨子曰："子未我应也。今我问曰：'何故为室？'曰'冬避寒焉，夏避暑焉，室以为男女之别也'。则子告我为室之故矣。今我问曰：'何故为乐？'曰'乐以为乐也'。是犹曰：'何故为室？'曰'室以为室也'。"（《公孟》篇）

今试问人"贞操是什么？"或"为什么你褒扬贞操？"他一定回答道，"贞操就是贞操。我因为这是贞操，故褒扬他。"这种"室以为室也"的论理，便是今日道德思想宣告破产的证据。故我做这篇文字的第一个主意只是要大家知道"贞操"这个问题并不是"天经地义"，是可以彻底研究，可以反复讨论的。

第二，我以贞操是男女相待的一种态度，乃是双方交互的道德，不是偏于女子一方面的。由这个前提，便生出几条引申的意见：（一）男子对于女子，丈夫对于妻子，也应该有贞操的态度；（二）男子做不贞操的行为，如嫖妓娶妾之类，社会上应该用对待不贞妇女的态度来对待他；（三）妇女对于无贞操的丈夫，没有守贞操的责任；（四）社会法律既不认嫖妓纳妾为不道德，便不该褒扬女子的"节烈贞操"。

第三，我绝对地反对褒扬贞操的法律。我的理由是：

（一）贞操既是个人男女双方对待的一种态度，诚意的贞操是完全自动的道德，不容有外部的干涉，不须有法律的提倡。

（二）若用法律的褒扬为提倡贞操的方法，势必至造成许多沽名钓誉，不诚实，无意识的贞操举动。

（三）在现代社会，许多贞操问题，如寡妇再嫁，处女守贞，等等问题的是非得失，却都还有讨论余地，法律不应以武断的态度制定褒贬的规条。

（四）法律既不奖励男子的贞操，又不惩男子的不贞操，便不该单独提倡女子的贞操。

（五）以近世人道主义的眼光看来，褒扬烈妇烈女杀身殉夫，都是野蛮残忍的法律，这种法律，在今日没有存在的地位。

——节选自《贞操问题》

论妇女解放运动

"把女人当牛马"，这句话还不够形容我们中国人待女人的残忍与惨酷。我们把女人当牛马，套了牛轭，上了鞍辔，还不放心，还要砍去一只牛蹄，剁去两只马脚，然后赶她们去做苦工！

全世界的人类里，寻不出第二国有这样的野蛮制度！

圣贤经传，全没有拯救的功用。一千年的理学大儒，天天谈仁说义，却不曾看见他们的母妻姊妹受的惨无人道的痛苦。

忽然西洋来了一些传教士。他们传教之外，还带来了一点新风俗，几个新观点。他们给了我们不少的教训，其中最大的一点是教我们把女人当人看待。

新近去世的李立德夫人（Mrs. Archibald Little）便是中国妇女解放的一个恩人，她是天足会的创始人。

这几十年中的妇女解放运动，可以说全是西洋文明的影响。基督教女青年会便是一个最好的例。今年是女青年会成立二十年的纪念，我很诚恳地庆贺他们二十年来的种种成绩，并且祝她们继续做中国妇女解放运动的一个先锋。

女青年会是一个基督教的团体，同时又是一个社会服务的团体。我们生在这个时代，大概都能明白宗教的最高表现是给人群尽力。社会服务便是宗教。中国的古人说："未能事人，焉能事鬼？"西洋的新风气也主张"服侍人就是服侍神"。谋个人灵魂的超度，希冀天堂的快乐，那都是自私自利的宗教。尽力于社会，谋人群的幸福，那是真宗教。

"天国在人死后"，这是最早的宗教观念。

"天国在你心里"，这是一大革命。

"天国不在天上，也不在人心里，是在人间世"，这是今日的新宗教趋势。大家努力，要使天国在人世实现，这便是宗教。

我们盼望女青年会继续二十年的光荣的遗风，用她们的宗教精神，不断地努力谋中国妇女的解放，谋中国家庭生活的改善。有一分努力，便有一分效果；减得一分苦痛，添得一分幸福，便是和天匡接近一步。

——节选自《祝贺女青年会》

名教与口号标语

中国是个没有宗教的国家，中国人是个不迷信宗教的民族。——这是近年来几个学者的结论。有些人听了很洋洋得意，因为他们觉得不迷信宗教是一件光荣的事。有些人听了要做愁眉苦脸，因为他们觉得一个民族没有宗教是要堕落的。

于今好了，得意的也不可太得意了，懊恼的也不必懊恼了。因为我们新发现中国不是没有宗教的：我们中国有一个很伟大的宗教。

孔教早倒霉了，佛教早衰老亡了，道教也早冷落了。然而我们却还有我们的宗教。这个宗教是什么教呢？提起此教，大大有名，它就叫作"名教"。

名教信仰什么？信仰"名"。

名教崇拜什么？崇拜"名"。

名教的信条只有一条："信仰名的万能。"

"名"是什么？这一问似乎要做点考据。《论语》里孔子说，"必也正名乎"，郑玄注：正名，谓正书字也。古者曰名，今世曰字。

《仪礼·聘礼》注：

> 名，书文也，今谓之字。

《周礼·大行人》下注：

> 书名，书文字也。古曰名。

《周礼·外史》下注：

> 古曰名，今曰字。

《仪礼·聘礼》的释文说：

> 名，谓文字也。

总括起来，"名"即是文字，即是写的字。

"名教"便是崇拜写的文字的宗教，便是信仰写的字有神力、有魔力的宗教。

这个宗教，我们信仰了几千年，却不自觉我们有这样一个伟大宗教。不自觉的缘故正是因为这个宗教太伟大了，无往不在，无所不包，就如同空气一样，我们日日夜夜在空气里生活，竟不觉得空气的存在了。

现在科学进步了，便有好事的科学家去分析空气是什么，便也有好事的学者去分析这个伟大的名教。

民国十五年有位冯友兰先生发表一篇很精辟的《名教之分析》(《现代评论》第二周年纪念增刊，页一九四～一九六）。冯先生指出"名教"便是崇拜名词的宗教，是崇拜名词所代表的概念的宗教。

冯先生所分析的还只是上流社会和知识阶级所奉的"名教"，它的势力虽然也很伟大，还算不得"名教"的最重要部分。

这两年来，有位江绍原先生在他的"礼部"职司的范围内，发现了不少有趣味的材料，陆续在《语丝》《贡献》几种杂志上发表。他同他的朋友们收的材料是细大不捐，雅俗无别的；所以他们的材料使我们渐渐明白我们中国民族崇奉的"名教"是个什么样子。

究竟我们这个贵教是个什么样子呢？且听我慢慢道来。

先从一个小孩生下地说起。古时小孩生下地之后，要请一位专门术家来听小孩的哭声，声中某律，然后取名字（看江绍原《小品》页六八，《贡献》第八期，页二四）。现在的民间变简单了，只请一个算命的，排排八字，看他缺少五行之中的哪一行。若缺水，便取个水旁的名字；若缺金，便取个金旁的名字；若缺火又缺土的，我们徽州人便取个"灶"字。名字可以补气禀的缺陷。

小孩命若不好，便把他"寄名"在观音菩萨的座前，取个和尚式的"法名"，便可以无灾无难了。

小孩若爱啼啼哭哭，睡不安宁，便写一张字帖，贴在行人小便的处所，上写着：

> 天皇皇，地皇皇，我家有个夜啼郎。过路君子念一遍，一夜睡到大天光。

文字的神力真不少。

小孩跌了一跤，受了惊骇，那是骇掉了"魂"了，须得"叫魂"。魂怎么叫呢？到那跌跤的地方，撒把米，高叫小孩子的名字，一路叫回家。叫名便是叫魂了。

小孩渐渐长大了，在村学堂同人打架了，打输了，心里恨不过，便拿一条柴炭，在墙上写着诅咒他的仇人的标语："王阿三热病打死。"他写了几遍，心上的气便平了。

他的母亲也是这样。她受了隔壁王七嫂的气，便拿一把菜刀，在刀板上剁，一面剁，一面喊"王七老婆"的名字，这便等于乱剁王七嫂了。

他的父亲也是"名教"的信徒。他受了王七哥的气，打又打他不过，只好破口骂他，骂他的妈，骂他的妹子，骂他的祖宗十八代。骂了便算出了气了。

据江绍原先生的考察，现在这一家人都大进步了。小孩在墙上会写"打倒阿毛"了。他妈也会喊"打倒周小妹"了。他爸爸也会贴"打倒王庆来"了（《贡献》九期，江绍原《小品》页七八）。

他家里人口不平安，有病的，有死的。这也有好法子。请个道士来，画几道符，大门上贴一张，房门上贴一张，茅厕上也贴一张，病鬼便都跑掉了，再不敢进门了。画符自然是"名教"的重要方法。

死了的人又怎么办呢？请一班和尚来，念几卷经，便可以超度死者了。念经自然也是"名教"的重要方法。符是文字，经是文字，都有不可思议的神力。

死了人，要"点主"。把神主牌写好，把那"主"字上头一点空着，请一位乡绅来点主。把一只雄鸡头上的鸡冠切破，那位赵乡绅把朱笔蘸饱了鸡冠血，点上"主"字。从此死者的灵魂遂凭依在神主牌上了。

吊丧须用挽联，贺婚贺寿须用贺联；讲究的送幛子，更讲究的送祭文寿序。都是文字，都是"名教"的一部分。

豆腐店的老板梦想发大财，也有法子。请村口王老师写副门联："生意兴隆通四海，财源茂盛达三江。"这也可以过发财的瘾了。

赵乡绅也有他的梦想，所以他也写副门联："总集福荫，备致嘉祥。"

王老师虽是不通，虽是下流，但他也得写一副门联："文章华国，忠孝传家。"

豆腐店老板心里还不很满足，又去请王老师替他写一个大红春帖"对我生财"，贴在对面墙上，于是他的宝号就发财的样子十足了。

王老师去年的家运不大好，所以他今年元旦起来，拜了天地，洗净手，拿起笔来，写个红帖子："戊辰发笔，添丁进财。"他今年一定时运大来了。

父母祖先的名字是要避讳的。古时候，父名晋，儿子不得应进士考试。现在宽得多了，但避讳的风俗还存在一般社会里。皇帝的名字现在不避讳了。但孙中山死后，"中山"尽管可用作学校地方或货品的名称，"孙文"便很少人用了；忠实同志都应该称他为"先总理"。

南京有一个大学，为了改校名，闹了好几次大风潮，有一次竟把校名牌子抬了送到大学院去。

北京下来之后，名教的信徒又大忙了。北京已改作"北平"了；今天又有人提议改南京做"中京"了。还有人郑重提议"故宫博物院"应该改作"废宫博物院"。将来这样大改革的事业正多呢。

前不多时，南京的《京报附刊》的画报上有一张照片，标题是"军事委员会政治训练部宣传处艺术科写标语之忙碌"。图上是五六个中山装的青年忙着写标语；桌上，椅背上，地板上，满铺着写好了的标语，有大字，有小字，有长句，有短句。

这不过是"写"的一部分工作；还有拟标语的，有讨论审定标语的，还有贴标语的。

五月初济南事件发生以后，我时时往来淞沪铁路上，每一次四十分钟的旅行所见的标语总在一千张以上；出标语的机关至少总在七八十个以上。有写着"枪毙田中义一"的，有写着"活埋田中义一"的，有写着"杀尽倭贼"而把"倭贼"两字倒转来写，如报纸上寻人广告倒写的"人"字一样。"人"字倒写，人就会回来了；"倭贼"倒写，倭贼也就算打倒了。

现在我们中国已成了口号标语的世界。有人说，这是从苏俄学来的法子。这是很冤枉的。我前年在莫斯科住了三天，就没有看见墙上有一张标语。标语是道地的国货，是"名教"国家的祖传法宝。

试问墙上贴一张"打倒帝国主义"，同墙上贴一张"对我生财"或"抬头见喜"，有什么分别？是不是一个师父传授的衣钵？

试问墙上贴一张"活埋田中义一"，同小孩子贴一张"雷打王阿毛"，有什么分别？是不是一个师父传授的法宝？

试问"打倒唐生智""打倒汪精卫"，同王阿毛贴的"阿发黄病打死"有什么分别？王阿毛尽够做老师了，何须远学莫斯科呢？

自然，在党国领袖的心目中，口号标语是一种宣传的方法，政治的武器。但在中小学生的心里，在第九十九师十五连第三排的政治部人员的心里，口号标语便不过是一种出气泄愤的法子罢了。如果"打倒帝国主义"是标语，那么，第十区的第七小学为什么不可贴"杀尽倭贼"的标语呢？如果"打倒汪精卫"是正当的标语，那么"活埋田中义一"为什么不是正当的标语呢？

如果多贴几张"打倒汪精卫"可以有效，那么，你何以见得多贴几张"活埋田中义一"不会使田中义一打个寒噤呢？

故从历史考据的眼光看来，口号标语正是"名教"的正传嫡派。因为在绝大多数人的心里，墙上贴一张"国民政府是为全民谋幸福的政府"正等于门上写一条"姜太公在此"，有灵则两者都应该有灵，无效则两者同为废纸而已。

我们试问，为什么豆腐店的张老板要在对门墙上贴一张"对我生财"？岂不是因为他天天对着那张纸可以过一点发财的瘾吗？为什么他元旦开门时嘴里要念"元宝滚进来"？岂不是因为他念这句话时心里感觉舒服吗？

要不然，只有另一个说法，只可说是盲从习俗，毫无意义。张老板的祖宗传下来每年都贴一张"对我生财"，况且隔壁剃头店门口也贴了一张，所以他不能不照办。

现在大多数喊口号，贴标语的，也不外这两种理由：一是心理上的过瘾，一是无意义的盲从。

少年人抱着一腔热沸的血，无处发泄，只好在墙上大书"打倒卖国贼"，或"打倒日本帝国主义"。写完之后，那二尺见方的大字，那颜鲁公的书法，个个挺出来，好生威武，他自己看着，血也不沸了，气也稍稍平了，心里觉得舒服得多，可以坦然回去休息了。于是他的一腔义愤，不曾收敛回去，在他的行为上与人格上发生有益的影响，却轻轻地发泄在墙头的标语上面了。

这样的发泄情感，比什么都容易，既痛快，又有面子，谁不爱做呢？一回生，二回熟，便成了惯例了，于是"五一""五三""五四""五七""五九""六三"……都照样做去：放一天假，开个纪念会，贴无数标语，喊几句口号，就算做了纪念了！

于是月月有纪念，周周做纪念周，墙上处处是标语，人人嘴上有的是口号。于是老祖宗几千年相传的"名教"之道遂大行于今日，而中国遂成了一个"名教"的国家。

——节选自《名教》

我们所独有的"宝贝"

……我们对于我们的"固有文化",究竟应该采取什么态度?吴其玉先生(《独立》一〇六号)怪我"把中国文化压得太低了";寿生先生也怪我把中国文化"抑"得太过火了。他们都怕我把中国看得太低了,会造成"民族自暴自弃的心理,造成他对于其他民族屈服卑鄙的心理"。吴其玉先生说:我们"应该优劣并提。不可只看人家的长,我们的短;更应当知道我们的长,人家的短。这样我们才能有努力的勇气"。

这些责备的话,含有一种共同的心理,就是不愿意揭穿固有文化的短处,更不愿意接受"祖宗罪孽深重"的控诉。一听见有人指出"骈文、律诗、八股、小脚、太监、姨太太、贞节牌坊、地狱的监牢、板子夹棍的法庭"等,一般自命为爱国的人们总觉得心里怪不舒服,总要想出法子来证明这些"未必特别羞辱我们",因为这些都是"不可免的现象","古今中外是一样的"(吴其玉先生的话)。所以吴其玉先生指出日本的"下女,男女同浴,自杀,暗杀,娼妓的风行,贿赂,强盗式的国际行为";所以寿生先生也指出欧洲中古武士的"初夜权""贞操锁"。所以子固先生也要问:"欧洲可有一个文化系统过去没有类似小脚、太监、姨太太、骈文、律诗、八股、地狱活现的监狱、廷杖、板子夹棍的法庭一类的丑处呢?"(《独立》一〇五号),本期(《独立》一〇七号)有周作人先生来信,指出这又是"西洋也有臭虫"的老调。这种心理实在不是健全的心理,只是"遮羞"的一个老法门而已。从前笑话书上说:甲乙两人同坐,甲摸着身上一个虱子,有点难为情,把它抛在地上,说:"我道是个虱子,原来不是的。"乙偏不识窍,弯身下去,把虱子拾起来,说:"我道不是虱子,原来是个虱子!"甲的做法,其实不是除虱的好法子。乙的做法,虽然可恼,至少有"实事求是"的长处。虱子终是虱子,臭虫终是臭虫,何必讳呢?何必问别人家有没有呢?

况且我原来举出的"我们所独有的宝贝"：骈文、律诗、八股、小脚、太监、姨太太、五世同居的大家庭、贞节牌坊、地狱的监牢、廷杖、板子夹棍的法庭，这十一项，除姨太太外，差不多全是"我们所独有的"。"在这世界无不足以单独成一系统的"。高跟鞋与木屐何足以媲美小脚？"贞操锁"我在巴黎的克吕尼博物院看见过，并且带有照片回来，这不过是几个色情狂的私人的特制，万不配上比那普及全国至一千多年之久，诗人颂为香钩，文人尊为金莲的小脚。我们走遍世界，研究过初民社会，没有看见过一个文明的或野蛮的民族把他们的女人的脚裹小到三四寸，裹到骨节断折残废，而一千年公认为"美"的！也没有看见过一个文明的民族的知识阶级有话不肯老实地说，必须凑成对子，做成骈文、律诗、律赋、八股，历一千几百年之久，公认为美的！无论我们如何爱护祖宗，这十项的"国粹"是洋鬼子家里搜不出来的。

——节选自《三论信心与反省》

遗产之制何以宜去也

遗产之制何以宜去也：

一、财产权起于劳力。甲以劳力而致富，甲之富其所自致也，其享受之宜也。甲之子孙未尝致此富也，不当享受之也。

二、富人之子孙无功而受巨产，非惟无益而又害之。疏广曰："子孙贤而多财，则损其志；愚而多财，则益其过。"一言尽之矣。有用之青年为多财所累，终身废弃者，吾见亦多矣。

——节选自《留学日记》，1914年9月13日

旧瓶不能装新酒吗？

近人爱用一句西洋古话："旧瓶不能装新酒。"我们稍稍想一想，就可以知道这句话一定是翻译错了，以讹传讹，闹成了一句大笑话。一个不识字的老妈子也会笑你："谁说旧瓶子装不了新酒？您府上装新酒的瓶子，哪一个不是老啤酒瓶子呢？您打哪儿听来的奇谈？"

这句话的英文是"No man put the new wine into old bottles"，译成了"没有人把新酒装在旧瓶子里"好像一个字不错，其实是大错了。错在那个"瓶子"上，因为这句话是犹太人的古话，犹太人装酒是用山羊皮袋的。这句古话出于《马可福音》第二章，二十二节，全文是：

> 也没有人把新酒装在旧皮袋里，恐怕酒把皮袋裂开，酒和皮袋就都坏了。只有把新酒装在新皮袋里。

这是用一八二三年的官话译本。一八〇四年的文言译本用"旧革囊"译old bottles。皮袋用久了，禁不起新酒，往往要裂开。（此项装酒皮袋是用山羊皮做的，光的一面做里子。耶路撒冷人至今用这法子。见圣经字典bottles一条。）若用瓦瓶子、瓷瓶子、玻璃瓶子，就不怕装新酒了。百年前翻译《新约》的人知道这个道理，所以不用"瓶"字，而用"旧皮袋""旧革囊"。今人不懂得犹太人的酒囊做法，见了bottles就胡乱翻作"瓶子"，所以闹出"旧瓶子不能装新酒"的傻话来了。

这番话不仅是做"酒瓶子"的考据，其中颇有一点道理值得我们想想。

能不能装新酒，要看是旧皮袋，还是旧瓷瓶。"旧瓶不能装新酒"是错的；可是"旧皮囊装不得新酒"是不错的。

昨天在《大公报》上看见我的朋友蒋廷黻先生的"星期论文"，题目是"新名词，旧事情"。他的大意是说：

> 总而言之，近代的日本是拿旧名词来干新政治，近代的中国是拿新名词来玩旧政治。日本托古以维新，我们则假新以复旧。其结果的优劣，早已为世人所共知共认。推其故，我们就知道这不是偶然的。第一，旧名词如同市场上的旧货牌，已得社会信仰。……所以善于经商者情愿换货不换牌子。第二，新名词的来源既多且杂，……正如市上的杂牌伪牌太多了，顾客就不顾牌子了。所以新名词既无号召之力，又使社会纷乱。第三，意态是环境的产物。……环境不变而努力于新意态新名词的制造，所得成绩一定是皮毛。

他在这一篇里也提到旧瓶装新酒的西谚。他说：

> 日本人于名词不嫌其旧，于事业则求其新。他们维新的初步是尊王废藩。他们说这是复古。但是他们在这复古的标语之下建设了新民族国家。……日本政治家一把新酒搁在旧瓶子里，日本人只叹其味之美，所以得有事半功倍之效。

我想，蒋先生大概也不曾细考酒瓶子有种种的不同。日本人用的大概是瓦瓶子，瓶底子不容易沥干净，陈年老酒沥积久了，新酒装进去，也就沾其余香，所以倒出来令人叹其味之美。鸦片烟鬼爱用老烟斗，吸淡巴菰的老瘾也爱用多年的老烟斗，都是同一道理。可是二三十年前，咱们中国人也曾提出不少"复古"的标语。"共和"比"尊王废藩"古得多了，据说是西历纪元前八百多年就实行过十四年的"共和"；更推上去，还可以上溯尧舜的禅让。"维新""革命"也都有古经的根据。祭天，祀天，复辟，也都是道地的老牌子。孙中山先生也曾提出"王道"和忠孝仁爱等老牌子。陈济棠先生和邹鲁先生在广东还正在提倡人人读《孝经》哩！奇怪得很，这些"老牌子"怎么也和"新名词"一样"无号召之力"呢？我想，大概咱们用来装新酒的，不是瓷瓦，不是玻璃，只是古犹太人的"旧皮袋"，所以恰恰应了犹太圣人说的"旧皮囊装不得新酒"的古话。

蒋先生说：

问题是这些新主义与我们这个旧社会合适不合适。

是的！这确是一个问题。不过同时我们也可以对蒋先生说：

问题是那些老牌子与我们这个新社会合适不合适。

这也是一个真实的问题。因为，无论蒋先生如何抹杀新事情，眼前的中国已不是"旧社会"一个名词能包括的了。千不该，万不该，西洋鬼子打上门来，逼我们钻进这新世界，强迫我们划一个新时代。若说我们还不够新，那是无可讳的。若说这还是一个"旧社会"，还是应该要依靠"有些旧名词的号召力"，那就未免太抹杀事实了。

平心而论，近代的日本也并不是"拿旧名词来干新政治"。因为日本的皇室在那一千二百年之中全无实权，只有空名。所以"尊王"在当日不是旧名词。因为幕府专政藩阀割据已有了七百年之久，所以"覆幕废藩"在当日也不是旧名词。这都是新政治，不是旧名词。

我们今日需要的是新政治，即是合适于今日中国的需要的政治。我们要学人家"干新政治"，不必问他们用的是新的或旧的名词。

二十三，一，二十三

第九辑

哲学与思想

"修己以安人"与"修己以安百姓"

孔子的教育哲学是"有教无类",但他的教育"教"什么呢?孔子提出的一个很重要的字,就是"仁"字。孔子的着重"仁"字,可以说前无古人后无来者。这是了不得的地方。这个"仁"就是人的人格,人的人性,人的尊严。孔子说:"修己以敬。"孔子的学生问:"这就够了吗?"孔子又说:"修己以安人。"孔子的学生又问:"这就够了吗?"孔子又说:"修己以安百姓。"这句话就是说教育并不是要你去做和尚,去打坐念经那一套。"修己"是做教育自己的工作;但是还有一个社会目标,就是"安人"。"安人"是给人类以和平、快乐。这一个教育观念是新的。教育并不是为自己,不是为使自己成为菩萨、罗汉、神仙。修己是为了教育自己,为的社会目标。所以后来儒家的书《大学》里的"格物、致知、诚意、正心、修身",是修身的工作;而后面的"齐家、治国、平天下",都是社会的目标。所以孔子时代的这种"修己以安人""修己以安百姓"的观念就是将教育个人与社会贯连起来。教育的目标不是为自己自私自利,不是为升官发财,而是为"安人""安百姓",为齐家、治国、平天下。因为有这个使命,就感觉到"仁"——受教育的"人",尤其是士大夫阶级,格外有一种尊严。人本来有人的尊严,到了做到自己感觉有"修己以安人""修己以安百姓"的使命时,就格外感觉到有一种责任。所以《论语》中说:"志士仁人,无求生以害仁,有杀身以成仁。"就是说,遇必要时,宁可杀身以完成人格。这就是《论语》中的"不降其志,不辱其身"。孔子的大弟子曾子说:"士不可以不弘毅,任重而道远。仁以为己任,不亦重乎!死而后已,不亦远乎!"就是说受教育的人要有大气魄,要有毅力。为什么呢?因为"任重而道远"。"任"就是担子。把"仁"拿来做担子,担子自然很重;到死才算是完了。这个路程还不远吗?这一个观念,是我们所谓有孔孟学派的精神的:就是将个人人格看得很重,要自己挑起担子来,

"修己以安人""修己以安百姓"。孟子常说："自任以天下之重。"曾子说："仁以为己任。"以整个人类视为我们的担子，这是两千五百年以来的一个了不得的传统。后来宋朝范仲淹也说："先天下之忧而忧，后天下之乐而乐。"这就是因为"修己以安人"而感觉到"任重而道远"的缘故。明末顾亭林以为"天下兴亡，匹夫有责"，也是这个道理。

所以自由民主的教育哲学产生了健全的个人主义。个人主义就是将自己看作一个有担子的人，不要忘了自己有使命，有责任。不但孔子如此，孟子也讲得很清楚："富贵不能淫，贫贱不能移，威武不能屈：此之谓大丈夫。"就是说大丈夫的人格要自己感觉到自己有"修己以安人"的使命。再讲到杨朱、庄子所提倡的个人主义，也不过是个人人格的尊严。庄子主要的是说："举世誉之而不加劝；举世非之而不加沮。"这就是最健全的个人主义。老子、庄子都是如此。到了汉朝才有人勉强将他们跟孔、孟分了家，称为道家。秦以前的古书中都没有"道家"这个名字（哪一位先生能在先秦古书里找到"道家"这个名字的，我愿意罚钱）。所以韩非子在秦末年时说："天下显学二，儒、墨而已。"他只讲到儒、墨，没有提及道家。杨朱的学说也是个人主义。这个个人主义的趋势是一个了不得的趋势；以健全的民主自由教育哲学作基础，要做到"不降其志，不辱其身"；提倡人格，要挑得起人类的担子，挑得起天下的担子。宁可"杀身以成仁"，不可"求生以害仁"。……

——节选自《中国古代政治思想史的一个看法》

做一个白头的新人物

……我们应该早点预备下一些"精神不老丹"方才可望做一个白头的新人物。这个"精神不老丹"是什么呢？我说是永远可求得新知识新思想的门径。这种门径不外两条：（一）养成一种欢迎新思想的习惯，使新知识新思潮可以源源进来；（二）极力提倡思想自由和言论自由，养成一种自由的空气，布下新思潮的种子，预备我们到了七八十岁时，也还有许多簇新的知识思想可以收获来做我们的精神培养品。

——节选自《不老——跋梁漱溟先生致陈独秀书》

多研究些问题，少谈些"主义"

本报（《每周评论》）第二十八号里，我曾说过：

> 现在舆论界的大危险，就是偏向纸上的学说，不去实地考察中国今日的社会需要究竟是什么东西。那些提倡尊孔祀天的人固然是不懂得现时社会的需要，那些迷信军国主义或无政府主义的人，就可算是懂得现时社会的需要么？
>
> 要知道舆论家的第一天职，就是细心考察社会的实在情形。一切学理，一切"主义"，都是这种考察的工具。有了学理作参考材料，便可使我们容易懂得所考察的情形，容易明白某种情形有什么意义，应该用什么救济的方法。

我这种议论，有许多人一定不愿意听。但是前几天北京《公言报》《新民国报》《新民报》和日本文的《新支那报》，都极力恭维安福部①首领王揖唐主张民生主义的演说，并且恭维安福部设立"民生主义的研究会"的办法。有许多人自然嘲笑这种假充时髦的行为。

但是我看了这种消息，发生一种感想。这种感想是："安福部也来高谈民生主义了，这不够给我们这班新舆论家一个教训吗？"什么教训呢？这可分三层说：

---

① 安福部，即安福俱乐部，民国初年依附于皖系军阀的政治组织。该政治俱乐部操纵了民国第二届国会议员的选举。

第一，空谈好听的"主义"，是极容易的事，是阿猫阿狗都能做的事，是鹦鹉和留声机器都能做的事。

第二，空谈外来进口的"主义"，是没有什么用处的。一切主义都是某时某地的有心人，对于那时那地的社会需要的救济方法。我们不去实地研究我们现在的社会需要，单会高谈某某主义，好比医生单记得许多汤头歌诀，不去研究病人的症候，如何能有用呢？

第三，偏向纸上的"主义"，是很危险的。这种口头禅很容易被无耻政客利用来做种种害人的事。欧洲政客和资本家利用国家主义的流毒，都是人所共知的。现在中国的政客，又要利用某种某种主义来欺人了。罗兰夫人说："自由自由，天下多少罪恶，都是借你的名做出的！"一切好听的主义，都有这种危险。

这三条合起来看，可以看出"主义"的性质。凡"主义"都是应时势而起的。某种社会，到了某时代，受了某种的影响，呈现某种不满意的现状。于是有一些有心人，观察这种现象，想出某种救济的法子。这是"主义"的源起。主义初起时，大都是一种救时的具体主张。后来这种主张传播出去，传播的人要图简便，便用一两字来代表这种具体的主张，所以叫他作"某某主义"。主张成了主义，便由具体的计划，变成一个抽象的名词。"主义"的弱点和危险，就在这里。因为世间没有一个抽象名词能把某人某派的具体主张都包括在里面。比如"社会主义"一个名词，马克思的社会主义，和王揖唐的社会主义不同；你的社会主义，和我的社会主义不同：绝不是这一个抽象名词所能包括。你谈你的社会主义，我谈我的社会主义，王揖唐又谈他的社会主义，同用一个名词，中间也许隔开七八个世纪，也许隔开两三万里路，然而你和我和王揖唐都可自称社会主义家，都可用这一个抽象名词来骗人。这不是"主义"的大缺点和大危险吗？

我再举现在人人嘴里挂着的"过激主义"做一个例：现在中国有几个人知道这一个名词作何意义？但是大家都痛恨痛骂"过激主义"，内务部下令严防"过激主义"，曹锟也行文严禁"过激主义"，卢永祥也出示查禁"过激主义"。前两个月，北京有几个老官僚在酒席上叹气，说"不好了，过激派到了中国了"。前两天有一个小官僚，看见我写的一把扇子，大诧异道："这不是过激党胡适吗？"哈哈！这就是"主义"的用处！

我因为深觉得高谈主义的危险，所以我现在奉劝新舆论界的同志道："请你们多提出一些问题，少谈一些纸上的主义。"更进一步说："请你们多多研究这个问题如何解决，那个问题如何解决，不要高谈这种主义如何新奇，那种主义如何奥妙。"

现在中国应该赶紧解决的问题，真多得很。从人力车夫的生计问题，到大总统的权限问题；从卖淫问题到卖官卖国问题；从解散安福部问题到加入国际联盟问题；从女子解放问题到男子解放问题……哪一个不是火烧眉毛的紧急问题？

我们不去研究女子如何解放，家庭制度如何救正，却去高谈公妻主义和自由恋爱；不去研究安福部如何解散，不去研究南北问题如何解决，却去高谈无政府主义；我们还要得意扬扬夸口道，"我们所谈的是根本解决"。老实说罢，这是自欺欺人的梦话，这是中国思想界破产的铁证，这是中国社会改良的死刑宣告！

为什么谈主义的人那么多，为什么研究问题的人那么少呢？这都由于一个懒字，懒的定义是避难就易。研究问题是极困难的事，高谈主义是极容易的事。比如研究安福部如何解散，研究南北和议如何解决，这是要费工夫，挖心血，收集材料，征求意见，考察情形，还要冒险吃苦，方可以得到一种解决的意见。又没有成例可援，又没有黄梨洲、柏拉图的话可引，又没有《大英百科全书》可查，全凭研究考察的功夫：这岂不是难事吗？高谈"无政府主义"便不同了。买一两本实社《自由录》，看一两本西文无政府主义的小册子，再翻一翻《大英百科全书》，便可以高谈无忌了：这岂不是极容易的事吗？

高谈主义，不研究问题的人，只是畏难求易，只是懒。

凡是有价值的思想，都是从这个那个具体的问题下手的。先研究了问题的种种方面的种种的事实，看看究竟病在何处，这是思想的第一步功夫。然后根据于一生经验学问，提出种种解决的方法，提出种种医病的丹方，这是思想的第二步功夫。然后用一生的经验学问，加上想象的能力，推想每一种假定的解决法，该有什么样的效果，推想这种效果是否真能解决眼前这个困难问题。推想的结果，拣定一种假定的解决，认为我的主张。这是思想的第三步功夫。凡是有价值的主张，都是先经过这三步功夫来的。不如此，不算舆论家，只可算抄书手。

读者不要误会我的意思，我并不是劝人不研究一切学说和一切"主义"，学理是我们研究问题的一种工具。没有学理做工具，就如同王阳明对着竹子痴坐，妄想"格物"，那是做不到的事。种种学说和主义，我们都应该研究。有了许多学理做材料，见了具体的问题，方才能寻出一个解决的方法，但是我希望中国的舆论家，把一切"主义"摆在脑背后，做参考资料，不要挂在嘴上做招牌，不要叫一知半解的人拾了这些半生不熟的主义，去做口头禅。

"主义"的大危险，就是能使人心满意足，自以为寻着包医百病的"根本解决"，从此用不着费心力去研究这个那个具体问题的解决法了。

民国八年七月

——节选自《问题与主义》

中国近一千年停滞不进步吗？ ①

这篇讲演是要尝试解答一个最难解的中国之谜，就是中国停滞不进步这个谜。韦尔士先生在他的《世界史纲》里用最简明的话把这个谜写出来："中国文明在公元七世纪已经到了顶点了，唐朝就是中国文明成就最高的时代；虽然它还能慢慢地、稳健地在安南传布，又传入柬埔寨，……从此以后一千年里，除了这样地域的进展之外，使中国文明值得记入这部《史纲》的不多。"

我要提出的解答就是实在不承认这个谜，绝对没有一个中国停住不动一千年之久，唐代的文明也绝不是中国文明成就最高的时代。历史家往往被唐代文化成就的灿烂迷了眼，因为那些成就与光荣的唐代以前不止四百五十年的长期纷乱和外族征服对照，当然大显得优胜。然而仔细研究整个的中国文化史，我们便容易相信七世纪的唐代文明绝不是一个顶点，而是好几个世纪的不断进步的开始。

首先，七世纪没有印刷的书籍。雕版印刷是九世纪开始的，而大规模的印书要到十世纪才有。第一批烧泥作的活字是十一世纪中发明的，用金属做的活字更

---

① 该文是胡适在剑桥大学的讲演词，题目是 Has China Remained Stationary during the Last Thousand Years？发表于 Cambridge Review, Vol. 48, N0. 1176（ November 19, 1926 ），pp.112–113.（《西文著作目录》五八号 ）。后有徐高阮的译文，译题为"中国近一千年是停滞不进步吗？"

晚，试想这些大发明使唐初的书和手抄本时代以来文明的一切方面发生了何等可惊的变化！

甚至唐代的艺术，虽然极受人赞美，也只是一个开始，而且若与宋朝和晚明的艺术作品相比只能算是不成熟的艺术。我们尽管承认唐画的一切宗教感情和精细的技巧，却不能不承认后来中国绘画的成就，尤其是那些有诗人气味的，有理想主义气味的山水画家的成就，大大超过了唐代的艺术家。

在文学方面，唐代出了一些真正伟大的诗人和几个优美的散文作家。但是没有史诗，没有戏曲，没有长篇小说，这一切都要在唐代以后很久才发展起来。最早的伟大戏曲出现是十三世纪，伟大的长篇小说是十六、十七世纪。抒情的歌、戏曲、短篇故事、长篇小说，这种种民间文学渐渐大量发展，构成中国近代文明最重要而有趣味的一章。

但是七世纪以后最大的进步还是在宗教和哲学的领域。

古中国的文明在基督纪元的最初七百年里遭遇两个大危险——蛮族征服北部，佛教完全支配全国。北方的蛮族是渐渐被本土人民同化了，然而佛教始终是中国最有势力的宗教。男男女女抛弃家庭去做和尚，做尼姑；在古代各种族中大概是最有理性主义倾向的民族竟变得这样狂热，所以自残自虐成了风气，着了魔的和尚有时用布浇了油，裹住自己的手指、臂膀，甚至于整个身体，然后自己用火烧，作为对佛教的一位神的奉献。

但是中国的民族心理又渐渐恢复过来了，渐渐对佛教的支配起了反抗，中国的佛教徒开始抓到这个新宗教的基本教义而丢掉那些不要紧的东西。快到七世纪末，从古广州出来的一位和尚建立了禅宗的叫作"南宗"的一派，发动了佛教的大革命。近代的研究指示我们，这在根本上是一个中国的运动，凡这个运动自称"直接天竺佛教正统"的话都是很少历史根据的，或者全没有历史根据的。禅宗在十世纪、十一世纪实际上已经压倒了一切其他宗派，对于一切仪式主义、形式主义、文字主义都要反抗，告诉人得解救的途径只在我们本身之内。最要紧的事是懂得人的天然纯洁完全的真正本性，九世纪的伟大的禅宗和尚们不怕把佛像烧掉，把"十二部经"当作废纸。这个唯智主义的禅宗离大乘佛教之远，正等于乔治·福克司的宗教离中古基督教之远。历史家当然不能忽视这个长时期的"禅宗改革"（700—1100）。在这段改革里，佛教本身堕落到了最恶劣的喇嘛教种种形式，摩尼教、祆教、景教、基督教以及别的宗教也正侵入中国，而中国人的头脑坚决摆脱印度的大宗教，铺下了宋朝的本国世间哲学复兴的路。

唐朝有一件可注意的事，就是完全没有独创的学术和现世的思考。唐朝最有名的学者如韩愈、李翱，只是平庸不足道的思想家，但是四百年的禅宗训练终于能够产生一个辉煌的哲学思考的时代。

禅宗虽然是唯智主义的，在根本上还是神秘主义的，超现世的；禅宗的中心问题还是靠知识解放使个人得救这个问题。就这方面说，禅宗对于从来不大注意个人得救问题的中国头脑还不十分相合。因此自宋朝以下新儒家哲学的复兴便是更进一步脱开中国佛教的神秘主义，把注意力重新用到人生与社会国家的实在问题上。

哲学的第一阶段的结束是朱子一派得了很高的地位。这一派虽然承认潜思默想的价值，还是倾向于着重由"格物"来扩张知识的重要性。第二阶段（1500—1700）又有王阳明学派的神秘主义的复活，阳明的唯心哲学在中国和日本都有很大的势力。这两个学派，虽然都是明白反佛教，却从没有完全脱掉中古中国佛教时代传下来的"宗教性"的人生观，这个人生观往往还妨碍新儒家哲学的基本上是理性主义的趋向充分发达。

然而十七世纪又开始了一个新时代。十七、十八世纪有第一等头脑的人抛开了宋、明的哲学思考，认为那都是武断的、无用的，而把他们的精力用在纯粹靠客观方法寻求真理上。因此，顾炎武，开创中国科学的音韵学的人，在他的关于古音的大著作里往往用一百个例来证明一个古音，知识必须是客观的，理论必须以实证为根据的：这就是那个时代流行的精神。我们有理由把那个时代叫作"科学的"时代，不是因为有摸得到的征服自然的成就，而是因为有真正的科学态度和方法浸透了那个时代的一切校勘学研究、历史研究。正是前朝的这种科学传统使我们至少有些人在近代科学研究的各个领域里能够感觉心安理得。

我想，我所说的话已经够表示中国在近一千年里不是停滞不进了。我们很高兴而且诚心诚意地承认，中国在这些世纪里的成就比不上近代欧美在近二百年里所做到的奇迹一般迅速的进步。种种新的条件，都是乐天知命的东方各民族所不曾经历过的条件，都要求迅速而激烈的变化，西方各民族也的确成就了这样的事业。我们正因为没有这样逼迫人的需要，所以多少养成了不可破的乐天知命的习惯，总是用悠闲得多的方法应付我们的问题。我们有时甚至于会认为近代欧洲走得太快了，大概正仿佛一个英国人往往藐视近代美国人，觉得他们过分匆忙。

然而这种差别只是程度的差别，不是种类的差别。而且，如果我所提出的历史事实都是真实的——我相信都是真实的——我们便还有希望，便不必灰心。一个民族曾证明它自己能够在人生与文明的一切基本方面应付自己的问题，缓慢而稳健地求得自己的解决，也许还可以证明它在一个新文明、新训练之下不是一个不够格的学生。因为，用一个英国大诗人的话来说：

> 我们是大地的古人，
> 正当着时代的清晨。
> 于是睡着，于是又觉醒，
> 经历新奇，灿烂，光辉的年岁，
> 我们会吸取变化的花朵和精髓。

——摘录自胡颂平著《胡适之先生年谱长编初稿》2册，660—663页

"我躬不阅，遑恤我后！"

我不信灵魂不朽之说，也不信天堂地狱之说，故我说这个小我是会死灭的。死灭是一切生物的普遍现象，不足怕，也不足惜。但个人自有他的不死不灭的部分：他的一切作为，一切功德罪恶，一切语言行事，无论大小，无论善恶，无论是非，都在那大我上留下不能磨灭的结果和影响。他吐一口痰在地上，也许可以毁灭一村一族，他起一个念头，也许可以引起几十年的血战，他也许"一言可以兴邦，一言可以丧邦"。善亦不朽，恶亦不朽；功盖万世固然不朽，种一担谷子也可以不朽，喝一杯酒、吐一口痰也可以不朽。古人说，"一出言而不敢忘父母，一举足而不敢忘父母"。我们应该说，"说一句话而不敢忘这句话的社会影响。走

一步路而不敢忘这步路的社会影响"。这才是对于大我负责任。能如此做，便是道德，便是宗教。

这样说法，并不是推崇社会而抹杀个人，这正是极力抬高个人的重要。个人虽渺小，而他的一言一动都在社会上留下不朽的痕迹，芳不止流百世，臭也不止遗万年，这不是绝对承认个人的重要吗？成功不必在我，也许在我千百年后，但没有我也绝不能成功。毒害不必在眼前，"我躬不阅，遑恤我后"！然而我岂能不负这毒害的责任？今日的世界便是我们的祖宗积的德，造的孽。未来的世界全看我们自己积什么德或造什么孽。世界的关键全在我们手里，真如古人说的"任重而道远"，我们岂可错过这绝好的机会，放下这绝重大的担子？

——节选自《介绍我自己的思想——〈胡适文选〉自序》

精神文明与物质文明

《我们对于西洋近代文明的态度》《漫游的思想》《请大家来照照镜子》，在这三篇文章里我很不客气地指摘我们的东方文明，很热烈地颂扬西洋的近代文明。

人们常说东方文明是精神的文明，西方文明是物质的文明，或唯物的文明，这是有夸大狂的妄人捏造出来的谣言，用来遮掩我们的羞脸的。其实一切文明都有物质和精神的两部分：材料都是物质的，而运用材料的心思才智都是精神的。木头是物质，而刳木为舟，构木为屋，都靠人的智力，那便是精神的部分。器物越完备复杂，精神的因子越多，一只蒸汽锅炉，一辆摩托车，一部有声电影机器，其中所含的精神因子比我们老祖宗的瓦罐、牛车、毛笔多得多了。我们不能坐在舢板船上自夸精神文明，而嘲笑五万吨大汽船是物质文明。

但物质是倔强的东西，你不征服他，他便要征服你。东方人在过去的时代，也曾制造器物，做出一点利用厚生的文明。但后世的懒惰子孙得过且过，不肯用手用脑去和物质抗争，并且编出"不以人易天"的懒人哲学，于是不久便被物质战胜了。天旱了，只会求雨；河决了，只会拜金龙大王；风浪大了，只会祷告观音菩萨或天后娘娘。荒年了，只好逃荒去；瘟疫来了，只好闭门等死；病上身了，只好求神许愿；树砍完了，只好烧茅草；山都精光了，只好对着叹气。这样又愚又懒的民族，不能征服物质，便完全被压死在物质环境之下，成了一分像人九分像鬼的不长进民族。所以我说：

> 这样受物质环境的拘束与支配，不能跳出来，不能运用人的心思智力来改造环境改良现状的文明，是懒惰不长进的民族的文明，是真正的唯物文明。

反过来看看西洋的文明：

> 这样充分运用人的聪明智慧来寻求真理以解放人的心灵，来制服天行以供人用，来改造物质的环境，来改革社会政治的制度，来谋人类最大多数的最大幸福，——这样的文明是精神的文明。

这是我的东西文化论的大旨。

少年的朋友们，现在有一些妄人要煽动你们的夸大狂，天天要你们相信中国的旧文化比任何国高，中国的旧道德比任何国好。还有一些不曾出国门的愚人鼓起喉咙对你们喊道："往东走！往东走！西方的这一套把戏是行不通的了！"

我要对你们说：不要上他们的当！不要拿耳朵当眼睛！睁开眼睛看看自己，再看看世界。我们如果还想把这个国家整顿起来，如果还希望这个民族在世界上占一个地位，——只有一条生路，就是我们自己要认错。我们必须承认我们自己百事不如人，不但物质机械上不如人，不但政治制度不如人，并且道德不如人，知识不如人，文学不如人，音乐不如人，艺术不如人，身体不如人。

肯认错了，方才肯死心塌地地去学人家。不要怕模仿，因为模仿是创造的必要预备功夫。不要怕丧失我们自己的民族文化，因为绝大多数人的惰性已尽够保守那旧文化了，用不着你们少年人去担心。你们的职务在进取，不在保守。

请大家认清我们当前的紧急问题。我们的问题是救国，救这衰病的民族，救这半死的文化。在这件大工作的历程里，无论什么文化，凡可以使我们起死回生，返老还童的，都可以充分采用，都应该充分收受。我们救国建国，正如大匠建屋，只求材料可以应用，不管他来自何方。

——节选自《介绍我自己的思想——〈胡适文选〉自序》

"无所苟"的态度

……"不倚傍任何党派，不迷信任何成见，用负责任的言论来发表各人思考的结果"，这是《独立评论》的根本态度。我在第四十六号里，曾仔细说明这个根本态度只是一种敬慎"无所苟"的态度：

> ……政论是为社会国家设想，立一说或建一议都关系几千万或几万万人的幸福与痛苦。一言或可以兴邦，一言也可以丧邦。所以作政论的人更应该处处存哀矜敬慎的态度，更应该在立说之前先想象一切可能的结果，——必须自己的理智认清了责任而自信负得起这种责任，然后可以出之于口，笔之于书，成为"无所苟"的政论。

当时我们几个常负编辑责任的人——在君[①]和我、蒋廷黻[②]、傅孟真[③]——都把这个态度看作我们的宗教一样。我们的主张并不一致，常常有激烈的辩争。例

---

① 丁文江（1887—1936），字在君，江苏泰兴人，毕业于英国格拉斯哥大学，地质学家、社会活动家，中国地质事业奠基人。其在动物学、古生物学、地理学、地图学等领域都有巨大贡献，代表著作有《丁文江的传记》等。1936年1月5日，他在湖南进行地质考察期间因煤气中毒逝世。

② 蒋廷黻（1895—1965），字绥章，笔名清泉，出生于湖南省宝庆府邵阳县，毕业于哥伦比亚大学，中国著名历史学家、外交家。重视中俄、中苏关系与东北问题的研究，代表著作有《近代中国外交史资料辑要》等。1965年10月9日，蒋廷黻在纽约去世。

③ 傅斯年（1896—1950），字孟真，山东聊城人，北京大学代校长，台湾大学校长，是学界公认的领袖人物。以火爆性格"享誉"学界、政坛。

如对日本的问题，孟真是反对我的，在君是赞成我的；又如武力统一的问题，廷黻是赞成的，我是反对的；又如民主与独裁的争论，在君主张他所谓"新式的独裁"，我是反对的。但这种激烈的争论从不妨碍我们的友谊，也从不违反我们互相戒约的"负责任"的敬慎态度。

——节选自《丁在君这个人》

慎用抽象名词

　　现在有一些写文字的人最爱用整串的抽象名词，翻来覆去，就像变戏法的人搬弄他的"一个郎当，一个郎当，郎当一郎当"一样。他们有时候用一个抽象名词来替代许多事实，有时候又用一大串抽象名词来替代思想，有时候同一个名词用在一篇文章里可以有无数的不同的意义。我们这些受过一点严格的思想训练的人，每读这一类的文字，总觉得无法抓住作者说的是什么话，走的是什么思路，用的是什么证据。老实说，我们看不懂他们变的什么掩眼法。

　　我试从我平日最敬爱的一个朋友，陶希圣先生的《为什么否认现在的中国》一篇里引一些例子。

　　（1）在先，资本主义的支配还不大厉害的时候，中国人便想自己也来一番资本主义，去追上欧美列强。

　　我们试想"也来一番资本主义"这句话是不是可以替代庚子拳祸以前的一切变法维新的企图？设船厂，兴海军，兴教育，改科举，立制造局，翻译格致书籍，派遣留学生等，这都可以用"也来一番资本主义"包括了：这不是用抽象名词代替许多事实吗？

　　（2）胡先生在过去与封建主义争斗的光荣，是我们最崇拜最愿崇拜的。

　　这里说的是我自己了。然而我搜索我半生的历史，我就不知道我曾有过"与封建主义争斗的光荣"。压根儿我就不知道这四十年的中国"封建主义"是个什么样子。所以陶先生如果说我曾提倡白话文，我没法子抵赖。他恭维我曾与封建主义争斗，我只好对他说"小人无罪"。如果我做过什么"争斗"，我打的是骈文律诗古文，是死的文字，是某种某种混沌的思想，是某些某些不科学的信仰，是某个某个不人道的制度。这些东西各有很长的历史，各有他的历史演变的事实，都是最具体的东西，都不能用一个抽象名词（如"封建主义"）来解释他们，形容他们，或概括他们。即如骈文律诗，在中国古代封建制度的的确确存在的时代，何尝有骈文律诗的影子？骈文律诗起于比较很晚的时代，与封建主义何干？那个道地的封建制度之下，人们歌唱的（如《国风》）是白话，写的（如《论语》）也是白话。后来在一个统一的帝国之下，前一个时代的活文字渐渐僵死了，变成古文，被保留作统一帝国的交通工具，这与封建主义何干？又如我们所攻击的许多传统思想和信仰，绝大部分是两千年的长期印度化的产物，都不是中国古代封建制度之下原有的东西。把这些东西都归罪到"封建主义"一个名词，其错误等于说痨病由于痨病鬼，天花由于天花娘娘，自缢寻死由于吊死鬼寻替身！

以上的例子都是用一个抽象名词来替代许多具体的历史事实。这毛病是笼统，是混沌，是抹杀事实。

……

这种文字障、名词障，不是可以忽视的毛病。这是思想上的绝大障碍。名词是思想的一个重要工具。要使这个工具确当，用得有效，我们必须严格地戒约自己：第一，切不可乱用一个意义不曾分析清楚的抽象名词。（例如用"资本主义"，你得先告诉我，你心里想象的是你贵处的每月三分的高利贷，还是伦敦纽约的年息二厘五的银行放款）第二，与其用抽象名词，宁可多列举具体的事实：事实容易使人明白，名词容易使人糊涂。第三，名词连串的排列，不能替代推理：推理是拿出证据来，不是搬出名词来。第四，凡用一个意义有广狭的名词，不可随时变换它的涵义。第五，我们要记得唐朝庞居士临死时的两句格言，"但愿空诸所有，不可实诸所无"。本没有鬼，因为有了"大头鬼""长脚鬼"等鬼名词，就好像真有鬼了。滥造鬼名词的人自己必定遭鬼迷，不可不戒！

——节选自《今日思想界的一个大弊病》

容忍与自由

　　我在《容忍与自由》一文中提出一点：我总以为容忍的态度比自由更重要，比自由更根本。我们也可说，容忍是自由的根本。社会上没有容忍，就不会有自由。无论古今中外都是这样：没有容忍，就不会有自由。人们自己往往都相信他们的想法是不错的，他们的思想是不错的，他们的信仰也是不错的：这是一切不容忍的本源。如果社会上有权有势的人都感觉到他们的信仰不会错，他们的思想不会错，他们就不许人家信仰自由、思想自由、言论自由、出版自由。所以我在那个时候提出这个问题来，一方面实在是为了对我们自己说话，一方面也是为了对政府、对社会上有力量的人说话，总希望大家懂得容忍是双方面的事。一方面我们运用思想自由、言论自由的权利时，应该有一种容忍的态度；同时政府或社会上有势的人，也应该有一种容忍的态度。大家都应该觉得我们的想法不一定是对的，是难免有错的。因为难免有错，便应该容忍逆耳之言；这些听不进去的话，也许有道理在里面。这是我写《容忍与自由》那篇文章主要的意思。……

　　　　　　——节选自《"容忍与自由"——〈自由中国〉十周年纪念会上的讲词》

统一的中国

　　在纪元前230年到前221年之间，秦国的武力平定了六国，建立了第一次的统一帝国。这第一个统一帝国只有十年多（前222—前210）的寿命，秦始皇死后（前210），陈胜、吴广便起兵造反了（前209）。从前209年到前202年，为楚汉之争时期，从前202年到前195年，为叛乱时期。经过这十五年的战祸之后，第二个统一帝国——汉帝国——方才站得住。从此以后，中国便上了统一帝国的轨道。

这个统一帝国继续了近四百年（约前200—纪元200）之久，中间只有十几年的暂时分裂。这四百年的统一国家的生活，在中国民族史上有莫大的重要。分开来说，至少有这几点可以特别提出：

第一，这四百年的统一生活的训练，养成了一个统一民族的意识。从前只有"齐人""秦人""楚人""晋人"的意识，到这个时期才有"中国人"的意识。我们到现在还自称是"汉人"，"汉人"已成了"中国人"的同义名词了。这便是那四百年的一统生活的绝大成绩。

第二，在这四百年中，许多重要的政治制度逐渐成立，为后代所取法，故汉帝国不但造成了四百年的一统局面，并且建立了两千年统一帝国的基础。最重要的制度如郡县制，如赋税制度，如科举，都成立于这个时代。其中如郡县制虽起于秦帝国，但汉初分封子弟，疆土太大，几乎回到战国的局势。经过了贾谊、晁错、主父偃等人的计虑，才有由诸王分地与子孙的办法，"不行黜陟而藩国自析"。到后来诸侯只能食租税的一部分而已，不能与闻政事。封建的制度到这时候才算废止。又如考试任官的制度，起于汉武帝时，后世逐渐演变，遂成为统一国家的一个最重要的制度。有统一的科举制度才有同一文字的可能。那已死的古文所以能维持两千年的权威，这是这考试任官制度的功效。

第三，秦以前的各国文化虽有渐渐倾向统一的形势，但地方的色彩还是很浓厚的。秦是西戎，楚是南蛮，吴越也是南蛮。孟轲在前四世纪与前三世纪之间，还有"用夏变夷，未闻变于夷"的种族成见。秦始皇虽然用武力征服了六国，而种族畛域之见仍未能消灭，故南方民族有"楚虽三户，亡秦必楚"的口号。陈胜、项羽、刘邦都假借"楚"的名号，最后成统一帝业的刘邦便是南方的平民，但汉高祖虽是南方人，而他的眼光是很敏锐的，故能听娄敬、张良的话，定都关中。娄敬说得很露骨："夫与人斗，不搤其肮，拊其背，未能全其胜也。今陛下入关而都，按秦之故地，此亦搤天下之肮而拊其背也。"南方人立国，而定都北方，这便有统一国家的气象。四百年中，南北的畛域渐渐泯灭，只有对外族的开拓，而没有国内的种族争战。这长期的一统帝国之下，各地的民族宗教在长安都有祠巫，各地的人才都有进用的机会：齐鲁的儒生继续传经，蜀楚的文人宣传楚声的文学，燕齐的方士高谈神仙方术，——都成了帝国文化的一部分，在帝者庇护之下都失去了原来的地方性。故这四百年的统一生活造成了统一的中国文化；有了这个伟大的基础，中国民族才能吸收各外族的文化，才能同化许多外来的民族。

第四，这个统一的局面在思想史上的最大影响便是思想的倾向一尊。秦以前的思想虽有混合的趋势，究竟因为在列国分立的局势之下，各种思想仍有自由发展的机会。在这一国不得志的思想家，在那一国也许可以受君主的拥彗先驱。各国的君王公子又争着养士，白马非马之论固有人爱听，鸡鸣狗盗之徒也有人收容。但秦汉统一之后，政治的大权集中了，思想的中心也跟着政治的趋向改换。李斯很明白地提倡"别黑白而定一尊"的政策，焚烧诗书百家语，禁止私学，禁止以古非今，禁止批评政治。这时候虽然也有私藏的书，但在这统一的专制帝政之下，人人都有"无所逃于天地之间"的感觉（《李斯列传》中记秦二世大杀群公子，公子高欲出奔而恐收族，乃请从葬先帝。这便是"无所逃死"的明例），藏书的人须把书藏在壁里，传书的人须在夜半鸡鸣之间秘密约会，思想的不自由可以想见了。皇帝今天想求神仙，于是学者都得讲神仙。皇帝明天要封禅了，于是博士先生们又得讲求封禅典礼了。秦法又很严，方术不验的便有死罪。卢生、侯生一案，诸生被坑杀的有四百六十余人。到了后来，秦始皇一死倒，连那位主张焚书的丞相李斯也不能有什么说话的自由了，他十分委曲求全，到头来终不免下在狱里，吃了一千余榜掠，还得"具五刑，腰斩东市，夷三族"，临死（前208）时，他回头对他的儿子说："我要想和你再牵着黄狗，出上蔡（他的故乡）东门去赶兔子，那种乐事如今哪儿去寻呢？"他剥夺了天下人思想言论的自由，等到他自己下在狱里，想上书自辩，只落得赵高一句话："囚安得上书！"天下人都没有自由，丞相哪能独享自由呢？

司马迁说：

秦之季世，焚诗书，坑术士，六艺从此缺焉。陈涉之王也，而鲁诸儒持孔氏之礼器，往归陈王。于是孔甲（孔子八世孙孔鲋）为陈涉博士，卒与涉俱死。陈涉起匹夫，驱瓦合谪戍，旬月以王楚，不满半岁竟灭亡，其事至微浅，然而缙绅先生之徒负孔子礼器，往委质为臣者，何也？以秦焚其业，积怨而发愤于陈王也。（《史记》卷一百二十一）

这一件事可以写出当时学者的渴望自由，赞成革命。从前是无所逃于天地之间，现在见有革命军起来了，故他们抱着孔子的礼器，赶去赞助革命，虽与同死而不悔。

但革命成功之后，统一的专制局面又回来了，学术思想的自由仍旧无望。建国的大功臣，如韩信、彭越等皆受极惨酷的刑戮。……

在这个极惨酷无人理的专制淫威之下，哪有思想言论的自由？怪不得张良要辟谷学导引，弃人间事从赤松子游了。怪不得陆贾晚年要谢病辞官，每日带着歌舞琴瑟侍者十人去寻酒食欢乐了。

新垣平犯了什么罪？他不过造出了一种无稽的望气说，又做了一件假古董，几乎叫孝文帝相信而已。然而他却受了五刑三族之诛！新垣平的思想虽荒诞，然而荒诞的思想要受这样惨酷的刑戮，别人虽有正当的思想也就不敢拿出来了。景帝时，辕固生和黄生在皇帝的面前争论一个问题：

> 黄生曰："汤武非受命，乃弑也。"
>
> 辕固生曰："不然。夫桀纣虐乱，天下之心皆归汤武，汤武与天下之心而诛桀纣。桀纣之民不为之使而归汤武，汤武不得已而立，非受命为何？"
>
> 黄生曰："冠虽敝，必加于首。履虽新，必关于足。何者？上下之分也。今桀纣虽失道，然君上也。汤武虽圣，臣下也。夫主有失行，臣下不能正言匡过以尊天子，反因过而诛之，代立践南面，非弑而何也？"
>
> 辕固生曰："必若所云，是高帝代秦即天子之位，非耶？"
>
> 于是景帝曰："食肉不食马肝，不为不知味。言学者无言汤武受命，不为愚。"遂罢。是后学者莫敢明受命放杀者。（《史记》卷一百二十一）

这两个学者都太老实了。一个要正上下之分，故说汤武是造反弑君，却忘了汉朝天下也是从造反得来的。一个要替汉高祖辩护，故赞成革命，却又忘了皇帝在面前，满肚子不愿意有人赞成革命。两个都想巴结皇帝，却都碰了一个大钉子！从此以后，这个问题遂无人敢明白讨论了。这个故事写那思想不自由的空气，写那时代的学者左右做人难的神气，多么可怕！

这一个故事写的便是专制国家里的"忌讳"问题。忌讳是君主或政府不愿意听的话，不愿意人想的思想。凡触犯忌讳的，都不许有自由，都有刑戮的危险。在专制政体之下，一般人的思想都得避免一切犯忌讳的话，还得更进一步去逢迎君主的意志。即如汤武革命的问题，后世也有相仿的例子。北宋史家司马光作《资治通鉴》，认三国时代的魏为正统；南宋史家朱熹作《通鉴纲目》，便认蜀汉为三国正统。为什么呢？北宋赵匡胤因兵士拥戴而做皇帝，很像曹魏的代汉，故宋朝的史家不敢说曹魏是非正统。南宋是偏安的局面，有点像蜀汉的偏安，故南宋的史家不敢不认蜀汉为正统了。到了满清入中国的时候，这个问题又换了一个新样子。明朝的官吏投降清朝的，在当时都很受欢迎，但等满洲人基础稳固之后，这班投降的大官都被收在《贰臣传》去了！前日之受降是一种实际的需要，今日之编入《贰臣传》是为清朝臣子不忠者劝。前日行的是辕固生的主张，今日行的是黄生的主义。此亦一是非，彼亦一是非，都依君主的意旨为转移。

司马迁又说：

> 窦太后好老子书，召辕固生问老子书。固曰："此是家人言耳。"太后怒曰："安得司空城旦书乎？"（汉以司空主罪人，城旦是罚作苦工的徒刑）乃使固入圈刺豕。景帝知太后怒，而固直言无罪，乃假固利兵，入圈刺豕，正中其心。一刺，豕应手而倒。太后默然，无以复罪。罢之。（《史记》卷一百二十一）

把罪人送进兽圈去刺野猪，这很像罗马时代的斗兽，是很野蛮的制度。辕固生不过说了一句轻视老子书的话，窦太后便大怒，罚他去刺野猪，这是何等世界？

晁错为景帝划策，削减诸王国。后来吴楚七国举兵反，以诛晁错为名，景帝慌了，就把晁错斩于东市，以谢七国。董仲舒爱谈灾异，建元六年（前135）辽东高庙灾，董仲舒解释天意，刺讥当日的贵戚外藩。主父偃奏上其书，皇帝把董仲舒交审判，判决他应得死罪。皇帝虽然免了他的死罪，然而从此以后，"董仲舒竟不敢复言灾异！"（《史记》卷一百二十一，参看《汉书》卷二十七上）

当汉武帝初年，太皇太后窦氏的势力还很大。当时有几个儒生想拥护新立的少主，推翻太皇太后的专政。领袖的人是御史大夫赵绾和郎中令王臧，他们运动武帝去请一位八十多岁的儒家大师申公来商量怎样立明堂，朝诸侯。他们又提议请一班外戚诸侯各回国，并请群臣不要向太皇太后处奏事。窦太后知道了，很生气，遂寻了赵绾、王臧的许多罪过，把他们下狱，他们都自杀在狱里。（《史记》卷一百二十一，参看《史记》卷一〇七，《汉书》卷八十八）

窦太后崇拜黄老书，故她的儿子景帝和诸王诸窦都不得不读黄帝老子的书，不得不尊崇黄老之学（《史记》卷四十九）。她当国二十多年（前156—前135），当时的儒生博士"具官待问，未有进者"（《史记》卷一百二十一）。批评老子书的，要被罚去兽圈里刺豕；提倡儒术的，如赵绾、王臧等，要下狱自杀。这便是一尊。《史记》又说：

> 及窦太后崩（前135），武安侯田蚡为丞相，绌黄老刑名百家之言，延文学儒者数百人，而公孙弘以《春秋》白衣为天子三公，封以平津侯。天下之学士靡然向风矣。

这又是一尊。

当武帝征召诸儒之时，辕固生和公孙弘都在被征之数。辕固生已九十余岁了，公孙弘也有六十岁了。公孙弘也有点怕这位老前辈，不敢正眼看他。辕固生对他说：

> 公孙子，务正学以立言，无曲学以阿世。

然而在这个学术一尊，思想不自由之下，能有几个人不"曲学以阿世"呢？

——节选自《中国中古思想史长编·秦汉之间的思想状态》

古代思想混合的趋势

　　从老子、孔子到荀卿、韩非，从前六世纪到前三世纪，是中国古代思想的
分化时期。这时期里的思想家都敢于创造，勇于立异；他们虽然称道尧舜，称述
先王，终究遮不住他们的创造性，终究压不住他们的个性。其实尧舜先王便是
他们创作的一部分，所以韩非说："孔子、墨子俱道尧舜，而取舍不同，皆自谓
真尧舜。"孔氏有孔氏的尧舜，墨者有墨者的尧舜，其实都是创作的。在这个自
由创造的风气里，在这个战国对峙的时势里，中国的思想界确然放了三百多年的
异彩，建立了许多独立的学派，遂使中国古代思想成为世界思想史的一个重要
时代。

　　但我们细看这三百多年的古代思想史，已觉得在这极盛的时代便有了一点由
分而合的趋势。这三百多年的思想，大致可以分作两个时期，前期趋于分化，而
后期便渐渐倾向折中与混合。前期的三大明星，老子站在极左，孔子代表中派而
微倾向左派，墨子代表右派，色彩都很鲜明。老子提出那无为而无不为的天道观
念，用那自然主义的宇宙观来破坏古来的宗教信仰，用那无为而治的政治思想来
攻击当日的政治制度，用那无名和虚无的思想来抹杀当日的文化：这都是富于革
命性的主张，故可以说是极左派。孔子似乎受了左派思想的影响，故也赞叹无
为，也信仰定命，也怀疑鬼神，也批评政治。然而孔子毕竟是个富于历史见解的
人，不能走这条极端破坏的路，所以他虽怀疑鬼神，而教人"祭如在，祭神如神
在"；虽赞叹无为，虽信仰天命，而终身栖栖惶惶，知其不可而为之；虽批评政
治，却不根本主张无治，只想改善政治；虽不满意于社会现状，却不根本反对文
化，总希望变无道为有道。老子要无名，孔子只想正名；老子要无知无欲，孔子
却学而不厌、诲人不倦；老子说："不出户，知天下……其出弥远，其知弥少。"
孔子却说："学而不思则罔，思而不学则殆。"故孔子的思想处处都可以说是微带

左倾的中派。墨子的思想从民间的宗教信仰出发，极力拥护那"尊天事鬼"的宗教：一方面想稍稍洗刷那传统的天鬼宗教，用那极能感动人的"兼爱"观念来做这旧宗教的新信条；一方面极力攻击一切带有宗教革命的危险性的左倾思想。他主张兼爱，说兼爱即是天志，这便是给旧宗教加上一个新意义。他要证明鬼的存在，这便是对怀疑鬼神的人作战。他要非命，因为"命"的观念正是左倾的自然主义的重要思想，人若信死生有命，便不必尊天事鬼了，故明鬼的墨教不能不非命。墨子的兼爱主义和乐利主义的人生哲学，和他的三表法的论理，都只是拥护那尊天明鬼的宗教的武器。故墨家的思想在当日是站在右派的立场的。

这是古代思想第一期的分野。后来老子一系的思想走上极端的个人主义，成了杨朱的为我，以至于许行、陈仲的特立独行，都是左派思想的发展。孔子一系的思想演成"孝"的宗教，想用人类的父子天性来做人生行为的制裁，不必尊天明鬼而教人一举足，一出言，都不敢忘父母。同时他们又极力提倡教育，保存历史掌故，提倡礼义治国。这都是中派思想的本色。直到孟轲，还是这样。孟轲说仁义，重教育，都是中派的遗风；而他信命，信性善，讲教育则注重个人的自得，谈政治则提倡人民的尊贵，这又都是左倾的中派的意味。至于右派的墨者，在这发展的时期里，造成"巨子"的领袖制度，继续发展他们的名学，继续发挥兼爱的精神，养成任侠的风尚，并且在实际政治上做偃兵的运动，这都是直接墨子教义的发展。

这三大系思想的产生和发展，都属于我们所谓古代思想史的前期。在这一时期里，三系都保存他们的个别精神，各有特异的色彩。故孟轲在前四世纪还能说："逃墨必归于杨，逃杨必归于儒。"

他攻击杨子"为我"，又反对墨者的"爱无差等"说，都还可见三系的色彩。

但前四世纪以后，思想便有趋向混合的形势了。这时代的国际局势也渐渐趋向统一，西方的秦国已到最强国的地位，关外的各国都感觉有被吞并的危险。国际上的竞争一天一天更激烈了，人才的需要也就一天一天更迫切了。这时代需要的人才不外三种：军事家，内政人才，外交人才。这是廉颇、李牧、申不害、范雎、张仪、苏秦的时代，国家的需要在实用的人才，思想界的倾向自然也走上功利的一条路上去。苏秦、张仪、范雎、蔡泽诸人造成游说的风气，游说是当时的外交手段的一种，游说的方法是只求达目的，不择手段的。冷眼的哲学家眼见这个"是非无度而可与不可日变"的世界，于是向来的左派的营垒里出来了一些哲人，彭蒙、田骈、庄周等，他们提倡一种"不谴是非"的名学，说"万物皆有所可，有所不可"，说"彼出于是，是亦因彼"，说"是亦一无穷，非亦一无穷"，说"无物不然，无物不可"。庄子这一派的思想指出是非善恶都不是绝对的，都只是相对的，都是时时变迁的。这种名学颇能解放人的心思，破除门户的争执；同时也就供给了思想界大调和混合的基础。《庄子》书中说的：

> 恶乎然？然于然。恶乎不然？不然于不然。物固有所然，物固有所可。无物不然，无物不可。故为是举莛与楹（莛是屋梁，楹是屋柱），厉与西施，恢恑憰怪，道通为一。（《齐物论》）

这种"无物不然，无物不可"的逻辑，便是思想大调和的基础。

这时代不但是游说辩士的时代，又是各国提倡变法的时代。商鞅（前395—前338）的变法，使秦国成为第一强国。赵武灵王的胡服骑射（前307—前295）也收了很大的效果。在变法已有功效的时代，便有一种变法的哲学起来。如韩非说的"圣人不务循古，不法常可，论世之事，因为之备"，"世异则事异，事异则备变"，"法与时转则治，时移而法不易则乱"，便是变法的哲学（《战国策》记赵武灵王变法的议论——也见于《史记·赵世家》，和《史记·商君列传》里讨论变法的话，太相像了，大概同出于一个来源，都是后人用韩非的变法论来敷衍编造的）。这种思想含有两个意义：一是承认历史演变的见解（"三代不同服，五帝不同教"），一是用实际上需要和利便来做选择的标准（"苟可以利其民，不一其用；苟可以便其事，不同其礼"）。这两个意义都可以打破门户的成见和拘守的习惯。历史既是变迁的，那么，一切思想也没有拘守的必要了，我们只需看时势的需要和实际的利便充分采来应时济用便是了。所以前三世纪的变法的思想也是造成古代思想的折中调和的一个大势力。

当时的法治学说便是这个折中调和的趋势的一种表示。前四世纪与前三世纪之间的"法家"便是三百年哲学思想的混合产物。"法"的观念，从"模范"的意义演变为齐一人民的法度，这是墨家的贡献。法家注意正名责实，这便和孔门的正名主义和墨家的名学都有关系。法家又以为法治成立之后便可以无为而治，这又是老子以下的无为主义的影响了。法家又有法律平等的观念，所谓"齐天下之动，至公大定之制"，所谓"顽嚚聋瞽可与察慧聪明同其治"，这里面便有墨家思想的大影响。当时古封建社会的阶级虽然早已崩坏了，但若没有墨家"爱无差等"的精神，恐怕古来的阶级思想还不容易打破（荀子说，"墨子有见于齐，无见于畸"，可见儒家不赞成平等的思想）。故我们可以说，当时所谓"法家"其实只是古代思想的第一次折中混合。其中人物，如慎到便是老庄一系的思想家，如尹文的正名便近于儒家，他们非攻偃兵，救世之斗，又近于墨家；又如韩非本是荀卿的弟子，而他的极端注重功用便近于墨子，他的历史进化观念又像曾受庄子的思想影响，他的法治观念也是时代思潮的产儿。故无论从思想方面或从人物方面，当日的法治运动正是古代思想调和折中的结果。

以上略述古代思想由分而合的趋势。到了前四世纪与前三世纪之间，这个思想大混合的倾向已是很明显的了。在那个时代，东方海上起来了一个更伟大的思想大混合，一面总集合古代民间和知识阶级的思想信仰，一面打开后来二千年中国思想的变局。这个大混合的思想集团，向来叫"阴阳家"，我们也可以叫它作"齐学"。

——节选自《中国中古思想史长编·齐学》

李斯的精神

在秦始皇和李斯的铁手腕之下，学术思想都遭到很严厉的压迫。我们看秦始皇的泰山刻石云：

> ……
> 治道运行，诸产得宜，皆有法式。
> 大义休明，垂于后世，顺承勿革。
> ……

琅邪刻石云：

……

普天之下，抟心壹志。

器械一量，同书文字。

日月所照，舟车所载，

皆终其命，莫不得意。

应时动事，是维皇帝

……

之罘刻石云：

……

普施明法，经纬天下，永为仪则。

大矣哉！宇县之中，承顺圣意！

……

在这些刻石文字里，可以看出始皇帝的志得意满的神气。他们第一次做到一统的功业，确有开辟一个新局面的感觉，难怪他们在这时候起一种"一劳永逸"的梦想。普天之下既是"抟心壹志，承顺圣意"了，还有什么思想的必要呢？所以博士七十人，只有歌颂功德，鼓吹升平的用处；儒生术士几百人，也只有议封禅礼仪，求神仙，求不死奇药的用处。此外他们还有什么用处呢？

然而这般书生偏要不安本分，还妄想替始皇出主意。博士淳于越说：

事不师古而能长久者，非所闻也。

这种口气正触犯了大丞相的忌讳。李斯是荀卿的弟子，韩非的学友，吕不韦的宾客，他的政治哲学正是要人不法先王。于是他提出了他的焚书政策：

五帝不相复，三代不相袭，各以治。非其相反，时变异也。今陛下创大业，建万世之功，固非愚儒所知。且越言乃三代之事，何足法也？

异时诸侯并争，厚招游学。今天下已定，法令出一，百姓当家则力农工，士则学法令辟禁。今诸生不师今而学古，以非当世，惑乱黔首。

丞相臣斯昧死言：古者天下散乱，莫之能一，是以诸侯（当作儒）并作，语皆道古以害今，饰虚言以乱实，人善其所私学，以非上之所建立。今皇帝并有天下，别黑白而定一尊。而私学乃相与非法教之制（此句《始皇本纪》有误，从《李斯列传》改），人闻令下则各以其学议之；入则心非，出则巷议；夸主以为名，异取以为高，率群下以造谤。如此弗禁，则主势降乎上，党与成乎下。禁之便。

臣请史官非秦记，皆烧之。非博士官所职，天下敢有藏《诗》、《书》、百家语者，悉诣守、尉杂烧之。有敢偶语《诗》《书》，弃市。以古非今者族。吏见知不举者，与同罪。令下三十日不烧，黥为城旦。所不去者，医药、卜筮、种树之书。若有欲学法令，以吏为师。（《史记》卷六，参卷八十七）

这一篇大文章受了两千多年的咒骂，到了今日应该可以得着比较公平冷静的估价了。我们研究中国古代思想史的人，看了这篇宣言，并不觉得有什么可以惊异的论点。古来的思想家，无论是哪一派，都有压迫异己思想的倾向。儒家如孟子、荀子，都有过很明白的表示。"能言拒杨墨者，圣人之徒也"，这便是孟轲。"今圣王没，天下乱，奸言起，君子无势以临之，无刑以禁之，故辩说也"，这便是荀卿。儒家不曾造出孔子诛少正卯的故事吗？墨家也要"壹同天下之义"，他们的理想政治是"上之所是，必皆是之；所非，必皆非之：上同而不下比"。韩非也说："言行而不轨于法令者，必禁。"所以古代思想派别虽多，在压迫异己的思想和言论一点上，他们是一致的。他们不幸"无势以临之，无刑以禁之"，故只能说罢了，都不曾做出秦始皇、李斯的奇迹。李斯是有势有刑的帝国大丞相，故能实行当日儒墨名法所公同主张的压迫政策。这叫作"一朝权在手，便把令来行"，孔丘、墨翟、荀卿、李斯，易地则皆然，有什么奇怪？后世儒者对于孔丘杀少正卯的传说都不曾有贬辞，独要极力丑诋李斯的禁书政策，真是知二五而不知一十了。

李斯的建议中的主要思想是根本反对"以古非今""不师今而学古""道古以害今"。这个思想也不足奇怪。我们研究了《庄子》《荀子》《韩非子》《吕氏春秋》的思想，应该可以明白当时思想界的几个重要领袖确是相信历史演化的原则。韩非和《吕氏春秋》讲得最透彻。韩非说：

> 古者丈夫不耕，草木之实足食也。妇人不织，禽兽之皮足衣也。不事力而养足，人民少而财有余，故民不争。是以厚赏不行，重罚不用，而民自治。
>
> 今人有五子不为多，子又有五子，大父未死而有二十五孙。是以人民众而货财寡，事力劳而供养薄，故民争，虽倍赏累罚而不免于乱。……
>
> 是以古之易财，非仁也，财多也。今之争夺，非鄙也，财寡也。（《五蠹》）

《五蠹》一篇全是这种历史变迁的议论，而结论归到"不期循古，不法常可；论世之事，因为之备"。《吕氏春秋》也说：

> 先王之法胡可得而法？虽可得，犹若不可法。凡先王之法，有要于时也。时不与法俱至，法虽今而至，犹若不可法。……其时已与先王之法亏矣，而曰，此先王之法也，而法之以为治，岂不悲哉？（《察今》）

《吕氏春秋》的结论也归到"时已徙矣，而法不徙，以此为治，岂不悲哉？"这种根据于历史演变的事实而主张变法的哲学，便是李斯的议案的思想背景。

韩非早已说过了：

> 今巫祝之祝人曰："使若千秋万岁！""千秋万岁"之声括耳，而一日之寿无征于人。此人所以简（轻慢）巫祝也。

今世儒者之说人主，不善今之所以为治，而语已治之功；不审官法之事，不察奸邪之情，而皆道上古之传，誉先王之成功。儒者饰辞曰："听吾言则可以霸王。"此说者之巫祝，有度之主不受也。故明主举实事，去无用，不道仁义，故不听学者之言。（《显学》）

韩非要除去的"五蠹"，其中之一便是那"称先王之道以籍仁义，盛容服而饰辩说，以疑当世之法，而贰人主之心"的学者。韩非并且很明白地说：

故明主之国，无书简之文，以法为教；无先王之语，以吏为师。（《显学》）

韩非的书在秦国最流行，秦始皇早已熟读了他的《孤愤》《五蠹》之书（《史记》卷六十三）；李斯也是熟读《五蠹》《显学》之书的（《史记》卷六十三，又卷八十七）；连那昏庸的胡亥也能整段地征引《五蠹》篇的话（《史记》卷八十七）。故韩非虽死，而韩非的主张却成了秦帝国的政策。李斯焚书令中的话便是《五蠹》《显学》的主张，而"若有欲学法令，以吏为师"竟是直用《显学》篇的文句了。

平心而论，这种思想可算是中国古代思想中最大胆、最彻底的部分。古代思想家谈政治往往多是内心冥想，而捏造尧舜先王的故事来作证据；内心的冥想无穷，故捏造的尧舜先王故事也无穷。这种风气有种种流弊。名为道古，其实是作伪；闭户造证据，其实全无证据，养成懒惰诈伪的思想习惯，是一弊。什么事总说古昔先王怎样好，"不善今之所以为治，而语已治之功"，养成迷古守旧的心理，是二弊。说来头头是道，而全不观察现状，全不研究制度，"不审官法之事，不察奸邪之情，而皆道上古之传，誉先王之成功"，养成以耳为目的不晓事习气，是三弊。故满地是"先王之语"，其实大都是假历史；遍地是"书简之文"，其实大都是成见与瞎说。所以韩非发愤说：

无参验而必之者，愚也。弗能必而据之者，诬也。故明据先王，必定尧舜者，非愚即诬也。（《显学》）

愚是不自觉的受欺，诬是有心欺骗。李斯的焚书政策只是要扫除一切"非愚即诬"的书籍，叫人回头研究现代的法律制度，上"以法为教"，下"以吏为师"。他不是有意要"愚黔首"，只是如始皇说的"收天下书中不用者尽去之"。翻成今日的语言，这种政策不过等于废除四书五经，禁止人做八股，教人多研究一点现代的法律、经济、政治的知识。这有什么稀奇呢？我们至多不过嫌李斯当日稍稍动了一点火气，遂成了一种恐怖政策，不仅是取缔那应该取缔的"以古非今"，竟取消一切"私学"的权利，摧残一切批评政治的自由了。但政治的专制固然可怕，崇古思想的专制其实更可怕。秦帝国的专制权威，不久便被陈涉、项羽推翻了。但崇古思想的专制权威复活之后，便没有第二个韩非、李斯敢起来造反了。我们在两千多年之后，看饱了二千年"道古以害今，饰虚言以乱实"的无穷毒害，我们不能不承认韩非、李斯是中国历史上极伟大的政治家。他们采取的手段虽然不能全叫我们赞同，然而他们大胆地反对"不师今而学古"的精神是永永不可埋没的，是应该受我们的敬仰的。

——节选自《中国中古思想史长编·秦汉之间的思想状态》

司马迁的社会经济论

……司马迁是受道家的自然无为主义的影响很深的，故他对于那贫富不均的社会，并不觉得奇怪，也不觉得有干涉的必要。在他的眼里，商人阶级的起来，不过是一种很自然的现象。他很平淡地说："富者，人之情性所不学而俱欲者也。"（以下均引《史记》卷一二九《货殖列传》）天下熙熙，皆为利来；天下攘攘，皆为利往。夫千乘之王，万家之侯，百室之君，尚犹患贫，而况匹夫编户之民乎？

这不但是自然的现象，并且是很有益于社会的。社会国家都少不得商人，商人阶级是供给社会需要而产生的。他说：

夫山西饶材竹谷纻旄玉石，山东多鱼盐漆丝声色，江南出楠梓姜桂金锡连（铅）丹沙犀玳瑁珠玑齿革，龙门、碣石北多马牛羊毡裘筋角，铜铁则千里往往山出棋置。此……皆中国人民所喜好，谣俗被服饮食奉生送死之具也。故待农而食之，虞而出之，工而成之，商而通之。此宁有政教发征期会哉？人各任其能，竭其力，以得所欲。故物贱之征贵，贵之征贱，各劝其业，乐其事，若水之趋下，日夜无休时，不召而自来，不求而民出之，岂非道之所符而自然之验耶？《周书》曰："农不出则乏其食，工不出则乏其事，商不出则三宝绝，虞不出则财匮少。财匮少而山泽不辟矣。"此四者，民所衣食之原也。原大则饶，原小则鲜。上则富国，下则富家。贫富之道，莫之夺予，而巧者有余，拙者不足。

司马迁在这里把农工商虞（虞是经营山泽之利的，盐铁属于此业务）四个职业分得最清楚，"商而通之"一语便更是明白指出商业的功用。同书里曾说：

汉兴，海内为一，开关梁，弛山泽之禁，是以富商大贾周流天下，交易之物莫不通得其所欲。

这几句简单的话，使我们知道资本主义的发达是由于汉帝国初期的开放政策。政府尽管挫辱商人，不准商人乘车衣丝，但只要免除关市的苛捐杂税，只要开放山泽之利，商业自然会发达的。商业的发达能使交易之物各得其所欲，这正是商人流通有无的大功用。

司马迁的卓识能认清贫富不均是由于人的巧拙不齐，是自然现象。他说：

贫富之道，莫之夺予，而巧者有余，拙者不足。

又说：

无财作力，少有斗智，既饶争时。

又说：

> 纤啬筋力，治生之正道也。（此即所谓无财作力）而富者必用奇胜。（此即所谓斗智争时）田农拙业，而秦阳以盖一州。掘冢，奸事也，而田叔以起。博戏，恶业也，而桓发用之富。行贾，丈夫贱行也，而雍乐成以饶。贩脂，辱处也，而雍伯千金。卖浆，小业也，而张氏千万。洒削（治刀剑），薄技也，而郅氏鼎食。胃脯（将羊胃，以末椒姜拌之，晒干作脯），简微耳，浊氏连骑。马医，浅方，张里击钟。此皆诚壹之所致。由是观之，富无经业，则货无常主。能者辐辏，不肖者瓦解。

这都是说工商致富都靠自己的能力智术，不是偶然的，也不是不劳而得的。他引白圭的话道：

> 吾治生产犹伊尹、吕尚之谋，孙吴用兵，商鞅行法是也。是故其智不足与权变，勇不足以决断，仁不能以取予，强不能以有守，虽欲学吾术，终不告之矣。

故他赞白圭道：

> 白圭其有所试矣。能试其所长，非苟而已也。

这都是承认营利致富是智能的报酬，不是倘来之物。这是很替资本制度辩护的理论，在中国史上最是不可多得的。太史公不像董仲舒那样"下帷讲诵，三年不窥园"，而偏爱高谈天下经济问题的人，他少年时便出门游历，足迹遍于四方，故能有这种特殊的平恕的见解。他看不起那些迂腐儒生，"无岩处奇士之行，而长贫贱，好语仁义，亦足羞也。"

司马迁既认那农工虞商的资本主义的社会是"道之所符而自然之验"，故他不主张干涉的政策，不主张重农抑商的政策，也不主张均贫富的社会主义。他说：

夫神农以前，吾不知已。至若《诗》《书》所述，虞夏以来，耳目欲极声色之好，口欲穷刍豢之味，身安逸乐而心夸矜势能之荣，使俗之渐民久矣。虽户说以眇（妙）论，终不能化。故善者因之，其次利导之，其次教诲之，其次整齐之，最下者与之争。

这种自然主义的放任政策是资本主义初发达时代的政治哲学。欧洲十八世纪的经济学者，大都倾向于这条路。但资本主义的社会自然产生贫富大不均平的现象，董生所谓"富者田连阡陌，而贫者无立锥之地""贫民常衣牛马之衣，而食犬彘之食"。这种现象也自然要引起社会改革家的注意与抗议，故干涉的政策，均贫富的理想，均田限田的计划，都一一地起来。董生和太史公同时相熟，而两人的主张根本不同。后来的儒家比较占势力，而后来的道家学者又很少像司马迁那样周知社会经济状况的，故均贫富、抑并兼的均产主义渐渐成为中国的正统思想。师丹限田之制失败之后，王莽还要下决心实行均田之制。王莽失败了，后世儒者尽管骂王莽，而对于社会经济，却大都是王莽的信徒。试看班固的《货殖传》，材料全抄《史记》，而论断完全不同了。我们试一比较这两种《货殖传》，可以看见思想的变迁了。

——节选自《中国中古思想史长编·儒家的有为主义》

儒生与汉家制度

董仲舒提出的问题，除了已见上文的之外，还有许多问题值得我们的注意。一个是反对专用刑罚的问题，贾谊也曾提出这个问题，但董生加上宗教的色彩，使这个问题成为儒教的一部分。

他说：

天道之大者在阴阳。阳为德，阴为刑；刑主杀而德主生，是故阳常居大夏而以生育养长为事，阴常居大冬而积于空虚不用之处。以此见天之任德不任刑也。……王者承天意以从事，故任德教而不任刑。刑者，不可任以治世，犹阴之不可任以成岁也。为政而任刑，不顺于天。……今废先王德教之官，而独任执法之吏治民，毋乃任刑之意欤？（《对策》一）

同这问题相连的，是教化的问题：

夫万民之从利也，如水之走下；不以教化堤防之，不能止也。是故教化立而奸邪皆止者，其堤防完也。教化废而奸邪并出，刑罚不能胜者，其堤防坏也。古之王者明于此，是故南面而治天下，莫不以教化为大务。立大学以教于国，设庠序以化于邑，渐民以仁，摩民以谊，节民以礼。故其刑罚甚轻而禁不犯者，教化行而习俗美也。（《对策》一）

教化问题的一部分是太学问题：

养士之大者，莫大乎太学。太学者，贤士之所关也，教化之本原也。今以一郡一国之众，对无应书者，是王道往往而绝也。臣愿陛下兴太学，置明师，以养天下之士，数考问以尽其材，则英俊宜可得矣。

同教育制度有关的，是选士任官的问题：

今之郡守县令……既无教训于下，或不承用主上之法，暴虐百姓，与奸为市，贫穷孤弱，冤苦失职，甚不称陛下之意。……夫长吏多出于郎中、中郎，吏二千石子弟选郎吏，又以富赀，未必贤也（汉初选郎吏多出于"任子"及"算赀"二途。如袁盎因兄喻任为郎中，如霍去病任异母弟霍光为郎，这是任子。如张释之以赀为骑郎，如司马相如以赀为郎，这是算赀。景帝后二年诏曰："今赀算十以上，乃得宦。廉士算不必众。有市籍不得宦，无赀又不得宦。朕甚愍之。赀算四得宦。"十算为十万，四算为四万。汉时每万钱算百二十七文，是为一算，故称赀算。赀算不是捐官，只是要一个身家殷实的资格，方许做官。——其理由有二：应劭曰："古者疾吏之贪，衣食足，知荣辱，限赀十算，乃得为吏。"一也。姚鼐曰："汉初郎须有衣马之饰，乃得侍上，故以赀算。张释之云，久宦灭仲之产，卫青令舍人具鞍马绛衣玉具剑，是也。"二也。《张释之传》注引《汉仪注》说"赀五百万得为常侍郎"。"汉之郎吏最多，有时多至千人"）。且古所谓功者，以任官称职为差，非谓积日累久也。故小材虽累日，不离于小官；贤材虽未久，不害为辅佐。是以有司竭力尽知，务治其业而以赴功。今则不然。累日以取贵，积久以致官。是以廉耻贸乱，贤不肖混淆，未得其真。臣愚以为使诸列侯、郡守、二千石各择其吏民之贤者，岁贡各二人，以给宿卫，且以观大臣之能。所贡贤者有赏，所贡不肖者有罚。夫如是，诸侯、吏二千石皆尽心于求贤，天下之士可得而官使也。……毋以日月为功，实试贤能为上，量材而授官，录德而定位，则廉耻殊路，贤不肖异处矣。（《对策》二）

他还有一个提议，影响中国教育和学术思想最大的，就是定儒学为一尊的政策：

> 《春秋》大一统者，天地之常经，古今之通谊也。今师异道，人异论，百家殊方，指意不同，是以上无以持一统，法制数变，下不知所守。臣愚以为诸不在六艺之科（六艺即六经）孔子之术者，皆绝其道，勿使并进。邪辟之说灭息，然后统纪可一而法度可明，民知所从矣。（《对策》三）

这个建议的文字和精神都同李斯的焚书议是很相像的。他们的主旨都是要"别黑白而定一尊"，都是要统一学术思想。所不同的，只是李斯自信他的制度远胜古人，故禁止学者"以古非今"，故要用现时的新制来统一学术思想；而董仲舒却不满意于汉家制度，故他实行"以古非今"，而要尊崇儒家的学说来统一现时的学术思想。

董仲舒的许多主张，有一些后来竟成为汉朝的制度。他的限田法，哀帝时师丹、孔光等人当权，想要实行，因贵族外戚反对而止。他的选举任官计划，本和汉文帝以来的举"贤良方正，直言极谏"，及举"贤良文学"的制度无甚冲突，故更容易实行。武帝元封五年（前106）诏令"州郡察吏民有茂材异等，可为将相及使绝域者"，这更近于董仲舒的主张了。他的太学计划，也在武帝时实行。元朔四年（前125）诏曰：

> 盖闻导民以礼，风之以乐。今礼坏乐崩，朕甚闵焉。故详延天下方闻之士，咸荐诸朝。其令礼官劝学，讲议洽闻，举遗兴礼，以为天下先。太常其议予（予是给与）博士弟子，崇乡党之化，以厉贤材焉。
> （《汉书》卷六）

那时的丞相是公孙弘，他和太常孔臧、博士平等议奏道：

> 闻三代之道，乡里有教，夏曰校，殷曰序，周曰庠。其劝善也，显之朝廷；其惩恶也，加之刑罚。故教化之行也，建首善自京师始，由内及外。……古者政教未洽，不备其礼，请因旧官而兴焉：为博士官置弟子五十人，复其身（复是免徭役）。太常择民年十八以上，仪状端正者，补博士弟子。郡国县道邑有好文学，敬长上，肃政教，顺乡里，出入不悖所闻者，令相长丞上属所二千石。二千石谨察可者，当与计（计是上计吏）偕诣太常，得受业如弟子。一岁，皆辄试。能通一艺以上，补文学掌故缺。其高第可以为郎中者，太常籍奏。即有秀才异等，辄以名闻。其不事学若下材及不能通一艺，辄罢之。而请诸不称者罚（滥举博士弟子者有罚。《汉书·功臣表》，山阳侯张当居坐为太常择博士弟子不以实，为城旦）。（此奏见《史记》卷一百二十一，又《汉书》卷八十八）

这是太学的最初制度。太学本是贾谊、董仲舒等人的理想，于古无所根据。故公孙弘等说古者不备其礼，只好"依旧官而兴焉"。旧时博士本有弟子，如贾山之祖父贾祛便是魏王时的博士弟子（《汉书》卷五十一）；如秦时有博士诸生，似即是博士弟子。汉初博士也可以收弟子，故景帝末年，蜀郡守文翁选送小吏张叔等十余人到京师受业于博士（《汉书》卷八十九）。公孙弘因此便想到利用这个旧制度，即把博士弟子作为有定额的太学生。他们定的制度暂定博士弟子为五十人，这是中国的第一个国立大学，卒业年限只定一年！后来昭帝时，增名额为百人，宣帝时由二百人增至一千人，成帝末增至三千人。东汉晚期，太学诸生多至三万余人（王国维《观堂集林》卷四有《汉魏博士考》，最可参考）。贾谊、董生的梦想居然实现了。

公孙弘等的奏议里，还附带提出一个选士任官的制度，也可以说是实行贾、董诸人的主张。董仲舒曾说："今以一郡一国之众，对无应书者，是王道往往而绝也。"

公孙弘等奏道：

> 臣谨案，诏书律令下者，明天人分际，通古今之谊，文章尔雅，训辞深厚，恩施甚美。小吏浅闻，不能究宣，无以明布谕下。

这是说，当时的郡国小吏已不懂得古文的诏书律令了。所以他们提议一个补救的办法：

> 治礼（官名，《汉书·王莽传》有大行治礼，《平常传》有大行治礼丞），次治掌故（官名），以文学礼义为官，迁留滞（这两种官，升迁都缓滞）。请选择其秩比二百石以上，及吏百石，通一艺以上，补左右内史大行（之）卒史；比百石以下，补郡太守（之）卒史：皆各二人，边郡一人。先用诵多者（以上是说用治礼去做卒史）。若不足，乃择掌故补中二千石属，文学掌故补郡属（掌故秩百石，见《史记·晁错传》注引应劭、服虔说。治礼官有"秩比二百石以上"者，其秩高于掌故，故云"次治掌故"。而掌故补卒史也在尽先补用治礼之后。此奏《史记》与《汉书》两本文字稍不同，句读不易定，向来学者颇多异说。参看王先谦《汉书补注》卷八十八。我现用《史记》原文，定其句读，略加注释，似胜旧说）。

这是替书生谋出路，开后世用经学文学取士的制度的先声。萧何定律令，只考取能认字写字的抄胥之才；公孙弘的制度便进了一步，要"能通一艺（一经）以上"，才可以做中二千石（左右内史，即后来的左冯翊、右扶风；大行即后来的大鸿胪）和郡守的属官。博士弟子（太学生）此时的出路只是作文学掌故，递补作二千石的卒史。但后来太学人数增多，于是考试出身的制度也改了：

> 岁课甲科四十人，为郎中；乙科二十人，为太子舍人；丙科四十人，补文学掌故。（《汉书》卷八十八）

郎吏向来只有"任子""算赀"两路，现在加上太学甲科的一途，这也是董仲舒的建议成为制度的一种。

董仲舒同时有一个儒生政治家文翁，在中国教育史上也应该占一个很高的位置。文翁是庐江舒人，名党，字仲翁，通《春秋》。景帝末年他做蜀郡守，见蜀地辟陋，有蛮夷风，他极力提倡教化：

> 乃选郡县小吏开敏有材者张叔等十余人，亲自饬厉，遣诣京师，受业博士，或学律令。减省少府（一郡之财政官）用度，买刀布蜀物，赍计吏以遗博士。数岁，蜀生皆成就，还归，文翁以为右职，用次察举，官有至郡守史者（常璩《蜀志》，张叔官至扬州刺史）。

这是省费派遣留学的政策。

> 又修起学官于成都市中，招下县子弟以为学官弟子，为除更繇（更是更卒，繇系是徭役）。高者以补郡县吏，次为孝弟力田。常选学官童子，使在便坐受事。每出行县，益从学官诸生明经饬行者与俱，使传教令，出入闺阁。县中吏民见而荣之数年，争欲为学官弟子。富人至出钱以求之（情愿自费送子弟入学）。由是大化，蜀地学于京师者，比齐鲁焉。至武帝时，乃令天下郡国皆立学校官，自文翁为之始云。

这是郡国自兴学校的政策。武帝令天下郡国皆立学校官，不见于本纪，不知在何年，大概在公孙弘奏置博士弟子之后。从此中央有太学，州郡有学官，又有以通经取士之法，中国的教育制度的规模才算成立。因为创制之人都是儒生，故教材与考试内容都限于儒家的经籍，故儒家便包办了中国教育与科举制度二千年之久。

武帝元年（前140），董仲舒对策，便建议："诸不在六艺之科、孔子之术者，皆绝其道，勿使并进。"

这一年，丞相卫绾便奏道：

> 所举贤良，或治申（申不害）、商（商鞅）、韩非、苏秦、张仪之言，乱国政，请皆罢。

武帝可其奏（《汉书》卷六）。这是第一次统一思想学术。这时候武帝只有十七岁（生于前156），太皇太后窦氏还很有势力，她是黄老的信徒，故卫绾不敢排斥黄老，只罢黜了刑名、纵横之学。故第一次的统一思想只是尊崇儒道两家而排斥其他学派。

这时候政治大权在两家外戚手里，一家是窦太皇太后的堂侄子窦婴，一家是王太后的同母弟田蚡。这两个人都好儒术，便有许多儒生也想依附他们，做点事业。武帝元年，卫绾因病免相，窦婴为丞相，田蚡为太尉。他们推荐了两个儒生，一个是赵绾，为御史大夫，一个是王臧，为郎中令。这两人都是鲁国经学大师申公的弟子，都想借这机会提倡儒家的政制，遂运动那位少年皇帝把申公请来。

> 于是天子使使束帛加璧，安车，以蒲裹轮，驾驷，迎申公。弟子二人乘轺传从。至，见上，上问治乱之事。申公时已八十余，老，对曰："为治者不在多言，顾力行何如耳。"是时上方好文辞，见申公对，默然。然已招致，即以为太中大夫，舍鲁邸，议明堂事。（《汉书》卷八十八）

赵绾、王臧的维新事业只有四个月的命运（建元元年七月迎申公，到次年十月他们便倒了）。他们要设明堂，令列侯就国，除关，以礼为服制（叔孙通的丧服制，被文帝的遗诏革除了。他们又要采用儒教的久丧之制），以兴太平。又举谪诸窦宗室无行者，除其属籍。诸外家为列侯，列侯多尚公主，皆不欲就国。以故，毁日至窦太后。太后好黄老言，而婴、蚡、赵绾等务隆推儒术，贬道家言，是以窦太后滋不悦。（《汉书》卷五十二）

变法失败的局势已成了，只待爆发的时机。

二年（前139）冬十月，御史大夫赵绾请毋奏事太后（《汉书》卷六，又卷五十二）。窦太后大怒曰："此欲复为新垣平耶？"得绾、臧之过，以让上。上因废明堂事，下绾、臧吏，皆自杀。申公亦病免归，数年卒（《汉书》卷八十八，又卷五十二）。丞相婴，太尉蚡，免。（《汉书》卷六）

儒家的变法事业遂失败了，赵绾、王臧成了贾谊、晁错以后的牺牲者。

但四年之后（建元六年，前135），窦太后死了，田蚡为丞相。田蚡是武帝的外婆田老太太的儿子，出身微贱，但颇有才，"学《盘盂》诸书"（《汉书·艺文志》有孔甲《盘盂》二十六篇），自附于儒家。他既当权，遂和武帝大兴儒学：

绌黄、老、刑名百家之言，延文学儒者数百人。而公孙弘以《春秋》白衣为天子三公，封以平津侯。天下之学士靡然向风矣。（《史记》卷一百二十一）

这是第二次统一学术思想。这时黄老之学的大护法窦太后已死了，故所罢黜不但是刑名、纵横之学，并且把黄老也包括在内，这才是儒学一尊。董仲舒的建议竟及身成为实际制度了。

——节选自《中国中古思想史长编·儒家的有为主义》

先秦诸子之进化论

先秦诸子的进化论如今说完了，仔细看来，这几家的学说虽然不同，然其间却有一线渊源不断的痕迹。先有老子的自然进化论，打破了"天地好生"、上帝"作之君作之师"种种迷信。从此以后，神话的时代去，而哲学的时代来。孔子的易便从这个自然进化上着想。不过老子以为若要太平至治之世，须毁坏一切文明制度，损之又损，以至于无为，无为而无不为。孔子却不然。孔子以为变易的痕迹，乃从极简单的渐渐变成极繁赜的。只可温故而知新，却不可由今而反古。这个就比老子进一层了。后来列子、庄子、荀子都承认这个由简而繁的进化公式。列子、庄子时代的科学理想比孔子时代更进化了。墨子时代的科学家，很晓得形学、力学、光学的道理，并且能用凸面凹面镜子试验。所以列子、庄子的进化论，较之孔子更近科学的性质。列子、庄子要研究这万物原始的"简易"是个什么样的东西。列子说这就是一种不生不化却又能"生之化之"的种子。庄子也说"万物皆种也，以不同形相禅"。列子、庄子却终不能跳出老子的自然无为学说。所以他两人都把进化当作一种无神的天命，因此生出一种靠天、安命、守旧、厌世的思想。所以荀子、韩非出来，极力主张人定胜天以救靠天的迷信，又主张"法后王""不期存古"，以救守旧的弊端。却不料这第二个学说，被李斯推到极端，遂惹出焚书坑儒的黑暗手段。后来儒家得志，也学李斯的手段，"别黑白而定一尊"。从此以后，人人"以古非今"，人人"不师今而师古"。这也是朱子说的"教学者如扶醉人，扶得东来西又倒了"。

——节选自《先秦诸子进化论》

奴性的逻辑

　　……研究西洋哲学史，还有一层大用处：还可以救正今日中国思想界和言论界的"奴性逻辑"。什么叫作奴性的逻辑呢？例如甲引"妇人，伏于人也"，以为男女不当平等；乙又引"妻者，齐也"，以为男女应当平等。这便是奴性的逻辑。如今的人，往往拿西洋的学说，来做自己议论的护身符。例如你引霍布士来驳我，我便引卢骚来驳你；甲引哈蒲浩来辩护自由主义，乙便引海智尔来辩护君主政体，丙又引柏拉图来辩护贤人政治。却不知道霍布士有霍布士的时势，卢骚有卢骚的时势，哈蒲浩、海智尔、柏拉图又各有他们不同的境遇时代。因为他们所处的时势、境遇、社会各不相同，所以他们怀抱的救世方法也各不相同。不去研究中国今日的现状应该用什么救济方法，却去引那些西洋学者的陈言来辩护自己的偏见，这已是大错了。至于引那些合我脾胃的西洋哲人，来驳那些不合我脾胃的西洋哲人，全不管这些哲人和那些哲人是否可以相提并论，是否于中国今日的问题有可以引证的理由，这不是奴性的逻辑吗？要救正这种奴性逻辑，须多习西洋哲学史。懂得西洋哲学史，然后知道柏拉图、卢骚、霍布士、海智尔……的学说，都由个人的时势不同，才性不同，所受的教育又不同；所以他们的学说都有个性的区别，都有个性的限制，并不能施诸四海而皆准，也不能推诸万世而不悖，更不能胡乱供给中国今日的政客作言论的根据了。

　　我说这段话，并不是说一切学理都不配做根据。我但说：大凡一个哲学家的学说，百分之中，有几分是守着师承的旧说，有几分是对于前人的革命反动，有几分是受了时人的攻击，有激而发的；有几分是自己的怪僻才性的结果；有几分是为当时的学术所限，以致眼光不远，看得差了；有几分是眼光太远，当时虽不能适用，后世却可实行的；有几分是正对当时的弊病下的猛药，只可施于那时代，不能行于别地别时代的。研究哲学史的人，须要把这几层仔细分别出来，譬如披沙拣金，要知哪一分是沙石，哪一分是真金；要知哪一分是个人的偏见，哪一分是一时一国的危言，哪一分是百世可传的学理。这才是历史的眼光，这才是研究哲学史的最大的益处。

——节选自《旅京杂记》

哲学与人生[①]

……我在《中国哲学史大纲》（上卷）上所下的哲学的定义说："哲学是研究人生切要的问题，从根本上着想，去找根本的解决。"但从根本两字意义欠明现在略加修改，重新下了一个定义说："哲学是研究人生切要的问题，从意义上着想，去找一个比较可普遍适用的意义。"现在举两个例来说明他：要晓得哲学的起点是由于人生切要的问题，哲学的结果，是对于人生的适用。人生离了哲学，是无意义的人生；哲学离了人生，是想入非非的哲学。现在哲学家多凭空臆说，离得人生问题太远，真是上穷碧落，愈闹愈糟！

现在且说第一个例：二千五百年前在喜马拉亚山[②]南部有一个小国——迦叶——里，街上倒卧着一个病势垂危的老丐，当时有一个王太子经过，在别人看到，将这老丐赶开，或是毫不经意地走过去了；但是那王太子是赋有哲学的天才的人，他就想人为什么逃不出老、病、死这三个大关头，因此他就弃了他的太子爵位、妻孥、便嬖、皇宫、财货，遁迹入山，去静想人生的意义。后来忽然在树下想到一个解决：就是将人生一切问题拿主观去看，假定一切多是空的，那么，老、病、死就不成问题了。这种哲学的合理与否，姑不具论，但是那太子的确是研究人生切要的问题，从意义上着想去找他以为比较普遍适用的意义。

---

① 本文为1923年11月胡适在上海商科大学佛学研究会的演讲的摘录。

② 现通译为喜马拉雅山。

我们再举一个例：譬如我们睡到夜半醒来，听见贼来偷东西，我那就将他捉住，送县究办。假如我们没有哲性，就这么了事，再想不到"人为什么要做贼"等等的问题；或者那贼竟苦苦哀求起来，说他所以做贼的缘故，因为母老，妻病，子女待哺，无处谋生，迫于不得已而为之，假如没哲性的人，对于这种呼求，也不见有甚良心上的反动。至于富于哲性的人就要问了，为什么不得已而为之？天下不得已而为之的事有多少？为什么社会没得给他做工？为什么子女这样多？为什么老病死？这种偷窃的行为，是由于社会的驱策，还是由于个人的堕落？为什么不给穷人偷？为什么他没有我有？他没有我有是否应该？拿这种问题，逐一推思下去，就成为哲学。由此看来，哲学是由小事放大，从意义着想而得来的，并非空说高谈能够了解的。推论到宗教哲学、政治哲学、社会哲学等，也无非多从活的人生问题推衍阐明出来的。

　　我们既晓得什么叫人生，什么叫哲学，而且略会看到两者的关系，现在再去看意义在人生上占的什么地位？现在一般的人饱食终日，无所用心。思想差不多是社会的奢侈品。他们看人生种种事实，和乡下人到城里未看见五光十色的电灯一样。只看到事实的表面，而不了解事实的意义。因为不能了解意义的缘故，所以连事实也不能了解了。这样说来，人生对于意义极有需要，不知道意义，人生是不能了解的。宋朝朱子这班人，终日对物格物，终于找不到着落，就是不从意义上着想的缘故。又如平常人看见病人种种病象，他单看见那些事实而不知道那些事实的意义，所以莫名其妙。至于这些病象一到医生眼里，就能对症下药；因为医生不单看病象，还要晓得病象的意义的缘故。因此，了解人生不单靠事实，还要知道意义！

　　那么，意义又从何来呢？有人说，意义有两种来源：一种是从积累得来，是愚人取得意义的方法；一种是由直觉得来，是大智取得意义的方法。积累的方法，是走笨路；用直觉的方法是走捷径。据我看来，欲求意义唯一的方法，只有走笨路，就是日积月累地去做刻苦的功夫，直觉不过是熟能生巧的结果，所以直觉是积累最后的境界，而不是豁然贯通的。大发明家爱迪生有一次演说，他说，天才百分之九十九是汗，百分之一是神，可见得天才是下了番苦功才能得来，不出汗绝不会出神的。所以有人应付环境觉得难，有人觉得易，就是日积月累的意义多寡而已。哲学家并不是什么，只是对于人生所得的意义多点罢了。

欲得人生的意义，自然要研究哲学史，去参考以往的死的哲理。不过还有比较更重要的，是注意现在的活的人生问题，这就是做人应有的态度。现在我举两个可模范的大哲学家来做我的结论，这两大哲学家一个是古代的苏格拉底，一个是现代的笛卡尔。

苏格拉底是希腊的穷人，他觉得人生醉生梦死，毫无意义，因此到公共市场，见人就盘问，想借此得到人生的解决。有一次，他碰到一个人去打官司，他就问他，为什么要打官司？那人答道，为公理。他复问道，什么叫公理？那人便瞠目结舌不能作答。苏氏笑道：我知道我不知你，却不知道你不知呵！后来又有一个人告他的父亲不信国教，他又去盘问，那人又被问住了。因此希腊人多恨他，告他两大罪，说他不信国教，带坏少年，政府就判他的死刑。他走出来的时候，对告他的人说："未经考察过的生活，是不值得活的。你们走你们的路，我走我的路吧！"后来他就从容就刑，为找寻人生的意义而牺牲他的生命！

笛卡尔旅行的结果，觉到在此国以为神圣的事，在他国却视为下贱；在此国以为大逆不道的事，在别国却奉为天经地义：因此他觉悟到贵贱善恶是因时因地而不同的。他以为从前积下来的许多观念知识是不可靠的，因为他们多是乘他思想幼稚的时候侵入来的。如若欲过理性生活，必得将从前积得的知识，一件一件用怀疑的态度去评估他们的价值，重新建设一个理性的是非。这怀疑的态度，就是他对于人生与哲学的贡献。

现在诸君研究佛学，也应当用怀疑的态度去找出他的意义，是否真正比较得普遍适用？诸君不要怕，真有价值的东西，绝不为怀疑所毁；而能被怀疑所毁的东西，绝不会真有价值。我希望诸君实行笛卡尔的怀疑态度，牢记苏格拉底所说的"未经考察过的生活，是不值得活的"这句话。那么，诸位对于明阐哲学，了解人生，不觉其难了。

——节选自《哲学与人生》

哲学的将来[①]

（一）问题的更换。问题解决有两途：

（1）解决了。

（2）知道不成问题，就抛弃了。

凡科学已解决的问题，都应承受科学的解决。

凡科学认为暂时不能解决的问题，都成为悬案。

凡科学认为成问题的问题，都应抛弃。

（二）哲学的根本取消。问题可解决的，都解决了。一时不能解决的，还得靠科学实验的帮助与证实。科学不能解决的，哲学也休想解决。即使提出解决，也不过是一个待证的假设，不足于取信现代的人。

故哲学家自然消灭，变成普通思想的一部分。在生活的各方面，自然总不免有理论家继续出来，批评已有的理论或解释已发现的事实，或指摘其长短得失，或沟通其冲突矛盾，或提出新的解释，请求专家的试验与证实。这种人都可称为思想家，或理论家。自然科学有自然科学的理论家，这种人便是将来的哲学家。

但他们都不能自外于人类的最进步的科学知识思想，而自夸不受科学制裁的哲学家。他们的根据必须是已证实的事实，自然科学的材料或社会科学的统计调查。他们的方法必须是科学实验的方法。

若不如此，但他们不是将来的思想家，只是过去的玄学鬼。

将来只有一种知识：科学知识。

将来只有一种知识思想的方法：科学证实方法。

---

①本文为1929年6月3日胡适在上海大同中学演讲的要点，胡适自记。

将来只有思想家而无哲学家：他们的思想已证实的便成为科学的一部分，未证实的叫作待证的假设（Hypothesis）。

——节选自《哲学的将来》

宗教的使命①

我们研究中国宗教的历史，可以看到很可注意的现象：因为那些宗教的制度形式薄弱，所以新的宗数总是渐渐地，几乎不知不觉地代替了旧的宗教。禅宗就是这样慢慢代替了一切旧派；净土宗也这样慢慢浸入了所有的佛教寺院和家庭。儒教也是这样，东汉的注家慢慢盖过了较古的各派，后来又和平地让位给朱子和他那一派的新解释；从宋学到王阳明的转变，随后又有趋向于近三百年的考据学的转变，都是以同样渐进方式完成的。

别的宗教却都不是这样。他们的每一个新运动都成了定理，都抗拒再进一步的变化。圣方济会（Franciscans）在十三世纪是一个改革运动，到二十世纪却依然是一个有权势的宗教，路德派与加尔文派在基督革新的历史上都占一个先进地位，到了我们当代却成了反动教派。所有这许许多多的宗派，本来应当是一个伟大宗教的一条演进的直线上的一些点或阶段，在今日却成了一个平面上并存的相对抗的势力，每一个都靠制度形式和传教工作使自己永存不灭，每一个都相信只有他可以使人逃避地狱之火而达到得救。而且，这样不愿失了历史的效用只想永存下去的顽强努力，在今日还引起一切更老的宗教仿效，连中国的太虚和康有为也有仿效了。要求一切宗教，一切教派，一切教会，停止一切这样盲目的对抗，宣布休战，让他们都有机会想想所有这一切都为的是什么，让他们给宗教的和平、节省、合理化定出一部"全面的法典"——难道现在还不应当吗？

---

① 1933 年 7 月，芝加哥大学邀请著名学者演讲世界六大宗教——印度教、儒教、佛教、犹太教、伊斯兰教和基督教。该文为胡适第三次演讲，西文题目为 The Task of Confucianism（儒教的使命），以后有徐高阮的译文。

一个现代的宗教的最后一个大使命，就是把宗教的意义和范围扩大、伸长。我们中国人把宗教叫作"教"，实在是有道理的。一切宗教开头，都是道德和社会的教化的大体系，归结却都变成了信条和仪式的奴性的守护者。一切能思想的男女现在都应当认清楚宗教与广义的教育是共同存在的，都应当认清楚凡是要把人教得更良善、更聪智、更有道德的，都有宗教和精神的价值；更都应当认请楚科学、艺术、社会生活都是我们新时代、新宗教的新工具，而且正是可以代替那旧时代的种种咒语、仪式忏悔、寺院、教堂的。

　　我们又要认清楚，借历史的知识看来，宗教不过是差一等的哲学，哲学也不过是差一等的科学。假如宗教对人没有作用，那不是因为人的宗教感差了，而是因为传统的宗教没有能够达成它的把人教得更良善、更聪智的基本功能。种种非宗教性的工具却把那种教化做得更成功，宗教本身正在努力争取这一切工具来支持它的形式化的生活。于是有了那些Y.M.C.A（基督教青年会）和那些Y.M.B.A（佛教青年会）。但是为什么不能省掉第三个首字母（第三个首字母代表基督教的C和佛教的B）呢？为什么不坦白承认这一切运动都已没有旧的宗教性了。为什么不坦白承认这一切如果有宗教性，只是因为他们有教育性，只是因为他们要把人教得更有道德，更尊重社会呢？又为什么不爽快把我们一切旧的尊重支持转移到那些教育的新工具上，转移到那些正在替代旧的宗教而成为教导、感发、安慰的源泉的工具上呢？

　　因此，一切现代宗教的使命，大概就是要把我们对宗教的概念多多扩大，也就是要把宗教本来有的道德教化的功用恢复起来。一个宗教如果只限于每星期一两个小时的活动是不能发扬的；一个宗教的教化范围如果只限于几个少数神学班，这个宗教也是不能生存下去的。现代世界的宗教必须是一种道德生活，用我们所能掌握的一切教育力量来教导的道德生活。凡是能使人高尚，能使人超脱他那小小的自我的，凡是能领导人去求真理、去爱人的，都是合乎最老的意义的、合乎最好的意义的宗教；那也正是世界上一切伟大宗教的开创者们所竭力寻求的，所想留给人类的宗教。

——节选自《儒教的使命》

印度人的历史观念

印度人是没有历史观念的民族，佛教是一个"无方分（空间）无时分（时间）"的宗教。故佛教的历史在印度就没有可靠的记载。去年（1927）的夏间，我在上海美国学校的中国学暑期讲习会内讲演了四次"中国禅宗小史"，听讲的有两位印度人，他们听我讲"慧能死于西历713年，……道一死于788年，……百丈、怀海死于814年，……丹霞、天然死于824年，……"觉得十分可怪。他们后来到我家里来闲谈，说起此事，认为中国民族特别富于历史观念的表现。他们说："怎么连佛教和尚的生死年代都记得这样清楚详细！"

——节选自《禅学古史考》

理学与反理学

中国的近世哲学可分两个时期：

（A）理学时期——西历1050至1600。

（B）反理学时期——1600至今日。

理学是什么？理学挂着儒家的招牌，其实是禅宗、道家、道教、儒教的混合产品。其中有先天太极等，是道教的分子；又谈心说性，是佛教留下的问题；也信灾异感应，是汉朝儒教的遗迹。但其中的主要观念却是古来道家的自然哲学里的天道观念，又叫作"天理"观念，故名为道学，又名为理学。

程颢（大程子，明道先生，死于1085）最初提出"天理"的观念，要人认识那无时不存、无往不在的天理。人生的最高境界只是体认天理，"廓然而大公，物来而顺应"。这是纯粹的道家的自然哲学。

程颐（小程子，伊川先生，死于1107）的天资不如他的哥哥，但比他哥哥切实得多。他似乎受了禅宗注重理解的态度的影响，明白承认知识是行为的向导，"譬如行路，须要光照"。他提出了一个重要的方案，规定了近世哲学的两条大陆：

> 涵养须用敬，
>
> 进学则在致知。

"敬"是中古宗教遗留下来的一点宗教态度。凡静坐、省察、无欲等都属于"主敬"的一条路。"致知"是一条新开的路，即是"格物"，即是"穷理"："即凡天下之物，莫不因其已知之理而益穷之，以求至乎其极。"所以程子教人"今日格一物，明日又格一物；今日穷一理，明日又穷一理"。

后来的理学都跳不出这两条路子。有些天资高明的人便不喜欢那日积月累的工作，便都走上了那简易直截的捷径，都希望从内心的涵养得到最高的境界。宋代的陆象山（九渊，死于1193）与明代的王阳明（守仁，生于1472，死于1529）都属于这一派。

有些天资沉着的人便不喜欢那空虚的捷径，便耐心去做那积铢累寸的格物功夫，他们只想脚踏实地、一步一步地做到那最后的"一旦豁然贯通"的境界。宋代的朱子（朱熹，生于1130，死于1200）便是这一派的最伟大的代表。

要明白这两派的争点，可看王阳明格竹子的故事。阳明说：

> 众人只说格物要依晦翁（朱子），何曾把他的说去用？我着实曾用来。初年与钱友同论做圣贤要格天下之物，因指亭前竹子，令去格看。钱子早夜去穷格竹子的道理，竭其心思，至于三日，便致劳神成疾。当初说他是精力不足，某因自去穷格，早夜不得其理，到七日亦以劳思致疾。遂相与叹圣贤是做不得的，无他大力量去格物了！

这个故事很可以指出"格物"一派的毛病。格物致知是不错的，但当时的学者没有工具，没有方法，如何能做格物的功夫？痴对着亭前的竹子，能格出竹子之理来吗？故程朱一派讲格物，实无下手之处；所以他们至多只能研究几本古书的传注，在烂纸堆里钻来钻去，跑不出来。反对他们的人都说他们"支离，破碎"。

但陆王一派也没有方法。陆象山说，心即是理，理不解自明。王阳明教人"致良知"。这都不是方法。所以这一派的人到后来也只是口头说"静"，说"敬"，说"良知"，都是空虚的玄谈。

五百多年（1050—1600）的理学，到后来只落得一边是支离破碎的迂儒，一边是模糊空虚的玄谈。到了十七世纪的初年，理学的流弊更明显了。五百年的谈玄说理，不能挽救政治的腐败、盗贼的横行、外族的侵略。于是有反理学的运动起来。

反理学的运动有两个方面：

（1）打倒（破坏）

打倒太极图等迷信的理学——黄宗炎、毛奇龄等。

打倒谈心说性等玄谈——费密、颜元等。

打倒一切武断、不近人情的人生观——颜元、戴震、袁枚等。

（2）建设

建设求知识学问的方法——顾炎武、戴震、崔述等。

建设新哲学——颜元、戴震等。

现在我想在这几天内，提出四个人来代表这反理学的时期。顾炎武代表这时代的开山大师。颜元、戴震代表十七八世纪的发展。最后的一位，吴稚晖先生，代表现代中国思想的新发展。

——节选自《几个反理学的思想家》

人死后并不变为鬼

墨翟复兴了并且建立了一个具有伟大力量的宗教。他是中国历史上最伟大最可敬爱的人物之一，但是他却没有"证明"鬼神的存在。

稍后，正统派的中国思想家或不仔细思索而直接地接受了传统的崇拜和祭祀，或是以孔子不轻加臆断的口实而承认他们不知道人在死后究否有知。为了更确定孔子的立场，晚期的儒家捏造了一个故事，作者不明，故事本身初见于公元前一世纪，继而以增改的形式而流行于纪元三世纪。故事是这样的，一位弟子[①]问孔子死者是否有知。孔子说："吾欲言死者之有知，将恐孝子顺孙妨生以送死。吾欲言死之无知，将恐不孝之子弃而不葬。赐欲知死者有知与无知非今之急，死后自知之。"（见刘向《说苑》卷十八；《孔子家语》卷二）

但是有些中国思想家却坦白地采取一种无神论的立场。中国最伟大的哲学家之一王充（27—约100）写过几篇论文（见《论衡》卷六十一、六十三、六十五）以证明："人死后并不变为鬼，死后无知同时不能伤害人类。"他直认：当血液在一个人脉管中停止循环，他的呼吸与灵魂随即分散，尸体腐烂成为泥土，并没有鬼。他的最出名的证明无鬼的推论之一是如此的：如果真的鬼系由死人灵魂所成形，那么，人们所见到的鬼应该是裸体的，确实应该没有穿衣裳。实在的，衣服与带子腐烂后不会有灵魂存在。如何能见到穿着衣裳的鬼？

就我所知，这项论证从来还没有被成功地驳倒过。

——节选自《中国人思想中的不朽观念》

---

① 即子贡。——原译者注

《论衡》的动机——疾虚妄

　　第一个反抗汉朝的国教，"抱评判态度去运用人类的理智，尽力深入追求，没有恐惧也没有偏好"的大运动，正是道家的自然主义哲学与孔子、孟子的遗产里最可贵的怀疑和看重知识上的诚实的精神合起来的一个运动。这个批评运动的一个最伟大的代表是《论衡》八十五篇的作者王充（公元27—约公元100）。

　　王充说他自己著书的动机，"亦一言也，曰，疾虚妄"。"是转为非，虚转为实，安能不言！……世间书传，多若等类，浮妄虚伪，没夺正是，心愤涌，笔手扰，安能不论！论则考之以心，校之以事；虚浮之事，辄立证验。"

　　他所批评的是他那个时代的种种迷信，种种虚妄，其中最大最有势力的是占中心地位的灾异之说。汉朝的国教，挂着儒教的牌子，把灾异解释作一个仁爱而全知的神（天）所发的警告，为的是使人君和政府害怕，要他们承认过失，改良恶政。这种汉儒的宗教是公元前一、二世纪里好些哲人政治家造作成的。他们所忧心的是在一个极广阔的统一帝国里如何对付无限君权这个实际问题，这种忧心也是有理由的；他们有意识或半有意识地看中了宗教手段，造出来一套苦心结构的"天人感应"的神学，这套神学在汉朝几百年里也似乎发生了使君主畏惧的作用。

　　最能够说明这套灾异神学的是董仲舒（公元前179—约104）。他说话像一个先知，也很有权威；"人之所为，极其美恶，乃与天地流通而往来相应。""国家将有失道之败，而天乃先出灾害以谴告之；不知自省，又出怪异以警惧之；尚不知变，而伤败乃至。以此见天心之仁爱人君而欲止其乱也。"这种天与人君密切相感应的神学据说是有《尚书》与《春秋》（记载天地无数异变，有公元前722年至前481年之间的36次日蚀，5次地震）的一套精细解释作根据。然而儒家的经典还不够支持这个荒谬迷忌的神学，所以还要加上一批出不完的伪书，叫作

"谶"（预言）、"纬"（与经书交织来辅助经书的材料），是无数经验知识与千百种占星学的古怪想法混合成的。

这个假儒家的国教到了最盛的时候确被人认真相信了，所以有好几个丞相被罢黜，有一个丞相被赐死，只是因为据说天有了灾异的警告。三大中古宗教之一真是控制住帝国了。

王充的主要批评正针对着一个有目的的上帝与人间统治者互相感应这种基本观念。他批评的是帝国既成的宗教的神学。他用来批评这种神学的世界观是老子与道家的自然主义哲学。他说：

> 夫天道自然也，无为；如谴告人，是有为，非自然也。……损皇天之德，使自然无为转为人事，故难听之也。

因此，他又指出：

> 人在天地之间，犹蚤虱之在衣裳之内，蝼蚁之在穴隙之中。……天至高大，人至卑小。……以七尺之细形，感皇天之大气，其无分铢之验，必也。

这也就是他指摘天人感应之说实在是"损皇天之德"的理由。

他又提出理由来证明人和宇宙间的万物都不是天地有意（故）生出来的，只是自己偶然（偶）如此的：

> 儒者论曰，"天地故生人。"此言妄也。夫天地合气，人偶自生也。……因气而生，种类相产。……如天故生万物，当令其相亲爱，不当令人相贼害也，……则生虎狼蝮蛇及蜂虿之虫，皆贼害人，天又欲使人为之用耶？

公元第一世纪正是汉朝改革历法的时代。所以王充尽量利用了当时的天文学知识，打破那流行的恶政招来灾异谴告的迷信说法。他说：

四十一二月日一食，五六月月亦一食。食有常数，不在政治。百
变千灾，皆同一状，未必人君政治所致。

然而王充对于当世迷信的无数批评里用得最多的证据还是日常经验中的事
实。他提出五"验"来证明雷不是上天发怒，只是空中阴阳两气相激而生的一种
火。他又举许多条证据来支持他的无鬼论。其中说得最巧妙，从来没有人能驳的
一条是"如审鬼者死人之精神，则人见之，宜徒见其裸袒之形，无为见衣带被服
也。何则？衣服无精神，人死与形体俱朽，何以得贯穿乎？"①

以上就我所喜欢的哲学家王充已经说得很多了。我说他的故事，只是要表明
中国哲学的经典时代的大胆怀疑和看重知识上的诚实的精神如何埋没了几百年还
能够重新起来推动那种战斗：用人的理智反对无知和虚妄、诈伪，用创造性的怀
疑和建设性的批评反对迷信，反对狂妄的威权。大胆地怀疑追问，没有恐惧也没
有偏好，正是科学的精神。"虚浮之事，辄立证验"，正是科学的手段。

——节选自《中国哲学里的科学精神与方法》

古代中国的"苏格拉底传统"与自然主义传统

首先，古代中国的知识遗产里确有一个"苏格拉底传统"。自由问答，自由
讨论，独立思想，怀疑，热心而冷静地求知，都是儒家的传统。孔子常说他本人
"学而不厌，诲人不倦"，"好古敏以求之"。有一次，他说他的为人是"发愤忘
食，乐以忘忧，不知老之将至"。

过去两千五百年中国知识生活的正统就是这一个人创造磨琢成的。孔子确有
许多地方使人想到苏格拉底。像苏格拉底一样，孔子也常自认不是一个"智者"，
只是一个爱知识的人。他说："知之者不如好之者；好之者不如乐之者。"

---

① 出自《论衡·论死篇》卷二十。

儒家传统里一个很可注意的特点是有意奖励独立思想，鼓励怀疑。孔子说到他的最高才的弟子颜回，曾这样说："回也，非助我者也，于吾言无所不说（悦）。"然而他又说过："吾与回言终日，不违如愚。退而省其私，亦足以发。"孔子分明不喜欢那些对他说的话样样都满意的听话弟子。他要奖励他们怀疑，奖励他们提出反对意见。这个怀疑问题的精神到了孟子最表现得明白了。他公然说"尽信书不如无书"，公然说他看《武成》一篇只"取其二三策"。孟子又认为要懂得《诗经》必须先有一个自由独立的态度。

孔子有一句极有名的格言是："学而不思则罔，思而不学则殆。"他说到他自己："吾尝终日不食，终夜不寝，以思，无益，不如学也。""学如不及，犹恐失之。""朝闻道，夕死可矣。"这正是中国的"苏格拉底传统"。

知识上的诚实是这个传统的一个紧要部分。孔子对一个弟子说："由，诲女（汝）知之乎？知之为知之，不知为不知；是知也。"又有一次，这个弟子问怎样对待鬼神，孔子说："未能事人，焉能事鬼？"这个弟子接着问到死，孔子说："未知生焉知死？"这并不是回避问题，这是教训一个人对于不真正懂得的事要保持知识上的诚实。这种对于死和鬼神的存疑态度，对后代中国的思想发生了持久不衰的影响。这也是中国的"苏格拉底传统"。

近几十年来，有人怀疑老子、老聃是不是个历史的人物，《老子》这部古书的真伪和成书年代。然而我个人还是相信孔子确做过这位前辈哲人老子的学徒，我更相信在孔子的思想里看得出有老子的自然主义宇宙观和无为的政治哲学的影响。

在那样早的时代（公元前六世纪）发展出来一种自然主义的宇宙观，是一件真正有革命性的大事。《诗经》的《国风》和《雅》《颂》里所表现的中国古代观念上的"天"或"帝"，是一个有知觉、有感情、有爱有恨的人类与宇宙的最高统治者。又有各种各样的鬼神也掌握人类的命运。到了老子才有一种全新的哲学概念提出来，代替那种人格化的一个神或许多个神：

> 有物混成，先天地生。寂兮寥兮，独立而不改，周行而不殆，可以为天下母。吾不知其名，字之曰道，强为之名曰大。

这个新的原理叫作"道"，是一个过程，一个周行天地万物之中，又有不变的存在的过程。道是自然如此的，万物也是自然如此的。

"道常无为，而无不为。"这是这个自然主义宇宙观的中心观念。这个观念又是一种无为放任的政治哲学的基石。"太上，下知有之。"这个观念又发展成了一种谦让的道德哲学，一种对恶对暴力不抵抗的道德哲学："上善若水，水善利万物而不争。""柔弱胜刚强。""常有司杀者。夫代司杀者，是谓代大匠斫。夫代大匠斫者，希有不伤手者矣。"

这是孔子的老师老子所创的自然主义传统。然而老师和弟子有一点基本的不同。孔子是一个有历史头脑的学者，一个伟大的老师，伟大的教育家，而老子对知识和文明的看法是一个虚无主义的看法。老子的理想国是小国寡民，有舟车之类的"什伯人之器而不用"；"使民复结绳而用之！""常使无知无欲。"这种知识上的虚无主义与孔子的"有教无类"的民主教育哲学何等不同！

然而这个在《老子》书里萌芽，在以后几百年里充分生长起来的自然主义宇宙观，正是经典时代的一份最重要的哲学遗产。自然主义本身最可以代表大胆怀疑和积极假设的精神。自然主义和孔子的人本主义，这两极的历史地位是完全同等重要的。中国每一次陷入非理性、迷信、出世思想——这在中国很长的历史上有过好几次——总是靠老子和哲学上的道家的自然主义，或者靠孔子的人本主义，或者靠两样合起来，努力把这个民族从昏睡中救醒。

——节选自《中国哲学里的科学精神与方法》

中国文化里的自由传统

……"自由"这个意义，这个理想，"自由"这个名词，并不是外面来的，不是洋货，是中国古代就有的。

"自由"可说是一个倒转语法，可把它倒转回来为"由自"，就是"由于自己"，就是"由自己做主"，不受外来压迫的意思。宋朝王安石有首白话诗：

风吹屋顶瓦，正打破我头。

我终不恨瓦，此瓦不自由。

这可表示古代人对于自由的意义，就是"自己做主"的意思。

二千多年有记载的历史，与三千多年所记载的历史，对于自由这种权力，自由这种意义，也可以说明中国人对于自由的崇拜，与这种意义的推动。世界的自由主义运动也就是爱自由，争取自由，崇拜自由。世界的历史中，对这一运动的努力与贡献，有早有晚，有多有少，但对此运动都有所贡献。中国对于言论自由、宗教自由、批评政府的自由，在历史上都有记载。

中国从古代以来都有信仰、思想、宗教等自由，但是坐监牢而牺牲生命以争取这些自由的人，也不知有多少。在中国古代有一种很奇怪的制度，就是谏官制度，相当于现在的监察院。这种谏官制度，成立在中国政治思想、哲学思想之前。这种谏官为的是要监督政府、批评政府，都是冒了很大的危险，甚至坐监，牺牲生命。古时还有人借宗教来批评君主，在《教经》中就有一章"谏诤章"，要人为"争臣""争子"。《教经》本是教人以服从孝顺，但是在君王、父亲有错时，作臣子的不得不力争。古代这种谏官制度，可以说是自由主义的一种传统，就是批评政治的自由。此外，在中国古代还有一种史官，就是记载君王的行动，记载君王所行所为以留给千千万万年后的人知道。古代齐国有一个史官，为了记载事实，写下"崔杼弑其君"，连父母均被君主所杀。但到了晋国，事实真相依然为史官写出，留传后世。所以古代的史官，正如现在的记者，批评政治，使为政者有所畏惧，这却充分表示言论的自由。

以上所说的一种谏官御史与史官制度，都可以说明在中国政治思想与哲学思想尚未成立时，就非常尊重批评自由与思想自由。

中国思想的先锋老子与孔子，也可以说是自由主义者。老子说："民不畏死，奈何以死惧之？"孔子说："三军可夺帅也，匹夫不可夺志也。"老子所代表的"无为政治"，有人说这就是无政府主义，反对政府干涉人民，让人民自然发展，这与孔子所代表的思想都是自由主义者。孔子所说的中庸之道，实在是一个中间偏左的态度，这可从孔子批评当时为政的人的态度而知道。孔子当时提出"有教无类"，可解释为"有了教育就没有阶级，没有界限"。这与后来的科举制度，都能说明"教育的平等"。这种意见，都可以说是一种自由主义者的思想。

孟子说："民为贵，君为轻。"在两三千年前，这种思想能被提出，实在是一个重要的自由主义者的传统。孟子说："富贵不能淫，贫贱不能移，威武不能屈。"这是孟子给读书人一种宝贵的自由主义的精神。

在春秋时代，因为国家多，"自由"的思想与精神比较发达。秦朝统一以后，思想一尊，因为自由受到限制，追求自由的人处于这"无所逃于天地之间"的环境中，要想自由实在困难，而依然有人在万难中不断追求。在东汉时，王充著过一部《论衡》，共八十篇，主要的用意可以一句"疾虚妄"说明。全书都以说老实话的态度，对当时儒教"灾异"迷信，予以严格的批评，对孔子与孟子都有所批评，可说是从帝国时代中开辟了自由批评的传统。再举一个例：在东汉到南北朝佛教极盛的时候，其中的一位君王梁武帝也迷信佛数。当时有个范缜，他著述几篇重要文章，其中一篇《神灭论》，就是驳斥当时盛行的灵魂不灭，认为"身体"与"灵魂"，有如"刀"之与"利"。假如刀不存在，则无所谓利不利。当时君王命七十位大学士反驳，君王自己也有反驳，他都不屈服，可说是一种思想自由的一个表现。再如唐朝的韩愈，他反抗当时疯狂的迷信。写了一篇《谏迎佛骨表》，痛骂当时举国为佛骨而疯狂的事，而被充军到东南边区。后又作《原道》，依然是反对佛教。在当时佛教如此极盛，他依然敢反对，这正是自由主义的精神。再以后如王阳明的批评朱熹，批评政治，而受到很多苦痛。清朝有"颜李学派"，反对当时皇帝提倡的"朱子学派"都可以说明在一种极不自由的时代，而争取思想自由的例子。

在中国这两千多年的政治思想史、哲学思想史、宗教思想史中，都可以说明中国自由思想的传统。

今天已经到了一个危险的时代，已经到了"自由"与"不自由"的斗争，"容忍"与"不容忍"的斗争，今天我就中国三千多年的历史，我们老祖宗为了争政治自由、思想自由、宗教自由、批评自由的传统，介绍给各位，今后我们应该如何为这自由传统而努力。现在竟还有人说风凉话，说"自由"是有产阶级的奢侈品，人民并不需要自由。假如有一天我们都失去了"自由"，到那时候每个人才真正会觉得自由不是奢侈品，而是必需品。

——节选自《中国文化里的自由传统》

第十辑
人物与品评

以学以行，两无其俦

每与人评论留美人物，辄推常州赵君元任为第一。此君与余同为赔款学生之第二次遣送来美者，毕业于康南耳，今居哈佛，治哲学、物理、算数，皆精。以其余力旁及语学、音乐，皆有所成就。其人深思好学，心细密而行笃实，和蔼可亲。以学以行，两无其俦，他日所成，未可限量也。余以去冬十二月廿七日至康桥（Cambridge），居于其室。卅一日，将别，与君深谈竟日。居康桥数日，以此日为最乐矣。君现有志于中国语学。语学者（Philology），研求语言之通则，群言之关系，及文言之历史之学也。君之所专治尤在汉语音韵之学。其辨别字音细入微妙，以君具分析的心思，辅以科学的方术，宜其所得大异凡众也。……

——节选自《留学日记》，1916年1月26日

辜鸿铭卖选票

民国十年十月十三夜，我的老同学王彦祖先生请法国汉学家戴弥微（Mon. Demiéville）在他家中吃饭，陪客的有辜鸿铭先生、法国的□①先生、徐墀先生，和我；还有几位，我记不得了。这一晚的谈话，我的日记里留有一个简单的记载，今天我翻看旧日记，想起辜鸿铭的死，想起那晚上的主人王彦祖也死了，想起十三年之中人事变迁的迅速，我心里颇有不少的感触，所以我根据我的旧日

①□，底本不清，下同。

记，用记忆来补充它，写成这篇辜鸿铭的回忆。

辜鸿铭是向来反对我的主张的，曾经用英文在杂志上驳我，有一次为了我在《每周评论》上写的一段短文，他竟对我说，要在法庭控告我。然而在见面时，他对我总很客气。

这一晚他先到了王家，两位法国客人也到了；我进来和他握手时，他对那两位外国客人说：Here comes my learned enemy！大家都笑了。

入座之后，戴弥微的左边是辜鸿铭，右边是徐墀。大家正在喝酒吃菜，忽然辜鸿铭用手在戴弥微的背上一拍，说："先生，你可要小心！"戴先生吓了一跳，问他为什么？他说："因为你坐在辜疯子和徐颠子的中间！"大家听了，哄堂大笑，因为大家都知道"Cranky Hsfi"和"Crazy Ku"的两个绰号。

一会儿，他对我说："去年张少轩（张勋）过生日，我送了他一副对子，上联是'荷尽已无擎雨盖'，——下联是什么？"我当他是集句的对联，一时想不起好对句，只好问："想不出好对句，你对的什么？"他说："下联是'菊残犹有傲霜枝'。"我也笑了。

他又问："你懂得这副对子的意思吗？"我说："'菊残犹有傲霜枝'当然是张大帅和你老先生的辫子了。'擎雨盖'是什么呢？"他说："是清朝的大帽。"我们又大笑。

他在席上大讲他最得意的安福国会选举时他卖票的故事。这个故事我听他亲口讲过好几次了，每回他总添上一点新花样，这也是老年人说往事的普遍毛病。

安福系当权时，颁布了一个新的国会选举法，其中有一部分的参议员是须由一种中央通儒院票选的，凡国立大学教授，凡在国外大学得学位的，都有选举权。于是许多留学生有学士、硕士、博士文凭的，都有人来兜买。本人不必到场，自有人拿文凭去登记投票。据说当时的市价是每张文凭可卖二百元。兜卖的人拿了文凭去，还可以变化发财。譬如一张文凭上的姓名是 Wu Ting，第一次可报"武定"，第二次可报"丁武"，第三次可报"吴廷"，第四次可说江浙方言的"丁和"。这样办法，原价二百元的，就可以卖八百元了。

辜鸿铭卖票的故事确是很有风趣的。他说：

□□□来运动我投他一票，我说："我的文凭早就丢了。"他说：

"谁不认得你老人家？只要你亲自来投票，用不着文凭。"我说："人家卖两百块钱一票，我老辜至少要卖五百块。"他说："别人两百，你老人家三百。"我说："四百块，少一毛钱不来，还得先付现款，不要支票。"他要还价，我叫他滚出去。他只好说："四百块钱依你老人家。可是投票时务必请你到场。"

选举的前一天，□□□果然把四百元钞票和选举入场证都带来了，还再三叮嘱我明天务必到场。等他走了，我立刻出门，赶下午的快车到了天津，把四百块钱全部报效在一个姑娘——你们都知道，她的名字叫"一枝花"——的身上了。两天工夫，钱花光了，我才回北京来。

□□□听说我回来了，赶到我家，大骂我无信义。我拿起一根棍子，指着那个留学生小政客，说："你瞎了眼睛，敢拿钱来买我！你也配讲信义！你给我滚出去！从今以后，不要再上我门来！"

那小子看见我的棍子，真个乖乖地逃出去了。

——节选自《记辜鸿铭》

丁在君①的科学精神

傅孟真先生的《我所认识的丁文江先生》，是一篇很大的文章，只有在君当得起这样一篇好文章。孟真说：

> 我以为在君确是新时代最良善最有用的中国人之代表，他是欧化中国过程中产生的最高的菁华，他是用科学知识作燃料的大马力机器；

①丁文江（1887—1936），字在君，江苏泰兴人，毕业于英国格拉斯哥大学，地质学家、社会活动家，中国地质事业奠基人。

他是抹杀主观，为学术为社会为国家服务者，为公众之进步及幸福而服
务者。

这都是最确切的评论。这里只有"抹杀主观"四个字也许要引起他的朋友的
误会。在君是主观很强的人，不过孟真的意思似乎只是说他"抹杀私意"，"抹杀
个人的利害"。意志坚强的人都不能没有主观，但主观是和私意私利绝不相同的。
王文伯先生曾送在君一个绰号，叫作 the conclusionist。可译作"一个结论家"。这
就是说，在君遇事总有他的"结论"，并且往往不肯放松他的"结论"。一个人
对于一件事的"结论"多少总带点主观的成分，意志力强的人带的主观成分也往
往比较一般的人要多些。这全靠理智的训练深浅来调剂。在君的主观见解是很强
的，不过他受的科学训练较深，所以他在立身行道的大关节目上终不愧是一个科
学时代的最高产儿，而他的意志的坚强又使他忠于自己的信念，知了就不放松，
就决心去行，所以成为一个最有动力的现代领袖。

在君从小不喜欢吃海味，所以他一生不吃鱼翅、鲍鱼、海参。我常笑问他：
这有什么科学的根据？他说不出来，但他终不破戒。但是他有一次在贵州内地旅
行，到了一处地方，他和他的跟人都病倒了。本地没有西医，在君是绝对不信中
医的，所以他无论如何不肯请中医诊治，他打电报到贵阳去请西医，必须等贵阳
的医生赶到了他才肯吃药。医生还没有赶到，他的跟人已病死了，人都劝在君服
中药，他终不肯破戒。我知道他终身不曾请教过中医，正如他终身不肯拿政府干
薪，终身不肯因私事旅行借用免票坐火车一样的坚决。

我常说，在君是一个欧化最深的中国人，是一个科学化最深的中国人。在
这一点根本立场上，眼中人物真没有一个能比上他。这也许是因为他十五岁就
出洋，很早就受了英国人生活习惯的影响的缘故。他的生活最有规则：睡眠必
须八小时，起居饮食最讲究卫生，在外面饭馆里吃饭必须用开水洗杯筷；他不
喝酒，常用酒来洗筷子；夏天家中吃无皮的水果，必须在滚水里浸二十秒钟。
他最恨奢侈，但他最注重生活的舒适和休息的重要，差不多每年总要寻一个歇
夏的地方，很费事地布置他全家去避暑：这是大半为他的多病的夫人安排的，
但自己也必须去住一个月以上；他的弟弟、侄儿、内侄女，都往往同去，有时
还邀朋友去同住。他绝对服从医生的劝告：他早年有脚痒病，医生说赤脚最有

效，他就终身穿有多孔的皮鞋，在家常赤脚，在熟朋友家中也常脱袜子，光着脚谈天，所以他自称"赤脚大仙"。他吸雪茄烟有二十年了，前年他脚趾有点发麻，医生劝他戒烟，他立刻就戒绝了。这种生活习惯都是科学化的习惯；别人偶一为之，不久就感觉不方便或怕人讥笑，就抛弃了。在君终身奉行，从不顾社会的骇怪。

他的立身行己，也都是科学化的，代表欧化的最高层。他最恨人说谎，最恨人懒惰，最恨人滥举债，最恨贪污。他所谓"贪污"，包括拿干薪，用私人，滥发荐书，用公家免票来做私家旅行，用公家信笺来写私信，等等。他接受淞沪总办之职时，我正和他同住在上海客利饭店，我看见他每天接到不少的荐书。他叫一个书记把这些荐信都分类归档，他就职后，需要用某项人时，写信通知有荐信的人定期来受考试，考试及格了，他都雇用；不及格的，他一一通知他们的原荐人。他写信最勤，常怪我案上堆积无数未复的信。他说："我平均写一封信费三分钟，字是潦草的，但朋友接着我的回信了。你写信起码要半点钟，结果是没有工夫写信。"蔡孑民先生说在君"案无留牍"，这也是他的欧化的精神。

罗文干先生常笑在君看钱太重，有寒碜气。其实这正是他的小心谨慎之处。他用钱从来不敢超过他的收入，所以能终身不欠债，所以能终身不仰面求人，所以能终身保持一个独立的清白之身。他有时和朋友打牌，总把输赢看得很重，他手里有好牌时，手心常出汗，我们常取笑他，说摸他的手心可以知道他的牌。罗文干先生是富家子弟出身，所以更笑他寒碜。及今思之，在君自从留学回来，担负一个大家庭的求学经费，有时候每年担负到三千元之多，超过他的收入的一半，但他从无怨言，也从不欠债，宁可抛弃他的学术生活去替人办煤矿，他不肯用一个不正当的钱：这正是他的严格的科学化的生活规律不可及之处。我们嘲笑他，其实是我们穷书生而有阔少爷的脾气，真不配批评他。

在君的私生活和他的政治生活是一致的。他的私生活的小心谨慎就是他的政治生活的预备。民国十一年，他在《努力周报》第七期上（署名"宗淹"）曾说，我们若想将来做政治生活，应做这几种预备：

第一，是要保存我们"好人"的资格。消极地讲，就是不要"作为无益"；积极地讲，是躬行克己，把责备人家的事从我们自己做起。

第二，是要做有职业的人，并且增加我们职业上的能力。

第三，是设法使得我们的生活程度不要增高。

第四，就我们认识的朋友，结合四五个人，八九个人的小团体，试做政治生活的具体预备。

看前面的三条，就可以知道在君处处把私生活看作政治生活的修养。民国十一年他和我们几个人组织"努力"，我们的社员有两个标准：一是要有操守，二是要在自己的职业上站得住。他最恨那些靠政治吃饭的政客。他当时有一句名言："我们是救火的，不是趁火打劫的。"（《努力》第六期）他做淞沪总办时，一面整顿税收，一面采用最新式的簿记会计制度。他是第一个中国大官卸职则半天办完交代的手续的。

在君的个人生活和家庭生活，孟真说他"真是一位理学大儒"。在君如果死而有知，他读了这句赞语定要大生气的！他幼年时代也曾读过宋明理学书，但他早年出洋以后，最得力的是达尔文、赫胥黎一流科学家的实事求是的精神训练。他自己曾说：

> 科学……是教育同修养最好的工具。因为天天求理，时时想破除成见，不但使学科学的人有求真理的能力，而且有爱真理的诚心。无论遇见什么事，都能平心静气去分析研究，从复杂中求简单，从紊乱中求秩序；拿论理来训练他的意想，而意想力愈增；用经验来指示他的直觉，而直觉力愈活。了然于宇宙生物心理种种的关系，才能够真知道生活的乐趣，这种活泼泼的心境，只有拿望远镜仰察过天空的虚漠，用显微镜俯视过生物的幽微的人，方能参领得透彻，又岂是枯坐谈禅妄言玄理的人所能梦见？（《努力》第四十九期，《玄学与科学》）

这一段很美的文字，最可以代表在君理想中的科学训练的人生观。他最不相信中国有所谓"精神文明"，更不佩服张君劢先生说的"自孔孟以至宋元明之理学家侧重内生活之修养，其结果为精神文明"。民国十二年四月中在君发起"科学与玄学"的论战，他的动机其实只是打倒那时候"中外合璧式的玄学"之下的精神文明论。他曾套顾亭林的话来骂当日一班玄学崇拜者：

　　今之君子，欲速成以名于世，语之以科学，则不愿学，语之以柏格森杜里舒之玄学，则欣然矣，以其袭而取之易也。（同上）

　　这一场的论战现在早已被人们忘记，因为柏格森杜里舒的玄学又早已被一批更时髦的新玄学"取而代之"了。然而我们在十三四年后回想那一场战的发难者，他终身为科学勠力，终身奉行他的科学的人生观，运用理智为人类求真理，充满着热心为多数谋福，最后在寻求知识的工作途中，歌唱着"为语麻姑桥下水，出山要比在山清"，悠然地死了，——这样一个人，不是东方的内心修养的理学所能产生的。

——节选自《丁在君这个人》

被拒绝的官费资格

　　……文渊①是民国八年出国的，他先到瑞士进了楚里西大学，次年才到德国，准备学医学。在君早年本想学医学，因为考试医科偶然有一门不及格，不能入医科，才改学动物学。所以他的四弟有志学医，他最热心帮助，学费完全由他担任。

　　文渊在瑞士的时候，在君的同学朋友曹梁厦先生（留欧学生监督处的秘书）曾对文渊说："令兄不是有钱的人，你不应当让他独力担任你的学费。照你的学历，你可以请补官费。现在教育部和江苏省官费都有空额，你不妨写信给在君，请他为你设法补官费。他和留学生监督沈步洲，教育部次长袁希涛，高等教育司司长秦汾都是老朋友，你又合资格，我想你申请一定可以核准的。"文渊也知道他哥哥担负

---

① 文渊即丁文渊，丁文江的四弟。

他留学经费的困难，就把曹先生的好意写信告知在君，并请他设法帮忙。

在君回信的大意是："照你的学历以及我们家中的经济状况，你当然有资格去申请。……不过你应当晓得，国中比你更聪明、更用功、更贫寒的子弟实在不少。他们就是没有像你有这样一个哥哥能替他们担任学费。他们要想留学深造，唯一的一条路就是争取官费。多一个官费空额，就可以多造就一个有为的青年。他们有请求官费的需要，和你不同，你是否应当细细地考虑一番，是不是还想用你的人事关系来占据一个官费空额？我劝你不必为此事费心。我既然答应担负你的学费，如何节省筹款，都是我的事，你只安心用功读书就行。"（丁文渊《文江二哥教训我的故事》，见《热风》第二十二号，页十七）

但在君那时的担任实在超过他的收入，何况那时政府的官吏俸薪往往发不出，发出的是打折扣的中国、交通两银行的纸币，发不出时往往拖欠几个月。在君原有一所小房子，是他用节省的钱盖的。后来他把这房子卖了六千元，主要原因是为了维持他的四弟留德的学费。后来他决定辞去地质调查所所长，去办北票煤矿，正如他七弟文治说的，也是为了那个大家庭的担负太重，而其中最重又最急的担负也是他四弟的留学经费。这都是我亲自听在君说的。

——节选自《丁文江的传记》

周氏弟兄最可爱

……周氏弟兄最可爱，他们的天才都很高。豫才兼有赏鉴力与创作力，而启明的赏鉴力虽佳，创作较少。启明说：他的祖父是一个翰林，滑稽似豫才。一日，他谈及一个负恩的朋友，说他死后忽然梦中来见，身穿大毛的皮外套，对他说："今生不能报答你了，只好来生再图报答。"他接着谈下去："我自从那回梦中见他以后，每回吃肉，总有点疑心。"这种滑稽，确有点像豫才。

豫才曾考一次，启明考三次，皆不曾中秀才，可怪。

——节选自《胡适日记》，1922年8月11日

举荐吴晗

咏霓①、子高②两兄：

　　清华今年取了的转学生之中，有一个吴春晗③，是中国公学转来的，他是一个很有成绩的学生，中国旧文史的根底很好。他有几种研究，都很可观，今年他在燕大图书馆做工，自己编成《胡应麟年谱》一部，功力判断都不弱。此人家境甚贫，本想半工半读，但他在清华无熟人，恐难急切得工作的机会。所以我写这信恳求两兄特别留意此人，给他一个工读的机会。他若没有工作的机会，就不能入学了。我劝他决定入学，并许他代求两兄帮忙。此事倘蒙两兄大力相助，我真感激不尽。附上他的《胡应麟年谱》一册，或可觇他的学力。稿请便中仍赐还。匆匆奉求，即乞便中示复为感。

弟　胡适　二十,八,十九

——《致翁文灏、张子高》

---

① 翁文灏（1889—1971），字咏霓，浙江宁波人，毕业于比利时鲁汶大学，专攻地质学，获理学博士学位，于1912年回国。其在中国地质学教育、矿产开探、地震研究等多方面有杰出贡献，是中国著名的地质学家。回国后在北京大学、清华大学任教，曾为清华地质学系主任，1931年兼任代理校长。

② 张子高（1886—1976），字芷皋，湖北枝江人。清华学校（今清华大学）毕业，后就读美国马萨诸塞理工学院。留学期间，曾参与发起组织中国科学社。1916年回国后，历任金陵大学、浙江大学、清华大学教授。新中国成立后，他任清华大学化工系主任、副校长。

③ 吴晗（1909—1969），原名吴春晗，字辰伯，浙江义乌人，中国著名历史学家、社会活动家、现代明史研究的开拓者和奠基者之一。曾任云南大学、西南联合大学、清华大学教授，北京市副市长，中国科学院历史研究所学术委员，中国科学院哲学社会科学部学部委员，北京市政协副主席等。

章太炎借钱

下午，陈仲恕（汉第）来谈。他谈吴益芳[①]、徐亦蓁两女士之历史，使我敬畏：此两人皆女中的豪侠，他日当详记其事。

仲恕为熊内阁国务院秘书时，曾看见许多怪事。章太炎那时已放了筹边使，有一天来访仲恕——他们是老朋友——说要借六百万外债，请袁总统即批准。仲恕请他先送计划来，然后可提交临时参议院。太炎说："我哪有工夫做那麻烦的计划？"仲恕不肯代他转达，说没有这种办法。仲恕问他究竟为什么要借款，太炎说："老实对你说吧，六百万借款，我可得六十万的回扣。"仲恕大笑，详细指出此意的不可能。太炎说："那么，黄兴、孙文们为什么都可以弄许多钱？我为什么不可以弄几个钱？"他坚坐至三四点钟之久，仲恕不肯代达，他大生气而去。明日，他又来，指名不要陈秘书接见，要张秘书（一麟）见他。张问陈，陈把前一晚的事告诉他，张明白了，出来接见时，老实问太炎要多少钱用，可以托燕孙（梁士诒）设法，不必谈借款了。太炎说要十万。张同梁商量，梁说给他两万。张回复太炎，太炎大怒，复信说："我不要你们的狗钱！"张把信给梁看了，只好不睬他了。第三天，太炎又写信给张，竟全不提前一日的事，只说要一万块钱。张又同梁商量，送了他一万块钱。太炎近来很有钱，他有巨款存在兴业银行，近来还想做兴业的股东哩！

——节选自《胡适日记》，1922年6月7日

[①] 吴益芳，即吴贻芳（1893—1985），中国女教育家。浙江杭州人。1919年毕业于金陵女子大学，1922年赴美国密歇根大学留学。获生物学、哲学双博士学位。1928年回国，任金陵女子大学校长。1949年出席全国政协第一届全体会议，是第五、第六届全国政协常委。

我的朋友许怡荪[①]

　　怡荪是一个最富于血性的人。他待人的诚恳，存心的忠厚，做事的认真，朋友中真不容易寻出第二个。他同我做了十年的朋友，十年中他给我的信有十几万字，差不多个个都是楷书，从来不曾写一个潦草的字。他写给朋友的信，都是如此。只此一端已经不是现在的人所能做到。他处处用真诚待朋友，故他的朋友和他往来久了，没有一个不受他的感化的。即如我自己也不知得了他多少益处。己酉、庚戌两年我在上海做了许多无意识的事，后来一次大醉，几乎死了。那时幸有怡荪极力劝我应留美考试，又帮我筹款做路费。我到美国之后，他给我第一封信就说："足下此行，问学之外，必须被除旧染，砥砺廉隅，致力省察之功，修养之用。必如是持之有素，庶将来涉世，不至为习俗所靡，允为名父之子。"（庚戌十一月十七日信）自此之后，九年之中，几乎没有一封信里没有规劝我、勉励我的话。我偶然说了一句可取的话，或做了一首可看的诗，他一定写信来称赞我，鼓励我。我这十年的日记札记，他都替我保存起来。我没有回过的时候，他晓得我预备博士论文，没有时间做文章，他就把我的《藏晖室札记》节抄一部，送给《新青年》发表。我回国以后看见他的小楷抄本，心里惭愧这种随手乱写的札记如何当得我的朋友费这许多精力来替我抄写。但他这种鼓励朋友的热心，实在能使人感激奋发。我回国以后，他时时有信给我，警告我"莫走错路"，"举措之宜，不可不慎"（六年旧七月初十日信），劝我"打定主意，认定路走，毋贪速效，勿急近功"。（六年九月二十三日信）爱默生（Emerson）说得好："朋友的交情把他的目的物当作神圣看待。要使他的朋友和他自己都变成神圣。"怡荪待朋友，真能这样做。他现在虽死了，但他的精神，

---

①许怡荪，名棣常，号绍南，安徽绩溪人，是胡适中国公学的同学。

他的影响，永远留在他的许多朋友的人格里，思想里，精神里……将来间接又间接，传到无穷，怡荪是不会死的！

——节选自《许怡荪传》

亡友钱玄同先生成仁周年纪念歌

去年九月十二，玄同过四十岁生日。他从前曾说，"四十岁以上的人都应该枪毙。"今年他来信说，九月十二，他要做"成仁纪念"。我做这首纪念歌寄给他。

> 该死的钱玄同，怎么还没有死！
> 一生专杀古人，去年轮着自己。
> 可惜刀子不快，又嫌投水可耻，
> 这样那样迟疑，过了九月十二。
> 可惜我不在场，不曾来监斩你。
> 今年忽然来信，要做"成仁纪念"。
> 这个倒也不难，请先读《封神传》：
> 回家去挖一坑，好好睡在里面，
> 用草盖在身上，脚前点灯一盏，
> 草上再撒把米，瞒得阎王鬼判，
> 瞒得四方学者，哀悼成仁大典，
> 年年九月十二，到处念经拜忏：
> 度你早早升天，免在地狱捣乱。

一九二七年八月在上海

这一首打油诗，我完全忘记了。今天收到胡不归君寄来他的《胡适之传》

（1941年12月在金华出版），在第三八页上有这首诗的全文。玄同死在民国二十八年一月十七日，我至今没有哀挽他的文字。今天读这首诗，回想我们二十多年的友谊，忍不住哀思，故把这首诗抄在这里，做一个纪念。

三十二，十，三十夜

高梦旦①先生小传

高梦旦先生，福建长乐县人，原名凤谦，晚年只用他的表字"梦旦"为名。"梦旦"是在漫漫长夜里想望晨光的到来，最足以表现他一生追求光明的理想。他早年自号"崇有"，取晋人裴頠《崇有论》之旨，也最可以表现他一生崇尚实事痛恨清谈的精神。

因为他期望光明，所以他最能欣赏也最能了解这个新鲜的世界。因为他崇尚实事，所以他不梦想那光明可以立刻来临，他知道进步是一点一滴积聚成的，光明是一线一线地慢慢来的。最要紧的条件只是人人尽他的一点一滴的责任，贡献他一分一秒的光明。高梦旦先生晚年发表了几件改革的建议，标题引一个朋友的一句话："都是小问题，并且不难办到。"这句引语最能写出他的志趣。他一生做的事，三十年编纂小学教科书，三十年提倡他的十三个月的历法，三十年提倡简笔字，提倡电报的改革，提倡度量衡的改革，都是他认为不难做到的小问题。他的赏识我，也是因为我一生只提出一两个小问题，锲而不舍地做去，不敢好高骛远，不敢轻谈根本改革，够得上做他的一个小同志。

高先生的做人，最慈祥、最热心，他那古板的外貌里藏着一颗最仁爱暖热的

---

① 高凤谦（1870—1936），字梦旦，福建长乐人。张元济聘其出任上海商务印书馆编译所国文部部长，后继任编译所所长。高梦旦识才，亦爱才如命。他提升青年沈雁冰任《小说月刊》主编，后者向他提出三条苛刻要求：一是现存稿子都不能用；二是全部改用五号字；三是馆方应当让其全权办事，不能干涉编辑方针。高梦旦全部应允。其还积极帮助王云五完成"四角号码检字法"。

心。在他的大家庭里，他的儿子、女儿都说："吾父不仅是一个好父亲，实兼一个友谊至笃的朋友。"他的侄儿、侄女们都说："十一叔是圣人。"这个圣人不是圣庙里陪吃冷猪肉的圣人，是一个处处能体谅人，能了解人，能帮助人，能热烈地爱人的新时代的圣人。他爱朋友、爱社会、爱国家、爱世界。他爱真理，崇拜自由，信仰科学。因为他信仰科学，所以他痛恨玄谈，痛恨迷信，痛恨中医。因为他爱国家社会，所以他爱护人才真如同性命一样。他爱敬张菊生先生，就如同他爱敬他的两个哥哥一样。他们爱惜我们一班年轻的朋友，就如同他爱护他自己的儿女一样。

他的可爱之处，是因为他最能忘了自己。他没有利心，没有名心，没有胜心。人人都说他冲澹，其实他是浓挚热烈。在他那浓挚热烈的心里，他期望一切有力量而肯努力的人都能成功胜利，别人的成功胜利都使他欢喜安慰，如同他自己的成功胜利一样。因为浓挚热烈，所以他冲澹的好像没有自己了。

高先生生于公历1870年1月28日，死于1936年7月23日，葬在上海虹桥公墓。葬后第四个月，他的朋友胡适在太平洋船上写这篇小传。

——节选自《高梦旦先生小传》

陈独秀与文学革命

陈先生与新文学运动有三点是很重要的背景：

一、他有充分的文学训练，对于旧文学很有根底，苏曼殊、章行严的小说文章，他都要做个序子，这是散文方面的成绩。说到诗他是学宋诗的，在《甲寅》杂志他发表过许多作品，署名"独秀山民""陈仲""陈仲子"，他的诗有很大胆的变化，其中有一首《哭亡兄》，可说是完全白话的，是一种新的创造。他更崇拜小说，他说曹雪芹、施耐庵的《红楼梦》《水浒传》比较归有光、姚姬传的古文要高明得多，在那时说种种大胆的话，大家都惊异得很，这可见他早就了解白话文的重要，他最佩服马东篱的元曲，说他是中国的Shakespeare①。

二、他受法国文化的影响很大，他的英文、法文都可以看书，我记得《青年杂志》（即后来的《新青年》）上，他做过一篇《法兰西人与近代文明》，表示他极端崇拜法国的文化，他说法国人发明了三个大东西，第一是人权说（Rights of men），在1789年法人Lafayette②做《人权宣言》（La declaration des droits de l'hommes），美国的《独立宣言》也是他做的。第二是生物进化论，法人Lamarck③在1809年做《动物哲学》，其后五十年才有达尔文出来，第三是有三个法国人Babeuf④，Saint-Simon⑤，Fourier⑥是马克思的先声，首开社会主义的风气。但另外还有一点，陈先生没有说到，就是新文学运动，其实陈先生受自然主义影响最大，看他一篇《欧洲文艺谈》把法国文学艺术的变化分成几个时期：（一）从古典主义到理想主义（即浪漫主义）；（二）从浪漫主义到写实主义；（三）从写实主义到自然主义。把法国文学上各种主义详细地介绍到中国，陈先生算是最早的一个，以后引起大家对各种主义的许多讨论。

三、陈先生是一位革命家，那时我们许多青年人在美国留学，暇时就讨论文学的问题，时常打笔墨官司。但我们只谈文学，不谈革命，但陈先生已经参加政治革命，实行家庭革命，他家是所谓大世家，但因恋爱问题及其他问题同家庭脱离了关系，甚至他父亲要告他。有一次他到北京，他家开的一所大铺子的掌柜听说小东人来了，请他到铺子去一趟，赏个面子，但他却说"铺子不是我的"，可见他的精神。在袁世凯要实现帝制时，陈先生知道政治革命失败是因为没有文化思想这些革命，他就参加伦理革命、宗教革命、道德的革命，在《新青年》上

---

① Shakespeare，现通译为莎士比亚（1564—1616），英国剧作家，诗人。

② Lafayette，现通译为拉法耶特（1757—1834），法国大革命时期君主立宪派代表人物。早年参加美国独立战争。1789年作为贵族等级代表参加三级会议，起草《人权宣言》。

③ Lamarck，现通译为拉马克（1744—1829），法国博物学家，是无脊椎动物学的创始人，著有《无脊椎动物的系统》《动物学哲学》等。

④ Babeuf，现通译为巴贝夫（1769—1797），法国革命家，空想社会主义者，著有《永久地籍册》。

⑤ Saint-Simon，现通译为圣西门（1760—1825），法国空想社会主义者，著有《一个日内瓦居民给当代人的信》《人类科学概论》等。

⑥ Fourier，现通译为傅立叶（1772—1837），法国空想社会主义者，著有《关于四种运动和普遍命运的理论》《普遍统一论》等。

有许多基本革命的信条：（一）自主的不是奴隶的；（二）进步的不是保守的；（三）进取的不是退隐的；（四）世界的不是锁国的；（五）实利的不是虚文的；（六）科学的不是想象的——这是根本改革的策略。民国五年袁世凯死了，他说新时代到了，自有史以来，各种罪恶耻羞都不能洗尽，然而新时代到了，他这种革命的精神，与我们留学生的消极的态度，相差不知多少。他那时所主张的不仅是政治革命，而是道德艺术一切文化的革命！

民国四年《甲寅》杂志最后一期有两篇东西，一篇是《学校国文教材之商榷》，反对用唐宋八家的文章做材料，要选更古的文章，汉魏六朝的东西做教材，这是一趋势；又一篇是《通讯》，名记者黄远庸写的（他后来在美国旧金山被暗杀了），他说"愚见以为居今论政，实不知从何处起说，洪范九畴，亦只能明夷待访，……至根本救济，远意当提倡新文学入手，综之当使吾辈思潮，如何能与现代思潮接触，而促其猛省，而其爱须与一般之人生出交涉，法须以浅近文艺，普遍四周，……"章士钊答他说文学革命须从政治下手，此又一潮流。但陈先生却恭维自然主义，尤其是佐拉（Zola）。有一个张永言写一封信给他，引起他对文学的兴味，引起我与陈先生通讯的兴味，他说现在是古典到浪漫主义的时期，但应当走到写实主义那方面去，不过我同时看到《新青年》第三号上，有一篇谢无量的律诗《寄会稽山人八十四韵》，后面有陈先生一个跋："文学者，国民最高精神之表现也，国民此种精神委顿久矣，谢君此作，深文余味，希世之音也。子云相如而后，仅见斯篇，虽工部亦只有此功力，无此佳丽，谢君自谓天下文章尽在蜀中，非夸矣，吾国人伟大精神，犹未丧失也钦？于此征之。"他这样恭维他，但他平日的主张又是那样，岂不是大相矛盾？我写了封信质问他，他也承认他矛盾，我当时提出了八不主义，就是《文学改良刍议》，登在《新青年》上，陈先生写了一个跋。

他想到文学改革，但未想到如何改革，后来他知道工具解放了就可产生新文学，他做了一篇《文学革命论》，我的诗集叫《尝试》，刊物叫《努力》，他的刊物叫《向导》，这篇文章又是《文学革命论》！他的精神于此可见。他这篇文章有可注意的两点：（一）改我的主张进而为文学革命；（二）成为由北京大学学长领导，成了全国的东西，成了一个严重的问题。他说庄严灿烂的欧洲是从革命来的，他高张文学革命军大旗，为中国文学辟一个新局面，他有三大主义：（1）推倒雕琢的阿谀的贵族文学，建设平易的抒情的国民文学；（2）推倒陈腐的铺张的古典文学，建设新鲜的立诚的写实文学；（3）推倒迂晦的艰涩的山林文学，建设明了的通俗的社会文学。他愿意拖了四十二生的大炮为之前驱，打倒十八妖魔：明之前后七子和归、方、姚、刘！这就是变成整个思想革命！

最后，归纳起来说，他对于文学革命有三个大贡献：

一、由我们的玩意儿变成了文学革命，变成三大主义。

二、由他才把伦理、道德、政治的革命与文学合成一个大运动。

三、由他一往直前的精神，使得文学革命有了很大的收获。

——节选自《陈独秀与文学革命》

教育家张伯苓

"我既无天才，又无特长，我终身努力小小的成就，无非因为我对教育有信仰、有兴趣而已。"这句话是张伯苓的自述。他还常常喜欢引用一位朝鲜朋友的评语：

> 张伯苓是一个极其简单的人，不能跟同时代的杰出人物争一日之
> 长短，但是他脚踏实地地苦干，在他的工作范围里，成就非凡。

他二十岁就从事于教育，第一期学生不过五个人。一九一七年，他四十一岁，南开中学已有一千个学生。到了一九三六年，他六十大寿的时候，南开大、中、小学共有学生三千名。一九三七年，天津校舍被毁于日军，其时他早已在重庆设立南渝中学，不到几年，学生增至一千多人，又成为全国首屈一指的中学。

张伯苓于一八七六年四月五日生于天津。其父博学多能，爱好音乐，尤善琵琶和骑马射箭，惜以沉溺于逸乐，以至家产荡然。续弦生伯苓时，已甚穷困，授徒以自给，深痛自己的不能振作，乃决计令伯苓受良好教育，严格的修身。

伯苓年十三，以家学渊源考入北洋海军学校。该校系严修、伍光建等三五留英学生主持，伯苓每届考试必列前茅。该校教师中有苏格兰人麦克礼者，讲解透彻，更佐以日常人格的熏陶，受业诸生获益匪浅，其于伯苓亦留下深刻难忘的印象，伯苓于一八九四年以第一名毕业，时年还不过十八岁。

是年，中国海军于第一次中日战争中大败，几于全军覆没，甚至于不留一舰可供海军学校毕业生实习之用。伯苓于是不得不回家静候一年，然后得入海军实习舰"通济号"内见习军官三个月，伯苓即在该舰遭遇他终身不忘的国耻，决心脱离海军，从事教育救国事业。

缘自中国败于日本之后，欧洲帝国主义者在中国竞相争夺势力范围，伯苓即于其时在威海卫亲身经历到中国所受耻辱的深刻。威海卫原为中国海军军港，中日之战失败后，然后于翌日移交英军。伯苓目击心伤，喟然叹曰：

> 我在那里亲眼看到两月之间三次易帜，取下太阳旗，挂起黄龙旗，第二次，我又看见取了黄龙旗，挂起米字旗。当时说不出的悲愤交集，乃深深觉得，我国欲在现代世界求生存，全靠新式教育，创造一代新人。我乃决计献身于教育救国事业。

张氏此种觉悟，此种决心，足以反映当时普及全国的革新运动。戊戌政变就是这种运动的高潮，可惜这种新运动不敌慈禧太后的反动势力而失败了。伯苓时年廿二岁，欣然应严修之聘，在其天津住宅设私塾教授西学。严氏私塾名"严馆"，学童为严修之子等五人。此为张氏一生从事教育事业的开端。

伯苓结识严修，于后来南开的开办与发展的影响很大。严修字范孙，为北方学术界重镇，竭诚提倡新思潮新学说，不遗余力，而且德高望重，极受津人的景仰，伯苓得其臂助，为南开奠定巩固的始基。伯苓当时的教授法已极新颖，堪称现代教育而无愧色。所授课程且有英文、数学和自然科学的基本学识，尤注重学生的体育。伯苓且与学生混在一起共同作户外运动，如骑脚踏车、跳高、跳远和足球之类。同时注重科学和体育，师生共同学习，共同游戏。张氏于此实为中国现代教育的鼻祖之一。

一九〇三年，张氏和严修赴日考察大中学校教育制度，带回许多教育和科学的仪器。张、严两氏咸以日本教育发达，深受感动。回国后，即以严氏一部分房屋，将私塾改为正式中学，名曰第一私立中学，一九〇四年开学，学生七十三人，每月经费纹银二百两，由严、张两家平均负担。一九〇六年，某富友捐赠天津近郊基地名"南开"者作为新校校址。从此南开与张伯苓两个名字，在中国教育史上永占光荣的一页。

南开在此后十年中，进步一日千里，其发展与进步且是有计划的。一九二〇年，江苏督军李纯，原籍天津，自杀身死，留下遗嘱，指定他一部分财产，计值五十万元捐助南开经费，中美教育文化基金董事会和管理中英庚子赔款基金董事会，也以英美退还的赔款一部分拨捐南开。纽约洛克斐尔基金委员会更捐助大宗款项，建造南开大学校舍及其设备，并资助该校的经济研究所。

南开开办之初，基地不过两亩，不到几年，即在附近添购一百亩以上，以供扩充。南开大学系于一九一九年正式开学，设文、理、商三科，翌年增设矿科。经济研究所则系于一九三一年设立。下一年又增设化学研究所。南开中学女子部则系于一九二三年设立。并于一九二八年设立实验小学。到了一九三二年，南开已完成了五个部门，即大学部、研究院、男子中学、女子中学及小学。在毁于日军的前几年，学生总数已达三千人。

南开之有此成绩，须归功于张伯苓先生之领导，这是尽人皆知的事实。他常对友人说：一个教育机关应常常欠债。任何学校的经费，如在年终，在银行里还有存款，那就是守财奴，失去了用钱做事的机会。他开办学校可说是白手起家，他不怕支出超过预算。他常是不息地筹谋发展新计划，不因缺少经费而阻断他谋发展的美梦。他对前途常是乐观的。他说："我有方法自骗自。"其实就是船到桥头自然直。结果呢，确是常常有人帮助他实行新计划。

张氏在他的《自传》里说："南开学校诞生于国难，所以当以改革旧习惯，教导青年救国为宗旨。"他还说中国的弱点有五：一、体弱多病；二、迷信，缺乏科学知识；三、贫弱；四、不能团结；五、自私自利。

张氏为改良中国的弱点，因而提出五项教育改革方针。他主张新教育：第一，必须改善个人的体格，使宜于做事；第二，必须以现代科学的结果和方法训练青年；第三，必须使学生能组织起来，积极参加各种团体生活，共同合作；第四，必须有活泼的道德修养；第五，必须感化每一个人都有为国宣劳的精神。

由今日视之，这些不免是老生常谈，然而张氏使这些精神贯注于其学校的生活，成为不可分离的部分，实在是张氏办教育的极大成就。

此外，除教会学校之外，南开在中国人自办的学校中间，以体育最出名、最有成绩，无论在全国运动会或远东运动会，南开的运动选手成绩都很好，自一九二〇年来，张氏在迭次全国运动会中被聘为裁判长。这些都得力于他终身提倡体育及在各种运动比赛中注重运动道德的缘故。南开还以训练团体生活共同合作著称。南开最有名的学生活动，就是他的新剧社。早在一九〇九年，张氏即已鼓励学生演剧了。他还亲自为他们写作剧本，指导他们表演。他还以校长身份不惜担任剧中主要角色，使外界观之惊骇不置，认为有失体统。后来，他的胞弟张彭春先生在哥伦比亚大学研究文学和戏剧归国，接受他的衣钵，导演几本新剧，公演成绩非常可观。易卜生的《傀儡家庭》和《人民的公敌》，由张氏导演，极得一般好评。

关于张氏教育的方针中的着重道德修养和爱国观念，张氏以身作则，收效甚宏，尤其是开办最初数年，学生人数较少，耳濡目染，人格熏陶之功甚大。他在每星期三下午必召集全校学生，共同讨论人生问题、国家大事和国际关系。他差不多对于每一个学生都叫得出他的名字，不惮烦地亲身对他讲解。

一九〇八年，他首次访问英、美考察教育。他自己对于道德修养的热忱，一与他长时期和基督徒的交往，最后根据他亲身在英、美两个社会生活的阅历，使他深信基督教实为劝人为善的伟大力量，于是他就在英、美考察归国的一年（1909）正式受洗礼为基督徒。其时他三十三岁。

张氏为一热心爱国的人，他以教育救国为终身事业，他的教育学说归纳为"公能"两字，他就以此为南开校训。张氏既以教育救国为职志，对于日本在东北的野心，常常觉得忧惧。一九二七年，他亲自到东北去调查，回来后即在南开大学组织东北问题研究会，并且还派遣教授数人赴东北考察。

九一八事变果然爆发，七七事变后，平津相随沦陷，南开大学、中学也就因为平常爱国抗日的缘故，于一九三七年七月廿九、卅两日给日军以轰炸机炸毁。其时张校长在南京，蒋委员长闻讯，即安慰他说："南开为国家牺牲了，有中国即有南开。"

南开被毁不久，他的爱子锡祜即在空军中驾驶轰炸机赴前线作战，不幸在江西山中失事殒命。锡祜系于三年前毕业于航空学校，在行毕业礼的时候，张氏曾代表空军毕业生家长发表激励的演说。当他听到爱子噩耗，静默一分钟后，就说："我的这个儿子为国牺牲，他已经尽了他的责任了。"

南开的遭遇日军炸毁，在张氏及其同僚原属意料中事，一九三五年，张氏早已到四川各地查勘适宜的地址，俾作迁校之计。数个月后，他又派南开中学教务主任到华西去考察是否有设立华西分校的可能，不久决定在重庆近郊兴建校舍。一九三六年的九月新校开学，名南渝中学，一九三八年，应南开同学会的建议，改称南开重庆分校。南开大学则从教育部建议，与清华大学和北京大学合并，在长沙开学，校名联合大学。迄至一九三七年，长沙被敌机轰炸，联大奉命迁往昆明，校名改称国立西南联合大学。

当其时，张氏大部分时间留在重庆分校，经济研究所亦于一九三九年在重庆恢复，南开小学亦于一九四〇年在渝开学，南开新校舍又被日机轰炸。一九四〇年八月，南开新校舍落下巨型炸弹卅枚。但是被毁校舍旋即修复，弦歌始终未曾中辍。

张氏爱国，对于国家政治的发展自然极为注意。唯政府屡欲界以要职，且曾邀其出任教育部长及天津市长，均被婉辞谢绝，以便有机会以全副精神实现南开的教育理想。及至战时，国家处于危急存亡之秋，乃投身政治。一九三八年，国民参政会成立，张氏当选副议长，迭次出席会议，不常发表议论，其力量则在驻会委员会发挥之，张氏希望教他每个学生都有政治的觉醒，虽则不一定人人参加政治。

八年抗战期内，南开大学虽受政府津贴，但是南开中学始终保持私立性质，今后亦然。战时联大的三个主体：清华大学、北京大学和南开大学均已复校，仍由政府资助；但张氏始终主张教育应由私人办理，今后将继续为此努力。南开重庆分校今后亦继续办理，以保持其战时成绩。

张伯苓先生今年七十岁，白发老翁，新近自美国疗养归来，仍将大做其"南开梦"。某日，张氏对南开教职员及同学曾说：

> 回顾南开以往的战斗史，展望未来复校的艰巨事功，我看前途充满光明的希望。南开的工作无止境，南开的发展无穷尽，愿以同样勇气，同样坚韧，共同前进，使南开在复兴国家的时期占一更重要地位。

《章实斋年谱》自序

我做《章实斋年谱》的动机，起于民国九年冬天读日本内藤虎次郎编的《章实斋先生年谱》(《支那学》卷一，第三至第四号)。我那时正觉得，章实斋这一位专讲史学的人，不应该死了一百二十年还没有人给他做一篇详实的传。《文献征存录》里确有几行小传，但把他的姓改成了张字！所以《耆献类征》里只有张学成，而没有章学诚！谭献确是给他做了一篇传，但谭献的文章既不大通，见解更不高明：他只懂得章实斋的课蒙论！因此，我那时很替章实斋抱不平。他生平眼高一世，瞧不起那班"擘绩补苴"的汉学家；他想不到，那班"擘绩补苴"的汉学家的权威竟能使他的著作迟至一百二十年后方才有完全见天日的机会，竟能使他的生平事迹埋没了一百二十年无人知道。这真是王安石说的"世间祸故不可忽，箧中死尸能报仇"了。

最可使我们惭愧的，是第一次作《章实斋年谱》的乃是一位外国的学者。我读了内藤先生作的年谱，知道他藏有一部抄本《章氏遗书》十八册，又承我的朋友青木正儿先生替我把这部遗书的目录全抄了寄来。那时我本想设法借抄这部《遗书》，忽然听说浙江图书馆已把一部抄本的《章氏遗书》排印出来了。我把这部《遗书》读完之后，知道内藤先生用的年谱材料大概都在这书里面，我就随时在《内藤谱》上注出每条的出处。有时偶然校出《内藤谱》的遗漏处，或错误处，我也随手注在上面。我那时不过想做一部《内藤谱》的《疏证》。后来我又在别处找出一些材料，我也附记在一处。批注太多了，原书竟写不下了，我不得不想一个法子，另作一本新年谱。这便是我作这部年谱的缘起。

民国十年春间，我病在家里，没有事做，又把《章氏遗书》细看一遍。这时候我才真正了解章实斋的学问与见解。我觉得《遗书》的编次太杂乱了，不容易看出他的思想的条理层次，《内藤谱》又太简略了，只有一些琐碎的事实，不能表现他的思想学说发迁沿革的次序。我是最爱看年谱的，因为我认定年谱乃是中国传记体的一大进化。最好的年谱，如王懋竑的《朱子年谱》，如钱德洪等的《王阳明先生年谱》，可算是中国最高等的传记。若年谱单记事实，而不能叙思想的渊源沿革，那就没有什么大价值了。因此，我决计做一部详细的《章实斋年谱》，不但要记载他的一生事迹，还要写出他的学问思想的历史。这个决心就使我这部《年谱》比《内藤谱》加多几十倍了。

我这部《年谱》，虽然沿用向来年谱的体裁，但有几点，颇可以算是新的体例。第一，我把章实斋的著作，凡可以表示他的思想主张的变迁沿革的，都择要摘录，分年编入。摘录的功夫，很不容易。有时于长篇之中，仅取一两段；有时一段之中，仅取重要的或精彩的几句。凡删节之处，皆用"……"表出。删存的句子，又须上下贯串，自成片段。这一番功夫，很费了一点苦心。第二，实斋批评同时的几个大师，如戴震、汪中、袁枚等，有很公平的话，也有很错误的话。我把这些批评，都摘要抄出，记在这几个人死的一年。这种批评，不但可以考见实斋个人的见地，又可以作当时思想史的材料。第三，向来的传记，往往只说本人的好处，不说他的坏处；我这部《年谱》，不但说他的长处，还常常指出他的短处。例如他批评汪中的话，有许多话是不对的，我也老实指出他的错误。我不敢说我的评判都不错，但这种批评的方法，也许能替《年谱》开一个创例。

章实斋的著作，现在虽然渐渐出来了，但散失的还不少。我最抱歉的是没有见着他的《庚辛之间亡友传》。《年谱》付印后，我才知道刘翰怡先生有此书；刘先生现在刻的《章氏遗书》，此书列入第十九卷，刻成之后，定可使我们添许多作传的材料。刘先生藏的《章氏遗书》中还有《永清县志》二十五篇，《和州志》（不全）三卷，我都没有见过。我希望刘先生刻成全书时，我还有机会用他的新材料补入这部《年谱》。

章实斋最能赏识年谱的重要。他在他的《韩柳二先生年谱书后》中说：

> 文人之有年谱，前此所无。宋人为之，颇觉有补于知人论世之学，不仅区区考一人文集已也。盖文章乃立言之事；言当各以其时。同一言也，而先后有异，则是非得失，霄壤相悬。……前人未知以文为史之

义，故法度不具，必待好学深思之士，探索讨论，竭尽心力，而后乃能仿佛其始末焉。然犹不能不阙所疑也。其穿凿附会，与夫鲁莽而失实者，则又不可胜计也。文集记传之体，官阶姓氏，岁月时务，明可证据，犹不能无参差失实之弊。若夫诗人寄托，诸子寓言，本无典据明文，而欲千百年后，历谱年月，考求时事，与推作者之意，岂不难哉？故凡立言之士，必著撰述岁月，以备后人之考证；而刊传前达文字，慎勿轻削题注，与夫题跋评论之附见者，拟便后人得而考镜焉。……前人已误，不容复追。后人继作，不可不致意于斯也。

照他这话看来，他的著作应该是每篇都有撰述的年月的了。不幸现在所传他的著作只有极少数是有年月可考的；道光时的刻本《文史通义》已没有著作的年月了。杭州排印本《遗书》与内藤藏本目录也都没有年月。这是一件最大的憾事。"前人已误，不容复追。后人继作，不可不致意于斯也。"谁料说这话的人自己的著作也不能免去这一件"大错"呢？我编这部年谱时，凡著作有年月可考的，都分年编注；那些没有年月的，如有旁证可考，也都编入。那些全无可考的，我只好阙疑了。

我这部小书的编成，很得了许多认得或不认得的朋友的帮助。我感谢内藤先生的《年谱》底本，感谢青木先生的帮助，感谢浙江图书馆馆长龚宝铨先生抄赠的集外遗文，感谢马夷初先生借我的抄本遗文，感谢孙星如先生的校读。

十一，一，二十一，在上海大东旅社

致蒋梦麟①

孟邻先生：

上次我们见面，得畅谈甚久，你说此后你准备为国家再做五年的积极工作，然后以退休之身，备社会国家的咨询。我听了你那天的话，十分高兴，我很佩服你的信心和勇气。我病后自觉老了，没有那么大的勇气了，故颇感觉惭愧。但我心里相信，也渴望你的精力还能够"为国家再做五年的积极工作"。

我们畅谈后不久，我就听说你在考虑结婚，又听说你考虑的是什么人。我最初听到这消息，当然替我的五十年老友高兴，当然想望你的续弦可能更帮助你实现"为国家再做五年积极工作"的雄心。

但是，这十天里，我听到许多爱护你、关切你的朋友的话，我才知道你的续弦消息真已引起了满城风雨，甚至于辞修、岳军两先生也都表示很深刻的关心。

约在八天之前，我曾约逮羽来吃饭，我把我听到的话告诉他。这些话大致是这样：某女士已开口向你要二十万元，你只给了八万；其中六万是买订婚戒指，两万是做衣裳。这是某女士自己告诉人的，她觉得很委屈，很不满意。关心你幸

---

① 蒋梦麟（1886—1964），号孟邻，浙江余姚人，中国近现代著名教育家。是北京大学历史上任职时间最长的校长。晚年丧偶后与某女士结婚。胡适给蒋写了劝止续弦的信，无奈蒋"爱令智昏"，置若罔闻。婚后不久，两人爆发激烈冲突，通过打官司才解除了婚约。这场婚姻不仅耗尽了他的精力，还损失了他的大部分财产。离婚半年，蒋就病故了。此信发后刚刚一个月，蒋梦麟仍与某女士结婚，并发表谈话，说他一位从前的老朋友曾写信劝阻他，他连信也不看，把它扔在纸篓里去了。到了1963年4月10日，蒋向台北地方法院起诉离婚，又发表谈话："（从结婚）到现在一年多，我失望了。我受到人生所不能忍的痛苦；家庭是我痛苦的深渊，我深深地后悔没有接受故友胡适之先生的忠告，才犯下错误。我愧对故友，也应该有向故友认错的勇气，更要拿出勇气来纠正错误。……才毅然向法院起诉请求离婚，以求法律的保障。"同时把这封劝告信也发表了。这时胡适已逝世一年多了。

福的朋友来向我说，要我出大力劝你"悬崖勒马"，忍痛牺牲已付出的大款，或可保全剩余的一点积蓄，否则你的余年不会有精神上的快乐，也许还有很大的痛苦。

这是我八天之前对逖羽说的话。

逖羽说，他知道大律师端木先生认识某女士最久、最熟，所以逖羽曾向端木先生打听此人的底细。逖羽说，他听了端木先生的话，认为满意了。他又说，孟邻兄自己觉得这位小姐很能干，并且很老实。

根据端木律师报告，和孟邻兄自己的考语，逖羽不愿劝阻，也劝我不要说话了。

但是，昨今两天（十七、十八）之中，我又听到五六位真心关切你的人的报告。他们说：现在形势更迫切了。某小姐已详细查明孟邻先生的全部财产状况了，将来势必闹到孟邻先生晚年手中不名一文，而永远仍无以满足这位小姐的贪心之一日！

总而言之，据这些朋友的报告，端木律师给逖羽的报告是完全不可靠的。并非端木先生有心不说实话，只是因为他世故太深了，不愿破坏眼见快要成功的婚姻。

这些朋友说：这位小姐现在对待孟邻先生的手法，完全是她从前对待她前夫某将军的手法，也是她在这十七八年对待许多男朋友的手法：在谈婚姻之前，先要大款子，先要求全部财产管理权。孟邻先生太忠厚了，太入迷了，绝不是能够应付她的人。将来孟邻先生必至于一文不名，六亲不上门；必至于日夜吵闹，使孟邻先生公事私事都不能办！

她的前夫某将军是何等厉害的人！她结婚只七个月之后，只好出绝大代价取得离婚！

这些朋友说：适之先生八天之前不说话，是对不住老朋友，今天怕已太晚了。

我也知道太晚了，但我昨夜细想过，今天又细想过：我对我的五十年老友有最后忠告的责任。我是你和曾谷的证婚人，是你一家大小的朋友，我不能不写这封信。

我万分诚恳地劝你爱惜你的余年，决心放弃续弦的事，放弃你已付出的大款，换取五年十年的精神上的安宁，留这余年"为国家再做五年的积极工作"。这是上策。

万万不得已，至少还有中策：暂缓结婚日期，求得十天半个月的平心考虑的时间。然后在结婚之前，请律师给你办好遗嘱，将你的财产明白分配：留一股给燕华兄妹，留一股给曾谷的儿女，留一股为后妻之用，——最后必须留一股作为"蒋梦麟信托金"（Trust Fund），在你生前归"信托金董事"执掌，专用其利息为你一人的生活补助之用，无论何人不得过问；你身后，信托金由信托金董事多数全权处分。

你若能如此处分财产，某小姐必定不肯嫁你了，故中策的效果，也许可以同于上策。

无论上策、中策，老兄似应与辞修、岳军两兄坦白一谈。老兄是一个"公家人"（a public man），是国家的大臣，身系国家大事，责任不轻。尤其是辞修先生对老兄付托之重，全国无比！故老兄不可不与他郑重一谈。

你我的五十年友谊使我觉得不须为这些信道歉了。我只盼此信能达到你一个人的眼里。你知道我是最敬爱你的。

适之

1961年6月18日夜10时20分

田中玉将军办军火

民国十三年的夏天，丁在君夫妇在北戴河租了一所房子歇夏，他们邀我去住。我很高兴地去住了一个月。……

有一天，我们正在海水里洗澡，忽然旁边一个大胡子扶住一个大救生圈，站在水里和我招呼。我仔细一认，原来那个满腮大胡子的胖子就是从前做过山东督军兼省长的田中玉将军。我到山东三次，两次在他做督军的时期，想不到这回在海水里相逢！

我们站在水里谈了几句话，我介绍他和在君相见。他问了我们住的地方，他说："好极了！尊寓就在我家的背后，今天下午我就过来拜访你们两位，我还有点事要请教。"

那天下午，他真来了，带了两副他自己写的对联来送给我们。那时候的武人都爱写大字送人，偏偏我和在君都是最不会写字的"文人"，所以我们都忍不住暗笑。可是，他一开口深谈，我和在君都不能不感觉他的诚恳。我们都很静肃地听他谈下去。他说：

> 我是这儿临榆县（山海关）的人。这几年来我自己在本地办了一个学堂，昨天学堂开学，我回去行开学礼。我对学生演讲，越讲越感慨起来了，我就对他们谈起我幼年到壮年的历史。我看那班学生未必懂得我说的话，未必能明白我的生平。我一肚子要说的话。说了又怕没人懂，心里好难过。隔了一天了，心里还和昨天一样，很想寻个懂得的人，对他说说我这肚子里憋着的一番话。今天在海边碰着两位先生，我心里快活极了，因为你们两位都是大学者，见多识广，必定能够懂我的话。要是两位先生不讨厌，我想请两位先生听听我这段历史。

恰巧我和在君都是最喜欢看传记文学的；我们看田中玉先生那副神气，知道他真是有一肚子的话要说。并且知道他要说的话是真话，不会是编造出来的假话。我们都对他说我们极愿意听，请他讲下去。田中玉先生说：

> 我是中国第一个军官学堂毕业出来的。我为什么去学陆军呢？我不能学现在许多陆军老朋友开口就说"本人自来发受书以来，即慕拿破仑、华盛顿之为人"。不瞒两位先生说，我当时去学陆军，也不是为救国，也不是因为要做一个大英雄，我为的是贪图讲武堂每人每月有三两四钱银子的膏火。我的父亲刚死了，我是长子，上有祖母和母亲，下有弟妹。我要养家，要那每月三两四钱银子来养活我一家，所以我考进了那个军官学堂。
>
> 进了学堂之后，我很用功，每回考得都好。学堂的规矩，考在前

三名的有奖赏，第一名奖得最多；连着三次考第一的，还有特别加奖。我因为贪得奖金去养家，所以比别人格外用功。八次大考，我考了七次第一。我得的奖金最多，所以一家人很得我的帮忙，学堂里的老师也都夸我的功课好。

毕业时，我的成绩全学堂第一。老师都说："田中玉，你的功课太好了，我们总得给你找顶好的差使。"可是顶好的差使总不见来，眼看见考在我下首的同学一个个都派了事出去了，只有我没有门路，还在那儿候差使。

学堂里有一位德国老师，名叫萨尔，他最看重我，又知道我是穷人，要等着钱养活一家子，如今毕了业，没得奖金可拿了，他就叫我帮他改算学卷子，每月给我几十吊钱捎回去养家。

不多时，萨尔被袁世凯调到小站去做教练官了，他才把我荐去。我到了小站，自己禀明，不愿做营长，情愿先做队长，因为我要从底下做起，可以多懂得兵卒的情形。后来我慢慢地升上去，很得着上司的信任，袁世凯派我专管军械的事务。

这时候，我的恩师萨尔已不在袁世凯手下了。有三家德国军械公司联合起来，聘萨尔做代表，专做中国新军的军火买卖。

有一天，萨尔老师代表军械公司来看我，说："好极了，田中玉，你办军火，我卖军火，我们可以给你最便宜的价钱。"

我对我的恩师说："老师要做我这边的买卖，要依我一件事。我是直隶省临榆县人。国家练新军，直隶省负担最重，钱粮票上每一两银子附加到一块钱。我现在有机会给国家采办军火，我总想替国家省钱；替国家省一个钱，就是替我们直隶老百姓省一个钱。现在难得老师来做军火买卖，我盼望老师相信我这点意思。向来承办军火的官员都有经手钱，数目很不小。我要老师依我一件事：不但价钱要比谁家都便宜，还要请老师把我名下的经手费全都扣去。我不要一文钱的中饱，这笔经手费也得从价钱里再减去。老师要能依我的话，我一定专和老师代理的公司做买卖。"

萨尔答应回去商量。过了几天，他又来了，他说："田中玉，我商量过了。我们决定给你最低的价钱，比无论谁家都便宜。但是你的经手费不能扣，因为你田中玉能够做多少年的军械总办？万一你走了，别人接下去，他要经手费，我们当然得给他。给了他，那笔钱出在哪儿呢？要加在价钱里，价钱就比我们给你的价钱贵了，他就干不下去了。要是不打在价钱里，我们就得贴钱了。所以这个例是开不得的。况且你是没有钱的人，这笔经手费是人人都照例拿的，你拿了不算是昧良心。"

我对我的老师说："不行。老师不依我，我只好向别家商人办军火去。"萨尔说，等他回去再商量看。

过了一天他又来了。他竖起大拇指，对我说："田中玉，我得着你这个学生，总算不枉了我在中国教了多少年书。我佩服你的爱国心，我回去商量过了：现在我们不但尊重你的意思，把你的经手钱扣去，我自己的经手费也不要了，也从价钱里扣去。所以我们现在给你的价钱是最低的价钱，再减去你我两个人的经手费。我要你的国家加倍得着你的爱国心的功效！"

我感激我的恩师极了，差不多掉下眼泪来。从此我们两个人做了多年的军火买卖。因为我买的军械的确最便宜，最省钱，所以我在北洋办军械最长久。我管军械采办的事，前后近□年，至少替国家省去了一千万元的经费。

这是田中玉将军在北戴河的西山对我们说的故事。我和丁在君静听他叙述，心里都很感动。我们相信他说的是一段真实的故事。这是他生平最得意的一段历史，他晚年回想起来，觉得这是值得向一班少年人叙说的，值得少年人纪念效法的。所以他前一天在他自己出钱办的田氏中学里，忍不住把这个故事说给那班青年学生听。他隔了一天，还不曾脱离那个追忆的心境，还觉得不曾说得痛快，还想寻一个两个有同情心的朋友再诉说一遍。他在那海上白浪里忽然瞧见了我，他虽然未必知道我的历史癖，更未必知道我的传记癖，他只觉得我是一个有同情心的人，至少能够了解他这段历史的意义。所以他抓住了我们不肯放，要我们做他的听众，听他眉飞色舞地演说他这一段最光荣的历史。

——节选自《海滨半日谈——纪念田中玉将军》

附录

胡适年表

1891年　1岁

光绪十七年十一月十七日（公历12月17日），生于上海大东门外程裕茶号内。小名嗣穈，行名洪骍。

1892年　2岁

2月19日，其父胡传（字铁花）被台湾巡抚邵友濂奏调台湾。随母亲冯顺弟移居上海浦东川沙。

1893年　3岁

2月26日，随母亲、四叔介如、二哥嗣秬等，去台湾台南父亲任所，在台南住了10个月，12月24日迁居台东。

1894年　4岁

仍居台东。在其父教导下，认读方块汉字。

1895年　5岁

2月，因甲午战争爆发离开台湾。

3月，回绩溪上庄故乡，入家塾读书。

8月，其父胡传病死在厦门。

1896年　6岁

在塾读书。

1897年　7岁

在塾读书。

1898年　8岁

在塾读书。

9月21日，"戊戌政变"，百日维新运动失败。

1899年　9岁

在塾读书。

偶然发现《水浒传》残本，引发读小说的兴趣。陆续读了《三国志演义》《红楼梦》《儒林外史》《聊斋志异》《琵琶记》等。（包括弹词、传奇、笔记等）

1900年　10岁

在塾读书。

1901年　11岁

在塾读书。是年始读《纲鉴易知录》和《资治通鉴》。读范缜的《神灭论》，受到很大影响，很早便成为无神论者。

1902年　12岁

在塾读书。

1903年　13岁

在塾读书。

正月里，到其大姊家拜年，途经三门亭，欲拆掉里边的神像。

1904年　14岁

2月，随三哥到上海，进梅溪学堂读书。（离家前，与江冬秀订婚。）到校42天，因纠正了老师的一个错误，一天之中升了四班。是年，在二哥的指导下开始阅读《明治维新三十年史》《新民丛报汇编》，并写成第一篇论文《原日本之所由强》。

年底，因抵制去上海道考试，与三个同学一同离开了梅溪学堂。

1905年　15岁

春天，进入澄衷学堂。考试成绩常常第一，一年内升了四班。

在澄衷，开始读严复译的《天演论》《群己权界论》等。其作的《物竞天择，适者生存，试申其义》命题作文，受"赏制钱二百，以示奖励"。是年，二哥为他起了"适之"表字。

1906年　16岁

上半年，升入澄衷的第二班，为了抗议班上一个同学被开除的事，受到悬牌责备，愤而离校。暑假，考取了中国公学。参与编辑《竞业旬报》。

是年的主要著作：《敬告中国的女子》《真如岛》等。

1907年　17岁

仍在中国公学读书。

5月，脚气病发，回家乡养病两个月。

是年的主要著作：《弃父行》《题秋女士瑾遗影》等。

1908年　18岁

在中国公学读书。在学校里颇有少年诗人之名，常常和同学唱和。

7月，担任《竞业旬报》主编，并搬入编辑部住。

7月31日，给母亲写信，拒绝回家办婚事。

9月初，因中国公学风潮，与大多数学生退出学校，转入中国新公学，并兼任低级各班的英文教员。

是年的主要著作：《无鬼丛话》《论家庭教育》《论毁除神佛》《论承继之不近人情》《中国人之大耻辱》等。

1909年　19岁

在中国新公学读书。春，《竞业旬报》停刊，搬回新公学住。

11月13日，中国新公学与老公学合并，胡适不愿回去，准备另谋出路。

是年的主要著作：《读〈儒林外史〉》等。

1910年　20岁

春，在华童公学教小学生国文。

3月22日，夜饮大醉，与巡警互殴，被拘于警所。当日辞去华童公学的职务。专心预备功课，准备投考第二批留美官费生。

5月，和二哥到北京温习功课。

7月，使用胡适的名字参加官费留美考试，以第五十五名被录取（取送出洋的共七十名）。

8月16日，从上海坐船到美国去。

9月，进康奈尔大学，选读农科。

是年的主要著作：《岁暮杂感》《论大学学制》等。

1911年　21岁

在康奈尔大学农学院读书。

2月，被举为中国学生会著述《康南耳君传》记者之一。

8月，任康奈尔大学爱国会主席。

9月3日，《康南耳君传》脱稿。

是年的主要著作：《〈诗〉三百篇言字解》《康南耳君传》等。

1912年　22岁

春，由康奈尔大学农学院改入文学院读书。习哲学、文学、政治、经济。

12月27日，作为康奈尔大学大同会支会的代表，到费城参加世界大同会总会年会。

是年的主要著作：《共和政体与中国》（英文稿）等。

1913年　23岁

在康奈尔大学文学院读书。5月，被选为世界学生会会长。

是年的主要著作：《赔款小史》等。

1914年　24岁

在康奈尔大学文学院读书。

5月，所作《论英诗人卜朗岭之乐观主义》一文获征文奖金50美元（美多家报纸登载此消息）。

6月10日，与任鸿隽、赵元任、杨铨等发起成立"中国科学社"。

6月17日，在康奈尔大学参加毕业典礼，获文学学士学位。

9月，至安谋出席中国留美学生第十次年会，被举为《学生英文月报》主笔之一。又当选为文艺科学生同业会东部总会次年会长。

是年的主要著作：《美国大学调查表》《藏晖室杂录》《记欧洲大战祸》《波士顿游记》等。

1915年　25岁

暑假，与梅光迪、任鸿隽、杨杏佛、唐擘黄等留美学生经常聚会，讨论中国文学改良问题。

9月21日，抵纽约，入哥伦比亚大学研究院，师从杜威，研究哲学。

是年的主要著作：《论句逗及文字符号》《如何可使吾国文言易于教授》等。

1916年　26岁

仍在哥伦比亚大学哲学系学习。

8月，写信给朱经农，提出新文学要点八事。

秋间，出任1917年《留美学生季报》总编辑。开始作白话诗。

是年的主要著作：《吾国历史上的文学革命》《作文不讲文法之害》《寄陈独秀》《文学改良刍议》《论训诂之学》等。

1917年　27岁

5月22日，通过哲学博士学位的最后考试。

6月，坐海轮启程回国。7月10日抵达上海，7月27日，回到绩溪老家。

9月，应蔡元培之聘，任北京大学教授。

12月30日，在绩溪上庄与江冬秀完婚。

是年，参加《新青年》社的编辑工作。

是年的主要著作：《先秦诸子进化论》《诸子不出于王官论》《历史的文学观念论》《再寄陈独秀答钱玄同》等。

1918年　28岁

仍在北京大学任教。

2月初，从绩溪返回北京大学。是月，参与发起成立"成美学会"，捐款补助有才而无力求学的学生。

3月，被选为北京大学英文部教授会主任。

10月，被举为北京大学评议部评议员。

11月23日，去天津与梁启超见面。是日，母亲病故。25日携眷归里奔丧。

12月22日，陈独秀、李大钊等创刊《每周评论》，与闻其事，并担任撰稿人。

是年的主要著作：《归国杂感》《建设的文学革命论》《易卜生主义》《先母行述》等。

1919年　29岁

仍在北京大学任教。

1月，北京大学学生刊物《新潮》出版，被聘为顾问。

2月，参加《新教育》编辑部工作。又被选为国语统一筹备会会员。

3月16日，长子出生，取名祖望。

4月30日，在上海迎接来华的杜威夫妇。

5月7日，在上海公共体育场参加国民大会。月末，陪杜威夫妇至北京，并为其讲演做翻译。是月，与蒋梦麟拜会孙中山，谈"知难行易"学说。

6月，与李大钊共任《每周评论》编辑。

8月，与李大钊、蓝志先等开展"问题与主义"的论战。

9月，暂代北京大学教务长。

10月，陪同杜威去山西讲学。

11月，同胡汉民、廖仲恺、朱执信讨论中国古代的井田制问题。又与马裕藻、周作人、刘半农、钱玄同等提议北洋政府教育部颁行新式标点符号，并着手起草议案。是月，参与发起北京工读互助团。

是年的主要著作：《差不多先生传》《少年中国之精神》《杜威哲学的根本观念》《论贞操问题——答蓝志先》《中国哲学史大纲》《许怡荪传》《论大学学制》《多研究些问题，少谈些主义》等。

1920年　30岁

仍在北京大学任教。

1月初，陪同杜威去天津讲演。

4月，在教育部国语讲习所讲演《国语文学史》。

5月，和蒋梦麟联名发表《我们对于学生的希望》。

8月，与蒋梦麟、陶孟和、李大钊、高一涵等联名发表《争自由的宣言》。并在上海举行谈话会，讨论"争自由"的问题。

9月，与蔡元培、李大钊等发起成立北京大学赈灾会。

10月，被举为北京大学评议会评议员兼出版委员会委员长。

是年底，与《新青年》脱离关系。

是年的主要著作：《尝试集》《吴敬梓传》《〈淮南子〉的哲学》《〈水浒传〉考证》等。

1921年　31岁

春，在家养病。

4月，为北京高等师范平民学校作校歌。

6月，出席北京大学等五团体为杜威夫妇的饯别宴会，并作演讲。

7月，应邀考察商务印书馆编译所。高梦旦请其担任所长，未允。转荐王云五。

8月1日，到安庆作暑期讲学。5日，作"好政府主义"讲演。

12月17日，次子胡思杜出生。

是年的主要著作：《梁任公〈墨经校释〉序》《〈红楼梦〉考证》《黄梨洲论学生运动》《〈林肯〉序》《杜威先生与中国》《研究国故底方法》《女子问题》《中国哲学的线索》《论墨学》《世界底新闻事业》《国语运动与文学》《什么是文学——答钱玄同》等。

1922年　32岁

仍在北京大学任教。

3月23日，去南开大学讲学，为时3周。

4月25日，当选为北京大学教务长及英文学系主任。

5月7日，由其主撰的《努力周报》第一期出版。14日，与蔡元培、王宠惠等16人联名发表《我们的政治主张》。17日，受溥仪电约，前往拜会并谈话。

9月，《努力周报》增刊——《读书杂志》出版。

10月，至济南出席全国教育会联合会第八次会议，起草新学制修正案。

是年的主要著作：《五十年来中国之文学》《努力歌》《吴敬梓年谱》《回顾与反省》等。

1923年　33岁

1月，向北京大学请假一年。

4月，拒绝接受北洋政府颁发的"鲁案"勋章。下旬，去杭州烟霞洞养病。

5月，参加"科学与玄学"的论战。

是年，任《国学季刊》编辑委员会主任。

是年的主要著作：《这个国会配制宪吗？》《科学的人生观》《老章又反叛了》《哲学与人生》《书院制史略》等。

1924年　34岁

仍在北京大学任教。

6月，筹办《现代评论》。

8月，应丁文江之邀，到北戴河避暑。

10月，推荐王国维为清华学校研究院院长。

11月5日，致书王正廷，对冯玉祥将溥仪逐出清宫一事提出抗议。

是年的主要著作：《再谈谈整理国故》《费经虞与费密——清学的两个先驱者》《南宋初年的军费》等。

1925年　35岁

仍在北京大学任教。

2月，参加段祺瑞政府召开的善后会议。因全国人民强烈反对，宣布退出。

3月，应聘为"中英庚款顾问委员会"中国委员。

6月，与罗文干联名写信给北京政府外交总长沈瑞麟，强调以"五卅"惨案为起步，与各关系国修改外国人在中国享有特殊地位之条约。

10月，到上海治病。其间，至政治大学、中国公学等讲授中国哲学。.

11月，被推为京师图书馆委员会书记。

是年的主要著作：《佛教在中国宗教生活中的影响》《汉初儒道之争》《读书》《基督教与中国文化》《戴东原的哲学》《爱国运动与求学》《新文学运动的意义》等。

1926年　36岁

2月至7月中旬，参加"中英庚款顾问委员会"的"中国访问团"，从上海到汉口、南京、杭州、北京、天津、哈尔滨等地访问。

7月下旬至12月中旬，经西伯利亚到英国，参加"中英庚款"全体委员会议，中间去了一次法国。

12月31日，坐轮船去美国。

是年的主要著作：《我们对于西洋近代文明的态度》《学术救国》《欧游道中寄书》《中国近一千年是停滞不进步吗》等。

1927年　37岁

1月至4月中旬，在美国纽约、费城等地游历并讲演。

3月，向哥伦比亚大学提交博士论文——《先秦名学史》100册，完成学位手续。

4月12日，由西雅图上船回国。24日到达日本横滨，游历京都、奈良、大阪等地。

5月底，回到上海。与徐志摩、闻一多、梁实秋等集股创办新月书店，被选为董事长及编辑委员会委员。

6月29日，被选为中华教育文化基金董事会董事，兼任秘书。

7月至12月，在上海写作与讲学。

是年，被聘为中华民国大学院大学委员会委员，复聘为中华图书馆协会董事。

是年的主要著作：《海外读书杂记》《整理国故与打鬼》《漫游的感想》《〈孔雀东南飞〉的年代》《〈官场现形记〉序》等。

1928年　38岁

1月，为新月书店管理事写信给徐志摩，表示要脱离与书店的关系。

4月30日，就任中国公学校长兼文理学院院长。

5月，赴南京出席全国教育会议。

6月29日，在中华教育文化基金董事会第四次董事年会上，当选为名誉秘书。

9月，与中国公学同事杨亮功、高一涵等创办《吴淞月刊》。

是年的主要著作：《人生有何意义？》《请大家来照照镜子》《知难，行亦不易——孙中山先生"知难行易"说述评》《禅学古史考》《治学的方法与材料》等。

1929年　39岁

仍任中国公学校长兼文理学院院长。

1月16日，被国民党政府教育部聘为国语统一筹备委员会委员。

2月17日，参加梁启超追悼会，送挽联云："文字收功，神州革命；生平自许，中国新民。"

10月4日，国民党政府教育部训令中国公学，内称："该校长言论不合，奉令警告。"读后，即致信教育部长蒋梦麟，对"训令"逐条加以驳斥，并将原件退回。

是年的主要著作：《人权与约法》《哲学的将来》《我们什么时候才可有宪法》《〈人权论集〉序》《〈南通张季直先生传记〉序》等。

1930年　40岁

上半年，仍任中国公学校长兼文理学院院长。

5月19日，坚辞中国公学校长职务，以缓解当局对中国公学的压力。

7月2日，在南京出席中华教育文化基金董事会第六次董事年会，被选为编译委员会委员长。14日，被选为国立北平图书馆委员会委员长。

11月28日，全家从上海迁到北平。

是年的主要著作：《中国中古思想史长编》《我的母亲的订婚》《九年的家乡教育》《为什么读书》《介绍我自己的思想》等。

1931年　41岁

任北京大学文学院院长兼中国文学系主任。

8月6日至17日，应丁文江之邀，携长子祖望到北戴河歇夏。

10月21日，在上海参加太平洋国际会议。会前与丁文江同至南京谒见蒋介石。

是年的主要著作：《王充的〈论衡〉》《在上海（一）》《〈王小航先生文集〉序》《辨伪举例——蒲松龄的生年考》《中国文学的过去和来路》《中国中古思想史提要》等。

1932年　42岁

仍任北京大学文学院院长兼中国文学系主任。

1月12日，南京国民政府聘其为财政委员会委员，并邀其出席二月召开的国难会议。是月，到南京出席中华教育文化基金董事会第六次常会。

5月22日，与蒋廷黻、丁文江、傅斯年等合办的《独立评论》创刊。

7月，出席中华教育文化基金董事会第八次年会。

12月，去武汉大学讲学。

是年的主要著作：《思想革命与思想自由》《赠与今年的大学毕业生》《领袖人才的来源》《惨痛的回忆与反省》《我怎样到外国去》等。

1933年　43岁

仍任北京大学文学院院长兼中国文学系主任。

1月9日，被中国民权保障同盟执委会确定为委员。30日，中国民权保障同盟北平分会成立，被举为主席。

3月3日，与丁文江、翁文灏密电蒋介石："热河危急。"13日，与丁文江、翁文灏同去保定谒蒋。19日，找何应钦、于学忠，策动中日停战谈判。

6月18日，在上海启程赴美国。

7月，在芝加哥讲演"中国文化的趋势"。是月，中华教育文化基金董事会第九次年会，聘他担任国立北平图书馆委员会委员长。

8月14日至18日，在加拿大出席太平洋学会第五次大会，会后到加沙大学等校演讲。

10月初，乘船回国。

是年的主要著作：《全国震惊以后》《日本人应该醒醒了》《制宪不如守法》《保全华北的重要》《儒教的一个使命》《四十自述》《逼上梁山——文学革命的开始》等。

1934年　44岁

仍任北京大学文学院院长兼中文系教授。

5月，应傅作义之请，为第五十九军抗日烈士撰写墓碑和铭。

11月，在南京参加考铨会议。

是年的主要著作：《考证学方法之来历》《"旧瓶不能装新酒"吗》《国府主席林森先生》《〈辞通〉序》《为新生活运动进一解》《信心与反省》《"九一八"的第三周年纪念告全国的青年》等。

1935年　45岁

仍任北京大学文学院院长兼中国文学系教授。

1月5日，在香港接受香港大学法学名誉博士学位。9日，到广州。

11日起，在梧州、南宁、桂林等地讲演、游览。25日，到香港，旋回北平。

4月20日，被选为中央研究院第一届评议会历史学评议员。

7月初，与任鸿隽夫妇等沿平绥路旅行。

10月26日，在上海出席中华教育文化基金会董事会第九次会议。

11月24日，与蒋梦麟、梅贻琦等联名发表宣言，坚决反对脱离中央政府和组织特殊机构的任何阴谋活动。

12月9日，"一二·九"运动爆发，在北京大学发表公开演说，反对学生罢课。

是年的主要著作：《中国文艺复兴》《治学的方法》《南游杂忆》《我们今日还不配读经》《个人自由与社会进步——再谈"五四"运动》《读书的习惯重于方法》《今日思想界的一个大弊病》《沉默的忍受》《记辜鸿铭》《为学生运动进一言》等。

1936年　46岁

上半年，仍任北京大学文学院院长兼中国文学系主任。

1月14日，出席蒋介石召集的全国学校代表谈话会。

7月7日，到上海。14日，启程赴美。

8月15日至29日，在美国参加第六届太平洋国际学会大会，会上被选为该会副主席。

8月至10月，在美国和加拿大各地讲演。

9月16日至18日，应邀参加哈佛大学三百周年纪念庆典，并接受哈佛大学授予的名誉文学博士学位。

11月初，出席旧金山——奥克兰世界最长吊桥的落成典礼，旋启程回国。

是年，任《大学丛书》委员会委员。

是年的主要著作：《谈谈"胡适之体"的诗》《丁在君这个人》《"行己有耻与悔过自新"序》《调整中日关系的先决条件——告日本国民》《中国之高等教育》《亲者所痛，仇者所快》《高梦旦先生小传》等。

1937年　47岁

上半年，仍任北京大学文学院院长兼中国文学系教授。

1月22日，就《独立评论》复刊事，同人们决定由其全权办理。

2月27日，出席欧美同学会大会。

9月7日，与蒋介石晤谈。

9月至12月，去美国作非正式的外交工作，拜见美国总统罗斯福，并在旧金山哥伦比亚电台发表"中国在目前的危机中对美国的期望"的广播演说。

是年的主要著作：《新年的几个期望》《中国能幸存吗》《述陆贾的思想》《中日问题的现阶段》《我们能行的宪政与宪法》《颜习斋哲学及其与程朱陆王之异同》《在目前危机中中国对美国的期望》等。

1938年　48岁

1月至5月，在美国与加拿大游历及讲演。

6月，被选为国民政府"国民参政会"参政员。

6月至7月，继续在美国与加拿大游历及讲演。

8月，转游法国、瑞士和普鲁士。

9月17日，国民政府任命其为中国驻美国特命全权大使。

10月3日，由欧洲返抵纽约。5日，赴华盛顿就任驻美大使。

是年的主要著作：《国家危机和学生生活》《西方对中国的侵略》《转变中的日本》《转变中的日本》《日本在中国之侵略战》《日本侵华战争》等。

1939年　49岁

仍任驻美国大使。

1月，与张彭春在美国发起"不参加日本侵略的美国委员会"，聘请美国前国务卿为名誉会长。

6月6日，接受哥伦比亚大学名誉法学博士学位。

是年的主要著作：《中国抗战的展望》《中国文学简史（1870—1920）》《我们还要作战下去》《中国目前的情势》等。

1940年　50岁

仍任驻美国大使。

3月5日，当选为中央研究院院长候选人。

6月，接受美国柏令马学院等8所大学授予的名誉法学博士学位。

10月，出面把"中华教育文化基金董事会"出资运往美国的《居延汉简》寄存于美国国会图书馆。

是年的主要著作：《知识的准备》《我们需要怎样的世界秩序》《中国和日本的现代化》《中国之情势》等。

1941年　51岁

仍任驻美国大使。

3月28日，接受加利福尼亚大学授予的名誉法学博士学位。

5月，接受加拿大麦基尔大学授予的名誉法学博士学位。

6月，接受美国密特勒雷大学授予的名誉法学博士学位。

是年的主要著作：《民主与极权的冲突》《意识形态之论战》《美国在中国战争中的利害关系》《我们尊敬的敌人》《民主中国的历史基础》等。

1942年　52岁

1月至8月，仍任驻美国大使。

8月15日，收到国民政府免职电文。

9月8日，行政院聘其为高等顾问。18日，迁居纽约，从事学术研究。

是年的主要著作：《中国作为一个作战的盟邦》《中国的战斗力和战斗信念》《抗战五周年纪念广播词》《中国思想史纲要》《中国章回小说考证》等。

1943年　53岁

1月，应聘为美国国会图书馆东方部顾问。

3月24日，在中国史学会成立大会上，被推为理事。

是年的主要著作：《史籍里的两汉户口数》《曹操创立的"校事"制》《曹操外官的"任子制"》《〈论衡〉不避东汉帝讳》《校〈晋书·谢尚、谢安传〉》等。

1944年　54岁

9月，应哈佛大学之聘，前往讲学。

12月17日，与张伯苓、于斌、蒋梦麟、林语堂发表联合宣言，要求同盟国修改战略，并采取有效之军事行动，打击中国战场上的日军。

是年的主要著作：《王梓材伪造〈水经注〉的铁证》《戴震校〈水经注〉所引归有光本》《赵东潜书校刻者不免妄改妄增》《赵一清的生卒年》《我们为什么样的未来而战斗》等。

1945年　55岁

4月25日，作为国民政府代表之一出席联合国的制宪会议。

9月6日，被国民政府任命为北京大学校长，回国前由傅斯年暂代。

10月10日，获国民政府695号"胜利勋章"。

11月，以国民政府代表团首席代表的身份，在伦敦出席联合国教育、科学、文化组织会议。会议期间，接受英国牛津大学授予的名誉博士学位。

是年的主要著作：《中国人思想中的不朽观念》《永乐大典避讳"棣"字》《孟森先生与戴赵两家〈水经注〉》等。

1946年　56岁

6月1日，乘邮船由美国启程回国。

7月5日，抵达上海。12日，至南京。20日，在上海偕长子祖望乘飞机至北平。

9月，就任北京大学校长。

11月15日，在南京出席国民政府的"制宪国民大会"，当选为主席团成员及"宪法草案"审查委员会委员。

12月23日，担任伪国大《宪草决议案》整理小组成员。30日，返回北平。

是年的主要著作：《中国有些什么成就》《历史与证据》《张伯苓：教育家》《胡适校长谈北大校风》《考据学的责任与方法》《胡适纵谈世界事》《中国人的思想》等。

1947年　57岁

仍任北京大学校长。

春，国民政府拟委其为考试院长及国府委员，未接受。

7月19日，发起组织民治促进会，任理事长。

8月26日至南京，出席中央研究院第一届院士选举筹备会。提出发展教育的十年计划。

10月15日，在南京出席中央研究院评议会会议。

是年的主要著作：《沈括论山崖间的介族化石》《"五四"的第二十八周年》《眼前两个世界的明朗化》《对学潮所发表的谈话》《青年人的苦闷》《谈美军强奸事件》《谈谈中国思想史》《眼前世界文化的趋向》《我们必须选择我们的方向》《争取学术独立的十年计划》《大学教育与科学研究》等。

1948年　58岁

仍任北京大学校长。

3月25日，在中央研究院评议会上，当选为第一届人文组院士。

10月14日，被蒋介石聘为中央研究院评议会第三届评议员。

12月15日，与江冬秀等从北平南苑机场乘飞机往南京。

是年的主要著作：《冯梦龙之生年》《民主与反民主观念体系的冲突》《试考〈水经注〉写成的年岁》《"五四"运动二十九周年，胡适指出青年之路》《北宋时的〈水经注〉已不全了》《自由主义是什么》《〈师门五年记〉序》《人生问题》等。

1949年　59岁

1月14日，到上海。被蒋介石聘为总统府资政。

3月下旬，去台湾住了七天，回上海。

4月6日，从上海登"威尔逊总统"号轮船前往美国。

11月20日，《自由中国》创刊号在台北出版，推其作发行人。

是年的主要著作：《中国文化里的自由传统》《齐白石年谱》《"校勘学的正路"的题语》《与杨联陞讨论象棋书》等。

1950年　60岁

5月14日，普林斯顿大学聘他担任葛思德东方图书馆馆长，为期两年。

9月上旬，就任葛思德东方图书馆馆长。

是年，接受美国克莱蒙特研究院文学荣誉博士学位。

是年的主要著作：《〈朱子语类〉的历史》《〈林颐山遗札〉及其他有关材料》

《朱子与经商》《为什么重要的战争在亚洲而不是在欧洲进行》等。

1951年　61岁

仍任葛思德东方图书馆馆长。

4月20日，出席美国哲学会议，讲演"十年来中美关系急趋恶化的原因"。

8月11日，写信给雷震，要求取消其《自由中国》杂志的"发行人"头衔，以示对国民党政府干涉言论自由的抗议。

是年的主要著作：《十年来中美关系急趋恶化的原委》《中国传统之自由法则》《共产主义在中国》等。

1952年　62岁

2月，被联合国教科文组织聘为"世界人类科学文化编辑委员会"委员。

6月，葛思德东方图书馆馆长聘约期满，改任该馆的荣誉主持人。

11月下旬至年底，到台湾作演说和讲学。

是年的主要著作：《朱熹论死生与鬼神》《国际形势与中国前途》《杜威哲学》《提倡白话文的起因》《考试与监察》《今日的世界》《选科与择业》等。

1953年　63岁

1月14日，在国民党"自由中国之声"广播电台对大陆文教人员广播，攻击大陆的批判胡适运动和社会主义制度。17日，离开台湾，取道日本返回美国。

是年的主要著作：《三百年来世界文化的趋势与中国应采取的方向》《搜集史料重于修史》《报业的真精神》《禅宗在中国：它的历史和方法》《传记文学》《胡适言论集》等。

1954年　64岁

2月19日至3月下旬，在台北参加第一届"制宪国民大会"，担任临时主席，致开幕词。后被选为主席团主席。

3月7日，出席并主持在台湾大学法学院召开的"中国"历史学会成立大会。

22日，与莫德惠等向蒋介石递送"总统"当选证书。

4月5日，离台赴美。

7月16日，被蒋介石聘为"光复大陆设计委员会"副主任委员。

是年的主要著作：《实事求是，莫做调人》《中国古代政治思想史的一个看法》《美国的民主政治》《谈汉字改革问题》《清代学人书札诗笺》等。

1955年　65岁

在美国各地讲学。

3月19、20日，受台湾"中央研究院"院长朱家骅之委托，在纽约召集院士谈话会。

是年的主要著作：《论战后新世界之建议》《〈努力周报〉与"科学与玄学"的论争》《〈日本的幽默〉序》等。

1956年　66岁

继续在美国各地讲学。

12月，台湾"中央研究院"历史语言研究所出版《胡适先生六十五岁论文集》。

是年的主要著作：《丁文江的传记》《丁在君与徐霞客》《〈中年自述〉序》《我的工作计划》等。

1957年　67岁

6月4日，用英文立一遗嘱。

9月26日，以所谓"中国代表团"代表身份出席联合国大会。

11月4日，被蒋介石任命为台湾"中央研究院"院长。

是年的主要著作：《朱子论"尊君卑臣"》《所拟推选之十大历史名人》等。

1958年　68岁

4月2日，离纽约。8日，抵台北。10日上午，举行台湾"中央研究院"院长就职典礼。

13日，主持院士选举。

9月5日，在华盛顿主持中华教育文化基金董事会第二十九次年会。

12月22日，到"总统府"参加蒋介石的"总统"就职典礼。

是年的主要著作：《历史科学的方法》《谈谈大学》《大学的生活——学生选择系科的标准》《我对中国文学史的看法》《活的语言·活的文学》《关于江阴南菁书院的史料》等。

1959年　69岁

仍任台湾"中央研究院"院长。

7月7日，出席在夏威夷大学主办的第三次东西方哲学会议，接受夏威夷大学人文博士学位。

9月，在华盛顿主持中华教育文化基金董事会第三十次年会。

11月1日，主持"国家长期发展科学委员会"第二次全体委员会议及第三届评议会第六次会议。

是年的主要著作：《一个人生观》《容忍与自由》《记郭象的自然主义》《中国哲学里的科学精神与方法》《科学精神与科学方法》《新闻记者的修养》《找书的快乐》《中国教育史的资料》等。

1960年 70岁

仍任台湾"中央研究院"院长。

2月20日，出席伪国民大会第三次会议。是月，发表《国事十问》，希望能"清除执政当局与舆论的隔阂"，"奋起改革"。

3月14日，伪国大举行第七次大会，任主席。

5月7日，出席所谓"中美文化合作会议"。

6月5日，参加蒋介石欢迎艾森豪威尔的宴会，并与艾森豪威尔晤谈。

7月10日，出席在美国西雅图召开的所谓"中美学术合作会议"，作"中国的传统与将来"的演说。

9月20日，去华盛顿出席中华教育文化基金董事会第四十九次会议。

是年的主要著作：《终身做科学实验的爱迪生》《清圣祖的保姆不止曹寅母一人》《一个防身药方的三味药》《从二千五百年前的弭兵会议说起》《中国传统与将来》《王荆公的有为主义》等。

1961年 71岁

仍任台湾"中央研究院"院长。

1月11日，主持蔡元培94岁生日纪念会。29日，主持"国家长期发展科学委员会"会议，作两年来的工作报告及"发展科学的重任与远路"的讲演。

11月6日，应美国国际开发总署之邀，在东南区科学教育会议开幕式上，用英语作"科学发展所需要的社会改革"的主题报告。

是年的主要著作：《四十年来的文学革命》《十殿阎王》《〈朱子语略〉二十卷》《蒿里—蒿里—高里》等。

1962年 72岁

2月14日，参加所谓"全国教育会议"开幕式。

24日，上午，主持台湾"中央研究院"第五次院士会议；下午5时，在蔡元培馆主持酒会，因突发心脏病而去世。

是年的主要著作：《对李青来、黄顺华谈吴健雄的成就》等。

后　记

　　胡适的学术和思想，从教育、文学、史学、哲学，到政治、宗教、道德等领域无所不涉，洋洋数千万言，若恒河沙数。苟不知所抉择而欲遍观之，无异于入海算沙，穷年弗能尽解其义。

　　编者研究胡适学术思想十多年，以为其学术、思想的精髓要义，着重体现在他那以天下为己任的士子精神与家国情怀；不说一句言不由衷的话；威武不能屈，勇做国家的诤臣，同侪的诤友；如何去追求民主与自由；尽自己的最大本分去贡献社会的科学的人生观、价值观。

　　自20世纪初叶以来，在100多年的时间里，胡适的各种专著以单行的方式大量出版。这种版本对于想要了解胡适某一方面思想的读者而言或许能够满足其需要，但对于希望能够全面领略胡适各种学术思想的读者而言，就显得比较片面了。综合的、集其大成者不是没有，但寥若晨星。若季羡林先生主编的《胡适全集》，胡颂平先生编著的《胡适之先生年谱长编初稿》，这两部巨著，所选内容既系统又全面。前者虽然分门别类，赅备无遗，全则全矣，但该鸿篇巨制多达44卷，近2000万字。后者是按时经文纬，以时系文的方式编写，采摘断制虽精，但体量仍巨至11册，300多万字。对多数读者而言，两部巨制，无论哪一部都不具备充足的时间与精力遍观之。

　　七百多年前，王磐先生在为兴文署新刊《资治通鉴》作序时如是说：

　　　善乎孟子之言曰："尧、舜之智而不遍知，急先务也。"大抵士君子之学，期于适用而已。……《易》曰："君子多识前言往行以畜其德。"《说命》曰："学古入官，议事以制，政乃不迷。"若此者可谓适用之学矣。……兴邦之远略，善俗之良规，匡君之格言，立朝之大节，叩函发帙，靡不具焉。其于前言往行，盖兼畜而不遗矣；其于裁量庶事，盖拟议而有准矣。士之生也，苟无意于斯世则已；如其抱负器业，未甘空老明时，将以奋发而有为也，其于是书，可不熟读而深考之乎！

……是书一出，其为天下福泽利益，可胜道哉！昔圯上老人出袖中一书，而留侯为万乘师；穆伯长以《昌黎文集》镂板，而天下文风遂变。

假王磐先生评论《资治通鉴》的话，来评论胡适先生的学术思想似不为过。

不遍知，期于适用。在研读过程中，感佩于先生学术、思想的精义，虑及大部分人弗能遍观之，于是就萌发了"与人共"的意愿，发愿要编一本胡适学术思想的综合简明读物，贡献给那些没有充足的时间遍读其著作的朋友，旨在唤起更多的人去领略其思想精华，期望所有的中国人皆站在民族与国家的高度，无论做什么事情，都从国家的利益出发，从而使我们的祖国更加强大，民族更加昌盛。这是我选编这本书的初衷。

鉴于此，以无所苟的态度，从先生的皇皇巨著中选出其精华，按文义分门别类，编为"爱国""读书""思想""科学""文学""教育""哲学"等十几个章节，二百余篇，三十多万字，每篇繁则数千言，简则于长篇之中仅取一两段，或于一段之中，仅取重要的或精彩的几句，汇编成了这一本小书。社会各界人士如实业家、商贾、医生、教师、学生、贩夫走卒等，都能在这书里找到自己应有的思想，明白自己应该如何思想，怎样工作，才算各司其职，为国家做一点应有的贡献。

在该书的编辑过程中，对先生著作中所引据的国故经典，出处在《二十四史》《资治通鉴》以外的，诸如《明夷待访录》《论衡》《朱子语类》《西京杂记》《新语》等，均找出原著，一一互为校雠，相互验证。认真地考据了其中涉及的历史事件及历史人物，其中包括有疑问的标点符号等。（这些习惯完全受惠于先生的"读书是为了多读书""读书当于疑中求不疑"的治学方法。）

高山仰止，虽不能至，心向往之。为了增加对这位著名学者的感性认知，我曾两度拜谒适之先生的故里——绩溪县上庄村，瞻仰了他少年时期生活、读书的地方，并与胡从先生（适之先生族叔胡近仁的孙子，胡适故居管理员）深切交谈，以期通过走访寻找一个答案：上庄是怎样的钟灵毓秀，何以能够孕育出这样一位为学术和文化的进步，为民族的尊荣苦心焦思并蜚声中外的一代大师。

全书完稿后，出版社的编辑同志从主题思想和技术层面对本书提出了宝贵中肯的意见，并对全书文字做了大量细致的校勘。历经数月，该书终于与读者见面。本书在编辑过程中得到了洛阳市文联副主席、新安县千唐志斋博物馆馆长陈花容先生的大力支持，在此致以诚挚的感谢。

囿于编者水平，本书仍难免有遗漏、谬误之处，敬请广大读者赐教见谅。

朱万英

2023 年 1 月 20 日